音乐♪收藏者

The Song Collector

[英] 娜塔莎·所罗门斯 —— 著
(Natasha Solomons)

王嘉琳 —— 译

中信出版集团 · 北京

图书在版编目（CIP）数据

音乐收藏者/（英）娜塔莎·所罗门斯著；王嘉琳译. --北京：中信出版社，2018. 4

书名原文：The Song Collector

ISBN 978-7-5086-8465-9

Ⅰ. ①音… Ⅱ. ①娜…②王… Ⅲ. ①长篇小说-英国-现代 Ⅳ. ①I561. 45

中国版本图书馆 CIP 数据核字（2017）第 311136 号

音乐收藏者

著　　者：［英］娜塔莎·所罗门斯
译　　者：王嘉琳
出版发行：中信出版集团股份有限公司
　　　　　（北京市朝阳区惠新东街甲 4 号富盛大厦 2 座　邮编　100029）
承 印 者：上海盛通时代印刷有限公司

开　　本：880mm×1230mm　1/32　　印　　张：12.5　　字　　数：305 千字
版　　次：2018 年 4 月第 1 版　　印　　次：2018 年 4 月第 1 次印刷
京权图字：01-2017-8368　　广告经营许可证：京朝工商广字第 8087 号
书　　号：ISBN 978-7-5086-8465-9
定　　价：48.00 元

服务热线：400-600-8099
投稿邮箱：author@citicpub.com

献给卢克和他的外祖父母

我思念的女人，你唤我名字的声音，总在我心间徘徊。

——托马斯·哈代

《声音》

比窃贼更可怕的是搜集歌谣者，他们四处捕捉民歌，然后将它们囚禁在冷冰冰的乐谱里，这样做的同时也就扼杀了歌曲本身。

——约翰·洛马克斯

《美国歌谣与民歌导论》（1932）

2000年，3月

埃迪的歌声在她自己的葬礼上回荡，也只能是这样。对于埃迪，大多数人都是先闻其声后识其人，初识者往往要过上几个星期甚至几个月，才能相信那个声音——那个震颤的高音——竟然出自这样一位身形纤弱，有着灰色眼睛，手挎一个大包的女人。她就像花园里的一只画眉鸟，歌喉又如夜莺般曼妙。她有一个绰号——“小夜莺”——这也是我觉得最适合她的。然而夜莺本身与我们的想象有所出入。与多数人的认知相反，夜莺并非英国出生、在非洲越冬的鸟儿。她是在英国度夏的非洲鸟，人们在英国夏夜侧耳寻觅的悦耳鸣啭，实际上是源自非洲密林的乐声；她虽常见于伯克郡和多赛特那些青苔遍布、银莲点染的杂树林，几内亚比绍却也是她的故乡。

有一回埃迪告诉我，她其实并不很能欣赏英国乡村。过去，当埃迪父母在砖巷[1]看摊子时，她那瘦瘦小小的俄罗斯祖母负责照顾她，并会给埃迪讲故事。冬天，她俩就窝在那间破败平房里的电暖炉边上，缩在毛毯下面，一支烟递来递去，埃迪静静地听，老祖母叨叨地说。故事总是关于俄罗斯，关于白茫茫的冰天雪地，寒意直渗体内，将你的四肢骨骼统统冻结成冰，若再有狂风助力，更会被击碎成千片万片，飘飘洒洒

[1] 伦敦东区的一条街，为流行文化的聚集地。——译者注（本书若无特殊说明，均为译者注，后不一一注明。）

地落到地上，仿佛融入了天上降下的浩渺雪花。

夏天，埃迪和祖母会带上苹果，来到那一小片勉强可称作公园的绿地，闲坐在一方铺着油布的草坪上（作为一个土生土长的西伯利亚女人，祖母对于露珠沾湿的草地对身体的害处尤为紧张）。阳光普照的午后，矮小的雏菊花在暖洋洋的空气中招展身姿，小伙子解开衬衫扣子直露到肚脐，姑娘们偷偷地把长袜放下来，这时候祖母仍会讲着漫天飞雪的故事。在灼热又如宝石般耀眼的阳光下，埃迪轻躺下去，想象漫天大雪在狂风的卷挟下飞过碧波起伏的草地，所经之地尽染雪白，刹那间，这些晒日光浴的人身上就覆上了厚厚一层雪，他们才战栗着发出一声尖叫，下一秒便碎成冰块没了声响。

埃迪鲜少提及她的童年，哪怕只是一星半点。她对此守口如瓶，在我的好奇追问之下害羞起来，局促不安。“我可不像你。我家可不是这样的。”她一边说，一边用手指着这座紫藤花垂绕的房子，抑或是湖畔随风拂动的杨柳。我顿觉尴尬，猛地感到一种地道英国式的冲动，即急于为我度过了安逸优越的童年而道歉。照埃迪的看法，即便有丧失之痛或是悲伤之事唐突地闯进这个美好之地，它们的威力也定会大大消减。

尽管哈德格罗夫的花园美不胜收，埃迪却从未真正被打动。她喜欢芜杂生长的紫罗兰，以及纤细动人、颜色深得像学校里用的墨水的春天鸢尾，但她从来都懒于识记花名。我总会让园丁在我们用早餐的露台摆上金色的万寿菊，于是她固执地称它们为“橘子果酱花”。在克拉拉大约五岁时，有一次我看见她正把“橘子果酱花”往吐司上撒，被我阻止后她大惑不解。

但是每当天空飘雪，埃迪总想要待在外面。她见到雪比孩子们还激动。第一片雪花初降，她便立马套上三件大衣，头上扎上好几条五颜六色的围巾，看上去就像俄罗斯农妇戴的头巾，然后一下子冲到屋外，凝望着天空，暗自祈祷暴风雪的来临。每当小姑娘们在雪地上滑雪橇玩累了，全身湿乎乎地回来以后，埃迪还会久久地在外面游荡。克拉拉和露西会一下跌坐在我书房的壁炉前，旁边是几条冒着热气的猎犬，对着炉火伸出两双冻得红通通的小脚丫。借着为女儿们放张唱片的机会（《胡桃夹子》，或是一支轻盈旋转、似有肉桂清香的维也纳圆舞曲——我们的孩子在音乐方面的口味就像她们嗜之如命的糖果一般甜腻），我会起身望着窗外的埃迪，看着她走回家里，每走几步就停下来，回头凝望银装素裹的群山和杂乱无序的深色树林，那样子就像一个迟迟不愿开口道别的恋爱中人。

许多人都自认为他们了解她。小夜莺。完美无瑕的英伦玫瑰。可埃迪在夏日里梦见的并不是玫瑰花，而是在雪地里行走，在冰霜封冻的寒冷早晨留下第一串脚印。

1946年，11月

哈德格罗夫府重归我们所有。这种所谓的回家，感觉颇为不可思议——浪荡游子在一个寒冷糟糕的十一月清晨一齐踏上归途，回到多赛特郡。从车站开车回家的路上，我们沉默无言。奇弗斯不紧不慢地开着奥斯汀车，车速保持每小时二十英里，将军身子笔挺地坐在他旁边的副驾驶座上，俨然前来视察军队，杰克、乔治和我则挤在后排，每个人都打定主意只看窗外，谁也不愿与别人的目光相接。

我因为即将再次见到她而紧张不安。哈德格罗夫府是我们失去已久的旧爱，在过去的七年间如同笔友般萦绕在我们的脑海中。然而想到要重回故园，每个人都深深陷入了孤独又寂静的焦虑之中。我们都知道，房子经历了一场颇为棘手的战争——先是英国军团在此安营，后来又是美国兵，这些房客都是大忙人，少有闲心修剪玫瑰，清理客厅上面的烟囱，或是阻止总在啃噬椽柱的蛀虫肆虐成灾。

车子爬向高处，驶入山坡的阴影里，树枝间垂悬着如条幅般的白霜。我们从枝叶相接的树穹下穿过狭窄的小道，驶过银白落霜铺成的隧道。车子转弯，接着我们就看到了她——沐浴在晨雾中的哈德格罗夫府。让我欣慰的是她依然如我记忆中那么美。在晨雾的善意遮掩下，她显得完美无瑕，只见门前石阶仍是黄油般的温暖金色，屋顶厚厚的石灰岩板上斑驳地长着泛黄的青苔。我从车里走出，静静凝视着眼前不计其数的竖立的高窗，以及造型优雅的斜坡式的走廊；我突然回想起曾经孩子气的习惯，默数起碎石装饰墙上刻着的家族盾徽上有几只石狐狸。最小的那只狐狸有一半被艾维挡住了，他从树叶间伸出喙来，好似有点怕生。看见他真是让我高兴坏了。我一直以为自己对这座房子的每处细节都记忆犹新。每晚入睡前，我都会梦回府上，想象自己在她的小路和长廊上踱步，然而现在看来，我还是忘记了什么。

黄色砂岩的大门模样未变，门前垂落的紫藤萝却被修剪掉了，这样一来大门看上去光秃秃的。所有窗户里的灯都是熄着的，整幢房子看上去冷冷清清，似乎还没准备好迎接客人。但我们不是客人，我提醒自己。我们是重回故园的一家人。然而这是一次颇为奇怪的还乡：门廊上等待我们的不是奇弗斯或某位女仆，而是一位卫队少校，他站在门前台阶上，边等着我们边跺脚取暖。一见到我们，他立马停了下来，向将军敬礼，接着开始感谢将军令人尊敬的牺牲义举与慷慨精神，尽管我们心知肚明，这些都是连篇假话，因为我们的房子是按法律规定被征用的。不过话说回来，依我对将军的了解，不管怎样他都会出于义不容辞的责任感而让出房子的。但凡尽责之事，将军都求之不得。某一牺牲越是难以做到，他就越是乐意为之。

少校显然想说完就走，但父亲却拉住他站在门外足足聊了十五分钟，直到天上飘起雨夹雪。我们三人就站在那儿，全身冻僵，无聊透顶。我惊讶于杰克竟没有说“该死的，我去看看他们把老姑娘①弄成什么样了”，然后一溜烟地跑掉。此时他和乔治复员才一个月左右，尽管换下了军装，仍没改掉士兵的习惯，当着长官的面走开不仅是失礼的表现，同时也是违纪行为。

不知过了多久，将军终于放那个倒霉的少校走人了，然后大步迈进

① 指他们失而复得的哈德格罗夫府。

屋里。杰克、乔治和我犹豫了一下，不太愿意跟上去。我希望这次重逢是私密的，我瞥了一眼两个哥哥，显然他们跟我不谋而合。杰克徘徊片刻，转身走下门阶，往河那边去了；乔治则朝着相反方向，穿过草坪走向湖畔。我踌躇了一会儿，吸入一大口冷冽而清新的空气，感到牙齿咯咯直打寒战，静悄悄走进屋里。气势恢宏的大厅几乎和外面一样寒冷。巨大的壁炉边烟灰熏染，里面没有生火。我几乎可以肯定，过去壁炉的火从来都是长燃不灭的。石刻柱子上雕着必不可少的狐群，它们目光茫然地向外凝视着，显得凄凄冷冷。现在大概不会有人来生火了，我想以后也再不会有了。我注意到壁炉台不见了，但想不出他们是怎么把它拿走的，又是为什么要拿走。

墙上不剩一幅画。那些名画好多年前就不在了，是被卖掉的，一幅庚斯博罗①和一幅斯塔布斯②一同转手的。但祖辈是善感恋旧之人，直到房子被征用以前，大厅四壁还挂满了原画的仿作——看到它们总让人抑郁沉重，忍不住想起我们为了支付遗产税、兽医出诊费、仆人薪水，以及更换生锈的窗户，把多少好东西无奈地转给了佳士得拍卖行③。有些仿作还是相当不错的，另一些则马马虎虎——这些复制品看上去怪怪的，如同狂欢节上的镜子般扭曲变形。有好多年，杰克、乔治和我都爱玩“找出赝品”的游戏，试图猜测这些头戴假发、面无笑容的肖像画中哪些是仿作。后来将军告诉我们，没有一幅是真的，大家便再也无心玩这个

---

① 托马斯·庚斯博罗（Thomas Gainsborough，1727—1788），英国肖像画和风景画家，代表作《蓝衣少年》《西登斯夫人》等。

② 乔治·斯塔布斯（George Stubbs，1724—1806），18世纪英国的代表画家之一，以精于画马而闻名于世，代表作《母马和马驹》。

③ 英文为Christie's，旧译“克里斯蒂拍卖行”，世界著名艺术品拍卖行之一，拍品汇集了来自全球各地的珍罕艺术品、名表、珠宝首饰、汽车和名酒等精品。

游戏了。

最后卖掉的是我们挚爱的一幅康斯特布尔[1]的风景画，画的是哈德格罗夫墓冢下的树林。画家站在山脊顶上，凝望山脚下洒满秋日暖阳的褐色树林。画中的某处有只夜莺在鸣唱——那一年的最后一只夜莺。康斯特布尔这幅画的仿作相当不错，我一直很喜欢，尽管它的色彩比原作略次一等，线条也有点暧昧不明——但仍然听得见夜莺的鸣啭，而我在意的只有这个。仿作是乔治寄给我的，随画附了一封信，告诉我房子即将被征用。消息传来时我孤身一人待在学校，得知此事后一时悲从中来。只有乔治才会想到在告知我可怕消息的同时寄来这幅画——善解人意地让我忆起家园，予我慰藉。这幅画中的风景不可避免地取代了我脑海中的原画，到最后，我所看到的墓冢与树林变成了三手之景——康斯特布尔的佳作由一位赝品画手重新描摹。

我回到车里，从后备厢取回那幅画，再次挂到大厅墙面的一枚钉子上。它看上去那么小，令人怅然若失。

屋里冷极了，弥漫的潮湿臭味更是让我恶心想吐。我心灰意冷，转身出门走下台阶，穿过芜杂的花园，朝着哈德格罗夫冈的山脊爬去。开始时我一鼓作气，爬得很快，但一会儿就没了力气，累得直喘。半山腰上参差分布着平坦的草地，我在第一片草地上坐下来歇脚，俯瞰着我们的房子。1939 年她被征用时，我才十一岁，所以我已不记得她应有的样貌，至少不像杰克或乔治那样记忆犹新。从我现在这个角度，可以看见房子南侧被焚毁的部分。据战争办公室寄来的信上说，是一个没清扫的

---

① 约翰·康斯特布尔（John Constable，1776—1837），19 世纪英国最伟大的风景画家，英国皇家美术学院院士，代表作有《干草车》《白马》等。

烟囱里余火闷烧引起的意外，尽管杰克听到传言说是军官们在用餐时玩了个过火的游戏所致。他们把放出的屁装进了白兰地酒瓶里，四百年历史的古宅，落得这样一个有失体面的下场——因一个点燃的屁而屋顶生烟。

我并不惊讶于没人有勇气向将军坦陈真相。战时的多数时间，我自己也尽可能地回避他。并非因为见他一面很难——将军的战时任务主要就是向英国政府自吹自擂；不过如果哪里有场战役需要他出把力，哪怕远在异乡，他倒也是求之不得。学校放假时，我常常在朋友家里虚度时日，尽可能不和他待在一起，除了偶尔得和他在俱乐部里颇不自在地共进午餐。

站在高处，看得到光秃秃的横梁，好似残肢断臂，整个房子看上去颤巍巍的，不太稳固，从前她所拥有的那种对称感已然尽失。她仿佛一个身上仍然勉强连着残破四肢的病人。草坪变成了泥地，门前小径上一半石灰都脱落了，车道看上去像一张大半牙齿都被敲掉了的嘴巴。山脊下面的林地东一块西一块地秃着，之前几十棵树被砍倒，徒留一个个树桩，茬子似的突起在山坡上。

我在一堆蚁冢上坐下，哭了起来，暗自庆幸没人看见。我不知道到底怎样才能让我们的老姑娘恢复原貌。再没有画需要掸灰尘了，再不会在阁楼的角落里偶然发现被遗忘的特纳[①]的画。上了年纪、脾气倔强的地产管理人坎宁嘟囔着要辞职。但我转念驱散了重重疑虑，沉浸在回家的喜悦中。深吸一口清冽的、卷挟着落叶松味道的空气，幸福的感觉油然而生，如同灌下白兰地时的那种快感。

---

① 约瑟夫·马洛德·威廉·特纳（Joseph Mallord William Turner，1775—1851），英国学院派画家代表。

圣诞过后是枯躁乏味的安静日子，这时杰克欢天喜地地过来告诉我们，他劝服了将军，新年之夜将在家里办一场派对。将军不喜欢派对，认为它会分散我们做正经事的精力——也就是打野鸡和钓鱼。然而奇怪的是，他却很喜欢打仗，尽管打仗也会分散做这两件事的精力。乔治大吃一惊——他简直不相信杰克竟然劝服了将军。我倒是并不惊讶。无论杰克要求什么，将军几乎莫不首肯。

乔治和我着手布置房屋。这绝非易事，因为每一天我们都会发现更多的损坏之处。富丽堂皇的大厅上的几处镶板被人剥去——无论是玩乐所致还是点火之用，我们永远不得而知。华丽的壁炉台不翼而飞，连大烟囱也有一段被敲掉了，如今碰上下雨、雨夹雪或是更糟糕的天气，雨水便会顺着烟囱落下来，啪嗒啪嗒滴在壁炉上。几天前的一个晚上有人忘了关前门，我摇摇晃晃地上床睡觉时，便看见两只画眉鸟正在大厅地上悠然沐浴。它们气定神闲地戏着水，当我拎着一瓶威士忌晃荡经过时，仍以高傲尊贵的姿态打量着我。我以为自己是在做梦，但第二天早上当我不带一丝宿醉地走下楼时，却在大厅地上发现了一条长长的白色鸟屎污痕。将军看起来既无财力也无意愿进行修缮。相较于忧心房子的未来，筹办一场派对真是令人愉快得多的差事。

新年前一天的早上，乔治和我郁郁寡欢地从一个房间晃到另一个房间，想着这个地方如何才能在夜晚降临之前摇身一变，以迎接全县百位最显贵的客人。幸好我们不需要满足什么期望。即使在战前岁月，哈德格罗夫也并未以其待客水准而闻名：总有品质上乘的格罗格酒供应，但我们请不起很多佣人，也无法与我们邻居家的招摇排场相提并论。整个家族的名字悠久古老，老掉了牙，就像我和乔治挂在客厅墙上的那张十六世纪地毯——我们徒劳地想用它阻挡从石灰缝里潜入的风。

杰克当然没和我们一起忙活。吃早餐时他给了一堆吩咐，模棱两可地告诉我们大概有多少人接受了邀请（“五十个左右吧，我想，应该不会超过六十个，一百个最多了”）。说完就起身赶往车站，无疑是去接他那个周身散发着玫瑰香水味儿的宝贝了。他的职责显然只是劝说将军同意举办派对，至于实际的操办则不是他费心的事。我左右为难，不知该生气懊恼还是心生欢喜——我们已阔别如此之久，以至于他身上这些讨人嫌的毛病都让我觉得有种新鲜感。军队生活并未让他变样，这一发现带给我奇异的慰藉。

一位新来的白日女佣往地板上甩开一张地毯，其他几人则心不在焉地拨动着餐厅里的炉火，现在才九点半，炉子已经快要罢工，潮湿的木柴发出幽怨的呜咽声。过去几周里，大厅已经走马灯似的来过好多帮工，每个姑娘都比上一个更咄咄逼人。没一个能坚持几天，我们从未搞明白究竟是她们自己走掉了，还是奇弗斯打发她们走的，或是像杰克说的那样，他把她们埋在玫瑰树下了。我们的确再也没见过那些姑娘。在战前岁月，家里的女佣基本都是奇弗斯的亲戚。他总是语焉不详地介绍她们，说，“凯蒂、莫德、琼，我那个在伯恩茅斯的姐姐的小女儿”，或是，“我那个在利物浦的表兄的女儿”，但我想就算是奇弗斯也总会有用完亲戚的日子。

乔治和我注视着那两位面色阴沉的女佣，她们谁都没有任何注意到我俩的存在。从前女佣见了我们会红着脸退后一步的日子早已一去不复返（我并不记得这样的场景，是杰克告诉我的，或许是真的吧）。

“那个，我们正在筹备晚上的宴会，布置这个老房子，你们俩能搭把手吗?”乔治用伪装的亲切语气说道，脸上挤出尴尬的微笑。乔治与人打交道时向来都不自在。我惊讶于他竟如此热衷这场派对，或许他只是为了杰克和我假装热衷而已。乔治是个彻头彻尾的好人，我所知的最纯正的君子。

两个姑娘抬起头来，没有回应他的微笑。她们一眼便看出我们是两个菜鸟。恐怕要没戏了，我们需要杰克。杰克魅力非凡，只需略施伎俩便能让两个姑娘争着来帮忙，而她们仅仅是为了取悦于他。

“我们手头有很多活，”她俩中年纪较大的那个说道，“我们只做到中午十二点。”这姑娘身材粗壮，一双深陷进去的褐色眼珠如同湿润的小石子一般。

“哦，老天，活见鬼。”乔治泄了气。我都能听到他在心里默默地咒骂杰克，怪他一走了之，把这个烂摊子留给我们。我伸手摸进口袋，掏出将军在圣诞前夕给我们的那点钱的一部分。耳边响起他的话：“礼物什么的，都是给女孩子的，除非是枪。”我把钱塞进壮女佣那胖乎乎的手里。“给你们当过了上午之后的工钱吧。”

中午十二点，她们再次准时出现在客厅里，来给我们帮忙。差不多已是带着笑意了。我不知道自己给了她们多少零花钱，但我并不在意。我想办一场华丽出彩的派对。战时的纷乱日子里，杰克和乔治都参加过派对，也有过远行，见过世面。或许都是些挺糟糕的经历，但至少他们去过一些地方，做过一些事情。而我整个战争期间都待在学校里。当我们满屋子地寻找没断腿的椅子时，我再一次试探性地向乔治问起那段经历。我已经在不同场合多次求他们跟我说说细节，但都一无所获。

“到底是怎么样的？你们居然不告诉我，真是讨厌。”

乔治耸了耸肩。“没什么好说的。大多数时候都是无聊得可怕。”

“那么其余时间呢？”

“并不愉快。”

“要么无聊，要么不愉快，就这样？”我问道，不敢相信他能告诉我的就只有这个。

“大多数时候是这样的。有时碰上特别倒霉的情况，就是又无聊又不愉快。”

我怀疑他是不是在戏弄我，但那不是乔治的作风。他自己就不喜欢被人戏弄，所以也很少会开别人的玩笑。我们把一张小小的、稍微有点脏的沙发搬到客厅的一角，然后停下来歇口气。

“我其实没法想象你当战士的样子，乔治。”

他微微一笑。“是啊，我也没法想象。我想这正是问题的一部分。”

“那么另一部分呢？”

他轻声笑起来，但没有回答。“回到家乡真是太好了。我想念这里的雨。从来没想过我竟然会想念这个，但真是如此。阳光明媚当然很好，但我发现自己最喜欢的还是雨后初晴的惊喜。”

我不知道该回他什么。冰冷的雨水正敲打着窗户，穿过玻璃与窗框的缝隙飘进来，在窗台上形成了小小的水潭。要是现在出现雨后晴空就好了。

“别的人是什么样的呢？”

“哦，各种各样。什么样的都有，你知道的。”

然而我一点都不知道。我叹了口气，决定放弃探问。

剑桥固然让人喜欢——所有人都是谦谦君子，完全就是我在中学里结识的那类人——但我却渴望某种不一样的、更特别的东西。我没法好好学音乐（我们这种人是不学音乐的。那种东西根本就是不合规矩的，父亲是这么说的）。所有这些冗长无趣的课都让我感觉毫无意义，仅仅是中学时代的乏味延伸。假如现在还在打仗，那我一定正在前线战个正酣，而不是被流放到大学里，在靠着炉火的舒适位置上，惬意地忍受着导师给几个人开的小班辅导课，听他说着都铎王朝的各位亨利皇帝五花八门的战绩。既然我没法学音乐，那就给我来点战争吧。但我不能跟任何人讲这话。就连杰克听了都会僵住他那放浪不羁的笑容，乔治则会默默地低头走开。将军会赞许我的这种情绪，但那恰恰是最为严厉的谴责。

客人们不约而同来晚了，差一刻九点才到场。夜色沉沉，整座房子看上去并没有那么破败。烛火通明，冬青枝和细心摆放的槲寄生球掩饰了最不堪的一面。在两个姑娘的帮助下，乔治和我把房子好好装点了一番。家里的酒充足得令人诧异。当年房子被征用时，将军并未忙于收拾我们的地毯或家具（尽管也都是些十足的三流货——与其说古色古香，不如说是陈旧破烂），但他和奇弗斯两人把好酒都给藏起来了。他们让园丁在地窖里筑了一面假墙，所以当士兵们在底楼的厕所里涂写各种下流话时，他们至少没有玷污战前的勃艮第。于是在将军看来，房子在本质上算是安然无恙的。

是夜寒冷，气温低至零下好几度，午夜以前，外面的地上已是雪光闪烁，结了厚厚的霜。常年无人修理的紫衫树篱一片芜杂，枝叶蔓生，撒落其上的白霜看上去好似醉汉凌乱邋遢的髭须。路面冰封，难以行车——对于那些还拥有车子的人而言——于是大多数人选择了步行。我们在车道两旁插上火炬，熊熊火光如同血红的旗帜，飘扬在黑暗中。夜色掩映下，有种一切完好如初的假象，从外表看起来，我们的房子重现昨日的辉煌。你不会看到焚毁一空的房子南侧，不会看到侧边的前面几扇窗户都是封起来的，不会看到门前草坪的除草工，除了羊群别无他者，它们此刻正在花园墙内酣然打盹。映入所有宾客眼帘的，唯有从完好无损的凸窗里流泻到露台上的暖黄灯光，爬满常春藤的砂岩门廊，以及覆着薄薄一层白霜的板岩屋顶。我在心中立下誓言，若有富贵之日，定要让哈德格罗夫府恢复昔日之美，让她即使在白天也能永远如今晚这般夺目。我饮下一杯黑刺李杜松子酒，望着低处的小河，它宛如黑色的绢带，无声无息地打着卷儿向前流淌。

“杰克还没回来，该死的。”

乔治生气了。好吧，至少对于乔治来说是算生气了。我实在无法想像他当兵的样子，无法想象在他狂暴与愤怒中冲锋陷阵。人头攒动，他环顾着派对上一张张熟悉的面孔，神情紧张，额头渗出了汗珠。我们需要杰克来当主人，除了他，我们谁都无法胜任。乔治生着闷气，嘴里嘟囔着。

“每一次，每一次都是。他晃荡着进来，发几通号令，然后又晃荡着出去了。我真是受够了，福克斯。下一次也让他来做做棘手的活吧。他到底上哪儿去了？”

我什么都没说。想都不用想，杰克肯定是在某家酒馆里，舒舒服服地和他最新交上的美人一起坐在暖融融的炉火边，喝下了两三品脱酒，早已忘记了时间。我们走进屋里，一瞬间便被皮草围得密密实实的。战争结束了，一切不再那么土里土气了，于是郡上的姑娘们又把皮草衣服给翻了出来。我顿时置身于樟脑丸和腋窝气味的包裹之中。

“薇薇安，卡罗琳，见到你们俩可真棒。”

两位姑娘把面颊凑过来让我亲吻。

“冻死了，可不是吗？杰克上哪儿去了？”

我泄了气。没有人对我们好不容易搜出来的那些蜡烛给予一句评论，也没有人提到我们费了好大劲才拖进屋里的大块木头，它此刻正在缺了炉台的火炉里时而闷声低吼，时而噼里啪啦。远在战前就已用了有些年头的老留声机正勉为其难地播放着曲子，然而人声嘈杂，早已淹没乐声。没有人起舞。大厅的巨型餐桌上躺着半头猪，猪的嘴里含着一只网球。奇弗斯站在边上，手里拿着一把足有剑那么长的切刀，但我注意到，开动的只有男士。女士们在这个庞然大物面前别过头去，微微感到有些恶心。我们没想到还要准备别的什么。乔治和我以为一只猪就够大家吃的了，蔬菜则是供应过剩了。

一个姑娘身姿曼妙地飘荡过来。她身着一袭精致的薄纱连衣裙，脸上长着点点小疙瘩。

“哈啰，福克斯。宴会棒极了，相当迷人。”

“是不是呀，薇薇安?”

后者笑道，“不是啦，其实没那么好。但你们俩肯定使出了浑身解数，光是这点就足够迷人了。不过对于这么个男人之家，哪里能指望什么呢?”

“吃点猪肉吧。要是你们吃了，别的姑娘们或许也会跟着来点的。”

她挽过我的手，“可以呀，但你得先告诉我，你们那个可恶的哥哥上哪儿去了。”

至少喝的还是够的。每个人都围在已经开始冒烟的火炉旁边。我关掉了留声机；没完没了的刮擦声让耳朵有点发痒。才十点半，天知道我们要怎么挨到午夜时分。每个人似乎都在期待还有点别的什么，可是我们准备的真的就只有这些了。

将军穿行在人群中，一手拿着雪茄（即使在战时他也几乎烟不离手，不知道可怜的奇弗斯是怎么保证他不出事的），尝试着和人们寒暄闲聊。要不是我满心焦虑，生怕派对搞砸，我都快被他逗乐了。姑娘们微笑着听他说，露出和颈上光泽动人的小珍珠项链颇为相称的一口皓齿——她们莫不教养良好，无论如何都不会流露出无聊之意，况且每个人都还是畏惧将军的。尽管他已如同一条年迈的老狗，但人们还是能在他那卷曲的胡子下嗅到怒吼咆哮和阴沉脾气的余味。

突然之间，略不自在的闲聊变成了笑声。正如观众的掌声宣布指挥者的上台一般，我不用回头便知道是杰克来了。我一时没认出他身边的那个姑娘。只见她个子小小的，被迅速在杰克周围聚集起的人群给挡住了，半隐半现。

“行，这就带我去喝酒吧！”他大叫道。

人群分开来让他过去，这时我才瞧见一个身形纤细的深发色姑娘，她戴着手套的小手掖在他的臂弯里。杰克朝我示意，我穿过房间，停下来愣在那里。我认出了她。

“福克斯，这是埃迪。埃迪·罗斯。”

“哦，埃迪，罗斯小姐，见到你真是太高兴了。”

我不无惊恐地觉察到自己的脸颊泛红了。埃迪只是微笑着。

我总是喜欢上杰克的女孩。每次他休假回来时，身边都会有一个大眼睛、细长腿的新尤物，他会带着她出现在我们的午餐上。这个女孩会在火车载着他驶离车站时挥动浸满泪水的手帕，然后给他写一封封他永远不会读的信。我当然见过埃迪的照片。我甚至还在学生时代的行李箱里留着一张她的明信片——她是国人眼中的甜心，现在看起来也是杰克的——但是今朝得见她真人，还是站在我们霉味浓重的客厅里，身边挤满了穿着旧袜子的姑娘和脸蛋红扑扑的、鞋上沾满泥巴的小伙，真是让我一时忘记了呼吸。她比我想象的样子更为娇小。我纵然诚惶诚恐，但还是注意到她疲倦不堪。

杰克拉起我的手肘，带着我穿过人群走到角落，另一只手仍然拽着埃迪。

“没音乐啊，福克斯。”

他眉头紧皱，看起来很是烦恼。

“是啊，留声机坏掉了。”

“该死的。留声机本来就没人用了。你应该请个乐队的。”

我沮丧极了，正打算开口道歉并承认这是个好主意，然后我想起了是杰克把苦差事丢给我们的，他自己却什么都没做。我正欲反驳，问他要拿什么来请乐队，他又不是不知道将军并非腰缠万贯，然而还未等我开口，杰克已经背过身去，小声地求着埃迪。

“去吧，亲爱的，给大家展示下你的魅力。就一次。”

“肯定不会只有一次的，杰克，你知道的。”

“行吧，那就是两次。”他咧嘴一笑，手抚着她的脸颊。“对年轻的小福克斯来说，这真是太重要了。”

杰克在劝说埃迪给大家唱歌。我很矛盾。我当然想听她唱歌，真的，真的很想听，但她看上去那么疲惫。她额头微皱，突然间像个孩子似的咬了咬指甲，然后轻叹一声。

“好的，行，我来吧。但就一小组曲子，就这样。没有点唱，没有加唱。”

我从未听过有女孩子这样语气坚定地对杰克说话。他郑重其事地在她唇上印下一吻。

“同意，女士。”

“那么，你说有香槟我才跟你来的。你只会花言巧语吗，杰克·福克斯-塔尔伯特？”

杰克嬉皮笑脸地提出抗议，带着她走过去，给她呈上一杯将军所藏的最好的战前凯歌香槟。我情不自禁地直盯着两人的背影。埃迪或许是两人当中较有名气的那个，但杰克身上同样闪耀着动人的光芒。小时候，祖母会和我们玩游戏，她最喜欢摘一朵毛茛花放在我们下巴下面。要是花在下巴上映出了黄色的光，她就会宣布，“哦，小福克斯可真是非常喜欢黄油①。”然后我们会乐不可支地尖叫起来。我哥哥一生都活在那种黄油般的光芒之中。

---

① 黄油（butter）在英语里还有“华而不实的甜言蜜语”之意。

埃迪和杰克在炉火边秘密商量着什么，他们看上去独立于其他所有人——宛如一条不入流作品的画廊中唯一一幅古老杰作中的人物——我感到一阵强烈的嫉妒热辣辣地涌上来。乔治注意到了我目光的方向。乔治总能注意到。

他咯咯轻笑。“别想了，福克斯。不可能的。”我看向别处，假装不懂他在说什么。

我不再关心宴会剩下来的部分。时间一分一秒地过去。埃迪·罗斯将在跨年时刻为我们歌唱。这个快要搞砸了的沉闷聚会一下子转败为胜。所有人都会在未来几年里谈论这件事。教堂的钟声敲响，十一点半了，我环顾四周寻觅埃迪，却不见她人影。

“你好，哈利，是这个名字吗？”她正站在我身边。

“是的，没错。”

我注意到她的左边脸颊上有一颗小小的痣。我想要伸出手，用指尖轻轻擦去它。不知道杰克是否已经这样做过了。

“杰克跟我说你会唱歌、弹钢琴。”

“是的。”

我在心里默默地咒骂自己。我想要显得潇洒而深沉，然而在她身边，我显然只能一次蹦出一两个字。

“你能帮我伴奏吗，哈利？我实在太累了。今晚不想一个人独唱。”

“我可以。但是——我们的钢琴，她不在最佳状态，刚经历了一场艰难的战争。”

埃迪笑起来。“她？”

“抱歉。我总是想成她，它……”

埃迪伸出手摸了摸我的手臂。“你真是太可爱了。”

我有点恼火。我不想让她认为我可爱。我不是小孩子了。

“军队把钢琴搬到了餐厅里。天知道他们往键盘上乱扔过什么。更不用说整个地方的那股湿气了。我试图给她——它——调音时，一根弦直接崩断了。”

“请为我伴奏吧，哈利。”

“当然可以。但——”我想起她说过不准点唱。

“但是什么?”

“你可不可以唱一首早期的歌?《爱的种子》或是《苹果树》? 当然我不是不喜欢那些战时歌曲。”

这是假话。我的确相当讨厌埃迪·罗斯的战时名曲，都是些爱国主义的无聊东西。那种带着邮筒红①色调的曲子。有一次在一家咖啡馆里听到广播放起了《什罗浦郡②的画眉鸟》，我当即起身离开，尽管当时已经付好钱了。

埃迪神色异样地看了我一眼。“他们不会喜欢的。”

她向聚作一团的人群瞥去，我很高兴她不再把我算作他们当中的一员。杰克蹦跳过来，亲了亲她的脸颊，帮她把一缕卷发夹到耳后，动作中带着自然的亲密感。

“到时候了，老姑娘。还是你想先来点儿这个?”他说着，动作夸张地从口袋里掏出一块四分五裂的鱼酱三明治。埃迪摇了摇头，我难过地指着蜷伏在桌上的那头猪说道。“我的猪有什么不对的吗? 谁都不想动的样子。”

“它很好，福克斯。只是埃迪不喜欢这类东西。”

她转身面向我。“好吧，哈利，要不我们上吧?”

---

① 英国的邮筒多为鲜红色。

② 英格兰西部的一个郡。

埃迪并没有唱我想听的歌。我坐在快要散架的钢琴前面，哄着键盘好歹弹出点伴奏来，感觉就像被迫骑上了一匹摇摇晃晃、半死不活的老马，它随时可能脱缰，自个儿跑了，或是一下子猛冲进灌木篱笆里。埃迪是一位真正专业的歌者，并没有因为我这古怪不堪的陪衬而乱了阵脚。她用忍冬花一般清透的歌声安抚派对中的人们，一首接一首地快速回顾了她的战时名曲，尽管那些都是我不忍卒听的。我千方百计地想让钢琴听话，急得都出了汗，感觉头也痛了起来。时过午夜，我们就这样滑入了 1947 年，我甚至都没注意到。现在我需要来杯酒，换身干净的衬衣。客人们齐声欢呼，先是向埃迪然后向我祝酒（她把我从琴凳上拉了起来）。他们大声喝彩，甚至连将军也举起了酒杯。

“我们离开这儿吧？”她从齿缝间轻轻吐出这话问我，对着观众调皮地行了个屈膝礼。

“上帝啊，当然好了。”

我们赶在被充分燃起了热情的人群把她围起来之前冲到了外面。她给我点了一支烟，我接过来，实在不好意思承认我并不抽烟。我情不自禁地凝视着她。她冲着我笑，是那种嘴角微微倾向一边的笑容，就好像她想到了某个不那么得体的恶作剧。真是迷人得要命。

“那么，为什么你们三个都姓福克斯，他们却只管你叫‘福克斯’？”

我吸入一口烟，屏住不咳出来，暗自庆幸夜色深沉中她看不见我湿润的眼睛。

“我一直都是‘小福克斯’，但现在我已经十八岁了，长到了六英尺高，所以再这么叫，就有点——嗯，有点傻。所以现在我就叫福克斯。”

“我明白了。福克斯和你很相称。虽然我也向来很喜欢哈利这个名字。”

我不知道这算不算是在调情，我经验太浅，判断不出来。

“你该换台新钢琴了，”她说。

“还有新屋顶，以及其他上百种东西。但我觉得弹得还是很有勇气的。”

“十足的骑士风度。普通一点的人早就弹到一半就把它，对不起，她，劈成木条来生火了。”

“你是在这儿向小福克斯放电吗？”杰克突然出现在我的边上，显然毫不在意这样会让我怒火中烧。

三个姑娘和她们的情郎紧跟着杰克走出屋子，来到露台上。不知不觉地，杰克总是牵引着人们，他们就像流星划过时的尾巴。他们说他是整个营里最好的军官之一，手下的士兵愿意跟他去任何地方，为他做任何事情。我相信这是真的。露台低处的扶手被砸毁了，但此刻断臂处覆着白霜，月光映照其上，也是光芒动人。

“你没唱我想听的歌。”我抱怨道。酒壮人胆。

“你先唱给我听，”埃迪说，“这样才公平，杰克说你会唱歌的。”

“他会的，他会的。他唱得可好咧。”杰克说。我的哥哥如自我感觉最好的人们那样，既善良又慷慨。

“好吧。那我唱什么呢？”

“你为我和乔治写的那首。我喜欢那首歌。他聪明绝顶，会自己写歌。”

他的热情建议让我有点不知所措。杰克说的是那首我即兴编出来逗他和乔治玩的下流小曲，但为时已晚，埃迪也满怀期待地转向了我。

“那我可要听一个哈利·福克斯-塔尔伯特的原版。非这样不可。”

我搜肠刮肚，想找一首既不是太简单又不是那么粗鲁的歌。别的人也聚到露台上来，但我并不介意。我从不介意有人围观我表演音乐。按我两个哥哥的说法，在我母亲还在世的时候，我经常穿着睡衣走下楼，为晚宴上的客人们歌唱。我希望杰克没跟埃迪说起过这事。但我不能告诉他不要这么做，因为一旦叮嘱了，他定会跟她说的。我清了清嗓子。

“行，就这样吧。这首曲子严格来说并不是我写的，我很久以前听过旋律，现在这个是我改编的。”

我的唱功并非出类拔萃，但嗓音还是很讨人喜欢的，而且我猜也是富于表现力的。我可以用几样乐器表达出心中所想——钢琴、教堂风琴和我自己的歌喉。我其实还没长到六英尺高，相貌也并非英俊迷人。我没有两个哥哥那样的蓝眼睛，但当我歌唱时，姑娘们就会全然忘记我并没有她们想的那么高大，也没有她们期望的那么帅气。

我是清唱的，目光没有望向埃迪或是别的姑娘。霜厚如雪，我凝视着这首歌曲如同蒸气一般从我唇间吐出，袅袅升起。我以前从未见过一首会飞翔的歌曲。歌词飘过草坪。这是埃迪在战前的一首老歌。我歌唱花朵的名字，它们飘浮着潜入黑夜。鹅黄含羞草和紫罗兰，鲜亮地绽放在枯寒的大地上。我唱了一两段，然后停下来。我可以短时间内骗过她们，但我知道如果唱得太久，我的歌声是没法吸引她们的。这需要真正的技巧和真正的歌声。如埃迪·罗斯那般的歌声。

“太棒了，美妙极啦!”杰克大喊，拍着我的后背。

别的人齐声鼓掌，姑娘们都尝试和我对上眼，这在那天晚上还是头一回。我应该好好把握——这可是从隐形状态中的暂时解脱。一首歌的效果如同一杯香槟酒，持续时间也相差无几。我瞥了埃迪一眼。她既没有看我，也没有和别人一同鼓掌。

2000年，5月

我知道女儿们在担心我。我总能在一场训斥到来之前嗅到征兆。克拉拉肯定会打电话过来，通知我她们要过来喝个茶，于是我就会查看壁橱里有没有好吃的饼干。和孙辈们以及克拉拉那个愁眉苦脸、心不在焉的丈夫共进午餐或晚餐算是社交聚会，但是和女儿们共进下午茶就只能意味着一件事。

每当这时，她们会并肩坐在那张爱德华时代的沙发上，两人之间靠得有点太近，因为她们谁都不想坐那个靠近火炉的位置，那是埃迪的座位。没人能忍受坐在那儿。我常忍不住坐上去，因为这样她就会走进房间，照例发出嘘声把我轰走，但我知道坐到那儿的确是犯傻。她们就那样栖于沙发上，如同树枝上的两只小鸟。露西，我的小燕雀，个子小小的，肤色偏深，双手总是游移不定地轻轻晃动。我有一次试过模仿那个动作，在指挥德彪西的一首曲子时，想在琴弦间传导一串涟漪。我没把这事告诉露西。她可不会觉得这是对她的恭维。

克拉拉倚到靠垫上，姿势惬意中带着做作，脚踝左右交叉一丝不苟，昂贵的手包放在她身边的地板上。这几个靠垫是埃迪几年前在自由百货[1]一时冲动买下来的，我一直都看不顺眼。如果你问我的话，那是因为它们有点俗气。不过，她从未问过我，现在我也没法舍弃它们了。想

---

① Liberty London，历史悠久的伦敦著名精品百货店，以精致品位和艺术气息著称。

来荒谬，那些其貌不扬、零零碎碎的家居小物总会慢慢变得珍贵，其中都倾注了我们的感情。

两个女儿坐我对面，瓷质茶杯平平稳稳地搁在她们的膝盖上（我从来不知道她们是怎么做到的；这肯定是她们母亲教会她们的诸多事情之一），她们告诉我，我该培养一个兴趣爱好，分散一下注意力。我该“交点朋友”。她们有说不完的建议——我可以加入桥牌俱乐部，可以自己种点蔬菜。当我提议作为荣誉绅士会员加入当地的妇女协会，并学做糖蜜海绵蛋糕时，克拉拉目光严厉地瞪了我一眼，她显然觉得我是没把她的建议当回事。于是我毕恭毕敬地听她们提出建议（我总是认真倾听，尽管最后还是会完全按照自己的意愿来做——孩子们不喜欢受到忽视，哪怕她们都已经四十好几了）。

“你在试着写点东西吗?”露西问我，担忧地皱起额头。

“目前没在写。再来一块饼干吗?”我把盘子推到她面前，自己拿了一块饼干，一口把整块塞进嘴里，这样就没法回答更多问题了。但她没有领会我的用意。

“但你还在弹钢琴，是吗，爸爸?”

我指了指鼓起来的腮帮子，但女儿们只是礼貌地微笑着，等我吃完这块饼干。

“不，亲爱的，我不弹钢琴了。”

我向来不擅长向露西撒谎。在她还很小的时候，她就会用她那纯真的灰色大眼睛盯着我，相信我说的每一个字都是永恒不变的真理，所以到最后我连对她扯一个最小的谎都受不了。我想要成为她心目中那种绝对诚实的人。

自埃迪去世那天起，我再也没有弹过钢琴。我尝试过。葬礼结束后，我回到家里，打开琴盖。我是从吊唁者中偷偷溜出来的，他们一边吃着三明治和肉馅饼，一边迫不及待地和别人分享关于埃迪生前的零星往事，这样他们回家路上坐在车里就能安慰自己已经尽足义务，给那位可怜的老家伙留下不无美好的印象。我拿上一杯上好的威士忌和一支雪茄，独自躲进音乐室里，关上门，庆幸终于可以孤身一人。然而面对琴键时，我犹豫了，我的手忽然之间不知道该落在哪里。以前，就像说话从来不用思考如何用嘴吐字一般，我从来不用思考如何弹琴。

手指冰冷，我不知道此刻适于弹奏哪首曲子。这是为埃迪而弹，因此要选择一首完美无瑕的曲子，然而我的指关节僵硬麻木。我在记忆中搜索巴赫，然而他没有出现，舒伯特也没有。就连我以前在她睡不着觉的时候，开玩笑弹给她听的肖邦小夜曲，如今也隐藏于我的大脑深处。最后，我合上琴盖，对着空荡荡的音乐室宣布，我明天再弹。我要想一首专门献给埃迪的曲子，专门为她弹奏。然而，第二天到来之时，我发现即使手指不再冰冷、不听使唤，我的思想仍然一片木然，所有旋律都离我而去。

露西握住我的手。她的手小小的，很温暖——手型秀美却不适于弹钢琴，不过话说回来，我的两个女儿其实都从未对音乐表露一丝兴趣。不，这样说也不对。克拉拉十五岁那年，七月的系列音乐会期间，有一位年轻帅气的小号手暂住在我们家里，克拉拉由此宣布她想学小号。然而漫长的夏夜逝去，她对男孩和小号的一时热情也随之消退。

两个姑娘哪怕只是显露出一点业余兴趣也好啊，那种随性培养的才艺。我让她们俩上过各种乐器的课。露西总比她姐姐更愿意卖乖，因此她以令人惊异的笨拙坚持着上完了整套木管乐器的课，直到最后不管是我还是她的老师都忍无可忍。她十二岁那年，一个周六的早上，我没有把她带到音乐老师家里，而是把她安顿在了网球课上，令每个人都大舒一口气的是，她在那里的表现比音乐课上要好得多。

这下轮到克拉拉目不转睛地盯着我了。

"好吧，爸爸，如果你既没在写作也没在弹琴，那么你就更需要有个爱好了。"

事实是我的确有一个爱好，尽管它可能不是女儿们所想的那种。我喜欢上了看医生。我看过了各路医生，咨询过自己这一片区诊所的每一位医生，也曾斥巨资去市中心的哈利街上看一位专家（我跟姑娘们说的是去听歌剧了，那可比这个便宜多了）。我需要有人给我诊断一下。显然有什么地方很不对头。哪怕蜷起身子坐在炉火边上，我还是总觉得冷意袭人。我吃不下饭。我既写不出东西，也弹不了钢琴。只要他们能给我一粒药丸，没准我又能恢复健康了。然而，每个医生说的都是同样的话——我完全健康，身体上什么毛病也没有。我该多吃点饭，少喝点酒，听到这里我就知道又遇上了一位庸医。这些该死的医生什么都不知道。

最后我去看了片区诊所一位新来的医生。我试着跟他解释。

"我身上的很大一部分丢失了。"我想对他说。"我就像一个个露出缺口的洞，而非完整的人。"然而说出来的时候就不对了。"我成了亚尔斯堡[①]。"我宣称。那位面色疲倦的年轻医生瞪着我看。我紧张得直冒汗，再次尝试。"我浑身全是洞，就像亚尔斯堡。"

医生微微一笑，往后靠到椅背上，驾轻就熟地摆出耐心的样子。"啊，对了，那种瑞士奶酪。我知道。我女儿午餐盒里就会放那个东西。我老婆从玛莎百货买的切片。"

我盯着医生看了一会儿，然后伸手去拿我的帽子，不解于话题怎么会从我得的这种不明不白的病转到了奶酪上面。肯定是得了癌症。那一刻，我确信了这一点，并认定它并没有天塌下来那么严重。没有埃迪在

---

① 一种瑞士奶酪，表面多洞。

身边，我撑不了多久的。两个姑娘必然难以接受，但她们都已经长大成人，而且这也是最好的结局，尽管我还是希望能少受点苦。我是坚决反对受苦的。这会儿我已经开始思忖葬礼上用什么曲子最适宜了——巴赫，除了巴赫别无他人——然而这时医生搁下笔，摘下眼镜。他有一双浅蓝色的眼睛，在我看来他和克拉拉差不多大。

“您没有生病，福克斯-塔尔伯特先生。您是悲伤过度了。”

我猛吸一口气，感觉受到了冒犯。不应该用悲伤这个词。悲伤是在窗外落雨的日子看一部老掉牙的催泪剧，或是在一月的第一天把圣诞树拿下来，或是聆听季末的最后一场音乐会，知道自此之后所有音乐家都会各自散去，我们的房子又会变得过于寂静。我想要站起来，告诉这位年轻医生，他极度不当的用词冒犯到了我，但不知为何，我的腿没有动，舌苔又干又厚，贴着我的上颚。

然而我最后说出来的却是，“本来不该如此。女人比男人活得长。这谁都知道。本来完全不该如此。”

“是的，的确不该如此。”医生附议。

他就坐在那儿，耐心地等了几分钟，然后我惊讶不已地发现，我竟有失体面地大声哭了起来。当情绪缓和下来时，他静静地递给我一张纸巾。我擤了把鼻涕，对自己的这番情绪发作感到又气恼又烦躁；我好像对什么事情都失去了控制，甚至连自己都控制不了。

他问我，“你有试着写点什么东西吗，关于——？”

“埃迪。她叫埃迪。”

“你试着写过什么关于她的东西吗？”

我摇了摇头。“我正打算为她写一首交响曲。唔，我是这么想着的。但有点卡住了。”

“要不先从一点没那么宏大的东西入手？你可以随手写段回忆。”

我皱起眉头。“那个太私人了。”

“那又怎样？不用给别的人看啊。”

“不用了，谢谢你。”

他又继续往本子上做着字迹潦草的笔记。“随你便吧，有的人觉得这样有帮助。”

他没有表示出同情，这点我很感激他，没过多久我就离开了，拿着他给我开的安眠药处方——尽管我注意到他并没有开太多的量，大概是以防我一时冲动做傻事。当我走过医院前台时，秘书叫住我。

“福克斯-塔尔伯特先生？我能更新一下您的具体信息吗？”

她笨手笨脚地弄着电脑，我就等在柜台前。

“我们好像没有您最近的电话号码，福克斯-塔尔伯特先生。”

“是啊，当然。号码是——”

然后我发现记不起来了。我可以算是半个数学家——大多数音乐家都是如此。但我却想不起我的电话号码了。我能想起我们最早的号码，那是1952年家里刚装电话时给我们的号码，但我们最近的电话号码却消失在我脑海中。

“没事的，慢慢来。”秘书说道。

我看着她那涂着橘色唇膏的嘴唇和过于繁复的耳环，这会儿她突然忙了起来，在键盘上敲敲打打，我明白她觉得我很可怜。我成了同时失去妻子和电话号码的迟暮老人。

几天之后，也就是现在，我坐在扶手椅上面对着女儿，有那么一瞬间，我怀疑那个诊所接待员会不会给她们打了电话，但我又估计她不会这么做的，因为保密原则和所有诸如此类的规矩。有那么一瞬间，我看到的不再是她们现在的样子，而是她们曾经的模样。克拉拉一脸严肃，端端正正地穿着她的聚会礼服和锃亮的漆皮舞鞋，一头长长的金发完美地编成两条闪着光泽的辫子，说话时她会用手卷着辫子打转儿。露西则是个子娇小，安安静静的，身着一样的蓝色礼服，但不知怎么的，与姐姐的整洁截然不同的是，她一心想显得邋里邋遢，深色的头发从马尾辫的末端冒出来，两只小脚丫伸出来，露出两只奇怪的袜子，还没穿鞋子。

我眨了眨眼，眼前的成年女儿又代替了刚才的幻象。我把饼干推给克拉拉，又推给露西，她拿了两块。

“别大惊小怪的。我会好起来的。”我这样说并不因为真的相信会好起来，只因这是她们希望看到的。

“那你会去参加这个舞会吗？专为领养老金者举办的。他们总想让男士参加。”

“不，亲爱的，我不会去。我不想在镇上的社区中心和陌生人一起跳狐步舞。”

“那你何时开始筹办今年的音乐节呢？”露西问道。

“我想今年暂停一次吧。我有点累了。”我说的时候没有看她们俩。

话刚出口我就知道说错了，能感觉到她们深吸了一口气。我真希望刚才扯个小谎，告诉她们今年音乐会的主题是失去与希望或是别的什么，尽管我知道自己根本不会操办这事，然后接下来的几个月里我就得假装所有独奏家们今年不知为何都忙得脱不开身。但我的思考速度没那么快，这话甫一出口，我就知道要遭殃了，“爸爸振作起来”的程序又要升级启动了。

我等了一个礼拜，然而什么都没发生，除了克拉拉还是像往常一样，在送孩子上学去的路上用车载电话打给我，我可以听见孩子们在后排座位上尖叫，嚷嚷着忘带了游泳装备或是作业还没做完。克拉拉给我打电话时总是一心两用，就好像为了向所有人显示，她能够同时处理多件事情。我希望她打过来的次数可以少一点，当她真正有时间说话的时候再打来。

留言机上有露西的留言，我能肯定她一定是算准我出门或是洗澡的时候打来的。她想让我知道她记挂我，但又不想真的跟我说话，因为我们都能预料到对话会如何展开，它让我们都感到不太舒服。

露西：“你今天怎么样？”

我：“我好点了。”

露西：“你能弹琴了吗？”

我：“不能。”

我也希望她还是在留言机上留言，不要和我说话。

这一周我还是一如往常，漫无目的、浑浑噩噩地晃过去，日复一日，黯然伤神。夜里我睡不着觉，凌晨一两点的时候还清醒地躺在床上，听着木头发出的嘎吱咔嚓的细微声响，感受着枕边冰冷的空间。那阵子我疲倦至极，这种疲惫感潜入骨头里，就好像骨头被煮了很久很久，煮烂成了骨髓。尽管我会在下午静静地闲游多时，小心着不打盹儿，眼睛闭都不闭一下——然而夜晚到来时，依然如此，我还是清醒地躺在黑暗之中，倾听着房子里的各种动静，嗡嗡或是嘎嘎。

回忆不请自来，在我脑海中穿梭闪过，我被迫看着往事一幕幕重现，殊无反抗之力，止不住记忆的涌流。我只想沉沉睡去，不要做梦，然而眼前出现的却是埃迪开演唱会前的样子，看到她试着夹起头发，手却抖得厉害，不得不让我帮忙。她整个歌唱生涯中始终未能摆脱严重的舞台恐惧，然而这点除了我之外无人知晓。睡意离我而去，我发现自己在皇家阿尔伯特音乐厅的侧厅里怀抱着浑身颤抖、面色惨白的埃迪，她的礼裙都被汗水浸得滑溜溜的。一位舞台工作人员走过来礼貌地询问她怎么了，她的回答是，“我很好。”说完就对着消防桶狂吐起来。

我忆起埃迪以前常常在雪夜里出门散步，暂时消失，在半梦半醒间，我试图骗自己说她只是穿过花园闲逛去了，或许走得有点远，到山那边去了。然而埃迪只有在深冬之夜才会外出游荡，接着我便会听到棕柳莺的鸣啭，或是闻到从敞开的窗户外传来的充满背叛意味的茉莉花香，我就会意识到现在是夏天，连用自欺获得缓刑的机会都没有。我会在拂晓之前迷迷糊糊地睡着一会儿，疲惫至极，我不知道余生是否就会这样度过：脑海中永无止境地回放我们婚姻生活的点滴，一再重复的回忆终会变得模糊，褪去色彩。

在埃迪去世之前，我从未一人生活过。即便她有时一个人出门远行，管家也会在她不在的这段时间里过来和我同住——在我那一代，男人还是被视作一无用处的无助群体，没人帮助的话连个鸡蛋都不会煎。我都已经七十多岁了，却还从未独自在这房子里待过一个晚上。然而埃迪去世之后，我无法设想让一个陌生人睡在那里，我害怕外人的闯入会驱散她的最后一丝存在。我不想让陌生人用毫不知情的眼神看着埃迪的私人物品，没有了背后故事的东西会沦为普通不过的小玩意。

克拉拉和露西提议找一个长期的住家管家，我拒绝了。她们对我表示拒绝的坚决程度感到困惑不解，但我不愿做过多解释。事实是我觉得如果那样就离靠人扶持过活的状态不远了。某一天管家会不再单纯帮我做饭、打扫和买东西，还会帮我穿衣、洗衣服，然后还没等我反应过来，我就这样有了一位住家护工。现在，哪怕我靠微波炉加热食物、晚上去餐馆吃饭过活，我仍然是独立的一个人。最后我找到了来自乡村的斯特劳德太太，她人很好，且手脚麻利，她答应一周过来三次，帮我做饭、打扫。

我这样决定或许是正确的，然而我并未准备好应对孤独。有些日子里，我感到折磨我的不仅仅是伤心。如果说伤心是正中要害的猛然一击，那么孤独就是它手下的暴徒——把你的双手缚到背后，让你在面对暴击时殊无还手之力。我感受到来自寂静的奚落，这还是平生头一回。我从来都轻视背景音乐、附带配乐及渲染气氛的音乐——无论你管它叫什么。音乐必须是被专心倾听的，否则不如归于寂静。话虽如此，我的脑海中却很少有什么时候是寂静无声的，任何安静都被音乐填满。有时是我自己的音乐——我写过的，或是将要写的一首曲子——有时是莫扎特的一首小曲。埃迪走后却不再如此。世界变得很安静，安静得可怕。一种凄凉的岑寂如同折磨人的潮气一般悄然笼罩了一切。

我的思绪回响在房子里。我听着自己拖曳的脚步声在门厅里来来回回——我从什么时候起走路像个老年人了？令我感到羞耻的是，我开始在午饭时打开电视以求陪伴，然后发现自己也看起了那些情节夸张的肥皂剧。我大声对着自己说话，在斯特劳德太太不过来的那几天，如果不这样，同时又没有电话打来的话，我一直到下午四五点钟都不会说一句话。当邮递员敲门让我签收包裹时，我跟他说了很久的话，说得太起劲了，以至于他沿着门阶节节后退，吓跑了。

一天夜里，我在绝望中伸手拿起床头柜上的笔记本——我总把它放在那里，以备凌晨时分有音乐灵感闪现。或许那个医生说得没错。只要我不想让别人看，没人会读到我写的东西。我没有谱写旋律，而是试图写下零散无序的回忆，想着这样做是否就能万无一失地保存它们，从而能够自愿地回想，而不是在夜里冷不防地为它们所袭。我发现随手写点东西好过焦躁难眠。写作把一个人的想法变为某种意义上的陪伴。这对我有所帮助，尽管帮助甚微，但还是挺重要的。我把想到的一切都匆匆记下来：关于我们早年生活的点点滴滴，以及最近几天、几个礼拜、几个月的种种细节；这是我的另一生，埃迪走后的人生。

一两个礼拜之后，我几乎已经忘记了女儿们的上次来访，也已经不再去猜想她们在谋划什么。甚至直到现在，我还是不能完全肯定后来发生的事是预先计划好的。克拉拉——矜持优雅的克拉拉，那个会在每天早上上学前给布娃娃梳好头发，还给她们布置家庭作业的女孩（她还会用红笔批改这些作业）——当时是那样的烦躁不安，整个人乱成了一团，我实在没法肯定这是有预谋的。如果真是如此，那我大女儿的演技可远比我以为的要精湛得多。

那天早上，快九点的时候，我听到一辆车子飞快地冲上砾石道，然后是制动机不满的尖叫声。我穿着晨衣急匆匆地走下楼，发现克拉拉已经在厨房里了，只见她泪眼汪汪的。

“亲爱的，怎么了？没人出什么事吧？”

“是的，哦不，我需要休息一下。我得有点时间独处一下，不然我真的要疯了。你能照看他一下吗？就几个钟头？”

直到此时我才注意到了厨房一角的罗宾，我的金发小外孙。他正打开一个橱柜，大大方方地翻着东西。

“托儿所今天满了。人手不够或是别的什么原因。”

自从葬礼之后我还没见克拉拉哭过。而此刻她正在我的厨房里啜泣，手抓着厨房台面。

“没事的。”我伸出手，拍拍她的肩膀。“怎么会没事？你能带他吗，爸爸？就一会儿？”

我看看罗宾，他这会儿已经翻遍了橱柜，从柜子后面偷来一盒可怜地被人遗忘的巧克力，此刻正蹲在地上，一颗一颗地拆开巧克力的包装纸，不可思议地一口将它们全塞进嘴里，巧克力的汁液从他口中流下来，滴到 T 恤上。

“他是个讨厌鬼。女孩子从来不会这样。我真不知道该拿他怎么办。他从来不听我的话。一个字都不听。”克拉拉说道。她没有要训斥他的意思，只是皱起了眉头。

我看着那个向来刻板严格、过于克制的女儿，想着不知道这个困扰已经纠缠她多久了。她有跟我讲起过吗？我记不得了。

“你走吧，”我说，“我们会好好的。”

“真的吗？”她听上去又满怀希望又存有疑虑。

“当然了。”我打起劲头向她保证，心里却没底。

于是克拉拉就走了，双眼还是红红的，我转过身面向那个小男孩。罗宾四岁，是个健健壮壮的小男孩，有着和他杰克外公一模一样的蓝色眼睛。我心软下来。

“好吧，我们这就开始吧。我们会一起度过非常开心的一天吧？”

“不会。”罗宾回答。这是他来到厨房以来说的第一个字眼。

埃迪善于和孩子们打交道。她特别喜欢当外祖母，孩子们追着她跑，喜笑颜开，而当他们来敲我的书房门时，则是安安静静、尽义务式的，进来后迫不及待地接过我给他们的巧克力——我的书桌抽屉里总放着巧克力以备此种时刻——接着便蹦蹦跳跳地离开了，他们迫不及待地想要逃回埃迪身边。试图多了解他们一点会是件愉快的事，但我没有那个时间，况且说实话，我也没有足够强烈的意愿这么做。我当时还在工作，音乐在我脑中以头痛般的强度嗡嗡着，急需我把它们写下来，此外，不管是否算自私，我的确更愿谱曲，胜于关注小朋友蹭破的膝盖和他们的喋喋不休。

克拉拉的头两个孩子（都是女孩）出生时，她人还在苏格兰。她们出生时，埃迪都会到她那里去，一连消失几个礼拜，而我则是发去给她打气的电报。允许埃迪离开这么长时间而没有——好吧，只是稍稍——发点抱怨，在我看来已经足以表明我与她们同在了。与其说我感觉喜欢当外祖父，不如说我知道应该这样。每个人都告诉我，我一定相当骄傲，那么我就当是这样吧。看到家族血脉得以延续让我很欣慰，但我却没感到有什么责任要抚养或照顾家族中的新成员。我不是说这反映了我什么性格上的优点，但事实确实如此。埃迪病了以后，克拉拉住到离我们近点的地方，这点我很感谢她。但当时我已然因为不幸的预感而悲伤不已，所以并没有怎么注意那个跟着两个姐姐一起过来的蹒跚学步的小男孩。他或许有一点儿聒噪，有一点儿任性，如果仔细想起来，我和他之间的小矛盾也的确比和外孙女之间的要多一点：他打碎了瓷质铃铛，还把完全不该放到炉火上的东西放到上面。但当我真的注意到时，我也只是把他糟蹋茶壶、烧毁电话通信簿的行为归结为男孩子的调皮捣蛋。

我以前从未和罗宾单独在一起过，我试图回忆该怎么和小孩子打交道。

“你吃过早餐了吗？你饿吗？”

这个问题似乎没什么意义，因为小家伙此刻正站在丢了一地的彩色巧克力糖纸中间。

“不。”

“不什么？你要说清楚。不，你没吃早餐，还是你不饿？”

他盯着我看了一会儿，然后小脸儿拧成一团，“不。”

我决定不管这小家伙到底是怎么想的，我可得吃早餐了——我已经预感到要对付接下来发生的事，或许得先填饱肚子才行。我边吃吐司边喝茶，他就看着我，一动不动，然后把一根手指插进鼻子里。我递给他一块手帕，他不要，接着又抓起一杯橙汁，边喝边倾倒在衣服的前襟上。我递给他一条毛巾，他一把丢到地上，然后伸手脱掉湿漉漉的T恤，还把鞋子给脱了，接着是裤子。我思考着之后的几个小时该如何度过，一阵不安悄然涌上心头。

“你不冷吗？”我语气礼貌地问他。

“不。”他脱下袜子。“外婆呢？”

我顿感疲惫不堪。克拉拉肯定向他解释过了。我快速地在词语库中翻寻着合适的说法。“外婆走了。”

“她去天堂了吗?”罗宾问。

“我想是的吧。”不管是不是真话，我都急切地想要结束这一对话。

罗宾顿了顿，若有所思。

“我讨厌天堂，”他说道，“那里全是死人。”

“来点吐司和橘子酱吧。”我说。

要是我在洗澡更衣的时候让他一个人待着，我不禁忧心起厨房壁柜的命运，于是我便劝说他跟我一起到浴室去。这次他出奇乖巧地跟了过来，兴致盎然地看着我小便。

“你尿尿要好久哦，外公。”

“是的，但这样评论是不礼貌的。”

我摘下眼镜，步入淋浴间，然后我们俩开始真的滔滔不绝地聊了起来。我开始觉得有人作伴或许也不是件太差的事，然而走出淋浴间时，我一脚踩在了一整支牙膏上，膏体被弯弯曲曲地挤在浴室脚垫上，像一条白色的粪便。我戴上眼镜，看到一袋八卷的厕纸卷筒全被抽去了芯棒，推进了马桶里。罗宾只穿着内衣内裤站在我面前，手里挥舞着又脏又臭、几百年没用的马桶刷，好像挥着一把剑。

我竭尽所能清理干净这一片狼藉，但怎么也没法劝说罗宾重新穿上衣服，只好自己匆匆换上衣服。小男孩跟着我来到更衣室，把我所有的鞋子丢到地毯上，开始试穿埃迪的高跟鞋。我还没有勇气清走她的东西，这下可便宜了罗宾，他一把从衣架上扯下一件镶有亮片的礼服裙，缠在脖子上在更衣室里飞奔，好像那是一条闪闪发光的大蟒蛇。我无力地劝阻了一两次——小男孩一下就觉察到我的劝阻是心不在焉的——于是只好看着他。奇怪的是，他似乎并未从这些调皮捣蛋中获得快感。他肆意破坏，但这种不驯中却带着一种习惯性的厌倦，好像一个罪犯奉了头儿之命，却只是敷衍地打人几下了事。

他沿着走廊一路疯跑，大声尖叫着奔向音乐室的门，后面拖着埃迪的礼服裙。我跟了上去，与其说担心，倒是有点好奇他要进去做什么。只见他径直冲向了我放在椅子上的一本相册，把它从椅子上拉下来，然后开始撕照片。埃迪的照片纷纷扬扬地飞落在地毯上，我扑过去接住她，可罗宾猛地从我手里夺走碎片，尖叫着把它们揉成一团。我不顾一切地试图阻止他，但我动作太慢，被他躲开了。我从未对一个孩子如此光火过——所幸我没有抓住他，因为如果抓住了，我肯定会打他的。怒火在胸中升腾。纯粹的百分百的怒火。经过了唯有空虚悲伤的几周之后，此时我的内心一下子被富有色彩的情感填满。这倒令我欣然自喜，我又看向那个小拳头里拽着照片的蓝眼睛男孩。他看着我，把一张照片撕成两半，我大叫出来。这些都是老照片，几十年前拍的黑白照。他是在偷走属于我的埃迪碎片。我不会允许他这么做。

最后是埃迪拯救了她自己。她的声音在我脑中响起——平静柔和，说着她常说的那句话："只是责骂他们是没有意义的。引开他们的注意力。"

于是我做了我唯一会的一件事。我走向钢琴，坐下来，开始弹奏。利奥波德·莫扎特的《玩具交响曲》① 从指尖流泻出来。我是过了一会儿才发现，罗宾完全安静了下来。他丢下相册，走向钢琴，半路上扔掉了那件镶亮片的礼服裙，最后就静静地站在我边上，身上穿着他的超人内衣裤。这首曲子有些部分需要手指放入口中吹口哨，而我不会，就在钢琴盖上敲起了旋律。到第二遍时罗宾加入进来，他拍着琴凳，把每一拍都准确无误地重复了出来。

"棒极了！"我大声说道。

---

① 一首实际演奏时间只有七分钟的小型名曲，一直为儿童们所喜爱。其作者一说为海顿，近代一般认为是莫扎特的父亲利奥波德·莫扎特。

我继续弹奏，这一次是用左手敲打“夜莺”[1] 部分的旋律。罗宾浑身一抖，先是盯着我的手指看，继而迅速扫了我一眼。一个乐章结束，我停下来。罗宾把我的双手拉回到琴键上。

“再来一遍，外公。再来一遍。”

“行。”

我再度开始弹奏“夜莺”部分，然而才弹了一两个小节，罗宾就把他的手也放了上来，比我高八度，然后让我目瞪口呆的奇事发生了：他开始和我一起弹奏，在节奏和时间上完全跟上了旋律。我停下来，惊呆了，但小家伙却继续演奏，直至弹完整个乐章，一个音都没错。

“你以前弹过这个？”我问。

“没有。”

“那你上过钢琴课？音乐课？”

他不耐烦地摇头。“再来一遍，外公。再来一遍。”

“行。但你可不可以先穿上裤子呢？”

他盯着我看了半刻，思考着这一要求。

“弹完之后。”

“你保证？”

“是的。”

于是我们又弹了一遍。我直挺挺地坐在琴凳上，罗宾则只穿着内裤站在我边上，正好能够着琴键。我斜瞟着他的手指，只见旋律如同流水般轻易地从他指尖流出，然后我注意到他的手是何等的美——小小的，还是孩子的手，却有着真正的钢琴家的纤长手指。他看着我，笑了，这还是我记忆中第一次看到他笑，那是一种如痴如醉、漫无边际的笑容。

---

① 《玩具交响曲》中出现了许多独具特色的玩具乐器，如“杜鹃”“夜莺”“鹌鹑”等拟声笛。

1947 年，新年第一天

第二天清晨，寒冷更甚。卧室玻璃窗里侧的冷凝通道给牢牢地冻住了。即使和衣睡在床上，仍冷得直打寒战，我决定放弃睡觉，随手披上一件晨衣，外加从床上拽下一条毯子，然后匆匆走下楼去寻一杯茶或是威士忌——只要能让我暖和起来就行。我总喜欢在一屋子人都还睡着的时候第一个醒来。我知道终有一天，哈德格罗夫府和她那些次等品家具、残破的画，她的农场和河流，都会归杰克所有，然而在其他人醒来之前的那些时刻，她是属于我的。哪怕他成为一家之主，结婚生子，满厅堂跑着吵着的都是他那些胖乎乎的小屁孩，他都无法继承我的这些时刻。少年时代，从预科学校放假回家后的第一个早上，我都会在天未亮时就起床，探访每一个房间，在里面待上一段时间，直到摆脱那种不熟悉感，那种陌生人归来的错觉。我会穿着睡衣，光着脚走到外面，踏在草坪上，感受着脚趾间冰凉的露珠，望着拂晓之光沿着小河熠熠生辉。

我疾步来到厨房，失望地发现我并非今晨最早起来的。奇弗斯正忙着把乔治和埃迪轰出厨房。若在战前，我们当中任谁都不敢踏进这扇绿粗呢门的。我们或许不像朋友家那样佣人成群、财富可观，但至少也强撑着门面，这是唯一能做的一点努力了。楼上或许已经和楼下差不多破败寒碜了，但我们仍然虚妄地将这扇门视作一道分界线。毕竟我们需要这样一道屏障。然而现在，杰克、乔治和我都默默地同意，没法继续假装下去了。剑桥的宿舍女工人手不够，所以我再假装连一壶茶都不会烧的话，未免有点可笑。生活水准一落千丈，奇弗斯和将军是家里唯一想让它们恢复原先状态的人。

“先生，小姐，我相信你们在晨息室会舒服很多的。我这就让女佣生起火来。”

奇弗斯试图掩饰哀求我们的语气，但他心知肚明，他已是“文明阵营”最后的坚守者，而我们这些“不拘礼节主义”的拥护者早已击溃了他的阵营。

乔治挥挥手让他走开。“女佣得再过几百年才会来呢，奇弗斯。晨息室里冷得要命，站在炉灶旁边就暖和了。”

年迈的管家叹了口气，退回到厨房的远端去。乔治说的是真话。日间女佣至少还要一个多小时才会过来。炉火早早地在我们走下楼之前就生起的日子已经一去不复返了。

“谢谢你，奇弗斯先生，”埃迪大声说道，“你人真好。我们不是故意和你作对的。”

我第一次猛然意识到她并不是我们当中的一员。她没有意识到，她那礼貌的道歉，以及那一声“奇弗斯先生”，只会让那个人觉得尊严受到了冒犯。

“要茶吗？”乔治边问边找茶壶，可怜的奇弗斯见状只好退到餐具室那里，因为他受不了目睹生活水准的一落千丈——家里的少爷竟沦落到要亲自烧早餐前的茶了。

“哦，早上好，福克斯。”乔治终于发现了我。

“冻死了，可不是吗。我去小便的时候，厕所里冷得都快结冰了。”然后他想起了埃迪在场，连忙打住。“对不起。”

她挥了挥手，表示他不用担心，然后打了个寒战。

我往下一看，发现她脚上只套着杰克的几双旧军袜，没穿鞋子。

“来，披上这个。”我把毯子递给她。

“我和你拼一下吧。”她说着就走过来站到我旁边，把毯子披在我们两人的肩膀上。我猛地意识到，我从昨天早上之后还没洗过澡，身上一股白兰地和香烟的味道。

“你看见杰克没？”我问。

埃迪笑了。“他还睡着呢。发生什么事他都能一直睡过去。丢炸弹啦，房东太太发飙啦，卧室里冷得跟北极一样啦，都没关系。”

我瞟了瞟乔治，试着表现出无动于衷、冷漠深沉的样子，尽管埃迪刚才不但承认了她和杰克是同居的——我们之前就怀疑是这样的——还承认了她在哈德格罗夫府正是睡在他的卧室里。我一时心情复杂，一方面无可救药地嫉妒着杰克，这几乎令我感到眩晕，另一方面又在心里盘算着。但愿将军在场的时候她说话注意点，否则这个早上可要有好戏看了。走运的是，在她说出刚才那番话之前奇弗斯就走开了，不然他肯定会直冲到楼上，把什么都跟将军说了。这两人之间无话不说，比村里的老妇人还要长舌。

我们三人缩在古老的炉灶边上，望着高高的厨房窗户透进来的晨光一点点趋于金黄色。我想要走到外面的露台上，看着晨姑娘悄悄地穿过白雪之地，数着草坪上留下了几对浅浅的脚印，然后选一串脚印，跟着它往山上行去—— 一头鹿的脚印，抑或是一只野兔的——但我不忍打破这种施了咒语般的宁静。我喜欢和乔治与埃迪站在这里，背靠着炉火和咕噜咕噜响、冒着嘶嘶热气的烧水壶，感觉暖烘烘的。这是一种舒舒服服的宁静感，犹如乐音之间有意为之的停顿，我不由自主地数起了节拍。埃迪的笑声打破了这一停顿。

“你是在数拍子吗，福克斯？”

“是的。”

“为什么呢?”

“他总在数拍子,”乔治笑着说道,“就好像我们是一支管弦乐队,他在给我们做指挥。”

“不是。我是在给脑中听到的某种声音标记时间。”

“我就是这么说的。”

“不。根本不是一码事。我想都没那么想。”

埃迪正盯着我看,她并不觉得有什么好笑。“那你现在听到的是什么呢,福克斯?”

我突然感到难为情,再也听不见任何声音。耳边是宁静散去的余响,那神奇的一刻不复存在。

“我出去走走。”我说。

我离开厨房时,还听到乔治正在嘻嘻哈哈地说着“天这么冷,我的屁股都会冻掉”之类的话。我暗自希望哪怕就一次,他能够想起来自己是在和一个姑娘说话,而不是杰克或我,或是军队食堂里的某个家伙。

落了一夜的雪,晨曦中,花园和山上闪烁着奇异的不似凡间的雪白之光。湖面冰封,平滑开阔,不见一丝缝隙。天空是青灰色的,低低地垂着,酝酿着新的尚未落下的雪。寒风凛冽,听得到冰块开裂的声音。树木边缘白雪尽染,枝桠上闪动着银霜。在这一片素裹之中,我们房子和花园的诸多缺陷被隐匿了,看上去如同初登社交场的少女一般楚楚动人。白色的草坪光滑完美,杂草丛生的底部被完全掩盖住了。凉廊上残破的雕像都好似浮在空中,沉醉于某种残肢断体的死亡舞蹈。

我的心中溢满渴望——要是哈德格罗夫能长久如斯该有多好。小时候,杰克和乔治曾告诉我,在母亲生前,我们的花园是很漂亮的。那时候的池塘规整对称,里面的水还未抽干,边上的卵石还未四分五裂,池里总是随处可见扭着身子游来游去的金鱼。草坪每隔一个礼拜就会碾压并修理一次。他们还会讲述那些消夏酒会的故事逗我，母亲在酒会上万众瞩目；据说甚至连将军都会开怀大笑，忘了给他的胡子上蜡。这一切听上去都是那么的不真实——好似某个遥远的睡前故事——有一次我不慎将这种感受告诉了他们，自此之后他们就团结一致，再也没谈起过那个时候的事情。

或许他们是出于善意才不再谈起她了，不想重提他们记得而我却不记得的事实。我知道他们同情我对于母亲没有丝毫记忆，她因糖尿病导致的并发症而去世时，我才刚满三岁。然而，事实是我才同情他们。他们知道我们所失去的东西，记得陷落之前房子的模样和那些无忧的岁月。现在无论怎样，都只能是某种回荡着悲伤的旧日复刻。于我而言，我庆幸自己没有这种悲伤与遗憾的负担，我并不思念她，也没有伤心的记忆。

花园的远端，军队搭起来的丑陋的半圆营房表面覆盖了足有一英尺高的雪，让它们看上去像是女巫的小屋。雾霭如蒸汽般浮在小河之上，伫立不动使我不胜寒意，于是我活动双臂，双脚重重地在草坪上行走。我想成为第一个在上面留下痕迹的人。这是一种孩童式的满足感——如同在一页白纸上用红色蜡笔乱涂乱画。然而这个清晨，一只狐狸已经捷足先登；那边是它悄然潜行的一串脚印，这里是一只鸟儿留下的小小爪印。接着我注意到了人的足迹，一个有着小小脚丫的人在我之前已经出来走过了。我想起埃迪穿着湿袜子站在炉灶边的样子，猜想会不会是她。我认定就是她，于是选择沿着她的脚步走。跟踪一个人而非一只狐狸或兔子的足迹感觉怪怪的，有点儿像暗中打探。我怀疑她不会喜欢这种行为，但我依然决定这么做。

她的足迹径直穿过草坪，走向灌木丛，并没有轻巧地滑向下面的小河，而是猛地一转，向上面的山脊行去。她的脚印间隔均匀，不曾中断——好像她清楚地知道该往何处走，而且也几乎没有停下来喘口气，或是驻足欣赏风景。大约走了一英里，我惊讶不已——她竟然走了这么长的路。不到一个钟头前，我还和她并肩站在厨房里望着天空破晓，那么她肯定是在天还黑着的时候出来散步的。

我跟着她走入树林。这里一半的树都在战争期间被砍倒用作燃料，但最古老的部分留存下来。树干粗壮的冬青栎林和纤细的桤木静静地伫立在无尽的皑皑白雪之中，犹如北极海面上一支船队高耸的桅杆。我喜欢独自一人站在树木间伫足的感觉，但这个清晨我有点心神不宁。雪把天地都罩住了——我听到树木间回响着一块岩石的声音，但那个回声有点失真，有点古怪。

我继续向着树林中心推进。刺眼的雪光，一片澄净、没有落叶飘过的天空让这个清晨明亮得不可思议，胜过最耀眼的仲夏白日。树枝上已经没有浆果了；鸟儿们把它们捡得一颗不剩。仿佛目之所及的景色都被滤去了一切色彩，然后我瞥见了一条狐狸尾巴，它在两棵树干之间溜过，随后消失，成为茫茫雪白中的一点橘色。林中树木遮蔽，比起光秃秃的山背自是不同，树木本身散发着一层微弱却不无生气的暖意。越往深处，厥丛和黑莓就越发浓密，追寻埃迪的脚印也变得困难起来。我在一棵红豆杉的浅青色阴影下一时失去了她的足迹，然后又在一只獾留下的路的起点处重新发现了她，但她旋即再次消失。我四下找寻，然而再也看不见脚印。就好像她就这样走进树林里，消失无踪了。

这个游戏让我有点恼火，于是我转身回家，准备美美地享用一顿早餐和一壶咖啡。我有一种不愉快的感觉，就好像有人在监视自己，好像有什么东西在暗中等待着我。我嗡嗡地哼起比才[①]的一首小曲来驱散这

① 乔治·比才（Georges Bizet，1838—1875），法国作曲家，生于巴黎，歌剧《卡门》的作曲者。

种感觉，但发出的声音是微弱无力的。我不想再找寻脚印了，也不想知道我会有怎样的发现。我几乎为自己感到惊恐，也为这一荒唐举动感到生气，心中涌起了稚气十足的惶恐感。

忽然附近传来什么东西破裂的声音，我顿觉浑身血液犹如有电流经过，血管突突地痛着。我开始跑起来，跃过被砍倒树木的残桩和多节的树根，然而跑得不够快，感觉力不从心。昨天晚上的白兰地在体内沸腾，直涌到喉咙，堵在那里热辣辣的。我不得不放慢脚步，然后停了下来。我弯下腰弓起身子，想着自己是不是病了。这时传来了铃儿的叮当响声，只见一群疾行的身影在矮树林间横冲直撞。我的耳朵里能听到自己闷重的心跳声，然后我就直直地撞上了一棵山毛榉的树干，抬起头来，看见六七个人在树林里穿行，他们每人肩膀上绑着一对硕大的鹿角，鹿角如同笼子般罩着他们。另一些人也加入进来，他们看到我便停了下来。

“新年快乐，福克斯-塔尔伯特少爷。”其中一个说着伸手去摘头上的帽子，摸到是鹿角后，他轻笑出声。

我仍然精疲力竭地倚在山毛榉上，感觉身上所有的劲头都消耗殆尽了。“也祝福你们。我都忘了你们要过来，可真把我吓了一跳。”

听到这话，他们爆发出大笑声，一副兴高采烈的样子。

“看到你们全都回到了府上，真是件好事啊，先生。”一位活泼愉快的同伴说道，我不禁怀疑，我们回来的主要任务是否就是为村子里添点乐趣。

“我们正要到府上去。”

“你们先走吧。我这就跟上来。我没到可别先开始了。”

“肯定的，少爷。”

我望着他们穿行在冬青木和白蜡树间的背影看了一会儿，只见他们小心地不让树枝钩住头上的鹿角，脚踝上系着的铃铛在他们跑起来的时候发出尖利的响声。我跟上他们走出树林，看着他们一路跑下山坡，下半身是人上半身是鹿，就这样在雪中飞驰。一种伤感向我袭来，对于我从未知道的事物的伤感。我渴望着某个未抵之境，其间是秘密的地方和野性的事物，那里尚有深藏于树林间、人们未敢涉足的幽暗之境。一个回荡着久被遗忘的歌曲的地方。

我们都聚在走廊上看着他俩。杰克仍然睡意正浓，虽然穿了大衣，但里面睡衣的蓝色条纹仍然隐约可见，这样的搭配很是漂亮，我猜他又要引领风尚了。他的手臂懒懒地环着埃迪，两人共吸着一支烟。将军把脸洗得干干净净，刮了胡子，一丝不苟地穿着他的军装，尽管我想象不出他为什么要穿。几个姑娘和两三个小伙昨晚宴会结束后睡在了这里，前者还穿着昨夜的礼服，后者则套着借来的靴子，他们都冻得瑟瑟发抖，一个个睡眼惺忪，纳闷着到底为什么要召唤他们一起来看这一出。

我因为兴奋而躁动不安，这是战后第一场鹿角舞大会，其实也是我们头一回在家乡见识这种舞蹈。我好奇在我们离开的这段岁月里，村民们是否还继续着这一传统。如果我认为他们仅仅因为我们不在这里，没法看他们的表演并赏几个先令就中断不跳了，就未免过于自以为是了。总共十二个男人，其中六人肩上顶着硕大的鹿角，一人抱着手风琴。他们脚上穿着钉有平头钉的靴子，站在白雪覆盖的草坪上，半身是人，半身是兽，脚底轻轻刮着雪，等待着。

终于，领队者点了点头，手风琴手开始演奏起来。这是一首不可思议的曲子，我没听出来是哪首。舞者们顿了一会儿，像是在动身起舞之前吸足空气，在这会儿悄然形成了弯曲如蛇的队形。靴子踩在坚硬地上的敲击声，如同主旋律的复调。移动的步子快了起来，脚步登登地响，然后他们排成了两列，一齐拥到前面又退回来，肩上的鹿角划过天空，但一次都没有互相碰到。

我注视着领队者，我们的园丁本杰明·罗，他顶着最大的一对鹿角，这对鹿角上布满疙瘩，它们是如此的古老，黝黑而坚硬，看上去更像是石头而非犄角，我想象着它们是什么样的鹿头上脱落下的。我们这个郡绿意常在，风景怡人，到处是光滑的山坡和斑驳的树林，林间似乎不可能有这样的生灵出没。尽管天寒地冻，本杰明的额头上还是渗出了一粒粒豆大的汗珠，它们掉下来落到雪地上。舞者放声叫喊，用脚跺地，手风琴如泣如诉的乐声悠悠地萦绕我们，然后又悠悠地飘入这个早晨，最终沉入小河，被带至远方的大海。

舞蹈相当奇异，带着催眠的魔力。我回头看埃迪的反应如何，发现她面色泛红，双目发光，脸上洋溢着如痴如醉的神色。杰克递给她一支烟，但她没有注意，等她终于注意到时，她轻拍着推开了他的手臂。杰克忍住不打哈欠，我回过头去看他们跳舞，心中一时注满怒意。

顶着鹿角的两列舞者时而后退，时而前进，他们低沉地哼哼着，卖力的动作使他们脸上红通通的；草坪的白雪被来回踏得乱七八糟，一片污浊。我看着舞者如潮水般涨起又落下，感觉他们仿佛是在时间之间来回穿梭，滑向未来然后又退回来，退回来，一直退到万物初始。我想象着树木平地而起，铺遍山野，接着哈德格罗夫山背上的树林长得浓密遮天，大地龟裂，把山上的几座房子吞入地下，它们窗前如针般细弱的灯光跳动了一下，然后沉入虚无之中。音乐如同心跳一般，在我的体内敲打。

我方才看到，舞者已停了下来，手风琴也已经不再演奏，将军正在示意要威士忌，然而我耳边还是只有那音乐，其他概无所闻，我知道直到把它写下来之前，我是不会有片刻安宁的。我找了个理由脱身，冲进楼上的卧室，趴到床上，抓起一本手写簿就写起来，音乐喷涌而出，手里紧紧夹着笔。我一气呵成，然后房间里终于安静下来。我长舒一口气，闭上了眼睛。眼睛有点痛，但这种疼痛微弱至极。

我重回楼下。舞者在富丽堂皇的大厅里围着转悠，狂饮着威士忌，互相说着话，他们身上已褪去了超然世外的意味。剩下的是汗水混合林木烧烟的气味，以及始终挥之不去的那股子霉味。他们被杰克说的某个笑话逗得捧腹大笑，然而埃迪却没有在听。她在看着我。我走过去到她身边。

“你去哪儿了？”她问。

“刚才那首曲子很奇怪。我从来没听过，所以我得把它写下来。”她盯着我看了一会儿。“你经常这样吗？搜集曲子？”

“有时候会。”

她说的好像我是个采蝶人，其实我大概算旋律的搜集者吧。每当我发现从未听过的旋律时，我就一定要捉住它，把它收进我的本子，让它长久驻留在那里。只要得到了它，我就不用再回头查看。将一首旋律记下来的同时，我有两次转录过程——先是写到手写簿上，然后再写进记忆里。现在，鹿角舞者之歌就会永远伴随着我了。

“你待会儿能给我看一下吗？”

“只要你愿意。”

我耸了耸肩，装作并不在意的样子，但实际上却是受宠若惊。以前从未有人对我随手记歌的习惯表示过一丁点儿兴趣。

晚餐过后，我在炉火边逡巡徘徊，一心想去找她，然而在将军准许我们离开之前，谁也不敢走出餐厅回到女士们那里。杰克有一次试过，但就连他都被呵斥了。我把手写簿藏在女士客厅的文件架里了——直到现在我们还管女士客厅叫中国厅，尽管其中的中国风镂花壁纸早在十年前就已毁损，现在唯一剩下的具有东方风情的物什，就数那个缺了一扇门的日式壁橱了。现在家里人员稀少，所以我们在晚餐后都不再用主客厅了，那个太大了，寒冬夜晚玻璃窗内侧会结起一层霜，然后在墙上留下潮湿的印迹。

杰克打起了哈欠，只有乔治一人还假装在听将军说话。他又在讲述第二次英布战争[①]中一场血淋淋的战役，我们以前都听他说过了。我不知道他俩在见识了那么多之后，怎么还能忍受他对于独属男孩式[②]的那种历险的怀旧之情。我再一次希望他们能多跟我说点细节。我暗自生着闷气，我们之间相差的那些年让我恼火。这就好像我八岁时那样，当时分别已经十六岁和十三岁的他们悄悄溜到谷仓里，痛饮偷来的苹果酒，喝到烂醉如泥，而我只能满怀怨念地在门口给他俩放哨。

终于，将军被我们毫不在意的态度给激怒了，砰地摔下白兰地酒杯，嘴里不出声地骂着我们是何等令他失望，然后大步走向门边。奇弗斯给他开门，在我们鱼贯而出的时候，我还能感受到他留下的不满之意。中国厅里只有埃迪一人在等我们；她正在看书，但见我们进来就把书放到了一边。将军不曾想过，让她一个人在这里苦等近一个钟头，而他自己却在那里大谈特谈陈年旧事是很无礼的。我瞥到了我放在炉火边文件架上的手写簿，迫不及待地想要拿给她看，但埃迪在朝着杰克微笑，脸上是单纯的快乐。她让他亲了亲她的脸颊，将军发出咳嗽声表示不满，杰克于是又亲了她一下，这次是吻嘴唇。埃迪不好意思地扭动了一下，轻

---

① 又称“布尔战争”“南非战争”，是1899—1902年间英国同荷兰移民后裔布尔人在南非建立的两个共和国——德兰斯瓦尔共和国和奥兰治共和国为争夺南非领土和资源而进行的一场战争。

② 原文为“Boys' Own”，最初是发行于1855—1890年间的一本英国杂志的名字，它是第一本针对特定性别的杂志，旨在供男孩子阅读消遣并帮助他们形成性格。在1855—1920年间，许多出版商都推出了“独属男孩”这一类的杂志，这些寓教于乐的读物对于那个时期少年的男子气观念养成起到了一定作用。

轻地推开了他。

“你去过东方吗？开罗？卢克索①？”

“我去过两次埃及。”

“巴勒斯坦呢？”

埃迪点了点头。

“老天，那里乱成了一团。尔虞我诈，杀人，内战。”

“我还以为你很享受这场战争呢。这难道不是你第二热衷的观赏型运动吗？仅次于巴伯里②越野赛马。无论哪方你都愿意赌五块钱。”杰克说道。

我惊恐地瞥了他一眼，以为他是晚餐上喝多了，然而让我惊讶的是他看上去十分清醒。

乔治露出担心的神色。“悠着点，老兄。”他小声对杰克说。

将军决定无视杰克，继续自顾自说着。谈话中凡是出现除他以外的第二个声音，他一概视作多余。有人在场只是为了给他充当听众。

“最让我生气的是该死的忘恩负义的犹太人。又该死又忘恩负义。”

“你要他们感恩我们什么呢？”杰克用甜甜的语气问道，听到这里我知道这场对话变得危险起来，但我不太知道为什么会这样。

埃迪把手紧紧地贴在杰克的膝盖上。“你能按铃让人送一杯水过来吗，亲爱的？我渴死了。”

杰克起身按铃叫奇弗斯进来时，埃迪转向我。“我能看一眼那首歌吗？”

我大失所望，因为我发现她这样问只是为了转换话题。我从文件架

---

① 埃及古城，位于南部尼罗河东岸。

② 巴伯里（Badbury Rings）是位于多赛特郡的一个赛马场。

里拉出那本手写簿时，他们都齐刷刷地看着我。埃迪轻巧地在沙发上移开身子为我让位，拍了拍她和杰克之间的那片位置。我挤了进去，夹在他们两人之间，埃迪翻开了那本书。这是一本破旧的皮面装订簿，曾经是蓝色的，现在已经褪成了灰色。

“这里有好多曲子嘛。”她说。

“差不多一百首。”

“你搜集曲子有多久了，福克斯？”她问。

“好多年了。每当听到一首以前没听过的曲子，我都得把它写下来，不然它就会像蚊子一样在我脑子里嗡嗡地盘旋。我的问题不在于怎样记住曲调，而恰恰在于怎样忘记它们。”我在沙发上挪了挪位置，突然觉得不自在起来，只希望其他人都消失才好。“我随处留心。或者说是随处留‘耳’。把我发现的搜集起来，积少成多。”

埃迪笑起来。“你说得好像曲子就像树篱上的莓果一样会自己长出来，乖乖待在那里等着你采摘，丢进你的簿子里去。”

我也笑起来。我从来没想过会有人对我的采歌习惯感兴趣，更别说对方还是个女人。然而她看起来是真的起了兴致，两颊甚至都泛起了兴奋的红晕。杰克躁动不安，直打哈欠，乔治摆弄着炉火。我巴不得他们把我俩单独晾在一边。埃迪浏览着簿子，小心翼翼地翻动纸页，就好像每一页都是非常珍贵脆弱的宝贝。然后她停下来，手指轻抚过最后一页。

“我从没听过这首。这是今天早上那首吗？”

我点了点头。

“嗯，我唱过几百首民谣。我甚至还录了一些——”

“我知道。我有你的一些唱片。”

她笑了。“你当然有了。不管怎么说，我是今天才头一次听到这首曲子。我不太清楚，但我觉得可能还从来没有人收录过这首。”

我感到腹中涌起一阵兴奋；那是有所发现的满足感。如同一位踏遍丛林只为寻找消失部落的人类学家，我发现了某样历史久远的稀罕之物，此前没有记录也没有定论的东西。

埃迪微笑地看着我，把簿子还给我。“真是首奇怪的曲子。几股力量互相牵扯的感觉。有所发现总是很开心的，你觉得呢?”

“他这家伙聪明得很，”杰克说道，“比我们几个都灵光多了。我们对音乐都一窍不通。”

“母亲唱歌的。”乔治说。

没人接话。我突然注意起炉火噼噼啪啪的燃烧声。将军挺直身子，眨了眨眼睛。一下，两下。杰克把埃迪的手攥得更紧了。

沉默刺耳。

“她给我唱歌，”乔治不依不饶地继续，“还有杰克，还有小福克斯。”

“她唱的什么?”我问，现在我突然觉得无论如何都要知道答案。

乔治摇了摇头。“不记得了。我不是记曲子的料。”

从剑桥回到家里享受悠长的暑假，真是妙不可言。可以在哈德格罗夫府度过幸福的三个月。我的大多数同学都会在宿舍多待几天，喝喝酒踢踢足球，但我不能这样。今天是母亲的生日野餐。我们每年在这一天出去野餐，这当然是因为母亲从前总是选择野餐作为生日乐事——在斯陶尔河畔的柳树下举行野餐。将军会脱光衣服，跳进河里在野鸭和水草之间游个痛快，我们大家则在岸上给他加油助威。

我不知道那个时候母亲有没有给我们唱歌，如果有的话，唱的是什么歌呢？我什么都不记得了，但杰克和乔治对于野餐往事都满怀感伤——他们尤其怀念我们父亲曾经的那个样子。奇弗斯好不容易从别的地方找来了一位年长的厨娘，我们请她给我们做了些芝士腌菜三明治和芝麻糕饼放进食篮里——这两样当然是母亲的最爱——再带上一瓶霍克酒[①]，这也是母亲的心头好。我们通常会度过一个十分快乐的下午。将军从来不会加入我们。我们会小心翼翼、毕恭毕敬地邀请他，接下来的那一刻我们会胆战心惊，生怕这一次他真的接受了邀请，不过当然他并不会。

乔治和我检查了下放在厨房里的食篮，里面装满了各种惯常的好吃的，还有一磅刚摘的亮黑亮黑的樱桃。杰克不在，我们约好十二点三刻到车站接他和埃迪两人。这是第一次有除我们三人以外的人参加。昨晚杰克给我发了封电报："十二点四十五到/好老弟来车站接我/带埃迪来"。他从来不打电话或写信，总是选择最贵的通信方式，就像他总是点菜单上最好的酒或是最上等的牛肉一样。我很高兴埃迪也过来，并不介意他没有事先征求我们的意见。说实话我都有点喜出望外。我看不出来乔治是否在意。

乔治轻轻拨动着一块用蜡纸裹起来的猪肉派。"我现在就饿了。"

我推开他，重新包好了那个派。

我暗地里观察着他。他没有去找工作，而是待在家里尝试修补房子损坏最严重的地方——这是一项希望渺茫的任务，无异于徒劳一场，然而他的水平之高还是让我大吃一惊。现在大厅里壁炉上已经有了炉台，是一块敦实的银橡木板，乔治还在木头上刻了三只奔跑的狐狸。它们有种粗粝的美感。我是在阁楼里找到他的，他积少成多地搜集起我们的房子和整个哈德格罗夫府的所有老照片，正在仔细地查看它们，天知道出于何种目的。他卧室里藏有一沓沓的古老年历和农事杂志——有些甚至是一战前的。我想不出他能拿它们做什么。今天早上我从卧室窗子里看

---

① 德国的一种白葡萄酒。

到他行色匆匆地穿过草坪，当时我以为他是清晨散步归来，但现在想起来，他会不会整个晚上都在外面呢。他从来没谈起过一起玩的朋友或是姑娘，但我希望他过得快乐。然而我也不会过问，这不是我们的作风。

远处的教堂敲响了半点钟声。

“我们要不……？”

我点了点头，然后两人一起把食篮抬到了车子的后备厢里。天气已经热了起来，衬衫贴到了背上。前车道上那棵美得动人心魄的古老木兰树仍在开着花，木兰花硕大蓬乱，花瓣很饱满，粉扑扑的——宛如身着晚礼服的放荡胖姑娘。我一直很喜欢这棵树。将军却想要把它砍了做柴火烧。我从汽车漆着油漆的表面拾起落下的、慢慢变黄的花瓣，不知为何没法把它们丢掉，于是就塞进了口袋里。

“老兄让我来开。”我说着，没等乔治来得及抗议就跳上了驾驶座。

我开得太快了，因为这是美妙的一天，一想到下午的野餐以及马上就能见到杰克——我都好长时间没见他了，我的胸中就溢满了幸福感。还有埃迪。我把她的名字从脑中挥走，然后冷不防急转过一个坑洼。乔治抓住车门，但并没有叫我放慢一点。开到车站是十分钟的车程，但我们只用了八分钟，我不禁感到一阵胜利的快意。

“你想要过去接他们吗？我在车里等吧。”乔治说。

“行。”

我跳出车，摇摇晃晃地走到站台上，他们的火车缓缓进站，这时我突然后悔没在家里草坪上摘几朵初绽的驴蹄草花，本来可以送给埃迪的。然后我想到这多么愚蠢啊——就好像她是某位来访的贵宾，或是我的女孩之类的——正想着他们就到了，杰克在我背上猛锤了一下，埃迪站在他身后，为我俩久别重逢的感情宣泄让出空间；她穿了一条黄色的夏日连衣裙，嘴角上扬似笑非笑，比我记忆中的样子还要漂亮，我几乎要呼吸不过来了。

“你好，福克斯，”她说道，“如果你愿意的话可以亲吻我。”

我并没有这样做，而是扫了一眼自己的脚，咕哝着说，“你好，埃迪，见到你真是太高兴了。”

我们回到车里，我生气地发现乔治已经悄悄溜到了驾驶座上。真是鬼鬼祟祟的家伙。杰克和埃迪爬上后排座位，车子在狭窄的车道上一路疾驰，我忍不住回头瞥去，注意到我们每一次转弯时，埃迪都会滑向杰克怀里。乔治发现了我在看，于是我赶紧转过头来。

我们把车停在一个摇摇欲坠的磨坊附近。乔治和我两个人抬食篮，让杰克和埃迪拿着一叠毯子走在前面，先去挑个地方坐下。这是今年热起来的第一天，大地仍然带着初夏的柔软弹性。草儿修长而茂盛，蟋蟀在穿梭和跳跃。小河潺潺，蜿蜒轻淌，蚊子如薄雾般蒙在水面之上。几头奶牛看着我们，百无聊赖地甩着脏兮兮的尾巴驱赶苍蝇。我们在一片蒲公英花田停下，这里遍布着成千上万株蒲公英，浅黄色的娇艳花朵一簇簇地盛开。杰克扑通坐下，瞬间他的衬衫就粘上了花粉。

乔治井井有条地把食篮里的东西一样样放到毯子上。埃迪想要帮忙，但他挥了挥手表示不用。我们安静而慵懒地吃着，直到一无所剩，那瓶霍克酒被我们互相之间传着喝。为了顾及埃迪，我们还带了玻璃杯，但完全忘了用，而她也没有说什么。霍克酒的酒劲在我脑中敲打着，但我还是感觉口渴。这么热的天该带上水的。杰克往后仰去，躺在蒲公英中间，他的头发在阳光下金黄耀眼，相形之下，边上的花朵都显得俗艳了。

“过来和我一起躺着，”他对埃迪说，但她摇了摇头，兀自懒洋洋地躺在一棵柳树的树荫里。她脱下了长袜，我忍不住注意到，她雪白的肌肤几乎是半透明的，小腿上有很细的浅色的体毛。杰克伸出手去挠她的脚，双眼凝视着她，眼神中有一种令人不适的、接近于崇拜的东西。我移开了目光。

“你们母亲若是还在的话今年多少岁呀？”她问道，这让我吃了一惊。我们每年都在母亲生日当天来这里，但我们从未提起过她。我们吃吃喝喝，打闹嬉戏，或许还会跳进河里游上一会儿，然后兴尽归家。我瞟了眼乔治，注意到他也有点惊讶，但他似乎并不在意。

“五十二，”他说，“她今年五十二了。”

我并不想谈论母亲，因为这样我就得假装悲伤。阳光炙热，天空湛蓝无瑕，实在不适于悲伤。杰克显然也和我想的一样。

“那你的母亲多少岁呢？”他反问道，用胳膊肘把自己撑起来。“她什么时候能高兴见见我呢？”他又补上一句，把对话转为了玩笑，他对待任何事情都是这样。

埃迪笑了，伸手往手袋里掏香烟，但杰克仍在盯着她看。我突然想到，在嬉皮笑脸的表面之下，他其实是认真的。我想，他真的想要见她的家人。他还从未见过，很想见见。

“我不告诉你我母亲多少岁，因为这样就会让你知道我多少岁。”她狡猾地回答，随手摘下一朵蒲公英丢给他。

我得出结论，他爱她，但一点儿也不了解她。我以为爱一个人就该对他/她的一切了如指掌——不过或许这只是熟悉，而非爱情吧。那我倒是很想更熟悉埃迪一些，想到这里，我羞赧地感到一股热流涌上脸颊。那该死的霍克酒。我看看表——快五点了，我们仿佛已经在这儿待了几百年。

“我得赶紧走了。”我对他们说道。

“什么事啊？”杰克问。

“这附近有个家伙知道好多歌。他邀请我过去喝个茶。”

埃迪前倾过来，双手抱着膝盖。“最近发现什么好曲子没？”

“有一些。大多都是在剑桥附近听到的，但我想再听听多赛特这儿的歌。它们是我的最爱。没什么音乐有家乡的歌一半动听。”

她盯着我看了片刻，然后问，“我可以跟你一起去吗？”

“我看不出为什么不。想不出那个老家伙为什么会介意。但那样我们就得准备走了。”

埃迪开始重新穿上长袜，杰克坐起来抓住她的脚踝。“别离开我。没有你我会难过死的。”

她甩开他的手。“别这样，杰克，你有点烦人。”

他落回到草坪上，并不在意。“先来游个泳吧？”

“绝对不行，”我说。“我们真的没时间了。”

游完泳身上还是湿漉漉的，我们就光着脚快步穿过草地。我不懂杰克为什么总能让事情由他说了算。这真是一种罕见的、未被发现的禀赋。在酒馆里几品脱酒下肚之后，我们有时候会讨论各自最想拥有哪种超能力，我以前总觉得要是会飞就爽了，但现在看来，更好的是什么事都能由我说了算。

“慢一点，福克斯，”埃迪说道，“你走得太快了。”

“对不起。”

我原地等她追上来。她的湿发松松地扎成一个辫子。我以前从未见过她把头发放下来，这样看起来更显年轻，带着女孩子气。她的举手投足都动作精确，犹如芭蕾舞演员，同时她身上有一种谨慎的自持，就好像她说出的每一个字都是事先斟酌掂量过的。随着我对她了解的深入，我不无惊讶地发现她并非完全是我之前想象的那种绝代佳人。她当然楚楚动人，在照片上更是妆容精致、美丽夺目。我还注意到，她在遇到陌生人时通常会极尽媚态，好像他们都应该追求取悦她，而他们也从来都是这么做的。

这个下午，她的妆容在游过泳后被洗得一干二净，她看上去也少了几分克制，在大步穿过草地时，她难得地忘掉了矜持，随手摘下一朵雏菊的花瓣，将它们撒在草地边缘。她的脸颊上粘了小小一块泥土，但我没有告诉她，因为我知道一旦说了，她就会立马抓起口袋里的手帕把它擦掉，然后又变得矜持起来。我还是喜欢她现在这样。

我们走着去克里斯朵夫·洛德的小屋，然后再走回哈德格罗夫府。路途长远——加起来差不多有七公里——但埃迪向我保证她没问题。而我也不想在一个小时后等着杰克出现在小屋门口，或是在别的什么地方来载我们回去。他从来不会守时。一切都只会在他希望的时间不早不晚地发生。我再一次刻意放慢脚步——如每次要去采歌的时候一样，我按捺不住兴奋的心情。

“我们小的时候，乔治会把树叶、兰花和蝴蝶压在课本的纸页间，这样他就可以将哈德格罗夫的点点滴滴随身携带了。而我则是带着歌曲，这样就能听到家的声音。没有什么胜过这种记忆。一个地方的歌曲，是土生土长、世代流传的，它们凝结了这个地方最本质的东西。就如小河淤泥的特殊气味，只是后者在你远离了小河之后是没法确切回忆起来的。”

“那杰克呢？杰克会带什么呢？”

“我不知道。什么都不带吧，杰克从来不会想家，据我所知。无论他走到哪儿，总是那儿的中心，拥有华丽的存在感，所以他从来不会怀恋别的地方。”

她没有作答，知道我所言属实。

“曲调经常都是一样的，但是如果你仔细听的话，就会发现最后一句会有所变化，而且不同的歌者唱出来的歌词总会各有不同。最好的民谣是鲜活常青的，每一次演唱时都被赋予新意。你永远都没法真正抓住它们。”

“但你仍然锲而不舍？”

我笑了。“当然。”

老洛德毫不介意我带了埃迪过来。事实上，这让他觉得很来劲。他直接越过了我，忙着邀请她进到阴凉的小屋里，让她坐在最好的一把椅子上，从那里望出去就是一小片菜园，一排齐整漂亮的绿莴苣矮矮地长在土里。远方小河波光粼粼，还能听到戴菊鸟在灯芯草间啾啾斗嘴。

洛德又高又瘦，他能在这样低矮的小屋里出入自如简直是奇迹——只见他弓着腰进了厨房，消失在褪色的门帘后面。客厅狭窄昏暗，棕褐色的墙纸还是七十年前维多利亚时代的流行式样，低悬的横梁让屋子更显幽暗。房里有一把挤奶凳、两把好椅子，以及一个结实坚固、外观漂亮的碗柜，上面杂七杂八地陈列着互不配对的瓷器。墙上唯一的一幅照片是一位神色严肃、衣着素朴的女子，身上是一件扣得紧紧的高领长袍。我猜不出这是他的祖母、母亲还是妻子。屋里弥漫着浓浓的卷心菜味儿，炉灶边上一个篮子里满满地装着蔬菜削下来的皮和残汁，散发出好闻的味道。我不无激动地发现，这里没有收音机，所以我颇有希望找到一个真正的歌曲宝库，里面藏满往日的旧曲老调，而非时下风靡的流行歌曲。我在膝盖上摆好手写簿，磨尖了铅笔。

“接下来要干什么？”埃迪悄声对我说，她注意到洛德正像个魔法师那样，在隔离门帘后面忙活着煮茶。

“我会请他给我们唱一些歌。没准会有什么我们从未听过的，如果有的话，我就会记下来。”

“你是记旋律还是歌词？”

“可以的话两个都记。我有的时候会有点儿混乱。”

“我来帮你吧。给我一页纸，我试着记下歌词。我觉得我大概没法准确地写下曲调，我的音准没你那么好。”

我还没来得及问她怎么知道我音准出色——我的确如此；她的这种直觉既让我暗生得意，同时又有点恼火——这时洛德就端着茶盘重新出现了，上面放着几个裂了口的茶杯和一碟看上去不大新鲜的饼干，我们出于礼貌地啜了一小口。他坐在挤奶凳上，显然怡然自得，他两条瘦长的腿折起来与两侧耳朵齐平，活像长腿叔叔。

“这首是给你的，小姐。”他冲埃迪咧嘴一笑说道，然后开始唱起了埃迪最出名的歌曲，《什罗浦郡的画眉鸟》。我失望地垂下肩膀，揉了揉眼睛。就不该把她一起带过来的。我们礼貌地听着，中途打断是没有用的。

“非常好听，洛德先生。”我说。

“很荣幸为女士演唱，”他说道，显然感到扬扬自得，“我从未想到会有这一天。从未想到。”

“但我们希望——罗斯小姐希望听一首您自己的歌。您的外甥告诉我，您知道一些多赛特的民谣。”

他皱起眉头。“你们为什么会想听那些？”

埃迪倾身向前。“我想听一听。我非常喜欢。”

他顿了一下，抓了抓自己的鼻子。“行吧，那就为了女士。”他再一次折起腿，开始用清亮的男中音演唱起来。

音符翻飞着飘出敞开的窗户，我听到戴菊鸟安静了片刻，就好像它们也在侧耳倾听。唱歌的时候他带着一种高贵的气质，朝埃迪点了一次头后就好似忘记了她的存在，也忘记了听众的存在；陪伴他的只剩下他的歌曲。这只可能是英国之音，如同雨中簌簌摇动的橡树叶子。随着歌声溢满这个小小的幽暗的客厅，我的内心充满了一种若合一契的感觉，就好像他唱出的是我的所思所想，歌声将它们重新带回给我。我以前听过这首歌的变奏。然而，真正让我激动得背上汗毛直竖的并不是这种亲切感，而是丧失与渴望的战栗，以及知道自己正在听着代代传唱的旋律时的欢欣喜悦。在他的声音中，我听到十几个声音汇合到一起，在某个光芒闪现的时刻，我甚至能看到他的声音和这些别的声音来回穿梭，时间在空无柴火的壁炉上方前后流转。

之后我们到屋外散步。我兴奋得难以名状，这下我的收藏中又多了两首新曲。我觉得它们有可能是某两首传唱更广的歌曲的变调，但即使这样也不打紧。我尤为喜欢其中一首的曲调，这一天剩下的时间里它肯定会在我心中盘旋不散。我感受到一种带着缱绻之意的满足感，犹如刚刚大快朵颐饱餐一顿。我想要坐下来，喝一杯凉凉的饮料，抽上一支烟。我还想看看埃迪的笔记——她刚才像个考试中的女学生那样匆匆写了好几张纸——但当着这位老伙计的面这样做，好像不太礼貌。

我们在花园里悠然闲逛。洛德独居，园子一看便知是男人打理的——百分百的实用性，种的全是能吃的东西，唯一获准在这儿绽放的花朵都是能驱虫的——驱赶想要吞食蔬菜的害虫。有几个放园艺工具的小棚屋，造型丑陋却颇为实用。洛德伸出粗粗的大拇指和食指，夹住莴苣叶上的鼻涕虫，把它们弹到了山楂树篱上，正好挂在尖刺上面，看上去像是湿乎乎的灰色小挂饰。一头瘦得皮包骨头的孤独山羊颈上套着满是尘土的拴绳，看着我们。埃迪细声地咕咕叫着走向它，但洛德粗声发出了警告。

“如果我是你，我不会过去。它会给你搞上脏东西的。”

埃迪蓦地停住，山羊勒紧了拴绳，两只角垂了下来。

“小婊子，”洛德不无宠溺地咯咯笑着，“要是我能把他妻子留在这里就好了。来，吃个番茄。可甜了。”

埃迪默不作声地吃着番茄，眼睛睁得大大的，我不禁想笑。洛德肯定是为了讨好她而夸大其词了，我不知道她看出来没有。

“可怜兮兮的，这些歌。讲的都是失去的东西——爱人，青春，童贞——”

我耸了耸肩，意识到时辰已晚，同时不得不承认，尽管我很喜欢刚才听到的歌，但这种快乐开始渐渐消退，我已经在向往着其他某种东西，但我没法跟洛德解释清楚这种东西是什么，因为连我自己都不知道到底要找寻何物。或许只是渴望另一首歌；总有下一首歌等待发现。

洛德用靴子碾死一只类似蜗牛的东西，然后咧嘴笑着指了指肥料堆。“无足蜥蜴。”他带着几分得意说道。

小小的蜥蜴在最后一丝午后阳光中睡去，身体蜷成一圈完美的银色。

埃迪大步赶路，她的开襟毛衣披挂在肩膀上。我保持和她一样的步调，心里庆幸她看上去并无倦态——我有点自责不该让她走这么多路。太阳悄然落到山后，天气一下子凉爽起来，就好像一间被炉火烘热的房间突然打开门窗，让外面的空气吹进来。天空澄明，脚下的土地不再冒热气。我们沿途经过下午野餐的地方。什么都不在了，只有被我们坐平了的草坪。牛群在暮色沉沉中呼哧呼哧地喷着鼻息。有那么几分钟，群山染上夕阳的红色，接着就被黑暗所笼罩。我们的眼睛慢慢适应了夜色，两人沉默地行走，听黑鹂们急匆匆地做着晚祷。一只鹡鸰偏和它们唱反调。走到桥上时埃迪停下来，我走过去站到她身边。深色的河水在黑暗中汩汩作响。

“让我喘口气，就一分钟。”她说。

“就在这儿吧。”

我递给她一把樱桃，这是我在午餐时私藏进口袋的，包在木兰花的花瓣里。她一颗颗吃掉，把核吐到下面的河里。核飞得相当远，我不禁暗自感叹，这大概就是歌手的肺吧，中气十足。

“那么你可以记住每一首听过的歌咯?”她问道，眼睛没有看我，而是望着蔼蔼暮色。

“我的耳朵听旋律很灵光。”

这是实话。我记得每一首歌，嗯，差不多每一首歌。我的目光越过平坦宽阔的水草地，望向哈德格罗夫府的房檐。

“这学期我发现了一大波音乐家。真是妙不可言。就像饿狼扑食一般，但我以前并不知道自己一辈子都会这样如饥似渴，直到第一次真正地饱食了音乐大餐。”

“置身于音乐家之中给人以慰藉，但有时候远离他们也是一种慰藉。”埃迪微笑着说道。不知这点是否也是杰克的魅力之一，我心想。

“我觉得我考试可能要过不了。我把学习放到了一边，而报名参加了每个音乐社团。管弦乐团，四重奏乐队，甚至还给爵士乐队弹钢琴。我不太喜欢合唱团。太干净，太安静，太甜美了。”

埃迪笑起来。“是的，我也从来不喜欢合唱团。当然，除非就我一个人独唱，我不介意他们站在后面耐心地配合我。”

听她冷不防难得流露出歌后锋芒，我不禁莞尔一笑。“我母亲以前会给我唱歌。他们是这么说的。”

“你自己不记得了?”

我摇了摇头。“她去世的时候我还很小。但有时候当我听到一支曲子时，会觉得异常熟悉，不知道是不是她以前给我唱过。我知道她生前很喜欢民谣。”

她满怀哀愁地凝视着我，让我都觉得应该同情自己一下，然而我并没有这种感觉。我略带局促地背过身去，发觉自己讲了太多话，幸好天色昏暗，她看不清我的窘态。

“那个，我能看一眼你的笔记吗?”我问道，急于转换话题。

她把纸递给我，在我仔细查看的时候，她咬起指甲来。我从口袋里掏出一只手电筒，电池差不多用完了，但好歹还能照出她潦草写下的歌词。只看了一下我就知道不太行，如果我想要准确的手抄本，就得回去听洛德先生再唱一遍，但她正用热切的目光看着我。

“还行不?”

“挺有趣的。”

她眉头微蹙。“这是什么意思?”

“唔，你看，你写的是‘带着卷心菜的姑娘’，实际上应该是‘令人心醉的姑娘’①。”

“哦，我知道了。如痴如迷，不是卷心菜。”

“恐怕是的。”

“这是多赛特地区的发音。”

“正是，很难听懂。”

我笑得停不下来，埃迪也笑起来，一把夺回自己的笔记，拿它们捶打着我。我没来得及阻止，她就把这些纸丢进了河里。它们先是打了几个卷儿，浸透了之后就被带至下游去了。

“哦，太可惜了！我可是非常期待它们的。”

“讨厌。”

她穿上开襟毛衣，离开河边沿路飞奔，然后爬上山坡，向哈德格罗

---

①“the girl with the cabbage”与这里的歌词“the girl Will ravished”发音相近。

夫府和杰克赶去。

我们抵达哈德格罗夫庄园时，两人都笑得前仰后合。这真是美妙无比的一天，我暗自计算着她还会在这里待几天。走上长长的车道时，我磨磨蹭蹭地放慢脚步，不想这么快就和其他人会合。然而出乎我意料的是，杰克和乔治走出来迎接我们了。

“嗨，亲爱的。”埃迪仰起头亲吻杰克的脸颊，但他好像压根没注意。他的目光只落在我一人身上。我看到乔治也同样面色阴沉。

“坎宁辞职不干了。”乔治说。

“真可惜。”我说道，但还是不理解为什么这个消息会让杰克看上去如此难过。我转向埃迪。“坎宁为我们打理庄园已经有三十年了。哦不对，不止三十年。很难找到人替代他。”

“没有人能够替代他。”乔治说。

“没有，当然了，他是无法替代的。”我有点被两个哥哥的多愁善感给惹恼了。坎宁是个正派人，一个彻头彻尾的好人，一直兢兢业业地照顾着我们的庄园和将军本人，但如果他心生去意，我们也没有什么可大惊小怪的。

“将军根本不打算找人替代他。”乔治说。

“我们完全没钱了，”杰克说，“福克斯-塔尔伯特家彻底破产了。”

“将军打算炸掉房子，拍卖土地。”乔治平静地加了一句。

我的呼吸停住了。傍晚寂静无声，好像风儿一下子静止不动了。我们已经走到房子的前阶，然后全都坐下来，望着夜空。我的身体颤抖着，不知道是因为愤怒还是悲伤。

“还不如当初这整个该死的地方就在战争中夷为平地呢。好不容易收回了她，现在又要这样失掉她，真是太残忍了。”杰克说。

埃迪用手帕掩面，默不出声地啜泣着。我们当中还有人能哭出来，这让我不知怎么感到一丝欣慰。

“我不想看着她灰飞烟灭，”我说，“我受不了。”

我知道自此之后，我们再也不会重回这里。必须干干净净地做个了断。我不能像个闯入他人领地的陌生人那样在这些树林间散步，或是鬼鬼祟祟地穿行在山谷中。我不想站在山脊上，俯视着那曾经立着我们房子的地方建起了漂亮的新房子。不，一旦失去了她，我就不会再回来。

“我们还剩下多少时间？”我问。

“一切都安排好了，就在下个礼拜。”乔治说。

2000年，8月

我坚持要亲自给罗宾上音乐课。克拉拉差点为了这个和我吵起来。

“克雷斯默夫人水平高超，所有母亲都对她深信不疑。”

“我知道她肯定很不错，亲爱的。但教罗宾和教其他孩子不一样。我们得小心谨慎。”

克拉拉抚了抚本来就平整无褶的衬衫。我们并肩坐在厨房里，两个人都毫不动摇地凝视着窗外被雨水浸透的草坪，这样就用不着正视彼此。我们实在没法一边眼神交流一边进行这种令人不适的谈话。园丁懒懒散散地在草坪拖拉机上爬上爬下，拖拉机喷出阵阵黑烟。噪音大得可怕，还在湿湿的草坪上留下了脏兮兮的半圆辙印。我真希望他能照我说的，用那个手动割草机，然而这又是一场我无力面对的战争——我对鸡毛蒜皮的冲突的容忍度在埃迪去世之后骤然下降。事情越是琐细，我越是无法忍受。

克拉拉皱起眉头——额头上显出一条细小的皱纹——目光锐利地盯着花园，但我瞥见她的膝盖却在桌子下面烦躁不安地敲打着。

“我不想把他和其他人孤立开来，逼迫他做什么。所有书上都说这样是很危险的。”

我压下自己的愤怒。自从我告诉她她的儿子有音乐天赋以后，她就一头扎进了书本里，一心想从所谓的专家那里寻求令她放心的说法。我忍住没有提醒她，我好歹也是公认的音乐方面的专家，就算在其他事上都不算专家的话。我盯着天上的黑云，它们如同防空气球一般密实，预示着接下来还要下雨，在开口说话时，我确保自己的声音是温和的。

“跟着外祖父上音乐课不是逼迫他做什么。我教他的时间不会超过他的承受范围。我想要教得好玩一点。音乐本来就一种乐趣。”

“克雷斯默夫人会非常生气的。我很可能拿不回押金了。”

我真想说去他的见鬼的克雷斯默夫人，但我什么都没说，只是给她写了一张损失押金数额的支票。其实是我不愿意把罗宾拱手交给别的老师，我想要亲自见识一下这个小男孩的潜力。

我们安排让他一星期过来三个早上。我本来想定五个早上的，但克拉拉坚持说那样太多了——我不确定是对于我还是他而言。但我想或许她是对的，尽管很不情愿承认这点。埃迪走后的几个星期乃至几个月里，我在房子里漫无目的地晃来晃去，好像永远处于一种疲倦而易怒的状态之中。要是一周五天都和一个不知疲倦的多动小孩待在一起，或许是太多了点。

我发现自己很紧张，胃里搅动不安，就好像我是要和一支陌生的充满敌意的交响乐团一起排练，而不是和自己的外孙叮叮咚咚地摆弄莫扎特。我开始担心，在这种六神无主的精神状态下，我有可能高估了小男孩的天赋。或许那天发生的事并非那么不同寻常。抑或当时只是凑巧，而罗宾实际上对音乐并无兴趣。在克拉拉和我商讨条件期间，随着日子一天天过去，先是一个星期，再是两个星期，我开始怀疑自己关于那个上午的记忆。

我们上第一次课之前的那个晚上，我彻夜未眠，暗自希望能和埃迪聊聊这事。她在世的时候，我会把一天中各种微不足道的细节积攒起来告诉她。不一定非得是有趣的事。毕生相守下来，真正创造亲密感的并非各自的兴趣爱好，也不是对于贝多芬或是意大利酒的共同热爱，而恰恰是平凡琐事。没有了她，当我听到春天的第一声布谷鸟叫时，我无人诉说。我发现了她在1993年丢失的那串蓝宝石耳坠，当时我们还向保险公司索求了赔偿。原来是卡在一个袖扣盒的衬里里面了。没有谁会觉得这有什么意思，他们也没有理由这么觉得，但埃迪一定会被逗得乐不可支。我没向任何人提起过这些事，但其实正是这些零碎细小的时候，构筑起了我们共同的生活。人生大事：孩子出生，她们第一天上学，或是我和迪卡唱片公司签下灌制首张唱片的合同——这些事情更为闪亮，但它们终究只是我们携手共度的漫长岁月中的极小一部分，浩瀚夜空中的几颗星辰。我最为怀念的是那些再平常不过，说实话有点无聊的事情。我怀念在用早餐时不和她说话。近五十年来，我们都在吃着吐司，喝着清晨咖啡的时候无视对方，并乐于如此。

我在那最初的几个月里失魂落魄。关于埃迪的回忆如同风中的蒲公英绒球一般，往各个方向吹散。我失去了所有时间顺序的概念，一时间思念每一个埃迪。那个我在战后遇见的有着致命魅力的年轻女子。她对于自己的情况守口如瓶，从不谈起她的家庭或她在哪里长大，每当走漏了口风——她是怎样在十二岁时辍学，又是怎样在星期天和祖母一起在伦敦东角那家最好的百吉饼店排队买饼——我都会抓住不放，如获至宝。我一点一滴地暗自积累这些细节，有时觉得她就像一张拼图，但我未获准看到盒子正面的整体图，于是只能一块块地把她拼起来，一点一点，直到最后功夫不负有心人，我得以一睹其真容。

初识她时，我觉得她是故意不让我们认识她家人。我们家过于古怪，一个衰败没落的古老家族，眼下的窘困令人唏嘘。直到许多年之后我才发现，事实恰恰相反。多年来，她苦心经营自己的这一形象——埃迪·罗斯，而将自己的其他部分小心翼翼地隐藏起来。人们年复一年地在大街小巷听到她那些红极一时的战时名曲；只要打开收音机，就必然会遭遇“完美英伦玫瑰”演唱的《什罗浦郡的画眉鸟》。我们当初信以为真的正是这样一个她。

接着我忆起她在克拉拉出生后整整哭了几个星期的情形。就那样蜷起身子坐在我们卧室的地板上，怀里紧紧抱着这个裹在襁褓里的小东西，情不自禁地啜泣着。老天，我真是什么都做不了。没人告诉过你那个时候面对这种事该做些什么。

我会在来到壁橱前发现卷筒纸用完了的时候思念她。她以前总会列出购物清单，然后一次就买一大堆生活用品。现在我不得不自力更生，甚至在颇为琐碎的事上也是如此，这一点瞬间将我击溃，我竟然坐在马桶上哭了起来——没有卷筒纸，没有埃迪。一切失掉了秩序。

克拉拉给了我一本关于悲伤的心理治疗手册，里面说到某些特殊感觉，譬如感觉不到时间流逝、每日昏昏沉沉等，都是正常现象。但悲伤为什么会是正常的呢？悲伤正意味着一切都再也不会恢复“正常”。有埃迪才是正常，没有了她，一切都不正常。她再也不会在回家时从厨房后门进来，把钥匙往桌子上一丢，然后跌进椅子里，对着我微笑，让我给她一杯金汤力①。正常的生活难以恢复。

上第一节课的那个早晨，我没法再闭着双眼待在床上，灯已经开起来了。罗宾再过一小时到。

我并没有计划好到底要教他什么。我从未正儿八经地收过门徒。虽然曾经给皇家音乐学院的神童学生们开过一堂不循常规的进阶课，但这些课教的都是作曲而非钢琴。我钢琴弹得不错——外行人会错误地认为

① Gin and tonic，兑了奎宁水的杜松子酒。

我琴艺非凡，但实际并非如此。我固然能够技术纯熟地演奏大多数曲子，但我的演奏缺乏真实的感情。我演奏是为了让自己听见脑海中酝酿的东西，但也仅此而已。只有当我的灵感被一位真正的音乐家演奏出来时，它才会焕发生气。从我指尖流淌出来的仅仅是音乐的蓝图，是一种仅具雏形的可能性，需要由另一个人完全展现出来，才能成为现实。我既不想，也没有耐心将一个乐句反复弹上一千遍以臻完美。

如前所述，我并非真正的钢琴家。然而如多数作曲家一样，我对自己的作品有着近乎专断的要求。我或许没法自己实现合乎这种要求的演绎，但我准确地知道听起来应该是什么样的。我可以微笑着满怀敬畏地聆听阿尔伯特·希尔兹演绎拉赫曼尼诺夫①的唱片，然而当这位伟人在皇家节日音乐厅里排练我的协奏曲时，我却发现自己没听几分钟就打断了他，坚持让他用一种更低沉的音质来演奏，还不无激烈地和他争了起来——我觉得他对狂风骤雨般的第二乐章处理得过于柔美了。但到头来皆大欢喜——我们成了朋友，至今友谊深厚。当时我俩争得面红耳赤，互相冲着对方喊叫，最后他还是按照我的意思演奏，我们就此和好。

但面对一个四岁大的孩子，要怎么教他呢？我不是没考虑过给克拉拉一直念叨的那个讨厌的克雷斯默夫人打个电话，向她讨教点建议——她真的把那五十英镑的定金给吞了。但到头来我还是到一家音乐商店去买了几本不同难度的钢琴弹奏课本。

罗宾是八点半到的。克拉拉在厨房里转悠，喝着茶，看上去没有马上要走的意思。罗宾这次出奇地老实，他没有冲向我的壁橱，甚至连一只袜子都没有乱动，而是站在冰箱旁边，若有所思地嚼着一颗呆萌的独耳老鼠造型的软糖，手挖着鼻孔。

---

① 谢尔盖·拉赫曼尼诺夫（Sergei Rachmaninoff，1873—1943），俄罗斯著名钢琴家、作曲家。

“我要留下吗?”克拉拉问。

“不用。”我回答得太快了点，然后就看到克拉拉露出了受伤的表情。“我们还没准备好弹给观众听。让我们先一起磨合一阵子吧。”

她走后我们来到音乐室。这堂课开局不顺。我拿出第一本书，把它立在支架上，然后略显笨拙地弹起了第一首相当无趣的曲子，边弹边念出每个音符的名字。然而罗宾一把抓起课本扔到了地板上。

“无聊。”他说道，“这就是个小曲子。愚蠢极了。我要真正的曲子，大型的。”

“你得先从小曲子学起。大曲子都是由小曲子组成的。”我说着弹起了一段简单的音阶。

罗宾躺到地板上，脸上满是嫌弃。

“但是你听，”我意识到自己已经搞砸了，“我可以用这些音符创造出一点别的东西来。”

我同时弹起两组音阶，按不同的高低音顺序加入嗡嗡的低音和一大堆装饰音，然后又把它们和圣桑[①]的《动物狂欢节》开头合了起来。这首曲子是需要两架钢琴同时弹奏的，但我尽己所能一人完成，尽管我得承认，这般发力让我累得喘不上气，汗都出来了。

“看见了吧?”我擦拭着额头上的汗珠说道。“一组无聊的音阶也能变成雄狮。”

“我只想听雄狮。音阶可以丢进垃圾桶里了。”

“好吧，我来教你怎样弹出雄狮怒吼。”

他乖乖坐到我边上，我不胜惊讶地看着他小小的手指在琴键上来回跃动。我们弹了整整一刻钟，果真是雄狮怒吼，相当不错，然后罗宾停

① 圣桑（Saint-Saëns，1835—1921），法国著名作曲家、钢琴家和管风琴家。

下来，用手指掏着耳朵。

“再来一首。”

“再来个动物?”

“好。”

我们一个早上就这样弹出了圣桑乐曲里的“动物园”。我们变出了长颈鹿和大象，鱼儿畅游的蓝色水族馆，以及野马和布谷鸟。这是九月温暖的一天，音乐室的窗户下面，深红色的米迦勒雏菊霸气地让一旁颜色浅淡的天竺葵臣服于己。我想象着动物们一溜儿涌出窗户，来到外面的花圃里，在花朵间重重地捶打着，跳跃着，奔来跑去，把每朵花都踩得扁扁的。我惊叹于罗宾接受新曲子的速度之快。一段曲子，他只要听我弹个几遍，就能模仿着弹出来，准确度相当高。然而一开始他硬是不愿意提高或是完善自己的演奏水平，迫不及待地想要更多的曲子，更多的技巧，更多的动物，但凡我胆敢建议尝试“让水族馆的水流听起来再顺畅一点”，他就会对我怒目而视，把手臂叉在胸前。

我诚惶诚恐地再一次拿起那本音乐书。

“动物的曲子和其他许多新的东西都在这里了，”我拍了拍书中的一页说道，“这就像本故事书。”

罗宾沉下脸。“明明没有图画。”

“有的有的。你听。”

我弹了一首莫扎特的小曲子，弹完后罗宾盯着敞开的书本看起来。他用被啃得露出嫩肉的大拇指戳着那一页上的一个个音符。

“这些顿音符号组成了曲子的照片。”他说。

“是的，完全如此。你想要和我一样看懂这些照片吗?”

他的小嘴紧抿成一条短短的线，然后点了一下头。

我诧异于小家伙的领会能力。短短一个月，他就理解了整个乐谱系统——尽管他连字都还不会读或写。他就像个小饿鬼；无论我给他多少食粮——莫扎特，一点汉德尔，稍稍一点门德尔松——他总是难以满足。我想自己应该更矜持一些，因为我毕竟是个大人，但我也同样难以满足。我想要知道他的更多潜能——这个孩子似乎能力无穷。

但他终究还是个孩子。我们农场里的一只猫溜进了音乐室，他就会立马跳下座位，双手双脚趴在地上，手里晃动着小小的绳子，冲着猫吼叫着。有时他累了，没法马上学会一首旋律，或是一连串复杂的指法需要下点功夫、全神贯注，这时他就会躺到地板上啜泣起来。这样一来我的热情就会被打断，会立刻怒气冲冲——这让我感到羞愧——准备大骂他一顿，就像我在彩排时责骂第三小提琴手那样，但我会突然反应过来。我会注意到卧倒在地毯上的那个孩子还是那么幼小，还在边抽噎边打嗝。在他处于这种状态时，我总是会劝他到厨房里喝杯热巧克力，或是到花园里去走一走，但他从来不愿意。他一心只想弹钢琴。有那么一两次，他在中途睡着了。我羞愧于把他逼得太紧，而忘记了他并非音乐学院里的某位神童，而是我自己的外孙。

十月悄然滑向十一月，在一起的时候，我一直都把这个可怜的孩子关在屋里。我总是告诉自己是因为天气不好，而且他也喜欢接连几个钟头待在音乐室的钢琴前，但我听到心里有个声音，来自埃迪的声音，她会坚持说，孩子也喜欢接连几个钟头看电视，喜欢狂吃巧克力，不到生病他们是不会停歇的，应该由大人来督促他们适可而止。我满怀愧疚地发现，我是出于自私而一直把罗宾留在钢琴前。给他上课的时候，埃迪退到了背景里。失去她仍然长久地使我痛苦，但这种痛苦因为一剂强力止痛药得到了缓解。男孩的天赋犹如向外散发的冷光，我追随这光，如同一个落船的人，想抓住黑暗中远处的灯光。

我还是很难入眠，然而在黎明前漫长的几个钟头里，我不再蜷缩身子，感到寒意侵人，身边仿佛躺着有形可触的寂寞，而是脑子中还在列出要给罗宾弹奏的曲子。一开始是一般的儿童曲子——普罗科菲耶夫的《汉泽尔与格蕾太尔》《彼得与狼》[①]，以及我的两个女儿喜欢的甜美华尔兹，但罗宾就像个不爱糖果偏爱橄榄的怪小孩，他喜欢巴赫胜过施特劳斯。我清醒地躺着，拂晓之光伴着森林云雀的啼叫，悄然落在窗户上。我决定今天从沃恩·威廉斯[②]和他的《云雀高飞》开始。

罗宾听着飞腾升起的旋律，嘴巴半张，眼睛半闭——这表明他正在感受着无上快乐。他在吃香草冰激淋时也是这个表情。

“云雀是一种鸟吗?”结束时他问我。“是的。”

“像鸡那样的?”

“不，不像鸡。”

“那么像鸭咯?”

“云雀是野生鸟儿。她跟鸡鸭完全不一样。”他满是疑惑地盯着我看。他没法理解鸣鸟的概念。一种我数月来未曾感受过的活力突然充满了全身。

“我想今天早上我们该出去走走，找一找云雀。”

“我想要弹钢琴。”

他吐出颤动的下嘴唇，一副要哭的样子。

“你只有听过我们树林里云雀的声音才会弹云雀。”

---

① 《彼得与狼》是前苏联作曲家普罗科菲耶夫的作品，而《汉译尔与格雷太尔》为根据一篇格林童话改编的歌剧，为德国作曲家英格伯特·洪普丁克（Engelbert Humperdinck），深受儿童喜爱。此处可能为笔误。——编者注。

② 拉尔夫·沃恩·威廉斯（Ralph Vaughan Williams，1872—1958），英国作曲家。

“我还弹过狮子呢，可我没在树林里听见过狮子。”

我正要继续同他争论，这时想起了埃迪的忠告——永远不要和小孩子辩论，你争不赢的。

“我们先来听听森林云雀吧。你怎么知道呢，没准我们运气好，还能发现狮子呢。”

我好不容易才连哄带骗地给他穿上外套（这显然是违背了埃迪的法则，但她的意志向来比我坚定得多）和两只惠灵顿雨靴，此时我已经精疲力竭，恨不得立刻打电话给克拉拉，让她早点过来把孩子接走。但我坚决地告诉自己，这样对小男孩不公平。他应该知道绿树林的样子，知道失去所爱的感觉，以及上千件其他事情，否则他的音乐只会是没有灵魂的空洞回声。我低下头看着罗宾，他鼻子下挂着两条黄色鼻涕，红色雨衣的扣子还是扣错的，我不禁自问是否对他要求过高了。不，我应该坚定立场。他应该知道音乐以外的东西。我们就先从云雀入手。

清晨下了雨，地上还是湿的，但阴云已然散去，变成了如路边积雪般浑浊的气流，天空重新放晴，碧蓝如洗。光照之下所有色彩都倍加鲜艳；青草绿得油光发亮，山坡上成堆簇拥的林地凸出来如同立体书上的插图，树梢染上了红色和黄褐色。我在空气中嗅到了秋日的味道。

“我要吃饼干。”

“等一下。”

“我脚疼了。”

“马上就到了。”

“不，还远着呢。”

我紧紧抓着罗宾的手，半拖半哄地把他带到了山上，他的脚在橡胶雨靴里打着滑。我们进入了宁静的树林，光线此时蒙上了一层浅黄的色调，变得模糊起来。我们在过去半个世纪里陆续种了一万多棵树，当年在战争中幸存下来的小树林如今已经长成了高大的橡树和白蜡树，山肩上一眼望去尽是它们长长的树枝。罗宾安静下来，往我靠拢过来。他环顾四周，目光警觉。花楸树较高处的树枝覆盖着苔藓和地衣，盘虬弯曲地向上生长，接近阳光。我带着他往树林更深处走去，路上经过一堆石头。罗宾停下脚步。

“那是什么？”他指着石头问道。

“这是墓碑。你乔治外公埋葬于此。”罗宾蹲下来仔细看着。一条蜈蚣从这堆高低不平的石堆上爬过，腐烂的叶子化作黄褐色的污泥，覆在顶端的石子上面。

“他为什么不在教堂墓地里？你们不是应该把死人埋在那里吗？”

“是啊，唔，乔治不是特别信上帝。其实，你说得对。我们的确不该把他埋在这里。他们对那类事情要求很严格。不过现在他们也没法把他送进监狱里了，是不？”我微笑着说——这句台词我说过很多遍，自从我们在树林里举行了那场小小的、多少有点不合法的葬礼以来。

罗宾没有笑。“不会，”他缓缓地说道，“他们不会把他送进监狱，但没准会把他挖出来。”

“我不会让他们这样做的。”我语气中带着某种决心。“乔治喜欢这儿。这里的树林是他在世上最爱的地方。他深爱着哈德格罗夫。这儿是他的家，他永远、永远都不想离开这儿。现在他再也不用离开了。”我拾起一块掉落的石头，把它塞回石堆的空隙里。“我喜欢来这里看他。真希望某一天自己也能埋葬于此。”

罗宾用袖子擦了擦鼻子，在脸上留下一道耀眼的泥巴痕迹。“我会来看你的，”他如谦谦君子般说道，“但不会常常来。要走好长的路。”

“你实在是太好了，亲爱的。我肯定会很感谢你。”我说。

“是你给乔治外公挖了这个洞吗？”片刻之后罗宾问我。

“我不是亲自挖的。你是这个意思吗？”

罗宾点点头。

“是一个人帮我挖的。”我好奇于他为什么会想刨根问底。

“这就对了。”罗宾微微露出松了口气的样子。“我觉得你不会挖得很好，外公，我可不想让乔治外公有一小部分露在外面。”

他警觉地望了望四周，显然是不安于乔治离我们如此之近，他满是狐疑地打量着躺在树林地上的奇形怪状的小枝丫，就好像它们是真人的手指骨头。

“真的没什么好担心的，亲爱的。死去的人就像死去的树木一样，没什么可怕的。”

“或是像死去的蜘蛛。”

“正是。”

“我不喜欢蜘蛛。”

我感到自己带他认识乡间野趣的第一堂课进展得并不算太顺利。

“我们走一走，去找找我们的云雀？”

罗宾点了点头，同意让我带着他向更深处走去。我们听了一个小时或是更久的林间音乐，发现了一只知更鸟的明亮音色，它们永远快活无忧，只会唱一首歌，还是首欢乐的歌。过了一会儿，我们寻到了森林云雀。

“你听到了吗？”我小声对他说。

罗宾点点头。“我们丢它点面包吗？”

他还是以为森林云雀是像公园里的鸭子那样，肥肥的，无所事事，终日等待人们给它们投点发霉的面包皮碎片。

我叹了口气。这孩子和我小时候截然不同。他是现代化和城郊生活的产物，习惯了用栅栏围起来的花园，以及模样一致的连排房屋，每座房子都工工整整地面对着街对过那座，就好像茶桌上正对而坐的两个老处女姑妈。无论走到哪儿，他都被装在一个开着空调的温暖盒子里，这个盒子整洁地把他和前方但凡有一点不干净的地方隔绝开来。

“我好冷，外公。我想回家。”

我们灰心丧气，精疲力竭，于是打道回府。雨又下了起来，薄纱般的绵绵秋雨从我的帽檐上滴落下来，直流进脖颈里。接着猛响起一记枪声。

砰。砰。爆裂声回响在树木之间。我抓紧罗宾的肩膀，把他按在我腿边，心脏在胸腔里重重地跳着。

“快出来！”我大喊。“你怎么敢在我的林子里打猎？好大的胆子！”

我不得不承认，没有什么比未经准许的打猎行为更能让我爆发出“封建地主”的精神。一阵窸窣声，然后暂时没了动静。我猜得出他就在不远处——很可能正在估计自己受到人身威胁的概率。然后他应该是看到了我们只是一对老人加小男孩的组合，便从一棵橡树后面走出来，慢悠悠地朝我们踱过来，在距离三十码的地方停住。他是个小个子，身子套在一件防水夹克里，头上的羊毛帽压得低低的。他手里握着把来复枪，货真价实的猎人的枪。当地的年轻人是不会偷偷摸摸地朝某只山鸡打上一枪的。

“你在这儿干什么？我肯定没允许你进来过。”

他默不作声地打量着我，显然是在思忖着给出哪个版本的说法。“没问题，先生。我这就走。没有麻烦。”

“你当然要走，该死的我要报警了。这是非法入侵。”

他举起双手。“随你便吧。真是个误会。是乔恩·宾利雇我的，我出来找一条野狗，这狗把他养在山上的羊扰得不得安宁。这礼拜他已经没了二十头母羊。我跟着那条狗进了树林。我还以为这里是宾利的树林。是我的错。”

“哦，不是他的。二十头母羊，你刚才说?”

“是的。二十头当场死掉，还有十头伤得太重，开枪打死了。”

“太惨了。我不知道这事。”

“他说不想拿这事烦你。你的心事已经够多的了。”

我感到有点着慌。罗宾在我身边不安地扭动着身子，用脚后跟碾死了一只甲虫。

“我现在能继续吗?我不会伤害你们的。我从一英里之外就能听见你们的声音，我是朝另一个方向开枪的。”

我犹豫了一下。“一条狗，你是说?”

“是的。”他把枪换到另一只手里。

“肯定是足有一头该死的狼那么大的，才会要用那种口径的枪。那么，不行。我同情宾利，但我不喜欢这样。我不会让一个手拿来复枪的人出现在我的地界上。你必须离开，要是下次再抓到你，我就要报警了。”

男人咒骂着，往地上啐了一口，但他还是转身离开了，往树林边缘走去，走向开阔的山背面。罗宾拉着我的手臂。“来吧，外公。”

“等一下。我要确认他真的走了。”

“要是他返回来的话，你会射死他吗?”这个早上头一次，他听起来兴致盎然。

“不会，当然不会。”

“就算你这么做了，我也不会告诉妈咪的。”

我笑起来，然后我们开始往山下走回去，然而我仍然无法摆脱那种感觉——在这些被雨水浸透的灌木丛下面，有某个东西正蹲伏着，看着我们。

罗宾的行为大有改进。他的精力和兴趣转移到音乐上，由此不再乱咬乱抓他的姐姐，或是把图画书的内页撕下来。他俨然是个很安静的小孩。克拉拉担心这是性格孤僻，但我安慰她说，他跟我在一起的时候可不安静。

“这没错，但他说话吗，爸爸？”她问。

我想了想，这才意识到尽管他的确和我交流，但多数时候都是通过钢琴交流。我感觉自己对他很熟悉，然而是借助另一种声音得以熟悉的。我尝试着向克拉拉解释。

“他会交流的。他有好多话想说呢，亲爱的，但他是通过钢琴对我说的。”

“我没法用音乐交流。不像你。我想让他跟我说话。”

“他在跟你说话呢。”我说。你只是不知道如何倾听。我成功忍住没把这话说出口。埃迪一定会为我骄傲的。

今天是 12 月 12 日——罗宾的五岁生日——我搞了一场派对。这是全家人自葬礼之后首次相聚。我让管家斯特劳德太太把客厅和大厅里的烛火都点起来。以前孩子们来的时候，我们从来不点燃客厅那个巨大壁炉边的烛火——在家里没有消防员的情况下，这样太危险了，克拉拉抱怨说。现在我确信，所有孩子都长到可以让我们放心的年纪了——其实我得说，克拉拉和露西小的时候，我们可从来不会在这种事情上大惊小怪。当时我们还没有中央供暖，所以要不点火，要不挨冻。

冬雨敲打着窗户，一股强风从窗户竖框下面的间隙里溜进来。然而大厅里还是暖融融的—— 一块巨大的木柴在壁炉里燃烧着红色的火焰，时不时吐出橘色的火花。凝视着火焰的那一刻，我几乎相信这个房子的心脏复苏了。

我让斯特劳德太太在大厅里为大人们摆好了香槟酒杯——派对总归要有派对的样子，即使我们的主角是个才满五岁的孩子。吟游诗人的游廊上，我请了一支弦乐四重奏乐队为小男孩庆生。克拉拉的建议是请一个魔术师，但我没有理会——我知道罗宾肯定更喜欢音乐家。我没有把计划透露给克拉拉，准备给所有人一个惊喜。

露西是第一个到的，独自一人。这些年来，露西没怎么向我介绍过她的男朋友，即使有也似乎从未持久。大约十年前，我曾经说出过自己的疑问——她会不会是女同性恋？但埃迪一笑置之，告诉我现在有很多女人要晚一点才会遇到自己的伴侣，不是所有的未婚女性都是女同性恋。我觉得这没什么，也挺好的，但我还是希望露西至少能有个伴。好吧，其实这并不是实话。其实我是个很老派的人。有些人可能对此不以为然，但我真的很想牵着露西走下教堂过道，把她交给未来的丈夫，很想看着她成为母亲。露西一定会是个特别好的母亲。随着时间渐逝，我感觉到埃迪也开始担心她太过孤单，把终身大事耽搁得有点晚了。当埃迪告诉我，女孩子往往要到四十几岁才会渐入佳境时，我知道她其实是在安慰自己而非安慰我。我想我肯定会很喜欢露西的孩子。

我希望她过得幸福，但内心并不太相信真的如此。她在伦敦有很多朋友，听她说起来，她的生活有趣又充实，但我仍然放心不下。她是一家广告公司的平面设计师，有时会给我寄来报纸上登出的她的作品的剪报。我以前一直希望她能成为画家。她小时候画画得很好。在钢琴方面一无所用的纤细手指却工于作画。她二十一岁生日时我送了她一幅康斯特布尔的赝品，但当她得知原画曾经就在我们家，后来又遗憾失去的故事后，伤心地啜泣起来；于是仿作顿然价值全无，礼物送得似乎有欠考虑。我没敢对她如实相告：曾经家里还有三幅罗姆尼[1]、两幅斯塔布斯和一幅庚斯博罗。

“你好，亲爱的，”我亲吻她，“喝点香槟。”

她拿起酒杯，扫视大厅。

“这都是为了罗宾？”她问。

“得好好款待他一下。他这阵子可用功了。”

我环视大厅——真是熠熠生辉。斯特劳德太太做了一次彻头彻尾的春季大扫除。石板地面扫了又擦；暗色的镶板打了蜂蜡抛光，看上去亮得发光；屋子里有股淡淡的蜂蜜味儿。柔和的冬日阳光透过高高的装有竖框的彩色玻璃窗射进来，在砂岩地板上投下一块块绿色、红色的剪影。高悬在上的牡鹿鹿角上，斯特劳德太太挂了写着“生日快乐”的横幅。我敢肯定，这对鹿角之前还从未有过如此不上台面的用途，我禁不住想象，它们的那双玻璃球眼睛是不是正在责怪地盯着我看。彩色纸带从枝形吊灯上垂下来，吊灯还是蒙着灰尘，没有点亮——这东西清洁起来难于登天。我们一直没把它换成插电的。太昂贵了。这会儿我才想起来，应该点起其中的五根蜡烛——但为时已晚。

“嘿，爸爸。老天，你肯定忙坏了。”克拉拉说着步姿袅娜地走进房间里，身后拖着一双女儿，凯蒂和安娜贝尔，她们跟在后面像两条小小的拖船。两个小姑娘都跟瓷娃娃似的，完全就是她们妈妈的翻版，以至于我有时候会想，她们是不是压根没遗传她们那不苟言笑的红脸父亲的任何地方。

“我们的小寿星呢？”我问道。

---

① 指乔治·罗姆尼（George Romney，1734—1802），英国肖像画家，当时最受欢迎的画家之一，为许多社会名流画过肖像。

“乖乖地和他爸一起在厨房里等着呢。”

“太好了。”

我给克拉拉递上一杯香槟，然后给两个外孙女每人一杯冒着泡的苹果汁，塑料纸杯上画着三个谱号[1]和一串串八分音符。

“我该把他的生日蛋糕放在哪儿?”克拉拉问我。

“哦，我已经在城里买了一个了。”

“我跟你说过我要亲手给他做一个的。”克拉拉说。

“你说过吗?”

“是的。”克拉拉没有笑。

“好吧，别介意。”

但我说这话时意识到自己做了件有点失礼的事。对埃迪的思念猛一阵向我袭来。没有了她的日子，我在家庭关系的海域中航行时就失去了舵手。

“好吧，他可真走运。两个生日蛋糕。”

她把她的蛋糕放到桌子上，是一个歪向一边的大理石花纹海绵蛋糕，上面用糖霜印了一只知更鸟[2]，它胸上的红色滴到了白色的羽毛里。我呢，则是突发奇想地买了一个钢琴形状的蛋糕，上面是黑白巧克力做成的小小琴键，钢琴的盖子由一根巧克力支起来敞开着。你在那个微型钢琴琴凳上按下一个键，就会响起《生日快乐》歌。埃迪向来不赞同从商店里买生日蛋糕，但当我在多尔切斯特[3]的面包店橱窗里看到这个时，还是忍不住给罗宾订了一个。显然我是做错了。

---

① 指高音谱号、低音谱号和中音谱号。

② 罗宾的名字原文是“Robin”，在英文中有知更鸟的意思。

③ 多塞特郡的郡治，也是托马斯·哈代的故乡。

“我们把小寿星叫进来吧？”我问道，暗自希望能回到自己的音乐室里，弹一点马勒[1]，对所有宾客避而不见。我以前就这么干过。

罗宾走进大厅，我朝隐藏在游廊里的乐师们打了个手势，他们便演奏起了莫扎特一首欢快短小的D大调进行曲——这是罗宾近期最爱的乐曲之一。我站在生日餐桌边上打着节拍，尽管只是出于习惯而非有此必要——没有我的指挥他们照样可以完美演奏。罗宾一动不动地站在大厅中央，他往前伸出双手，张开手指像要抓住音符，好像它们是纷纷飘落的雪花。大厅乐声辉煌，红色、金色和黄色的乐音从游廊上向我们倾洒下来。我都忘了在这个屋里乐器有着如此美妙绝伦的音色。一曲终了，罗宾还是呆呆地站在那里，而其他家庭成员多半出于礼貌而非热情地鼓起了掌。我大声喝彩——不得不承认，我无法忍受在一场精彩演出后只有稀稀拉拉的掌声。

“太棒了！”我叫道。

“再来一首。”罗宾说。

“注意规矩，罗宾。”他母亲提醒道。

“再来一首，拜托，”罗宾说，“就现在。”

乐师们笑起来，然后开始演奏一首海顿的加沃特舞曲。我之前给了他们一个曲单，上面列的大多都是罗宾最近在钢琴上练习的曲子。我希望让他了解到，每一场演奏都是独一无二的。他在音乐室的斯坦威钢琴上练习的旋律也可以在小提琴或大提琴上演绎，被赋予新的形式。音乐不像柏拉图所描绘的理想国——巴赫的G大调萨拉班德舞曲并不存在所谓完美的版本——所有小提琴手都想与钢琴版本一争高下。实际上，诠释音乐的方式是无穷无尽的——就像有千千万万个哈姆雷特或奥赛罗。

① 指古斯塔夫·马勒（Gustav Mahler，1860—1911），杰出的奥地利作曲家和指挥家。

你可能喜欢劳伦斯·奥利维尔的演绎甚于理查德·伯顿[①]，但剧本台词是从演员口中说出来，纸页上的音符也是由演奏者赋予生命的，它们包含了如宇宙般浩瀚无穷的可能性。

我只顾着观察罗宾，并未注意其他家人。克拉拉用肘轻轻碰了我一下。

“爸爸，我们吃饭吧。我们都在这儿站了快一个钟头了。小姑娘们肚子饿啦。”

我环顾周围，看到她们正盯着蛋糕和一盘盘三明治看，看上去无聊到了极点。

“不要，”罗宾说，“还要听音乐。”

“或许他们可以在我们吃的时候演奏。”克拉拉说。

我正要张口反对——背景音乐是我所无法忍受的——但还是妥协了。这也可以算是对罗宾的款待——就像端着个盘子坐在电视机前边看边吃。

我们坐在餐厅里，吃着花生酱香蕉三明治，海顿的曲子丝丝缕缕地飘荡在周围，如花园里的蝴蝶一般轻盈明亮。罗宾坐在两个姐姐中间。三人都是一头闪耀的金发，犹如擦亮了的硬币一般。两个小姑娘互相咬着耳朵轻轻说话，把她们的弟弟晾在中间。

孩子的父亲拉尔夫懒洋洋地坐在桌首，背靠着炉火，脸上挂着一圈亮晶晶的汗珠，就好像他被包裹在玻璃纸里似的。我不是很喜欢拉尔夫。他人很聪明，然而过于沉默寡言，给人一种目无下尘之感。埃迪总跟我说他是个好人，只是话少了点。我时常注意到，我们满心愿意把缄默之人往最好的一面想，就好像一旦他们开口，说出来的一定会是讨人喜欢、

① 劳伦斯·奥利维尔和理查德·伯顿均为英国影史巨星，奥利维尔 1949 年凭借《哈姆雷特》获奥斯卡最佳男主角奖，伯顿也在舞台上演过哈姆雷特。

引人发笑的妙语。但我不认为拉尔夫是这样的人。我从未有一刻觉得，那些他未说出口的会是好话。有一次他还声称自己不喜欢巴赫。冷漠，无趣，他说。只是音乐界的会计师。这个话，我可不会忘记。

让我迷惑不解的是，除了罗宾之外好像没人喜欢这个聚会。他开心得不得了，脸颊粉粉的好像在发光，然而全家其他人都情绪低落。克拉拉和露西吃得很少，话说得更少。我再次不安地感到，我做错了什么事。

没等斯特劳德太太进来，我自己把几个杯子拿进了厨房。露西端着脏盘子跟在我身后。

“亲爱的，我好像遇上麻烦了，我本来是想好好地开派对的。”

“哦，爸爸。”露西亲了亲我，这下我立马知道，事情比我想象的还要糟糕。“只是太好了。这就是问题。”

我不禁僵住了，这话刺痛了我。“这到底是什么意思?”

“爸爸，你从来没给我和克拉拉办过生日派对。”

“你们每次都有派对的。有间谍主题的，女巫主题的——”

“但都是妈妈一手操办的。大多数时候，你都只进来十分钟。抱怨我们太吵了，然后又躲回你的书房里。”

“我是这样的?”

“没事啦。你也有好的地方。”

“很高兴听到这话。”

我把杯子放进水槽里，眺望窗外的草地，它在远方缓缓地向低处的小河倾斜。风甩打着光溜溜的杨柳树，叶子在空中飘舞飞扬着，宛如女孩子缠绕的发丝。我想我有时的确安于悦己。但我喜欢自己的孩子。我爱她们。只是我从来都不能理解那些宣称将孩子作为一个整体来宠爱的人。这就好比说一个人宠爱万千众生。孩子如同概而言之的万千众生一般，其实是各不相同的，这也是为何一个人喜欢一部分人甚于其他人。

只有缺心眼的人才会一视同仁地喜欢每个人。

露西还在兀自说着。

“请来一支管弦乐团？只为了一个孩子的五岁生日？我是说，这真的……爸爸。你甚至都没在我二十一岁生日的时候请过管弦乐团。”

“那是因为你想听什么难听得要死的迪斯科。”

“这没错。”

“况且这些乐师都是我的老朋友。他们不会问我要钱的。”

这话并不完全是真的。他们不会开口但我照样会付给他们。占音乐家和出租车司机的便宜可是要倒霉的。

我想告诉露西，我很寂寞。房子里寂静无声。你们的母亲至死都还在歌唱，而如今那些泛黄的无声的歌曲簿四散在音乐室里，如同干皱了的婚礼彩屑。而这时小男孩带来了噪音。受欢迎的噪音。我们听到了同样的声音，他和我。

“我们回餐厅去吧？”我对她说。

罗宾看到父母给他买的火车模型后哭了起来。这是一辆锃亮的遥控小火车，沿着一圈铝制轨道飞快地行驶。

“我不要这个。我要钢琴。”

克拉拉试着耐心劝导。“喜欢很多东西是件好事，罗宾。但钢琴是很贵的。”

凯蒂和安娜贝尔也来帮忙。她们围着那辆小火车发出轻轻的赞叹声，做出很感兴趣的样子，还求着罗宾帮她们启动火车，但他还是闷闷不乐，双手抱在胸前，脸朝下趴到地上。我以前说过想给他买架钢琴，好让他在家里也能练习，但克拉拉不同意。

“他已经够一根筋了。要是家里有了钢琴，我觉得我都没法让他出来吃饭了。我就得像喂小鸟一样喂他吃饭，他坐在琴键前面，我把食物一点点地送进他嘴里。你能答应我不会给他买吗？”

我答应了她。此时，她的目光越过那个正俯躺着抽泣的孩子与我相接，直直地盯着我看。我不得不承认，这小家伙的确不好对付。我没有领教到他最糟糕的一面，因为和我在一起的时候，他可以沉湎于他的挚爱之事中。我就像一个给他塞饱了巧克力后又打发他回母亲身边的外公，只是我给他的不是糖衣炮弹，而是让他满载回家的音乐。

凯蒂跌坐进椅子里。“他为什么总把一切都搞砸？我们要不回家吧？”

“别这样，老弟，”他父亲也来哄他，“开心点。”

“你还没拿我的礼物呢。”我说。

罗宾抬起头来，揉了揉眼睛。“是钢琴吗？”

“唔，不是。不是钢琴。”

“你能把你的给我吗？”

我皱了皱眉头。“你愿意的话随时可以来弹。我想我的钢琴放不进你的卧室。它太大了。”

罗宾顿了一顿，若有所思。“那我可以在你死后得到它吗？到时候你不会再需要它，我也会买一个大一点的房子。”

我又一次和克拉拉的目光相接，她竟然笑了起来，这让我松了口气。

“可以，罗宾。你可以在我死后得到钢琴。”

“说‘谢谢’。”克拉拉对他说。

罗宾耸了耸肩，又倒头躺到地毯上。“为什么？他还没死呢，我并没有拿到。”

我感觉到气氛又缓和了下来，于是我抽出那两个包裹，把它们轻轻推到他面前。他翻过身子坐起来开始拆包裹，弄出很大的响声。

“是火车吗？”

“你为什么不自己打开看一看呢?”

“如果是火车的话，那我就不用拆开了。”

我叹了口气。有时候他非但不好对付，还是个不讨人喜欢的孩子。

“试试另一个。”

他把包装纸撕成碎片，拿起一本破旧的大开本的皮面书，把它举在离自己一手长的位置，满腹怀疑地观察着。

“这是啥?”

我拉过一把椅子，帮他翻开那本书。“这是一本歌曲簿，里面都是我从英国各地采集来的歌曲。其中大多数都是多赛特本土的。我把它们都完整地记录在了这本书里。就像一张地图，用歌曲绘成的地图。”

“我可以在钢琴上弹出它们吗?”

“是的，可以弹出来，而且其中许多还是有歌词的。”

“我不喜欢唱歌。”

他把书推到一边，再次板起面孔。我曾经以为他会对此感兴趣，真是太傻了。本来应该给他买些音乐CD或一个随身听，或是别的什么。我静静地收回了歌曲簿，把它放回到架子上。

“你为什么不给我们弹点什么呢，罗宾?”安娜贝尔问道，“我和凯蒂还从没真的听你弹过呢。”

“你们肯定听过的。”我说。

安娜贝尔摇了摇头。“没。他来这里的时候我俩都在上学。”

我看着眼前这个十二岁的外孙女，一阵内疚涌上心头。只见她一身十几岁人的标准打扮——上面毛衣，下面牛仔裤——然而她就像扎了根的小树苗一般，正在蹿高长大，已没有了儿时的那种纤弱之感。此刻她正用那双褐色的眼睛看着我。我发现自己对她一无所知。

“真遗憾。你们该听一听的。”

罗宾已经不再哭了，但仍然俯躺在地上，用手抠着波斯地毯上的一个小洞。

“够了，罗宾，”我对他说，“你得想好给姐姐们弹哪一首。”

他二话不说站起来，用袖口擦了擦鼻子，然后快步穿过大厅，来到音乐室。这里曾经是晨息室，男士们会在用过早餐后来这儿闲坐，看看报纸。房间朝向西南，纵然在阴沉昏暗的日子也是光线充沛。很久以前，我将其占为己有；足够大的空间能舒舒服服地放下一架音乐会用的全尺寸大钢琴，以及其他音乐器材，但我偏爱这里的真正原因还是极佳的光线。暮色悄然降临，大雨冲刷后灰蒙蒙的山坡染上了夕阳的暖红色，成片成片的玫瑰色晚霞在天空中徐徐地飘移。音乐室白色的墙面一时间漆上了淡淡的粉色。

我在琴凳上叠起几个垫子，把罗宾放到上面。

“你知道你想弹哪首吗?”

“知道。”

“你需要乐谱吗?”

他摇了摇头，安静地坐在那里，双手放在膝盖上。两个小姑娘在房间另一头找到一个靠窗的座位，她们跪坐在脚上，在玻璃窗凝结的一层水汽上写着自己的名字，对弟弟怀着不冷不热的兴趣。露西、克拉拉和拉尔夫背靠在我的桌子上—— 一张由黄铜和桃花心木打造的维多利亚时代风格的桌子，奇丑无比的庞然大物。四重奏乐团的管弦乐手在门外徘徊，好奇地等待着。

罗宾深吸一口气——犹如即将跃入水中的游泳健将，然后开始演奏。气氛一下子变了。小姑娘不再对着窗户涂涂画画，而是倏然转过身，坐定聆听，安静得大气不出。管弦乐手情不自禁地往屋里靠近，犹如冬日夜晚不自觉地围到火炉边上的旅人。拉尔夫伸手握住克拉拉的手，攥得紧紧的。

罗宾弹了一首肖邦的简单的小夜曲；乐音从他的指尖倾泻而下，如同小溪流过卵石般平滑，音质清澈透明。那个时候，我在技艺的娴熟度上还是胜过罗宾的，然而钢琴在我的手中从未流出过这样的音色。它从来都只是顺从我的意思，但罗宾却让它发出了自己的呼喊；在他的触碰下，这件乐器成了有血有肉的生命。暮色渐深，夜晚降临，房里暗下来，然而罗宾还在弹着。

最后他终于停了下来，我们安静无声地听着结尾的和弦渐渐低沉下去。我瞟了一眼凯蒂和安娜贝尔，她俩的脸在暮色中显得很苍白。

“好吧，我真是无地自容。”安娜贝尔说道。

大家都笑了，然而当我看着一家人的时候，我不禁在想，他们是否理解——或者说我们当中是否有任何人理解——罗宾的这种天赋对我们所有人而言意味着什么。

第一个没有埃迪的圣诞节。这种让人伤心的纪念日还能列出一串。在她去世后的头几个星期，我悲伤不已，但她仍然离我很近，好像只要我的手伸长一点，还能轻抚到她的指尖。我把她的拖鞋放在床边，没准什么时候她会用着。她夜里起来上厕所的时候，受不了赤脚的冰冷感。我没有取消她的杂志订阅——我实在没勇气打电话给客服中心，那样就再无回旋余地。万一她回家时想看最新一期的《住宅与庭院》① 怎么办？我知道这些想法荒唐可笑，我当然也不会说给两个女儿听——她们会关切地啧着舌头，互相之间窃窃私语，认定我丧失了理智。

开始的几个礼拜和几个月里，时间时而飞逝时而剧烈地震动——一切都是那么的不真切。七岁的时候，我发过麻疹，当时在儿童室的床上

① *House and Garden*，英国家居园艺类杂志。

待了整整两个礼拜，房间窗帘拉紧，不让光透进来损害我的视力。在那段不见天日、高烧不退的日子里，时间变得断断续续，放缓了脚步，清醒与睡着之间的界限也变得模糊不清、无关紧要。整个世界只剩下我的病房和床构成的方寸之地，以及眼睛热辣辣的奇痒之感。

每天晚上父亲都会过来看我。他坐在床沿上，我不记得他说过只言片语，但他会摘下自己的金表，把那冰凉的圆形表面贴在我火烫的额头上。这种感觉比任何法兰绒擦布或是湿敷布都要舒服。然后他会拿走手表，上好发条。滴嗒滴嗒，滴嗒滴嗒。好像上面阁楼横梁上蛀虫发出的咯吱咯吱的啮咀声。在发着烧的迷糊状态中，我以为他用那只表掌控着时间，是他在每个晚上分给了我少量光阴，正好能让我撑过那个夜晚。有天晚上，我感觉好点了，在床上坐起来，他允许我给那只表重新上发条。我不太会弄，笨拙的手指上全是汗，但这一次他没有责备我。这真是莫大的恩赐——我甚至都不愿与两位哥哥分享此事，生怕会冲淡了这份巨大的荣幸。我上紧手表发条，父亲重新把它扣到手腕上，然后拉开了窗帘，时间重又开始。

失去埃迪后的头一年里，我仍然等待着窗帘拉起，时间重新开始。我靠着死记硬背度日，机械地依赖习惯过活。我列出购物清单让斯特劳德太太帮我购买，支付油费账单，让园丁在林地走道上种植一千株蒲公英和水仙花，推掉伦敦、纽约和伯恩茅斯的音乐会请我做指挥的邀请。最重要的是，我等待着。我等待埃迪回来，尽管理智上知道这绝无可能，我仍然等待着。

我试着创作音乐，但写不出来，沮丧之中我又随手在床边桌上的那本练习簿上做起了笔记。这本差不多快要写满了，于是我又在多尔切斯特新买了一本。翻阅其中的内容，我发现记录的内容已经不再是逝去的时光，点点滴滴的回忆，而是变成了过去一年的各种事情，埃迪走后的生活种种。过去的一年尽管糟糕透顶、痛苦不堪，但也自有其珍贵之处。悲伤仍未消退，但我已然知道在未来的某个时刻它终会随风而逝，就像潮水慢慢地退回去，一种时涨时落的消散过程。我必须记住这种悲伤。这是爱的证明。

罗宾是我现在光怪陆离、静止无风的世界中唯一新添的一笔。他过来的那些早上，我们活在音乐之中，世间尚有快乐存在。当他走后，寂静再次恢复统治，它在孤独的作用下一点点发酵，不断膨胀变大，最后笼罩了整个房子。寂静如同怪物般可怕。在我最需要音乐的时候，她再一次弃我而去。

我很担心罗宾，唯恐自己是出于自私之心而继续教他。我教他是因为上音乐课是我唯一得以喘息的机会，然而我并不是钢琴教师，尤其难以胜任像罗宾这种天才学生。

我请几位老友过来，想要听听他们的建议。老友与二月的狂风一起到来。车道已经变成了连排的水洼，一只黑鹂在一块化作小池的草坪上沐浴。然而朋友们不畏天气恶劣，一心想亲耳聆听我的外孙演奏。我猜想他们是想看看作为外公的溺爱之情是否蒙蔽了我的判断。我自己也想探个究竟。

我们聚集在音乐室里，阿尔伯特、约翰、马库斯和我。我们是一帮年长前辈，音乐圈的资深元老。斯特劳斯太太拨旺炉火，还开了暖气。八十二岁高龄的马库斯已略显虚弱之态，他在考虑交出自己的驾驶证——尽管我注意到，他还是答应了在复活节那天最后一次指挥《弥塞亚》①。

---

① 英籍德国作曲家乔治·弗里德里希·亨德尔（George Friedric Handel，1685—1759）的著名作品。

“这将是我的绝唱。”他边嚼着一大块水果蛋糕边说道，食欲之旺令人吃惊。

阿尔伯特笑道，“你每次都这么说。”

马库斯耸了耸肩。“好吧，但终有一天这会成真，不管我情不情愿。现在，要是我演到一半就挂了，批评会不会好一点呢？人们会说‘昨晚皇家节日大厅的音乐会真是让人失望透顶。马库斯·奥尔布赖特爵士竟然在指挥贝多芬《第五交响曲》的最后一个乐章时翘辫子了，真是丢尽了脸面——’”

约翰又倒了些茶。“我看不出你为什么要退休。你可以让别人代驾把你送去维特罗斯①；但你不能让别人代替你指挥亨德尔。”

“今年春天我或许会好好钻研一下贝多芬晚期的四重奏。”马库斯又说道，用叉子刺向一粒葡萄干。“我以前一直不太理解它们，感觉它们有点紧张，带着不安。然而经历了中风之后，我再回过头来听，第一次听懂了。我不确定有没有七十岁以下的人能听懂。”

“这不是年龄的问题，”我平静地说道，“他晚期的四重奏讲述的是苦厄。激发这种音乐的是强烈的悲伤，一种富有男子气概的忧愁。这种情感在人生的任何阶段都可能产生。”

其他人停下来，看着我，显然认为我说的就是埃迪之死。我并未言明，然而一切都终究回到她身上。

我们聊了半个钟头，争论着莫扎特奏鸣曲的微妙之处，以及新开的那家“乐购”停车空间有多逼仄，然后门打开了。罗宾站在那儿。大家都笑眯眯地看着他。

“快进来，年轻人，”阿尔伯特说道，“这儿对你来说可能太热了些，

---

① 英国的一家中高端连锁超市。

但我们老年人恐怕还是觉得有点冷。”罗宾大步走进来，他还没有到会害羞忸怩的年纪。

“这是我的朋友，阿尔伯特。”我对他说，“你喜欢他那张巴赫赋格曲的唱片，还记得吗？”

说喜欢其实是言之过轻了。他在家里没完没了地播放那张唱片，以至于克拉拉不得不限制他一天只能放三遍。

“我听了一百一十五次。”他说道。“为什么这么少？”马库斯打趣说。

罗宾眨了眨眼睛，并未领会到这是在同他开玩笑。“我要知道它是怎么做到的。他是怎样把所有细节串在一起的。我现在知道了。我把它记在了心里，所以不用再听了。”

我瞥了阿尔伯特一眼，看他反应如何。他的嘴型并没有流露出一丝笑意；相反他面色严肃，若有所思，认真的样子与他倾听成年人说话时并无二致。罗宾扫视着我们这些围炉而坐的德高望重的长者，脸色阴沉下来。

“我甚至更喜欢拉赫曼尼诺夫演奏他自己作品的那张唱片。拉赫曼尼诺夫也会来吗，外公？”

“他今天下午没空。”

谁都没说话，我们装作喝茶，努力不笑出来。

“你愿意给我们弹点什么吗？”约翰问道。

罗宾点了点头，快步走到钢琴前，堆起给他准备的坐垫。听众坐回炉火旁的椅子里。罗宾迟疑了几秒钟，手指在琴键上方摆好，然后他开始了。

“我觉得应该来点比茶猛一点的饮料。”罗宾结束后马库斯说道，他随即被斯特劳德太太领到厨房寻找巧克力饼干去了。我从桌子上拿过一瓶威士忌。我们沉默地坐了几分钟，喝着酒，似乎还在谛听音乐的余响绵绵扩散，轻抚过静止的气息。阿尔伯特是头一个开口的。

“很抱歉，福克斯。但你不能继续教他钢琴了。你是不合格的。他会从你那里学到各式各样的坏习惯，还以为这些都是对的。”

我惨兮兮地点了点头，深深地饮了一口威士忌。我的眼睛热辣辣的，但我希望他们以为这是烈酒所致。阿尔伯特所言属实。他们都知道我的琴艺顶多算还过得去。

“我该怎么做呢？”重新能说话时我问道。

阿尔伯特皱起眉头思索着。“我可以给他上神童班，但那还得往后再说。还得过一年左右，等他再多掌握一点技巧。他有一种出自本能的善感，这需要小心地呵护培养。他的演奏具有强烈的个人风格——这点在年轻演奏者中是相当罕见的。音乐神童经常都是风格多变的，他们会模仿其他演奏者的风格，而缺少自己独特的声音。罗宾就是他自己。”

他停下来，揉了揉额头。“你要找的老师不仅得自身琴艺高超，还得在教年纪很小的孩子这方面有所经验。一定不能过多干涉。他需要的是循循善诱。”

马库斯瞥了我一眼。“你要把他带去伦敦。”

阿尔伯特点头附议。“几乎肯定得是伦敦。很可能每周都要去。或许还要去两次。要按时上课，制定严格的练习计划。要是他再大点儿，我觉得差不多要一天八九个小时。因为他还小，就减少一些，但还是大概要三四个小时。”

约翰始终一言未发，然而此时他站起身来，抓起拨火棍，开始翻弄煤块。我压下不快——我的炉火是独属于我一人的。谁都不该对一家之主的壁炉横加干涉。

“你们真的确定他想要那样？”约翰问道，“他的父母呢？大多数神童到十二岁左右就泯然众人了。这样太浪费了。”

阿尔伯特往后靠到椅背上。“恐怕约翰说得没错。这个男孩显然天赋异禀，他才学了短短几个月，而且还是跟着这么一位其实只能算三脚猫水平的钢琴老师。”他笑了笑，不过只那么一瞬，随即小声地叹了口气。“然而他的情况不容乐观。即使我们尽力为他提供一切条件，他还是很可能永远成不了在音乐会上演奏的钢琴家。真可惜，他的兴趣不在小提琴上。”

我们都咕哝着表示赞同。如果是小提琴的话，即使无法登峰造极，成为音乐会上的独奏者和小提琴名家，也还是可以待在管弦乐团里，一生与音乐为伴。然而弹钢琴者就没有这样的选择。他的事业机会要不就是辉煌登顶，举办世界巡回音乐会，签订唱片合约，要不就只能去教冥顽不化的小孩。大多数学校的音乐部都回响着才华横溢的钢琴演奏者破碎的梦想余韵，他们已经很接近了，但就是还差一点。

“我来打几个电话，”阿尔伯特说道，“但同时，你还得跟他母亲谈一下。”

我约克拉拉过来散个步。正值二月下旬，尽管晨霜仍在暗处未散去，一片片的雪花莲和一簇簇的番红花已经悄然开放，色彩不一的花朵成堆成团地紧挨着。连月的阴雨和雨夹雪把山坡染成了土褐色，上面满是泥泞，草儿凌乱不齐，枯黄暗淡。树木还是光秃秃的，细密树枝在天空下的剪影让我想起了年代久远的解剖书上画的毛细血管。这个了无色彩的世界好在还有番红花的装点，它们有的是惊艳的紫色，有的是鲜亮的黄色，都在安慰我春天已不会太远——我实在是厌倦了冬日的寒冷与阴雨。我从来不像埃迪。我是夏天型的，向往碧蓝的天空和鸟鸣的清晨。

克拉拉和我脚步轻快地穿过哈德格罗夫的庄园，沿着山坡的脊背向韦塞克斯山脊线[1]行去，树木间回响着斑尾鸽的斗嘴声。登高望远，全郡景色尽收眼底，褐绿相间的田野如同一首交响诗，随处可见河水漫溢的水草地，在阳光下闪烁着液态铝一般的光泽。我们没有说话，彼此心照不宣地向着灵穆尔[2]走去，两人登上山顶，如同游泳者浮出水面呼吸空气。风拂过电线歌唱，发出完美的升 C。

无论是如何风止浪静的一天，灵穆尔这里永远都是风声呼啸。这是一个奇怪的地方，回响着千年的足音。铁器时代的遗迹错落凸起在平坦开阔、长满青草的丘陵上，如同毛毯上的褶皱，旁边是高起的罗马时代的村庄遗迹。边缘地带是一座摇摇欲坠的维多利亚时代风格的农舍遗址，农舍的各层建筑样式不同，断壁残垣堆叠在一起，犹如浩荡时间微缩于一点，历史的各个时期并存于某一时刻。风大不息，时代之间的界限变得模糊虚幻。

我们在农舍一面火燧石墙壁的残迹上坐下休息一会儿，克拉拉递给我一个苹果。她无论去什么地方，口袋里总是鼓鼓地装着好吃的，这是从她母亲那里承袭下来的一个习惯。

“你是不是有次向以前住在这儿的一个牧羊人搜集过歌曲？”她问道。

“是的，你记得完全正确。正是这样。那是很久以前的事了，当时你还没出生。”

我们沉默了一会儿，各自吃着苹果。过了几分钟，克拉拉把苹果核丢进一堆杂乱无章的灌木丛里，那里曾经是农舍花园的一部分。她对我说：“我喜欢你特地过来听他唱老歌的故事。他只按一年中的时序给你唱

---

① 英国西南部一条很长的散步小径，全长 136 英里（219 千米），从威尔特郡的马尔堡起至多赛特郡的莱姆雷吉斯。

② Ringmoor，多赛特地区的一处铁器时代罗马人统治英国时期的农业部落遗迹。

歌，是这样的吧？一首夏天之歌？再一首冬日之歌？”

我轻声笑了。“是的。真是个很奇特的家伙。我曾经在下雪天骑马来到这里听他的冬日之歌。结果得了重感冒，在床上躺了一个礼拜。”

克拉拉盯着我看了片刻。“你现在还搜集歌曲吗？”

我闭上双眼，感受明亮的日光照在眼皮上的刺痛感。“不怎么搜集了。我都记不起来上一次找到新曲是什么时候了。现在要做这事太难了。古老久远和荒野原始的东西都隐退到了世界的边缘。乡间的夜晚过于拥挤，也过于明亮。我记得许多年前在入夜后来到这里的情形，那时我比你现在还要小一点。你无法想象那种名副其实的——”

“名副其实的黑夜。是的，我知道。你说过。”

我笑了。“抱歉，亲爱的。你以前都听过我的这些故事了。”

“你放弃了这个挺可惜的。”

“现在没什么人还会唱老歌了。如果有的话，也是他们从书上或是CD上学来的。即使在我小的时候，这样的人也不多了。恐怕现在他们都已经绝迹了。”

“多赛特的渡渡鸟。”

“正是。”

“不过你难道不是已经搜集完所有歌了吗？”

“我怀疑这是不可能的。总是还有一首歌等待被发现。”

“那么，你还是在找咯？”

我大笑起来。“你把我给绕进去了。或许是的吧。”

我们静静地坐了一会儿，望着云朵洒下的阴影在山坡上缓缓移动，听着风拂过电线的轻柔悦耳的哼鸣声。

我谈起罗宾。她双手优雅地交叠在膝上，一言未发地等我说完。然后她转向我，问道，“但你是怎么想的呢？你觉得他应该不再跟着你上课，然后到伦敦去吗?”

“我没法教授他所需要的东西。阿尔伯特找的那位皇家学院的老师在教低龄孩子方面经验丰富。”

“但每周去伦敦两次。挺麻烦的。课程费用会不会高得离谱? 我是说，我们当然总能凑出钱来……但他上学怎么办呢?”

“他们不会收取课程费的。或者最多象征性地收一点。”

我没有说实话。课程的确很贵，但我嘱咐他们直接把账单寄给我。克拉拉永远都不用知道。

“我想他要不就是寄宿在新学校，要不就得在家上学。”她用休闲鞋踢着一颗石子。“但即使该做的都做了，他还是有可能一无所成。”

“是的。有可能。”

“看在上帝的分上，爸爸。”

“你需要认识到现实。”

“听起来这会让每个人都不好过。”她打住了没说下去。“即使是罗宾，他真的会因此而快乐吗?”

我对她说出我确切知道的唯一一点。“他在弹钢琴时是最快乐的。既然他有机会将钢琴作为一生的事业，哪怕希望渺茫，我们难道不应该给他这个机会吗?”

克拉拉没有回答。树木在风中摇曳。

1947 年，6 月

乔治想知道那件事究竟何时发生。他就像一匹不得不被射杀的马匹的主人，祈求兽医向他保证那可怜的牲畜不会受苦。他硬要我们骑着自行车到藤沃斯庄园去，他们要对那座房子实行爆破。显然全英国的豪华庄园都在劫难逃。几乎所有人家都没财力维持下去，或是在经历了战时岁月的多年荒废之后，也无财力进行必要的修缮。我们骑车登上山顶，沿着山脊一路喘着粗气。这是美好的一天——天空是耀目的艳蓝色，树篱上星星点点地绽放着犬蔷薇和忍冬花，空气中鸣响着蜜蜂的嗡嗡声。我们在中午的烈日下淌着汗，同情在路边一棵孤独的山毛榉树荫里喘着气的长毛牛。我们短暂地停下脚步，在小溪里灌满水壶，然后继续在催人欲睡的苍蝇围攻下骑行，赶在爆破人员到来前不久抵达藤沃斯。

我们对这座房子十分熟悉。将军和它的主人温特斯上校是老朋友；战前我们会来这里参加午宴、晚宴和派对，圣诞之夜还会在他们家里唱颂歌。这是一座富丽堂皇的旧房子，比我们那座大许多，坐落于侏罗纪时期由海洋形成的一座白垩岩山谷之中。从大路上看不到这座房子；只能看到蜿蜒曲折的车道，若是骑自行车或步行前往，你差不多要盘到车道顶端时才能发现房子。蜂蜜色的石砖好像生长在山上，从山坡上凭空冒出来一般。

我以前从未真正对这座庄园有过想法。这就好像问我觉得某位姑妈或表妹是否有魅力似的。然而此刻，与杰克和乔治并肩站在山脊，向下凝视着房子正面装有竖框的一扇扇窗户，只见上面辉煌映射着上百个小太阳；门廊的柱子上缠绕生长着羞答答的常青藤，我不禁暗生赞叹——真是一座美丽的房子。我知道在它内部，木头早已腐烂，到处都是干腐菌和蛀虫，屋顶每逢下雨就滴水，然而在这个阳光明媚的慵懒午后，从这儿俯瞰下去，它真是完美无瑕，就好像它一直存在于此，就好像在它尚未建造之时，山谷一直都在等待着它。

人们把最后几件家具搬出来，放在一段距离之外的草坪上，那样子就好像从可怕的事故现场运出遇难者的尸体。我们三人依旧站在原地，但在我们下面，车道的末端，已经慢慢聚集起一群人。如果眯起眼睛，我或许可以认出哪个是上校本人，但我不忍心搜寻他的身影。杰克把手伸进夹克衫里，拿出一小瓶酒，打开塞子，猛地喝了一口，然后一言不发地递给乔治，接着传给我。一个身边跟着一条惠比特犬的男人好像在指挥众人。正是上校本人。他向来狗不离身，他把灵魂都寄存在那个生灵上了。

一小时过去了。乔治捅了捅我，然后我注意到一些人正在把一根根的葛里炸药塞进庞大的外墙里，其他人运来了更多的炸药。众人把一个餐具柜扛到草坪上，把它扔到一张供二十人用餐的大餐桌边上，就好像疯帽子先生[①]随时会携红桃皇后一同现身，在玫瑰花和打包箱子的簇拥下举行茶会。威士忌让我昏昏欲睡，而且说实话，我也有点觉得无聊了。乔治递给我一块肉酱三明治。是埃迪为我们做的。她拒绝和我们一起过来，还说我们特意过来观看这种场面无异于变态。我没法驳斥她——直到现在我还是不太明白我们为什么会在这儿，然而此时此刻，这一切都好似不再真实。我们正在目睹的是大约一个星期之后即将发生在我们房

---

① “疯帽子先生”和“红桃皇后”都是小说《爱丽丝梦游仙境》中的人物。

子身上的事情，然而我们实际上却是在灿烂阳光下野餐。一只游隼从头顶上展翅飞过——它若是守在附近，便能从空中将整个过程一览无遗。

到时候了。上校和他的惠比特犬走向花园的远端。一个戴着软毡帽的男人在劝说聚集的人群，大概是请他们退开，然而人们一动也不动。我们朝下瞅去，我心中涌起抑制不住的兴奋感。那个男人大步走过去和上校站到一起。他们身边放着一个活塞，活塞拉着一段连接葛里炸药的线。两人凑近说了几句话，我猜那个戴毛毡帽的男人是在问上校，想不想亲手按下活塞，但后者摇了摇头。显然，这过了头。

片刻之后，另外那个男人按下了活塞，动作快而有力。一分钟之内什么都没发生。接着是嘣的一声，然后又是一声。再一声。轰隆隆的声音响彻山坡周围，我不是用耳朵听到这声音，而是在胸中感受到的。这让我觉得很刺激，血流加速冲遍全身，一时都呼吸不上来了。毁灭带给我极度的快感，这是一种男孩子式的冲动，想要推倒四面砖墙的高塔，或是狠狠用脚踩死一只甲虫，此刻这种冲动被放大了千万倍。房屋剧烈地摇动，好像它下面的大地在以一种巨大无比的力量震颤着。屋顶砖瓦飞升上天，以一种缓慢的速度，就像一根羽毛在一股呼吸的吹拂下被托起来，然后整座房子似乎停在了半空。一刹那我以为它不会坍塌，但它接着就轰然倒下。所有窗户裂成碎片，离我们最远的墙面倒了下来，接着又是一面，就像一片接一片依次倒下的巨型多米诺骨牌，土崩瓦解，最后房子整个儿塌了下来，落到地面上。声音震耳欲聋，撕裂了午后的宁静。空中升起一团尘埃，如雾一般浓密，遮掩了断壁残垣。

杰克递给我一支烟，但我挥手拒绝了——眼前的场面，以及我自己，都让我感到一阵恶心。乔治看上去大受打击，脸上一片惨绿，皮肤渗出汗水。

“喂，乔治，你还好吧？”我问道，尽管他显然一点也不好。

他点了点头，转过身，朝自行车后面的一片蒲公英丛上吐了起来。

“是这个声音，”最后他说，朝草地上啐了一口，“我受不了这个声音。”

“来吧，老弟。”杰克声音温柔地说着，用手扶起乔治的自行车。

我们不该来的。

埃迪找出一盒糖果梅子和一张青年钢琴家阿尔伯特·希尔兹演奏拉赫曼尼诺夫的唱片。她等杰克和乔治都上床睡觉了，才把它放到留声机上。我俩在中国厅磨旧的毯子上席地而坐，嘴巴因为吃了糖果梅子而黏糊糊的——天知道她是从哪儿找来这些糖果的——我们聆听着。尽管其实我并没在听。我只是偷看着她侧耳倾听的样子——她那如痴如醉的表情，眼睛微微闭着，好似在晒日光浴，脸上的肌肤因温暖的炉火而恍若红霞。她的上嘴唇落了一层薄雪般的糖霜。我握紧拳头，克制自己不倾身向她吻去。

我需要用意志力才能让自己不憎恶杰克，我狠狠踩着自己的嫉妒心，就好像踩着地上的一群黄蜂。

我望着炉栅里闪闪烁烁的余烬。

“我能跟你说个事吗?”我问。

“当然可以。”埃迪说。

“如果我们真要放弃哈德格罗夫的话，我想要把关于她的记忆保存在我一直以来收集的歌曲中。这样，即使这个地方灰飞烟灭，至少她还能存在于音乐中。但仅仅是把这些歌搜集到我的笔记簿里，把它作为某种古代英国的音乐志的话，我觉得还远远不够。我有一个想法，就是想以这些歌曲为基础，创作一部田园交响曲，关于失落的家园和一个战争中消失的英国”——我愣了一下，担心自己听上去有点自以为是，然而埃迪正饶有兴趣地耐心听我说着——“但我在主旋律上毫无头绪。或许我注定只能搜搜歌曲，再把它们存进我那可怜的本子里，就好像收藏干枯的死蛾，直到最后连我自己也灰飞烟灭。”

她嘴角上扬勾出一个微笑，但并未笑出声。“或许你会在已经搜集到的某首歌里找到主旋律的。”我点了点头，但心里严重担心自己永远都不会经历那种创作力喷发的灵光一现。

“大多数作曲家到我这个年纪的时候，入行都要有十年了，”我尽量让自己听上去不像是在发牢骚，“想想莫扎特、戴留斯①和门德尔松。”

“但也别忘了沃恩·威廉斯。他直到快二十五岁时才步入正轨。”

“哦，这倒是的。他的确是这样的。”

自怨自艾的绝望略微退却了一步。

她抱紧双臂。“我应该觉得，这样看来，你至少还有三年时间可以发展，到时候我们才有可能认定你是彻头彻尾的失败者，不再抱一丝希望。”

她朝我微笑着，是那种有点滑稽的单边嘴角扬起的笑容，尽管她不过是在拿我寻开心，但我还是感到心中激荡起些许信心。

第二天埃迪乘火车回城里为一场音乐会献唱，乔治和她同行，我并不清楚他究竟是有事在身，还是出于不愿在一切即将结束之际留在这里的精神洁癖。他们走后的第二天清晨，我在拂晓之前早早起床，赶着在其他人醒来之前穿过草坪。想到再过一星期左右——不是，还要少——六天之后，这座房子就会不复存在，我想要与一切做个了结。我就像囹圄中的死囚，在行刑前计算着剩下的时间。在这之后，我可能不会再回

① 指弗雷德里克·戴留斯（Frederick Delius，1862—1934），英国作曲家。

剑桥，而是会到国外云游一番。听说阿巴拉契亚山脉那里有个民谣宝库。或许我会远赴美国，到那里去搜集歌曲。但一想到要远离埃迪，我就感到一阵恶心，如同突如其来的宿醉感。

农场雇工已经开始帮着清理哈德格罗夫府那些为数不多的高级家具了，他们把它们堆到一个谷仓里。我不知道将军会去哪里——我想大概是他在战时有时会去的那个栖息之所，山另一边的一座小屋——但我无法开口问他。我无法原谅他。他没有问我们何去何从，打算做什么。事实上，他的日子过得和从前一模一样，早上在晨息室里边看《泰晤士报》边用早餐，奇弗斯为他端上咖啡、小圆面包和福特纳姆①出品的橘子果酱。他显然是想按照过去六十八年的方式来度过他在这个房子的最后几日，将两次世界大战带来的令人不适的惊扰隔绝在外。在某个可怕的瞬间，我甚至怀疑他是否打算一了百了，在房子轰然塌下之时依然故我，在早餐桌上读着报纸，用银匙舀着他的那罐橘子果酱，直到自己被埋于废墟之中。

我想要远走高飞，但又不忍离去。我在晨光初降于山后之时爬上山脊，只见晨光使金雀花和悬钩子一时间都灼灼生辉。空气中透着凉意，地上落满露水；上千个蜘蛛网在草丛间悬晃，阳光照射其上，让它们看上去如同被弃于角落的蕾丝手帕。我快步走上陡峭的山坡，这时我想起自己这几天来都在最爱的小径上散步，跟它们一一道别。从前我到酒馆和农场小屋去采集歌曲的必经之路，正与我在心中绘制的挚爱之所的地图不谋而合。这些足迹也是我自己的记忆之路，回想起来，我可以唱着一路上网罗的歌曲来追溯这最后几日——《雾笼露水》是我在贝尔查维尔的教牧人员住宅区，从一位正在从土里翻起一排排还带着湿气

① 全称“福特纳姆和玛森”（Fortnum & Mason），英国历史悠久的高级食品店。

的红褐色胡萝卜的园丁那里听到的；《长满美丽樱草花的堤岸》是树篱角[①]两个燃烧粪堆的工人唱给我听的；还有《斑点奶牛》，那是伍尔兰德[②]的副牧师唱的，他面色红通通的，开唱之前还一丝不苟地理了理他的牧师领，尽管这可谓一首大不敬之歌。

我精心制作了一幅哈德格罗夫庄园的音乐地图，囊括了她的山丘、墓冢、谷地和树林。我知道，在未来的岁月里，我可以循着歌声重新找到回家的路。或许是因为失去家园的悲痛即将降临，我发现自己逐渐离开理性思考，退居神话之中。我搜集歌曲和故事，它们展现的是一个久远的、更美好的世界。至于这些民谣中所唱的叮咚清泉和哀泣的鸟儿是否真实，我不得而知，但我真的很想滑进歌曲里面，在旋律持续的时间里遁迹其中。

清晨阳光通明，但我还是感觉阴郁沮丧。鞋带啪的一声断了，我咒骂着，尝试把破损的两条带子重新绑到一块。我四处寻找着牧羊人马克斯·科芬，然后发现他正坐在田地上头休息，但凑近一看才发现，他并不是在休息，而是趴在一头浑身是血的绵羊尸体上。后者伤得惨不忍睹，红色的内脏乱七八糟地拉在草地上，赶早的苍蝇已经围聚过来。

“是狗干的，”马克斯难过地说道，“这礼拜没的第三头羊了。整宿没睡，守着猎枪，但啥也没瞅着。肯定是狗，黑乎乎的，没声响。”

“很抱歉。”我说。

马克斯耸了耸肩。“又不是你的狗。看，她身子还是暖的呢。要是我们能快点把她抬进屋子里，我还能把她切开，拿点有用的东西。”

我一把抓起羊的前腿，帮着马克斯把尸体抬到他不知从哪儿变出来

---

① Hedge End，英国汉普顿郡的一个城镇和民政教区。

② Woolland，多赛特郡北部的一个村庄和民政教区。

的手推车上。羊的四条腿直直地竖在空中，看上去很是僵硬难看。我们推着这沉得不可思议的重物，沿着山脊顶端的一条小路走着，颠簸着碾过深深的车辙，有那么一两次，尸体都被震了出来，我们不得不把它重新抬回车里。十分钟后，我们来到了露水池塘，这儿就是灵穆尔的入口。空气清冽，但这番使力已让我汗水直流，然而我不无汗颜地注意到马克斯连气都没有喘。他身材瘦削，年纪在四十五至六十之间——他苍老的脸上写满风霜，手臂上却隐约可见一圈圈紧致的肌肉。他曾经是一头红发，如今头发基本已经灰白了。

我坐在花园围墙上，看着他脱掉衬衫，拿出刀子，开始宰杀那头羊；只见他驾轻就熟地割开肚子，让剩下的内脏滑落到一只桶里，然后开始往后剥长满羊毛的皮。他动作麻利而干净，因为用力而微微发出轻哼声，手上滑溜溜的全是血。

“来，你可以帮我把她挂到牲口棚里。”

他提起残余的尸体甩到肩膀上，带我来到农舍旁一间小小的牲口棚。里面很冷，冷得跟储肉室似的，寒风从墙壁的洞里和波纹铁皮搭成的屋顶下面吹进来。托梁两头之间悬着一根绳子，上面挂着袜子和几件衬衫。马克斯用手示意我让开，然后我们把羊翻个面挂起来，两只后脚绑到晾衣绳上。它在一堆衣物中间摇晃着，看上去真是奇怪极了。

我们退到屋外，马克斯走开去洗手了，我在一块树桩上坐下来，心里隐约想着他的水是从哪里来的——或许是用桶打来的泉水吧。他再次出现，干干净净的，递给我一杯马口铁罐装的茶。我接过来，很是感激。茶里面加了母羊的奶，口感微甜，散发着一股略带酸臭的怪味，却也让人喜欢。

“你在找歌，你说？”

“是的，我想听你给我唱点什么。”

“嗯，你帮我把羊抬上来，你难道不更想要几块羊排吗？”

“那个我也要。”

他轻笑出声。“你得到这些歌以后，要拿它们做什么呢？”

这个问题让我深恶痛绝，欲叹又止。我的太阳穴突突地痛着。“我会把它们记在一个本子里。”我伸手把本子递给他，这才意识到它沾上了浅褐色的血迹。“有时我会把抄好的歌寄到伦敦去，他们会把这些歌收进更大的歌曲集里。”

马克斯皱起眉头。“如果你是来找新歌的，你可真不走运。我都好多年没学新歌啦。”

“不，不是——这正是我想听到的，我想要老歌。或许甚至是从未有人搜集过的歌。”

“这么说还有和你一样的——”他顿住了，显然是在搜寻合适的描述词，“一样的‘绅士’吗？”

他说的是“绅士”，但言下之意却是“十足的傻瓜”。

“是的，还有和我一样的人。不是很多，但还是有一些。我们都是民谣爱好者。采歌者，或许可以这么说吧。”

“采歌者？”他点了点头，特别大声地喝了口茶，以掩饰笑意。我能想象他是怎么看我们的——穿着花呢衣服的傻瓜，在乡间四处奔来跑去，像捕蝶人一样带着捕网，往标本罐头里面装着歌曲。

“你愿意唱吗？”我问。

他耸了耸肩。“我可以给你唱首夏日之歌。脱离了时间地域的歌曲只是不成体统的小调。那种给小姑娘哼哼的东西。这是一首祈祷雨在秋天前降落的歌。我需要更多阳光，再来点雨，不然这些羊羔都会在入冬前饿死在山坡上。这不是啥入得了大雅之堂的歌。我父亲唱给我，他又是从他父亲那儿听来的。我没有儿子，所以我大概也就只能唱给你听了。

不管你收不收集。只有一点，不要把我的歌留在本子里，以后页脚翻卷起来，就会像死了似的。”

“好的，”我说，“我不会的。”

他闭上双眼，开始歌唱。他呼唤风，诅咒雨、天空和残酷无情的命运，命运让他只能待在这光秃秃的山坡上，而富人们则舒舒服服地在炉火旁打盹。他的声音因为炽热的情感而颤抖着，其中包含着愤怒，纯粹强烈的愤怒。他既是歌唱者，又是歌曲本身。这不是一首感时伤怀、把逝去过往描述得过于美好的哀愁之歌，而是一种独属于个人的呼声。这仿佛是发自灵魂的声音，有点熟悉，我好像曾经听过但又忘却了。我想要抓住这声音，留住这一刻，然后他停了下来，声音消失不见，我怅然若失。

“回到外面的雪里来吧，我再给你唱一首。”马克斯大笑着说道，显然很高兴看到我听得出了神，我点了点头，如醉酒之人一般恍恍惚惚。

我脚步蹒跚地走下山坡，耳朵里鸣响着音乐，它来源于刚才我所默默记住的旋律，但又是改头换面的——马克斯的旋律开始与另一首曲子交织融汇，那是一首交响乐，号声嘹亮，长笛清越。它的出现让我如遇奇迹，同时又如释重负。我发誓听到了小号明亮的音色在树林间回响。这种是一种醇厚、幽暗的欢喜，几乎是我想象中性爱的感觉。终于有了灵感，而且有望成功。我不禁冲着石楠丛大声欢呼。我曾经在剑桥的酒吧里跟女孩子们吹嘘，说自己不仅采歌，还会作曲，而事实上我写过的只是用来逗笑哥哥们的古里古怪的小调——相当于音乐中的下流打油诗，从未是真正意义上的交响乐。不过——哦上帝——这次不一样了。

我打了个哆嗦。马克斯的旋律如同脉冲般穿过我的身体，它已经变成了另一种东西。核心还是牧羊人的曲子，但它飘到了风中，扩散至远方。先是潺潺的竖琴，然后是弦乐的切分音滚滚而来，如同河水流过芦苇。

必须写下来。我跑起来。

一路上没看见杰克和乔治，直到我差点迎面撞上他俩。杰克抓住我的胳膊。

“慢一点，”他说，“你急匆匆地是要去哪儿?”

我一把将他甩开，气冲冲的，甚至都没注意到乔治回来了。“我要写东西。”说完这句我就走开了。

“不行，你等一等。”

“听着。”乔治说，但我想告诉他我根本没法听他说，脑子里全是音乐，它们把那里挤得满满当当，容不下其他任何声音了。

“就五分钟。”乔治说。“拜托了。”杰克说。

我们在湖边坐下。垂杨柳的叶子浸在湖水里，宛如浣发少女。天很冷，下起了细细密密的雨，但我们待在原地没动。

“我们或许有可能挽救房子。”乔治开口。“肯定得卖掉几个大一点的农场，但要注意不能卖掉太多面积。我算过了。但我们得自己干农活——三个人都得干，最多只雇得起一两个帮手。坎宁走后，我们也没能力再找一个新的管家了，所以什么都得自力更生。这样或许就行得通了。我跟坎宁商量过这事，他也认为这是有可能的。可能性不大，但有可能。”

从未有谁失之公允地指责过坎宁过于乐观。如果连他都承认这是有可能的，那一定就是真的。我心中的希望死灰复燃。音乐必须调整一下。第一乐章不会再那么像挽歌。弦乐部分应该加入一点绿意。它将不再是一首悲恸的交响乐，而是讲述一座伟大的宅邸和生活其中的家族。一开始的旋律是断断续续的，然后逐渐合到一起，一次加入一个乐器组。

杰克伸长两腿，百无聊赖地踢着一根木头。“我没关系。反正我其实也不知道还能做什么。我在大多数事情上都无能得令人发指。我太笨了，当不了律师，又不虔诚，也当不了牧师。我觉得干农活挺适合我的。”

我在心里暗暗赞同他的话。世上大部分事都适合杰克。“父亲怎么说呢?”

杰克做了个鬼脸。

“我们还没跟他说过。我们三个要一起去说。”

我们向来都是这么决定的：三人联合去见将军。不管是谁打板球时砸碎了玻璃花房的窗户，还是有次我冒险从谷仓顶上跳了下来，摔断了胳膊，甚至在杰克才上了一学期就决定从剑桥退学的时候，我们都是齐心协力，一同面对将军的。乔治朝平滑如镜的湖面上飞去一颗卵石，它蹦弹了五六下才最后沉下去。

“你知道这意味着什么吧，福克斯？你得从剑桥退学。我们这儿需要你。我们要在这儿干活。肯定困难重重。该死的。别的什么事都没空干了。”

我无法直视乔治的眼睛，什么都没说。我清楚明白，比乔治还了解。这意味着我就没时间搞音乐了。他们是在要求我放弃做一名音乐家的人生，而学着做一个农夫。他无法理解这个要求的代价有多高。我才刚有了人生第一支真正的交响曲的灵感，恢弘大气的管弦乐，然后他们告诉我，没时间做音乐了。

两个哥哥正看着我，我知道他们对我的默不作声和反应冷淡感到疑惑不解。他们一心只想保住房子，其他什么也不要。我仿佛看见滕沃斯庄园的屋顶在我眼前飞升而起，在空中停留了漫长的一瞬间之后轰然倒塌。

马克斯的歌曲仍然在我耳中鸣响。我还没来得及把它写下来，只觉得头痛欲裂，浅紫色和白晃晃的方块在眼睛后面突突地跳动。

“那么埃迪怎么办?”我问道。我想让他们别再这样狐疑又失望地盯着我看了。

杰克顿时涨红了脸，这次是真的火烫的红霞。“我们要结婚了。”他说。“她要把她的钱拿出来拯救房子。我说只有她同意嫁给我才能这样做。”

斧头终究还是落下了。这一直都是板上钉钉的事，但当它真的发生时，我还是一时呼吸困难，喘得上气不接下气，就好像杰克刚才用尽全力给了我一拳似的。我向后仰去，倒在潮湿的地面上，感受着泥土在我身下慢慢地渗出水分。

“我当然求之不得了。”我说道。这么说并非因为埃迪即将加入，让我更在意这座房子了，只是因为一切都不再重要了。

我脑中的旋律再一次变调。管弦部分的绿意黯然消退，变成了一片灰色。

他们拍了拍我的肩膀，发出欢呼，我竟然还没忘记恭喜杰克，但我整个人都毫无知觉，如在漂浮。他们的呼喊声如同乔治飞出去的卵石那般蹦跳着穿过湖面，接着绵绵细雨下大了，落在水面上荡起涟漪。

奇弗斯喊我们到书房去，我们进去时他正徘徊在将军坐的椅子后面。他之前答应了帮我们说点好话。杰克说话时，我观察着他们，这两人在一起实在是无比合拍。他们的组合比大多数婚姻都要幸福和长久，至少无疑比我父母的婚姻来得长久。

“你们都同意吗?”将军说道。“连你也是，小福克斯?一直以为你会做点音乐或是别的什么。你看上去实在不像农夫。比其他两个还要不像，尽管他们已经够不像的了。”

他竟会如此善解人意，让我吃了一惊。但我还是点了点头。“我想要保住房子，父亲。这里需要我。”

“我们确实需要他，不然就什么希望都没有了。”乔治说。

“那坎宁是怎么说的？”

“他觉得确实有可能，父亲。他有信心。”

我们很注意不把坎宁的话复述得过于乐观，毕竟他是个不苟言笑的人，说过了头未免让人难以置信。

“嗯哼。”将军应了一声，或者至少我以为是应了一声。也有可能他仅仅是在清嗓子。

“您能至少考虑一下吗，父亲？”杰克问道。

“这个房子，这片土地，是属于我们所有人的。”乔治开始偏离了原定的台词，苗头有点危险。

将军猛地抬起头来，目光落在乔治身上，他的表情严厉冷峻，几乎带着憎恶。

“不，不是这样的。一刻都不要有这种想法。它只属于我一个人。如果将来会留给谁继承的话，那也是全部归杰克的。以后他要是有了儿子，就传给他的儿子。”

乔治的身体轻轻颤抖，左眼角微不可察地抽搐了一下，但他忍住没发作。“我向您道歉，先生。是我说错了。”

乔治和我对他而言真的那么可有可无吗？杰克是他的继承人，而我们俩仅仅是保险单上的一部分。将军的金表反射着落在其上的阳光，我简直不能相信他真的是这样想的。书房里寒意逼人。将军从不允许他的书房在下午时分点起炉火。暖则生软，而软弱——如同鸡奸在伊顿人眼中——是一种罪。

他把我们给打发走了。奇弗斯为我们打开门，我们只好退到冷如冰窖的起居室里——按照绅士的礼节，而没有去温暖舒服的厨房待着，我们不想挑起将军的不满，至少在今天。我们坐下来，惴惴不安。我试着写点音乐，但是心乱如麻，情绪低落，那种如沐光辉、自信坚定的感觉已然消退，如同阳光隐没，晴天转雨。杰克抽起了烟。我对他的嫉妒暂时如潮水般退去，因为我隐约担心，当将军得知哈德格罗夫未来的女主人是一位歌手和艺人时，会是怎样的反应。或许至少她的名气能让他少点耻辱感。

日子一天天过去。将军还是一无答复。奇弗斯仍然是难以捉摸，滴水不漏，没有给出任何肯定抑或否定的暗示。一天清晨，我发现乔治在马厩旁边烧五六只兔子的尸体。

“这是祭祀。”我还没来得及问他就先说了。

“和我一个团的来自苏格兰高地的人告诉我，他们北方就是这么做的。伟大的宅邸需要盛大的祭祀。我觉得值得一试。”

兔毛烧焦的呛鼻气味让我咳嗽起来，喘着气结结巴巴地说道：“兔子？不过，算不上什么祭祀吧，对吧？小小的，肉也不好嚼。”

乔治露出担忧的神色。“该死的。你或许说得对。我该找个大点的。应该杀头鹿的。”

“千万别。”我对他说，“要是你杀了鹿，却把它烧掉而不是献给将军，你就是在阻挠我们的事业，帮倒忙。”

乔治凄惨一笑。“或许你说得对。不管了。苏格兰的老一套做法放到我们这里可能没什么意思。”

我没有再做评论，只是不无担忧地看着乔治。我能肯定，他在参军以前比现在爱笑。现在夜里经常听到他在我楼上的房间里来回踱步，脚步在地板上发出嘎吱嘎吱的响声。

我犹豫着是否应该离开。找个清静之处，只要有一架好钢琴，我就可以在尚有能力的时候试着写点东西。然后埃迪回到了哈德格罗夫府，我一时进退两难。

我为构思中的曲子做了些笔记，但仍然连主旋律都还没定下来。我需要在钢琴上试一下，但客厅里那架钢琴已经因为潮气而彻底罢工了。我坐下来弹奏时，手一放上去，十几个琴键就乒乒乓乓地掉下来，洒落了一地，好像老妇喷出一口松动的烂牙。我厌恶地关上了琴盖，只能坐在钢琴前面，试着在琴盖上弹奏旋律，但这样根本无济于事。我从杰克那里拿过一支烟，望着窗外的雨幕在群山之间缓缓移动。

“你们俩懂一丁点务农知识吗?”我问。

“就懂一丁点，”杰克说道，“但我坚信自己。”

“乔治你呢?”

“我想我可能会去上个课吧，”他正读着种子目录，抬起头来说道，“我多少还记得点。”

“哦上帝。”我不禁怀疑，是否将军否决我们的计划才是最好的结果，这样我们的老姑娘就可以在炸药点燃的瞬间灰飞烟灭，了结痛苦。

我疲惫不堪。旋律如幽灵般飞掠过我的梦境，然而当我醒来试着落诸笔端时，它们却再一次消失不见。我没有再睡着，而是躺在床上想着埃迪。觊觎自己哥哥的女朋友已经糟糕透了，我想如果还有什么比这更糟糕的话，大概就是觊觎自己哥哥的妻子了。他们还没说何时结婚，我也没问。我告诉自己这还是很遥远的事，实际上甚至是遥遥无期的。我努力不去看她，但她始终是我罗盘所指的方向。只要她在房里，我总知道此刻她在哪里，做着什么——找一张唱片在老掉牙的留声机上放，四处寻找眼镜然后坐到书桌前给别人回信。

她注意到我在琴盖上磕磕碰碰地弹着什么。

“你这是在干什么?”

我打开琴盖，给她看钢琴的破损惨状。

她轻声叹息。“真可惜。她曾经一定也是位美人。”

一阵伤感向我袭来。埃迪说得对，这架钢琴也曾有过年轻的时光，男男女女从前也曾伴着她的音乐翩然起舞。现在她在这座潮湿生霉的房子里黯然腐烂，并非她的过错。我突然想到，如果留在这里，我或许会落得和这架钢琴一样的结局，这让我不寒而栗。

“你想要弹什么呢?”她问道。

我本能地抱紧手稿贴在胸口，因为我无法忍受任何人看到未完成的稿子，但埃迪一把从我怀中夺了过去。

“我在构思的是管弦部分的主旋律，怎么都定不下乐句。我就是听不到。”

“给我起个C音。”

我给她哼了旋律，然后她认真地从头到尾帮我唱了出来。我一下听出有个错误。

“等一下。”

我在手稿上标记好改动。

“现在试一试。”

她再次唱起来，我感觉胸口一阵雀跃。对了。

“就是这个。”

我惊诧于它竟是如此动人。

“非常特别，哀怨悲伤却让人难忘。我非常喜欢，有点让人想到巴特沃斯[1]，但又和他有所不同。”埃迪说道。

其他人还在聊着天，我独自退到冰冷的晨息室里谱写乐曲。听到她

---

① 指乔治·巴特沃斯（George Butterworth，1885—1916），英国作曲家。

曼妙的歌声唱出了旋律，我终于开始真正地创作起来。

接下来的几天里，我不是作曲，就是思念埃迪，不无怨愤地听着杰克语调轻快地抱怨没完没了的夏雨。我想，要不是我仍然保持着处子之身，对于她的痛苦渴望一定会减轻几分。我真的应该另寻女人，化解情伤。剑桥校园里随处可觅性观念开放的女人，至少我听说是这样的。实际上我从未在剑桥遇到过此类女生，而现在更是永无机会了，想到这里我真是沮丧至极。

我来到客厅，望着窗外整个隐没在雾中的哈德格罗夫山，虽不得见其貌，但它仍然让我心生眷恋。每个生于它阴影所罩之地的人都会对它念念不忘，他们如是说。我在战时岁月懂得了这话的含义，当时我远离家乡，身在温莎镇①的学校，周遭的一切都是雅致而井然有序的，但我发现自己会在夜里沿着韦塞克斯山脊线散步。我不知道杰克和乔治当年在埃及或波兰时，是否也曾梦见过它。

我转过身来，在乔治身边坐下，他正目不转睛地盯着一本介绍土壤类型的入门指南。

门开了，将军现身。

“我已决定。”他宣布时就好像这是一个十二人的委员会而非他一人所作出的决定。我们赶紧站起来，如同等待被判刑的囚犯。

“你们有一年时间来打理庄园。”

乔治气得几乎说不出话来。“一年？这怎么可能。我们怎么能在短短一年时间里修补好破败了十几年的房子呢？你还不如直接把这该死的地方炸掉算了。”

“可以，如果你们更愿意这样的话。”将军冷冷答道。“要不然就是给

① 伊顿公学位于伦敦以西20英里的温莎镇。

你们一年时间。决定权在于杰克。这里是归他继承的。”

杰克瞥了乔治一眼，默默示意他克制怒气。“我们要这一年，父亲。”

我们的父亲转而看向我。他带着十足的兴趣打量着我。“那么你呢，小福克斯？你真的想参与这个计划吗？”

我能感觉到两个哥哥都在看着我。我咽了咽口水，感到衬衫下面冷汗直冒。“是的，先生。我想参与。”

于是就这么决定了。我选择了我们的房子而非音乐。极度的喜悦和无尽的悲伤同时向我涌来。我都不知道是否应该把交响曲写完。猛然间，我痛苦地意识到自己真该怀念剑桥的那些朋友。他们都是很不错的家伙，其中一两个已经是小有成就的音乐家了。没准以后哪天我还能劝服他们跟我一起向灌木树篱祝酒[①]呢。

“那行。”将军看了看表。“该去更衣用晚餐了。”

战后我们还从未在晚餐前换过衣服，然而将军甫一出房间，一声锣鸣便响彻房子。我已然忘得一干二净。在战前岁月里，这个锣声统治着我们大家的生活。以前学校放假回家的时候，我每周会有几天晚上获准在楼下吃饭。餐桌上只要有将军，气氛自然沉重压抑，但我仍然总是期待共进晚餐，原因是家里餐厅的布丁——比学校食堂里的好吃太多了。锣声再次响起，音色深厚而明亮，余音回荡在大厅，飘上楼梯，穿过阁楼，最后我看见这声音化作一串深红色的火花飞出了烟囱。我们在这里，我们醒来了——这是它的呼喊。我望向两位哥哥，从他们熠熠发光的脸上，我知道他们相信这乐声。我微笑着祝福他们得偿所愿。

晚饭比我预料中愉快许多。埃迪的三位朋友乘火车过来做客，奇弗

---

① 英国一种古老的民俗，用以保佑树木免于灾患。

斯不得不重新摆桌，放上八人的餐具。她们过来前可能在火车餐车上喝了点格罗格酒，因为她们到的时候脸颊粉扑扑，正咯咯地笑着。

“这是乔茜、贝蒂还有萨尔。”埃迪说着拉她们走进蓝色的客厅，她的手臂环在三个如纸片般纤薄的女孩身后。女孩们环顾四周，睁大眼睛注视着装饰华丽的飞檐，破旧的蓝色丝制壁纸，以及高得不可思议的房顶上雕着的一只只展翅飞翔的石膏鸟儿。纵然陈旧破败，然而屋子那完美优雅的黄金比例是遮掩不住的，那种令人赏心悦目的对称感。地板是橡木的，木板又宽又厚，古意盎然。

“很高兴见到你们每个人。”杰克边说边亲吻她们的脸颊，这让姑娘们笑得更是起劲了。

“是的，很高兴。”将军说道，脸上却没有流露出一丁点高兴的意思。

乔治眨了眨眼，点点头，便回到炉火边上——幸好今天生起了火。冒着烟的木头的气味正和屋里无处不在的潮味抗争着。

埃迪抓起我的手，把我拖入三个女生的圈子里——她们的头发是深浅度一模一样的金色。三人仍在花枝乱颤地笑着，那样子让我想起一丛在风中摇摆的黄色蒲公英。

“这是小福克斯，我跟你们说的就是他。”她微笑着说道。

“我觉得看起来没那么小呢。”乔茜说道，不过也有可能是贝蒂。

“很高兴见到你。”我伸出手，她们挨个与我握手，以近乎虔诚的庄重感摇晃着我的手。我知道这是在寻我开心。

“你就是那个搞音乐的。那个歌手。”乔茜说，尽管还是有可能是贝蒂。

“我算是五音齐全，但恐怕称不上歌手。那你们呢，女士们？你们也是歌手吗？”

“我们也算五音齐全。”萨尔狡黠地回答，她是三个当中年纪最小的，听口音是美国人。我以前从未遇见过美国女人，她周身散发着明显直白的魅力，深棕色的眉毛与一头金发显得有些不搭。

埃迪跟她们咬耳说了几句话，三个女人再度乐不可支地大笑起来。将军把手里的威士忌酒杯捏得紧得不能再紧，我都惊诧于杯子居然没有裂开。埃迪个子娇小，深色头发，举止矜持，与这三个姑娘截然不同，然而她看上去自在淡定，毫无窘态。尽管她注意到了将军的不悦，但并不以此为忧，这让我叹服不已。我对她的爱慕更添几分——如果还有加深余地的话。

“我们几个一起在世界各地演唱过。”埃迪说道，语气平静。

“不过我们恐怕没有埃迪这么出类拔萃。”萨尔说着轻轻挤了一下埃迪的胳膊。她带着真诚的好奇扫视着屋子。“我从来没进过这么大的房子。大得吓人，也冷得吓人。”她用手摩擦着自己细瘦的胳膊。“你们不能把房子弄热点吗?”

这美国式的直言不讳让将军气得面色苍白，杰克甩头向后仰去，大声笑起来。“不，亲爱的姑娘，我们不能。我们穷得要命。”

“不是这样的，”萨尔说道，语气中带着一丝倔强，“你们只是没有足够现钱而已。别把这个和贫穷混为一谈。”我笑了，发现自己非常喜欢萨尔。埃迪与我目光相遇，我眨了眨眼。今晚并不会像我所担心的那样可怕，甚至还会很有意思。

晚餐在嬉闹哄笑中度过。几个姑娘对任何事、任何人都能开玩笑。她们还会惟妙惟肖地模仿人。萨尔瘦得皮包骨头，皮肤明亮发光，活像一枚擦亮了的六便士硬币，她对丘吉尔的模仿十分精彩。只见她倾身向前，皱起眉头，原本尖利的女孩子气的声音变成了人们熟悉的低吼咆哮声，同时下颌也晃动起来。我瞥向将军，连他都忘记了表示不满。乔治默不作声，但他露出了开心的样子，这在我记忆中还是头一次看到。

食物也很不错——算得上这几个月来厨房出品的最好味道了——酒更是品质一流。将军有个特点：对于酒窖藏品从不小气。他点点头，嘴里低语一声，奇弗斯就一次次地端着一瓶又一瓶的酒出现在餐桌上。

布丁吃完清走后，埃迪站了起来。“来吧，女士们，我们让男士们喝他们的白兰地吧。”

萨尔撅起嘴。“我可喜欢白兰地了。”

“来吧。”这次埃迪语气硬了点，姑娘们于是跟着她起身向客厅走去，嘴里发出如鸣啭般悦耳的嘀咕声，似乎不愿离开。

她们走后，餐厅瞬间沉寂下来。所有的温暖和幽默都黯然消逝了。我们坐在那里，紧握酒杯，既无聊又不安。我不知道将军还要留我们在这里待多久。直到能够惩罚我们唐突带来客人为止吧，我想。

“那么你是要娶那个小个子的犹太女人了。”他对杰克说道。

杰克吓得缩了一下。我直盯着他，然后又移开目光。

我从来不知道埃迪是犹太人。我怎么也想不通将军是如何看出来的。我在脑海中回忆她脸部的每一个细节，仔细在那上面寻找未曾觉察的异国特征。然而怎么也找不到。她竟从未跟我说起过，想到这里我心里一阵刺痛。我还以为我们是朋友，她和我。但或许她以为我是知道的，也许这种事情是我早就应该知道的。我觉得自己愚不可及。我这才意识到，自己一直以来都幼稚地把所有犹太人想象成有时在去伦敦路上瞥见的那些人——蓄着胡子，头戴黑色高帽。我估计除了埃迪之外，我还从没认识过一个犹太人。然后我又怀疑，会不会实际上我早已认识一堆犹太人，只是自己从未觉察罢了。

我瞟了将军一眼，他的两侧脸颊比平日还要红。显然他怒不可遏。在他看来，一个犹太人比普通的歌手，甚或天主教徒还要糟糕。怪不得杰克从未跟他说过关于订婚的只言片语。刹那间，对父亲发怒的恐慌盖过了我对哥哥的嫉妒。

将军大笑起来。“来吧，来吧。我都用不着你来告诉我了。见识了吧？我可没有你们几个想的那么蠢。”杰克强忍住没发作。他喉咙上的一根静脉突突地跳动着。“我爱埃迪，她也答应嫁给我了。”

“那么你才是蠢人。你要实施那个痴人说梦的计划，就得找一个农村的好姑娘。那种胸部丰满，头脑精明，知道怎么经营农场的，年轻的好姑娘。而不是什么小胸的犹太女歌手。她长得是不错，这我承认，但她年龄恐怕有点大了。”

杰克猛地站起来，我以为他要挥手向父亲打去，但乔治抓住了他的手腕，把他拖了回来。“别。”他小声说道。将军低声笑了起来。怒火激发了他的恶意。

“你再敢这样说我的妻子。”杰克的面色如幽灵般惨白。

“等她真的成了你的妻子，我就不会说了。”将军心平气和地说道。“但假如你想要保住这个老地方，我奉劝你三思而后行。她并不爱哈德格罗夫府；她爱的是你。这还不够。像我们这样的房子是不能容忍再来一位女主人的。她想要得到你的全部，你全部的钱，还有你的灵魂。我当年就是不肯把我的灵魂给她，看看后来怎样了吧。”将军伸出一根手指，指着天花板上枝形吊灯吸顶盘①中央一块显眼的潮乎乎的污迹说道。

我记忆中还从未听将军讲过这么多话。那他究竟将灵魂给了谁抑或什么呢，我不知道。或许是军队吧。他一口饮尽杯中的白兰地，往后靠到椅背上，细细打量着我们每个人，最后还是转向杰克。

“当然了，乔治和小福克斯也都被那女孩迷得神魂颠倒，真是祸不单

① 常见于英国和澳大利亚家庭的房子，装在天花板上的装饰性配件，下面挂蜡烛或电灯。

行。想不通为什么。完全不是我的菜。”

杰克望向乔治，然后转向我，目瞪口呆；我恨透了父亲。这种恨意炽热强烈。他竟然抓住别人的私人情感——这种情感既让我痛苦不堪，但又予我慰藉，黑暗之中我总会躲进对埃迪的思念之中——把它抖到众人面前，让它顿时变成了丑陋不堪的东西。乔治和我都不敢与杰克目光相接，但我俩的目光碰在了一起，随即又各自满怀愧疚地移开了。将军站起来，他胡子翘起的下方浮起微不可察的得意笑容。

“好吧，先生们，我们该到女士们那边去了吧？我想我们让她们等得够久了。”

我们鱼贯而出。愤怒和耻辱让我头脑发晕，只觉得天旋地转。

谢天谢地，姑娘们都还待在那里。她们看得出有什么不对头了。埃迪朝杰克挑了挑眉毛，后者只是摇了摇头，径直走向威士忌酒瓶，给自己倒了满满一杯，足以酩酊大醉。乔茜和贝蒂试图把他拉进谈话中，然而他只是弓着背独自坐到炉火边的一把椅子上，几乎没听见她们在说什么。晚上早些时候那种轻松愉快的气氛转瞬破灭，消逝之快有如香槟酒上的气泡。

“来点音乐？”萨尔拍着手说道。她原来就站在我边上，我之前都未注意到。看来我的情况和乔治一样糟糕。

“钢琴坏掉了，”我说，“留声机压根不能听。”

萨尔耸了耸肩。“那么我们来唱歌吧。”

三个金发女孩凑到一起窃窃私语，商量一阵后唱起了一组焦糖般甜腻的战时名曲串烧。我们礼貌性地鼓掌，唯有将军一人拍得响亮又热情——先前的揭秘显然让他心情大好，兴致高涨。我受不了这些空洞轻浮的小曲——我觉得它们都称不上音乐——但我还是勉强微笑，以免显得无礼。唯有杰克是自称喜欢这类歌的，然而今晚连他都神思恍惚，心不在焉。

埃迪皱起眉头。“恐怕你们得换点别的，”曲终她大声说道，“福克斯讨厌这种花里胡哨、让人忘乎所以的曲子。”

萨尔转向我，挥起手臂做出生气的样子。

“我们对你来说不够聪明咯，是吧？只有贝多芬才入得了你的耳吗？”

“才不是的。你家乡在哪儿？”

“得克萨斯。”

“那就给我唱一首那里的歌吧。你妈妈在你小时候唱给你听的。”

她大笑起来，斥责我：“你大错特错了，先生。我可不是农场长大的女孩，我妈妈也不会给我唱歌。”

她注视着我，这时我才第一次发现，在气势汹汹和故作愤怒的表面下，她对我实则充满了好奇。

杰克和埃迪推说有点累了，早早离开去上床睡觉了，两人走时还前后间隔一刻钟以保持体面，尽管旁人都心知肚明。其他人没多久也纷纷退场，最后只剩下乔治和我两人。良久之后，我们才鼓起勇气看向对方。最后我转向他。

“这么说你也……？”我问。

他点了点头，面露痛苦之色。

我给他再倒了杯酒。我俩谁都没再提起过这事。

我觉得杰克应该已经告诉埃迪了，但她一定是演技精湛，因为即便我仔细观察，还是没发现她对乔治或我的态度有任何变化。既没有心生怜悯或居尊俯就的痕迹，也没有暗送秋波的微笑。她还是一如往常——那个活泼友好又略显矜持的她。我还是没法摆脱那个感觉，即我们无人真正了解她，甚至连杰克都不例外。她表示我们准备保住房子的消息让她兴奋不已——我们说的就是“保住房子”，从未承认其实只是为期一年的暂缓，而非真正的“死缓”。至于我们都已知道她是犹太人、和我们并不一样的事，她也未置一词。既然她自己没有承认，所以一切在表面上并未有任何异样。然而我对她的好奇却与日俱增，渴望知道有关她家庭和她个人哪怕一星半点的情况，对此她始终守口如瓶。她做着自己的事情，拼凑布料做出围裙，还在乘火车从伦敦过来时带了一台古旧的缝纫机，现在用它来做些衣服；她甚至还劝说萨尔再待上两个星期，给她帮点忙。

我努力表现出全心投入的样子，但事实上我只想悄悄溜开，去创作自己的曲子。第一乐章已初具雏形，关于第二乐章我也有了绝妙的想法。我一心想在大提琴上试一下，然而此刻我却和其他人一起走在积满水的农田里，考察庄园情况。萨尔大步爬上山坡，她身上那条自制的裤子过于肥大，用两条背带系起来，但穿在她身上却很好看，就像是在给杂志拍照摆造型似的。她在山脊下站住，仔细查看乔治的笔记。

“这土太薄了。就跟你们一样，半死不活的。这地方除了放牧，你们还想干点别的什么就是发疯。”她转向乔治。

“但你们就是在发疯，是不？”

乔治咧嘴一笑。大家都喜欢萨尔。

我观察着她——她瘦得好像一根榛树树枝；一头原本染过的炫目金发已经褪色，露出大片如成熟的柔荑花般的浅棕色。“你撒谎了。”我说。

“你说什么？”她双手叉腰地问我。

“你说自己不是农场长大的女孩。你撒谎了。”

她头往后仰狂笑起来。“你可把我给难住了。我只是不想被框住罢了。我想要伸展开来。”

她伸长手臂高举过头顶，好像在印证刚才的话，不经意间露出一截肚子，光滑的皮肤上长着点点小雀斑。

那个下午我们就这样一直走着，但我始终感觉这就是一场游戏，我们就是一群在玩过家家的孩子。乔治拿着他的笔记本，在上面写了一大堆东西，但我担心他对于如何经营庄园懂得比杰克和我还要少。直到战前，我们的青少年时代都是在外面度过的，漫步于山野林间，或是去河边钓鱼。我们只会在丰收时节帮点忙，那时候男男女女和所有男孩全体出动，到田地上收割小麦，赶在霜可能打坏干草前把它们扎成一捆捆的。但那其实就是一场狂欢——作为将军的孩子，大家都宠着、让着我们，更多是忍受我们帮倒忙而非需要我们帮忙。

将军从未鼓励我们了解农场的日常运作。他自己对此毫无兴趣，所以从未想过他的儿子会要接触这些。每个佃户都自有封地，每个农民都是他自己的洋葱、羊群或牛群的主人。在我们的想法中，这是一个永生不息的世界。我们的房子和农场或许会日渐衰败，但我们还能勉强挨着，度过很多很多年，即使门坏了，栅栏腐朽了，都不会让我们烦恼。生活将恒常如斯，我们对这些事情的兴趣没有理由超过闲适散淡、从中寻乐的层面。我想现在自己应该暗自希望，当年虚掷在抓鳟鱼和找鸟巢的时间少一点，而是更多地帮着他们接生小羊、管理作物轮种。

最初几日我们和坎宁讨论了未来计划——乔治答应暂时压下他对后者的意见。他怪坎宁对庄园打理不善——对此我觉得并不好说。我觉得他已经尽了全力，疲于应对农业部的各种指令和将军本人，后者经常离家到伦敦去，一待就是几个月，或是偶尔哪个周末躲进自己的小屋里，不理外界，打打兔子，不管什么文件或支票都不肯签字。坎宁能坚持这么久我已经很惊讶了。

然而，整整一个礼拜坎宁都只是舔着牙齿，摇着头对我们说，“不，不，我不会那么做的，根本行不通。”最后我只好同意乔治：哪怕一无所知也比请教坎宁好。我们既没钱，也没经验、知识或人力。我们唯一有的就是乐观自信，而坎宁却把我们打击得体无完肤，于是我们只得提前一周打发他回伯恩茅斯退休养老，还送了他一瓶威士忌以表谢意。

大家一致同意继续让佃户们自己做主。我们需要租金收入，而且说实话，我们对于究竟如何经营我们所拥有的广阔田地实在是毫无头绪。在高地各处总共有七百头母羊和小羊羔，剩下的农田交替轮种小麦、大麦和牧草。和煦的天气催熟作物，丰收之前我们可以暂时休息，当他们纷纷成熟之际，若是把耳朵贴在大地上，我几乎都能听见青草破土而出的声音。在我们旁边，一条蝰蛇正晒着太阳，它的肉体光滑性感。

乔治下定决心好好利用这平静无事的一个月，极尽可能地学习各种知识。他对山底下那好几英亩发育不良的蔫黄小麦百思不得其解。

“小麦不开心。它们不喜欢湿的环境，而河岸那边是沼泽地。我想要摆脱这一切。我们应该养些奶牛。山谷里就应该养奶牛。”

“你从哪里听说的？”我问道，“为什么我们‘应该’养奶牛？”

他犹豫了一下，杰克感到他的虚弱，于是问他：“是啊，乔治，怎么突然对奶牛着迷起来了呢？”

乔治盯着自己的脚。“哈代是这么说的。”他小声说道。

“你说什么？”

“托马斯·哈代。准确地说是《德伯家的苔丝》。哈德格罗夫府在那本书中正好位于‘小奶牛山谷’的正中央。所以我们不应该在山坡上种小麦，它们在那里长不好的，这样只会自寻烦恼；我们应该做的是买三百头奶牛。”

“乔治，说清楚点，我们的参考书难道不是《农夫年鉴》，而是《德伯家的苔丝》？”

乔治把手深深插进口袋里，不愿再说一个字。

“那谁来给三百头奶牛挤奶呢？”

乔治摇了摇头，拒绝继续争论，然而我从他紧闭嘴唇的弧线看出，他并没有就此打消这一念头。

除了我们之外，唯一对农事有所了解的就是萨尔了，但她关于得克萨斯大牧场放牛的知识，对于耕耘多赛特三百英亩黏土和白垩混合的土壤是否会大有裨益，我并不很抱信心。

我们想要赶走失落之气，于是在山脊顶上坐下来，吃起走了味的饼干，努力让灿烂的阳光和下面绵延伸展的绿色田地治愈我们。一只啄木鸟以喙敲树寻找午餐，奏出一连串有力敲击的十六分音符。我站起来，发现裤子上粘了好多颗圆圆的羊屎，这让我感到一阵恶心。

“我要回家去了。”我大声说道。

“我们还没弄完呢。”乔治说道。

“还没弄完什么？”我问。“我们一直都在漫无目的地瞎走。我厌倦了听你说什么作物轮种、养奶牛。萨尔说得对，这一部分山坡的土壤糟糕透顶。只能放放羊。其实还需要更多羊，可我们一点钱都没有，也没有人蠢到会借钱给我们。”

我疲倦而愤怒，杰克现在几乎都不跟我讲话，这让我很不好受。他就像一个陌生人那样和气亲切，我们之间从未这样彬彬有礼。一个多礼拜以来，他从未开口让我做什么事，也一点都没有利用我的温和脾气。我真希望他带着埃迪远走高飞。我知道这种念头很不公平，但我忍不住这样想。我想要作曲。沮丧感让我脾气变差，内心痛苦。

一片小小的马铃薯地收获了，乔治和我负责采摘。活又脏又累，我们挥汗如雨，干了八个钟头后两人的手都起了水泡，即使这样，再加上还有村里两个小伙子过来帮忙——这是我们唯一请得起的帮工——我们的进展还是微乎其微。天气太热了，四处飞扬的灰尘和污物让我们的喉咙干得不行。我的指尖流了血，血滴进泥土里。

然而劳作也让我心怀满足。那些韵律又回来了，熟悉得如同记忆中的曲调——曾经一度忘记而如今无意间再次听见，从另一位演唱者的口中传出。我们的童年时光就是在这些田地上、树林间度过的。我变回了十岁的孩子，回到灿烂耀目的八月天，一切都是温暖、碧蓝的。我们日出而起，在月亮初升于哈德格罗夫山上时倒头睡去。在我们弯腰劳作、筛选作物时，我唱起了劳动歌谣。我们对那锣声置若罔闻，也不用在晚餐前换上正装。

乔治似乎永不知倦。他学得很快，整个人就像白柳树那样迅速生长成熟，只是他比柳树更为粗壮敦实。我喜欢观察他劳作的样子。他在农田间穿梭，弯下腰捆起一扎扎的干草，一把将它们举到肩上，动作如舞者一般行云流水，而我和杰克则待在一旁的树荫下，我淌着汗，他喘着气。乔治的仪态算不上优雅。他身材高大宽阔，常常局促不安地扭动着，就好像周身皮肤大了一号尺寸。然而来到外面，在湛蓝天空和辽阔山背之下，他却显得那么恬然自在。他的沉默拘谨与这里很是契合，因为椋鸟、斑尾林鸽和树叶间的风已经合奏出足够多的声响。在客厅里相互寒暄时总是无所适从的乔治，在置身于灌木树篱和蜿蜒小河包围之中时，却成了不动声色但坚定可靠的中心人物。

夜晚降临，我们几个拿着从地窖偷来的酒，聚在花园里消磨时光，望着蝙蝠从屋檐下方飘然飞出，听乔治说着话。他知道自己理想中庄园的样子。

“像我们这样的房子应该要为村里的人提供工作。我们应该实现自给自足。修复过程一定要小心谨慎。我们要悉心照料，让她重获健康，但同时也要聆听她对我们说的话。还要有钱来养更多羊。”

“还要养些牛。”

“绝对还要养些牛。很多牛。”他微微笑着，对我们的取笑已经不以为意。

月升高空，玉盘圆满，月光是奇异的幽蓝色，在花园里的草地上投下菩提树的阴影。我们往后躺到草坪上，草坪现在凉了下来，透着湿气。萨尔把头靠在我的大腿上，我看见埃迪蜷起来靠在杰克身上。我们抽着烟，低声细语。我望着山坡上缠绕盘结的黑色树枝；幽暗之中它们看上去犹如野兽的皮毛，一头蹲伏着等待时机的野兽。

我选了一首老歌，讲述的是悲伤、背信弃义的恋人和迷雾般的露珠。唱了一两句后，埃迪与我合唱起来，我们的声音飘荡在夜色中。停下来后，她又唱了另外一首。这是一首陌生的曲子，我聚精会神地听着，默默地记下来。歌词听不清楚，但能感受到旋律中如野薄荷般浓烈的忧愁。

乔治向杰克和我演示如何绕着园子驾驶那辆老掉牙又坏脾气的拖拉机。我们请了村里的另外一个帮工过来干一个月，我和杰克进行得相当顺利。我喜欢在夜晚劳作，拖拉机在繁星点点下砰砰地行进，在田地上来来回回地滚动着，被碾成一片片的泥土如破碎的玻璃般闪闪发光。秋分前后的满月如画中一般，橘黄色的硕大圆盘，低低地悬着。在这样的夜晚，我们都不需要打灯照明，开拖拉机时也用不着车前灯，就这样在地面上颠簸而行，轮子扬起尘土和火石，后者像碎裂的骨头般粗糙不平。

我们收割完小麦，挑拣好谷壳，把干草扎成一捆捆后，开始在夜晚焚烧残桩，噼啪作响的火花染红幽暗的夜色。乔治靠得太近，把眉毛给烧着了。

夏日逝去。如同一扇巨门豁然敞开，所有热气急不可耐地随风而散，某天早晨醒来，我们发现草地上已撒了一层早霜。金色落叶悄然铺在花园小径两旁，草坪上也零星散落了些。随之而来的是雨，翻过的土被淋成了满地泥泞。埃迪和萨尔显然忍受不下去了：她们在某天下午搭火车去伦敦散心，然后再也没回来。晚饭前传来一封电报："重新发现洗热水澡的乐趣/在城里/对不起"。

我该庆幸埃迪会离开一段时间——她不在的话，杰克在乔治和我面前基本就是他的老样子——但我并未庆幸。我们的房子陷入一片安静，安静得过了头。自她走后，创作音乐的可能性也随之破灭。灵穆尔旁的山顶小屋的门烂掉了，需要换道新门，但我没法信守诺言给杰克帮忙。我就像个只想买醉的酒鬼。

无奈之下，我来到教堂聆听晚祷。并非希冀上帝能暂缓我的烦恼，或是赐予我忍耐这种痛苦渴望的力量，而只是想听听管风琴的声音。教堂里的这架管风琴相当不错，是一位爱好音乐的教区牧师在五十年前自费添置的。教堂本身很小，灰色的石墙上布满地衣和苔藓，看上去脏兮兮的。教堂墓地边上的围墙有一部分已然倒塌，羊群毫无敬畏地在墓碑间悠然散步。墓地里挤满了过去的居民——比村里还要热闹许多，不过这也在所难免，因为我们最后都将终结于此。

教区牧师看到我或许有些诧异，但他一向言行得体，自然不会有所评论，于是我悄悄溜进中间一排座位，希望能听到最好的音效。然而听了三小节之后，我就知道坐在哪里都不重要，因为演奏者的水平实在是差得让人大跌眼镜。一曲终了，我才听出来他到底是在弹什么。我失望至极，只想离开。牧师含混不清地向在座教民问好，我站起来正准备溜走——就在这时唱诗班唱起了第一首赞美诗。他们其实都称不上一个唱诗班——四个高高大大的男人像香肠肉似的被套在紧绷的羊毛西装里。他们唱的赞美诗平常无奇，但曲调有点特别，不是通常的赞美诗集里的，而是一首更为古老的曲子。尽管管风琴手努力跟上节奏，但他始终是那个拖后腿的胖男孩。

“停下。看在上帝的分上，停下来吧。”我对着管风琴手喊道。

他骤然停下，留下隆隆的弦音余响，但牧师顿时勃然大怒，腾地站起来，嘴巴开开合合好似一条鱼。我没有理会他。唱诗班的声音也渐低下去，他们不能确定我的抱怨是否指向他们。

“请继续吧。”我挥着手说道。

他们面面相觑，然后看了牧师一眼，后者满脸痛苦地点了点头。他们于是重新唱起来。一开始我的注意力停在属于维多利亚时代的陈腐虔诚的歌词上，估计是某位戴着眼镜的牧师在他干净整洁的住所里创作的，然而在这表面之下——如同被掩盖在油布地毯下的石板——是一支鲜有所闻的吕底亚式的旋律，琶音流淌倾泻。这几个男人唱得很好，直到歌词于我不复存在。我闭上双眼，终究还是醉了。

结束后，我匆匆离去，不想听牧师批评我刚才的行为。我快步走向酒馆，默认唱诗班的那几个人会跟上来。果不其然，几分钟后他们出现了。

“给这几位先生上酒。”我朝酒保喊道。

唱诗班点头表示谢意，然后退到酒馆的角落里想要安静地喝酒，然而我追了过去。

“你们唱得真好。”

他们咕哝着表示感谢，然后等着我离开。我却没有领会其意。

“你们能给我再唱点别的吗？”我问道。

他们大笑起来，显然吃了一惊，就好像我刚才是让他们脱光衣服似的。我已经喝下了一杯或三杯酒，并不打算就此放弃。

“我收集歌曲。这些地方的古老歌曲。我打赌你们肯定知道一些。”

他们当中年纪最大也是最胖的那个男人第一次正眼看向我。他微不可察地轻叹一声——我真是个缠人的家伙。

“是的。我们可能知道一些。”

“爸爸说得对。我们有一两首。”

儿子跟他父亲的身材不相上下，只是稍微没那么浑圆一点。连哄带骗让不情愿的歌者为你演唱，是一门艺术。不能逼得太紧，但必须让他们知道，我是多么想要一饱耳福。这是一种需要把握热情与耐性的微妙平衡。无论如何不能催促这些人。我掏出一支烟斗——我专门为此学会了抽烟，慢悠悠地往里面加进烟草，往后靠到高背长椅上。我挥了挥烟斗，假装从容自若的样子。

“是这样，我觉得你们与众不同，非常想听你们唱点你们自己的歌，不是那种零散琐碎的宗教曲子，而是属于你们自己的音乐。”

只见他们面面相觑，我知道自己把他们说动了。胖男人憋不住了，咧嘴一笑。“我还差一杯才能唱。”

我示意让酒保再上一轮酒。他们长久沉默地喝着。我让烟斗吐出的烟悠悠飘散，嘴里嚼着烟斗柄。这让我觉得有些恶心，但能帮助我压下不耐烦。

“现在，你们想来一两首了吗？”

“是的。最好趁现在，不然我们就要喝过头了。”

酒馆已经走了一半人，但剩下的酒客们全都一动不动，竖耳倾听，尽管他们假装没在听。圆胖的男人在桌上敲起节奏。他们吸一口气，然后唱起来。酒馆的四壁逐渐消失，我们来到外面光秃秃的山背上，身后是黑漆漆的树木。我听过这首，是首老歌，比哈德格罗夫府还要古老。踏在远古岩石上的足音穿破黑暗。

“是的，”他们唱完后我说，“是的。”我合上双眼，饮尽最后一滴余音。

胖男人笑起来。“你是福克斯-塔尔伯特家的小儿子，对吧？”

“恐怕是的。”我说。

“我认识你母亲，”他说，“她就像你一样。一头金黄色的秀发，对音乐如痴如迷。以前在教堂里演奏管风琴。”

我呆住了，几乎呼吸不上来，生怕听漏了。“我母亲？你记得她？”

在我所认识的人里面，从未有人提起过她。大个子男人又点了点头，一只手好不容易塞进马甲的口袋里。“他们其他人当时还小，不记得了。但我认识她。一位优雅的女士，管风琴演奏得很好，比现在这些糟糕透顶的家伙好多了。我现在还想念福克斯-塔尔伯特夫人。”

他望着我看了片刻，慢慢回忆起多年来未曾思及的旧事。

“她以前有时会把你一起带过来。像只小猫似的装在手提篮里。她弹奏的时候你就睡在她脚边。我想那么大的声响肯定会把孩子弄醒。但并没有，她说你喜欢听。”

我想知道她曾经演奏过什么。每一首曲子，每一个音符。他记不得了——“哦，就是一般的东西。赞美诗之类的。”

这是我从未见过的母亲画像。我不会告诉两个哥哥，这是属于我的。我所拥有的关于她的东西少之又少，现在难得收获了一份未曾有的记忆，一份意料之外的美好碎片。

我摇摇晃晃地走回家，路上一个人低吟浅唱，只稍微走了点调。我踢开一个空罐头，它弹进了树篱里。刚才的曲子在我脑中盘旋，一圈又一圈，如同喧闹不息的旋转木马。我要回到家里，趁尚未在苹果酒带来的怡人微醺中酣然睡去之时把它们写下来。此时一种确定感传遍周身，如同冬流溪①一般清冽。我的交响曲第三乐章的主旋律诞生了。这些古

① 仅在冬天或主要在冬天才有水流的小溪。

老的民谣已在我心中生根发芽，为我的想象力播下了新的东西。我哼着主旋律。真该死——我需要一架钢琴。或许埃迪知道哪里可以低价入手钢琴。我打了个苹果酒味的嗝，这才意识到已经几个钟头没想她了。

“我们需要的是挤奶器，不是钢琴。”乔治说道。

“我们为什么需要挤奶器？我们连一头奶牛都没有。”沮丧之下我变得咄咄逼人。

“我们买不起奶牛，所以我们更买不起钢琴。”

我压下怒气。“我没打算买。埃迪已经说服伦敦的一个人借钢琴给我了，但他想要先见见我。”

我厌倦了苦苦挣扎。没有钢琴真的不行。我俩争吵过程中，杰克始终一言未发。他左右为难：一方面，他觉得我不应该丢下农场，跑到伦敦去；但另一方面，帮我借到钢琴的人是埃迪，他又不能表现出对她不尊重。

“我就去一天一夜。”我瞥了乔治一眼。“还没等你说完‘多赛特的音乐探测器①’，我就回来了。”

他咕哝了一声，但没有笑。杰克努力憋住不笑。他朝我眨了眨眼。

“我溜去村里一趟，发电报给埃迪，让她知道你要进城了。”

杰克知道我对埃迪的感觉，然而他毫不在意我即将陪着埃迪在伦敦转一两天——我显然是个差劲到家的情敌。这既让我有点受伤，又很感谢他，这种感谢激起汹涌澎湃的自我厌恶，猛地向我袭来。他走之后，我决定将这个夜晚剩下的时间用一瓶威士忌酒来一醉方休。两杯下肚，我凭着醉酒者的清醒头脑决定，我必须让乔治相信，搜集民谣和创作音

① 指“我”。

乐对我们大家都有好处。

“钢琴不是给我一个人的，乔治。”

“但问题是，老兄，杰克和我都不会弹。”

“是不会，但我要用它来弹奏我所找到的老歌。没有钢琴我没法准确地把它们抄下来。我找到的老歌无与伦比，乔治。它们可以拯救这个地方。”

“随你怎么说吧，福克斯。”

“每当我在音乐上迷失的时候，我都会倾听这些古老的曲子，它们为我指引道路，就像地图一样。”

乔治的目光越过最新一期《西方公报》望向我，眼里带着狐疑。“我并没有迷失，福克斯。我此刻正在我舒适的起居室里，尽管有点穿堂风。”

我叹了口气，又猛喝一口威士忌，接着尝试另一种策略。“我们不是不知道怎样利用山上的土地才是最好的吗？那么，我们就该听听这附近流传的一些老歌。如果我们认真倾听，它们会告诉我们该做什么的。”

乔治的眼神告诉我，他还是持怀疑态度，但我已经喝了不少威士忌，因此对自己的这套推论深信不疑。

“记忆存在于旋律之中。如果我们能够发现这个地方流传的歌曲，我们也就能知道以前的农民在山坡上做些什么。”

“那么要是它们唱的是羊，我们就养羊。要是它们提到葡萄园，我们就种葡萄。”

“正是。好吧。葡萄可能更多是一种隐喻。”

“那我们就来种隐喻的葡萄吧。白的还是红的？”

“随你怎么取笑我吧，但你说过想要倾听土地。那么就倾听音乐吧。这些歌曲源于这个地方，歌唱这个地方，它们被传唱的时间，可比福克斯-塔尔伯特家在哈德格罗夫府住着的时间久多了。”

乔治觉得好笑似的打量着我，这彻底把我给激怒了。

“我不明白你为什么就这么冥顽不化。是你想要知道该死的一百年前人们是怎么做一切事情的。每个人都转向了该死的硝酸盐和产出最大化，而我们却还在铲着鸡屎。”

“还有牛屎。”

“还有猪和马的。但我是想说，你并不想提高机械化程度。你不想要高级的拖拉机和喷雾器。你说重要的是与土地之间的联系，没有这种联系，就失去了某种东西。”

“我是说过。”乔治满怀好奇地看着我。

“音乐也是一样。这些歌曲与大地相连。它们都是伟大之舞的一部分。”

我对自己感到相当满意，接着打了个相当响亮的嗝，恐怕顿时削减了刚才这番话的效果。乔治笑了。“我真想把那些宣传肥料和别的什么的政府传单埋到鸡笼底下。”

我跳起来。“对。就这么干，我们把那些该死的东西埋掉。”

五分钟后，我们把最新一期政府发的鬼东西塞进了一堆巨大的摇摇欲坠的厩肥堆中间，那真是名副其实的“埃菲尔屎塔”。我伸手摸火柴，但乔治拽住了我的胳膊。

“冷静点，老兄。甲烷，极易燃。说到底，还是没必要把这地方炸到天上去吧？”

“是啊。或许是没必要。”

我的身体摇晃不稳，手里抓起威士忌酒瓶。我啜了一口，然后把它递给乔治。

“我晚上听到你的声音，你知道的，”我说，“你房间就在我的上面，我听到你来回走动。”

“噢，真是抱歉，老弟。凌晨时分总有点烦躁不安。”

“不，你以前不是的。我们曾经同住一间房，记得吧?”我从他手里拿回酒瓶。“每当睡不着时，我会专注于一首曲子，在心里默唱它。一遍又一遍。你也该试试。”我给乔治哼了一首简单的小曲。“睡不着时就唱这首。它能帮你忘掉一切。”

至于他的失眠是因为想着埃迪还是别的什么，我并未过问。

我不记得我是怎么睡着的。醒来时，我躺在沙发上，壁炉的火已经快要熄灭，但我身边放了一个信封，里面装了点钱。信封上是乔治的字："那么就给我们找点歌，和一架该死的能弹它们的钢琴吧。但我是绝对不会唱的。"

埃迪来火车站接我。这一次见她如同陌生人。她穿着修身的海军蓝套装，头发烫卷了，涂着深红色唇膏，看上去更像战时甜心“埃迪·罗斯”在明信片照片上的样子，而不是我所熟知的那个女孩。我甚至惮于和她握手。她亲吻我的脸颊，在上面留下了唇印，然后又拿出手帕试图擦掉它。

“别这样，拜托了。”我说。我不想她像个姑妈那样随意摸我。我不希望她把我看成小孩子。

她缩回了手。“你要到六点才见肯顿先生。我想我们可以走去吃个午饭。”

“棒极了。”我说。

她带我去了克拉里奇[1]，本来应该是打算好好请我一顿的，但我已

---

① 伦敦著名五星级奢华酒店。

经决定我来买单，而埃迪的餐前马天尼就花掉了乔治给的那笔钱的一大半。我往下瞟着菜单。虽然已是饥肠辘辘，但每样东西都贵得吓人。餐厅四面镶着镜子，每一面都在闪闪发光，往它们瞥去时，只见无数个哈利·福克斯反过来盯着我看，每个的额头都是亮晶晶的。我穿着杰克的花呢外套，但不是很合身；他比我瘦，手臂也比我短，所以我的手腕露在了袖口外面。我一不小心又瞥见了反射在镜中的自己，看到那件不合身的衣服穿在数百个紧张不安的哈利·福克斯身上。

“这是杰克和我在城里时最喜欢来的地方之一。”埃迪说道，脸上带着犹疑不决的微笑。“我想或许你也会喜欢。你们几个在品位上似乎非常相近。”

我不知道她是不是在说俏皮话，但我怀疑并不是。埃迪不是那种女孩子。她带我来了他们经常出没的地方，因此即使杰克人不在此，我仍然处于他的地盘。我并不惊讶杰克会钟爱这地方；他眼中肯定只有映照在所有这些该死的镜子上的闪闪发光的自己，他们一个个都在朝着他微笑。我就此打住，这样想太不公平了。我哥哥并非虚荣之人。

“你会和家人一起来这儿吗？”我再一次探寻珍贵的蛛丝马迹。

埃迪狂笑起来。“老天，不会。”

“不对他们胃口？”

“当然不。”

她的笑脸还在抽搐着；我想不出为什么这个问题好笑到如此夸张的地步。桌布洁白如雪，完美无瑕。我真想把靴子放上去，狠狠在上面踩个够。某处有人弹起钢琴。这让我稍微放松了点。一位侍者走过来。

“您要什么菜，女士？”

“汤和平鱼。”

“您呢，先生？”

“汤。”

“还有呢？”

“就要汤。”

这是菜单上唯一一个价格低于半几尼的菜。

“真是好主意啊。”埃迪说道，“帮我撤掉平鱼。我也只要汤。”

侍者刻意郑重其事地划去了平鱼。

“需要来点酒吗？”

“不用了，谢谢。”埃迪迅速说道。

侍者消失了。埃迪轻叹一声，扬起一边的眉毛。“我本来想请你的。”

“杰克有什么时候让你请过他吗？”

埃迪看了我一眼。

“那好吧。”

侍者再次出现，这次手里握着一瓶香槟酒。“坐在角落那里的女士给的——‘感谢您在群情低落时让她们保持乐观。’”

一位身穿皮毛大衣的年长女人朝埃迪飞来一个吻。她边上那位淡紫色头发的女伴轻拍戴着小羊皮手套的双手，默不出声地为埃迪喝彩。

“这真是太好了。请一定对她们说声‘谢谢’。”

我们喝着香槟，享用着汤。上来的是清汤，如玻璃般澄澈。我把整篮配餐面包都给吃了，即使如此，香槟酒还是在我脑中直冒气泡。

“这种事经常发生？”我指了指酒瓶，问道。

埃迪耸了耸肩，我知道正是这样。我都忘了她是大明星了。只见她两颊泛起红晕，看来她也有点醉了。然后她咯咯地笑起来。

“我们去别处走走吧？”她说。“更对你胃口的地方？”

那一瞬间，我多希望有个对我胃口的地方。我希望自己知道某个破破烂烂的地下食肆，我们走进去时，那位黑人钢琴演奏者正在弹着艾灵顿公爵[1]的即兴小段，他会朝我们点点头，但并不会停下演奏。熟客们会拍拍我的背，而我惯常要的那杯威士忌已在吧台上静候。

“是啊，我们找个别的地方吧。”我说。借着香槟酒带来的愉悦迷醉感，我几乎都要相信我那爵士乐据点是真实存在的了。

我准备买单，但侍者解释说那两位好心的女士已经料理好一切了。

“该死的，”我说，“本来就该点那个牛里脊的。”

埃迪咯咯笑着。“所以她们请就没事咯。”

“嘘。”我对她说，然后她又大笑起来。我喜欢逗她发笑。埃迪走过去感谢两位女士的善意，一分钟后她打了个手势，让我也过去。

“她真是聪明绝顶，人也漂亮极了。”淡紫色头发的那位女士说道。她没有脱下身上的皮毛大衣，尽管餐厅里闷热得令人窒息。

“你能给我们唱点什么吗?”她的朋友问道，声音如干涩的纸般沙沙响。

“乐意之至。福克斯-塔尔伯特先生为我伴奏。”

她抓住我的胳膊，把我带到钢琴前，小声对我说，“现在你能知道为了挣一顿晚饭而唱歌是什么感觉了。好吧，是午饭。”

“我不确定自己喝了这么多还能不能弹。”我低语。

“胡扯。这样，我们先来一两首名曲让她们开心一下，但接下来——你来决定。给我点惊喜。”

我们弹唱了一个小时。当我们结束战时名曲串烧，转到别的上面去时，其他客人一脸不解，但我们并不在意；我们并不是为他们而弹奏。又有人送来一瓶香槟。我已经几个月没碰过一架好钢琴了，此时开心得

---

① 艾灵顿公爵（Duke Ellington，1899—1974），原名爱德华·肯尼迪·艾灵顿，美国著名爵士音乐家、作曲家、钢琴家，大乐团爵士乐的领军人物。

忘乎所以。我们试弹了搜集到的各种歌曲。有时我会跟着一起唱，有时就听着埃迪唱。哦，为什么是杰克先找到了你呢？

我们跌跌撞撞地来到外面的街上，心满意足，止不住地笑着。埃迪看了看表。

“老天保佑，都快五点了。得让你赶紧清醒过来，准备跟肯顿先生会面。”

她尝试帮我拉紧领带，但反而把它整个儿给解开了，于是她索性把它挂在我的肩头，再度不可抑制地咯咯笑起来，不得不靠到栏杆上稳住自己。

“吃的，”我说，“我们得吃点什么。”

“汤！”埃迪说。“我就要汤。别的什么都不要。”

“你别说，以前一等一的法国大厨可都是把汤视为极致美食象征的。”

“再说一遍。”

“极致美食。”

“我喜欢你说这话的样子。”

她是在嘲笑我，戏弄我，有那么一秒，我怀疑她是不是在怂恿我亲吻她，但我知道这是不可能的，然后她就走开了，沿着街道跑起来。街边一位小贩叫卖着橙味小蛋糕。

“我要吃蛋糕！”她说。“你要给我买一个。”

我给她买了一个，她两口就吃完了。然后我又买了一个，她也狼吞虎咽地吃掉了。

“其实我想吃的是百吉饼，但在伦敦的这种时髦片区是买不到的。”

“想吃什么？”

“百吉饼，”她说，“我们以前在家就吃这个。全世界最好吃的东西。祖母和我会在芬奇利路上的那家面包店门口排上几小时的队，就为了买到它。战时我给祖母捎回尼龙和好几包烟熏三文鱼。第一次带去后，她就跟我说不用带尼龙了，再给她多捎点三文鱼。她说这是她最想念俄罗斯的地方。地地道道的冬天和烟熏的鱼肉。”

我一言不发，盼着她能继续说下去，但她没有，而是咧嘴一笑，又一次娇嗔着说道，“我能干掉一只百吉饼。”

“听起来棒极了。”

“你可真是时髦公子，连百吉饼是什么都不知道。”

“一个连一顿像样的午饭都没法请你的时髦公子。”

“你不过是贫穷的贵公子。暂时贫穷。像你这样的人是不会长久贫穷的。”

“像我这样的人?”香槟酒的劲头逐渐消散，我有点被激怒了。

“你不知道一无所有的那种感觉。就像个隐形人。你们要不就是保住你们的漂亮房子，要不就是没有保住。如果没有，你们父亲就会把它卖掉，杰克就会继承所有没被他父亲挥霍掉的钱。即使他什么也没留下，杰克也会安然无恙的。世界上独一无二的杰克·福克斯-塔尔伯特总会安然无恙。”

她的声音里带着一丝苦涩，我当时并未觉察。我不知道她真是像她看上去那样喝醉了，还是在假借醉态一诉衷肠。

“你就是因为这个而嫁给他的吗?”我平静地问道。

她用谜一般的眼神看着我，脑袋侧向一边。“真是大胆的问题啊，福克斯。”

我们慢慢地向地铁站走去，一两分钟内谁都没说话。

“你不知道这是怎样的感觉，像我这样的人被他那样的人所爱。”

我想问她，这该死的话到底是什么意思，然而随即又探到一线希望：她并没说自己爱他。

我紧张极了。我真的很想得到这架钢琴。香槟酒的最后一点气泡在走向塞西尔·夏普之屋[1]的路上已经破灭殆尽。我重新系紧领带，尝试梳理头发，接着长长吸了几口清冷的深秋空气，但城里的空气混有沙尘，并不洁净。我们绕过摄政公园。防空洞还未拆除，如今蹲伏在开满湿漉漉的天竺葵和大丽花的花坛中间。塞西尔·夏普之屋是一座高大的红砖建筑，位于樱草花山边上；房子表面积着一道道的煤灰，窗框剥落下来，墙上的画纷纷剥落，碎片四散在地。埃迪领我进去。里面比外面冷，整个地方弥漫着熟悉的潮味。

"肯顿先生说了他会在这儿的。"埃迪环视着漆成褐色的门廊。

四下空无一人。这座房子是英国民谣的宝库，我想象它们好像黑压压的一大群麻雀，在资料室里挤作一团，随时准备引吭高歌。我们推开一扇又一扇门，但四处都是空荡荡的。埃迪推开最后一扇门，一间巨大的木质房间映入眼帘，上面是宏伟的拱形穹顶，同样漆成了深浅不一的褐色。这天最后的暮光透过两层高的窗户射进来，在墙壁上洒满光辉。一个男人独坐在唯一一张桌子前，桌上摊着手稿纸。

"肯顿先生？"埃迪开口。

他吃了一惊，抬起头来。"是的？啊，罗斯小姐。一如往常，很高兴见到你。一切都好吧？"

"非常好，谢谢。这位是我的朋友，哈利·福克斯-塔尔伯特。"

有那么一瞬，他露出了茫然的表情，然后迅速地站起来，那沓手稿纸往四面八方飘落。

---

① 塞西尔·夏普（Cecil Sharp，1859—1924），英国二十世纪初民谣复兴运动的奠基人。塞西尔·夏普之屋是伦敦市中心著名的民谣艺术中心。

“是的，当然了。福克斯-塔尔伯特先生，前途无量的集歌者和作曲者。请。”他朝一把低矮的木质椅子指了指。

“我去弄杯茶来。”埃迪说。

肯顿先生捡起他的那些纸，然后坐回自己的椅子里。

“据我了解，你一直都在搜集多赛特的民歌。”

“是的。我一直都在抄录当地民歌——”

“我看了你递交给档案馆的那几首。不算我见过最差的，尽管你的确有一种矫枉过正的倾向。你要抄录的应该是它们真正唱的内容，而不是你觉得它们应该唱的，或是你所认为的它们的真正含义。一首歌越是古老，它在我们听来就越是奇怪。和谐其实是一种比较现代的产物。”

“是的，先生。”

“那么你究竟是集歌者还是作曲者呢，福克斯-塔尔伯特先生？”

“不能两者兼是吗？”

“一般不能。作曲者总是‘乱鼓捣’过去的旋律，试图让它们在我们现代人听来变得顺耳。在我看来，就是毁了它们。只要一个东西还没破碎，就不要把它变成另外一个新的东西。”

我不禁疑惑于这个意志坚决、满头银发的男人为什么会想见我。听他的口气，不太像有意帮我借一架三角钢琴。

“肯顿先生，民谣已经不再以传统方式发展了。没有人还会围着炉火在夜里歌唱，时不时编出新的曲调和歌词。我都得好说歹说才能让别人给我唱这些歌，他们就好像从落满灰尘的抽屉里翻出旧照片似的找出这些歌。它们都成了老古董。然而在一位年轻作曲者手中，灰尘可以被轻轻掸落。在我手中，民歌和古老的旋律可以再一次成为有生命的活物，成为现代生活的一部分。音乐是无法在薄页纸上保存的，肯顿先生，无论你多么希望如此。音乐必须是有生命的东西。”

肯顿先生往后靠到椅背上，笑了起来。“你很有激情，福克斯-塔尔伯特先生。但我惊讶于你竟有大把时间来做音乐，不管是创作还是集歌。我从罗斯小姐那里了解到，你和两位哥哥正努力保住家里的地产。那个肯定已经够你忙的了吧？”

我望着对面那个身材瘦小、面容愁苦的人。他实在是太瘦了，就好像是选择音乐而放弃了吃饭。

“是挺忙的。但音乐也是同一件事的一部分。”

“此话怎讲？”

“我们想让哈德格罗夫府和她的地产重现原貌。土地生机尽失。土壤因为多年种错作物而变得贫瘠不堪。我们的房子更是破败不堪，我们需要让这个地方重现原貌。但我们想用传统的方式实现目标。乔治想要养托马斯·哈代笔下的奶牛，还想用粪肥而不是硝酸盐和化肥来修复农田。”

肯顿先生扬起一边眉毛。“你们想要为苹果树祝酒①？”

我笑了。“如果必须这样的话，兴许管用呢。我宁愿对着树唱歌来诱导它多结果子，也不愿按照政府要求对着它喷各种各样的垃圾。”我吸了口气。“我想通过音乐和牛粪让我们这片多赛特的土地重现原貌。民谣是联结我们与土地之间的纽带；我们只是忘了如何去倾听。”

肯顿先生低声发笑。“那好吧。我知道多尔切斯特有个人离你不太远，他有一架施坦威的三角钢琴。相当棒的三角大钢琴。”

“他不要了吗？”

“没地方放，恐怕。他不得不将自己的房子改造成公寓，所以写信问我是否知道有谁能帮着暂时代管这架钢琴。他不想卖掉，万一哪天还能

① 为苹果树祝酒是英国的一种传统民俗，人们在果园里唱着祝酒歌为苹果树的健康祈福。

拿回来。我就推荐他把钢琴借给你吧。你需要自己负责运输并支付相关费用——”

但我没有听下去。我要有钢琴了。一架施坦威的三角大钢琴。

我走到外面，夜色幽凉，透着金黄的清辉。即使在城市里，满月也是如此硕大，整个伦敦城笼罩于月光之下，也因此变得不那么丑陋，不那么破碎了。

钢琴在初雪之日到来。她将栖于晨息室，那里视野绝佳，望出去即是白雪覆盖的草坪，后者往下缓缓倾斜，一直延伸到湖边和远处结冻的小河。钢琴非常美，琴身是闪亮的黑色烤漆木，配象牙色的琴键。我不禁好奇她对这个寒碜破败的新环境会作何感想。尽管路途颠簸，她却几乎一点也没走音。必要的调音工作少之又少，我自己就轻松搞定。我用毯子将她包裹起来，并坚持让晨息室炉火长燃。每当我在外面劳作时，心思总会回到钢琴上面。我几乎有一种内疚感——自觉配不上如此出色的乐器。一位真正的钢琴家才能发挥出她全部的音色与精妙之处。然而我却用她来磕磕碰碰地试弹自己的曲子。说实话，她那无与伦比的音质让曲子听起来比实际上出色许多。

才到十一月，地面已经结起了坚冰，山隐而不见。我们谁都没副像样的手套，因此没过多久就都长了突突疼痛的冻疮，难受极了，我为此非常生气，因为这样一来几乎就没法弹钢琴了。屋子里永远没有片刻温暖。我们无视将军，让大厅里的炉火终日燃烧，然而即便如此，铅玻璃窗内侧的水雾还是结成了冰。埃迪在我们给浴缸上方装了一台新的电热水器之后重回家里。她执意认为，屋外的寒意令人着迷，而屋里的冷水却是另一回事。奇怪的是，我从未见她如此开心。当我们顶着严寒在室外劳动时，只有她一人从不抱怨。她带来一件超大奢华狐狸毛外套，穿着它亲临农场，把我们逗得乐不可支，但她无视我们的嘲笑。

“随你们怎么说，我是唯一一个暖暖和和的人。”

“你会把它弄坏的。”乔治说。

埃迪耸了耸肩。“把衣服穿坏才不是什么丢脸的事。再说，要是它太脏了，我也可以像给狗洗澡一样把它洗掉。”

她真是史上最华丽的农场工人，然而随着霜冻的持续，我们不再笑她，而是向她投去了嫉妒的目光。我们爬上山到灵穆尔去跟马克斯商量多买些羊的时候，他管她叫“狼”——尽管她穿的是狐狸毛，还让她离他的羊群远一点。

“羊能嗅到尖牙动物的味道，这会让它们发起疯来。开始做些傻事。浸到水池里想要逃走。你现在就站开点。”他对埃迪说。

山顶积了几英尺厚的雪，盖住了墓冢上的残桩，尽管细长的黑色野草还是会穿透较薄的雪层露到外面，就像粗硬的毛刺破野猪的皮。山顶比下面还要冷很多，风朝我们扑来，夺走我们的呼吸，直到我的牙齿生疼，面部僵硬。大地发出嘎吱嘎吱、噼里啪啦的声响，好似焦虑不安。我不了解这个地方。这种陌生感在我心中曲曲折折地蔓延。铁器时代的墓冢变成了巨大的白山，宛如沉睡巨人的后背连着臀部。一只野兔动也不动，端坐于其中一座山丘顶上，坐姿笔挺完美，气定神闲，似在倾听，然后又蹦跳着跑开了，无声无息地穿过雪地。

马克斯端来几杯加奶的茶，我们紧紧握着茶杯温暖双手。

“你还欠我一首歌，”我提醒他，“一首冬日之歌。”

马克斯轻声笑起来。“是啊。你现在就想听吗？”

“不。今晚。我们到时开拖拉机过来。”

我想在黑夜中来到这里聆听他的歌声，狂风吹打，树林间传来奇异的断裂声。在这山坡之上，在这布满交错足迹的雪地上，而不是哈德格罗夫府大厅的炉火旁，歌曲才拥有它真正的力量。

马克斯朝埃迪点了点头。“你最好也一道过来，免得他犯傻。”

埃迪答应了。

我们晚饭过后出发。我很不擅长在这种天气开拖拉机。再说这又是辆老爷车，脾气也和老头一样犟，一路轰隆轰隆、呼哧呼哧，艰难地爬着山坡。我们一路颠簸而行。埃迪坐我边上，裹在她的皮毛大衣里，显得小小的；她一言不发，双唇紧抿。

“你可以不用来的。”我说。

“我们谁都可以不用来的。这事挺荒唐的。”

我没有作答。事实是我的确想追寻这首歌。我和将农场视为一切的其他人不一样。他们在日常劳作中获得了一种严酷的肉体愉悦。令我惊讶不已的是，乔治现在开始每天裸跑了，身上一丝不挂，唯有脚上穿着双旧军靴。有几个早晨，我在拂晓时分醒来，正好看到他飞也似的跑过山脊，那个笔挺的身影穿梭在树木和灌木间。至少在这个特殊爱好上杰克还未向他看齐。

乔治和杰克就这样凭空喷发出对于室外生活的喜爱，而我仍未有此感受。在我看来，这种生活单调无趣，充满重复。开头一两天，体力劳动的确不无乐趣，尽管夜里我的胳膊和后背都会泛起阵阵酸痛。狂暴的野兽在我腹中饥饿难耐，接下来是吃着烤苹果，以及厚切猪肉配上大罐果冻状浓厚肉汁所带来的满足感。我意识到自己的身体就像一件机器，越用越灵光，然而数日之后，厌倦之意悄然滋长。每天的工作千篇一律。

景色变换，金雀花开出黄色的花，与紫色的石楠丛交相映衬，下午有一只仓鸮打望着我们，它的羽毛在光芒闪动的雪地上显得有点脏。然而即使此种雅趣也不足以消解我的不安和与日俱增的苦恼。我想起剑桥的同学，甚至怀念起爵士乐团。要是能和学校管弦乐团排练一天、一个礼拜该有多好。每天当我大汗淋漓、满身泥巴的时候，总会在心里向自己保证，今晚，今晚一定作曲。然而到了晚上，我都会累得直接爬上床，浑身酸痛，精疲力竭，而钢琴则静静地端坐于晨息室，像个老太太似的裹着毛毯和热水瓶。劳作夺去了一切，我整个人都被掏空了。一个礼拜以来，我没有写过一个音符。需要一首歌将我重新填满。我想要一首歌，来打开那扇往下通往黑暗与未知之境的大门。

前方目之所及，皆是白茫茫一片，于是我分不清地面究竟在上升还是在下降。月亮和星辰隐没于密云的帘幕之后。我急转弯绕过一个树桩，拖拉机一头栽进了沟里。

“该死的。”我说，然后感觉还不够似的，又加上句，“真是该死的。”

“你还好吧？”我问道。

“没受伤。但我生气了。”埃迪说。

拖拉机处于一个奇怪的角度，其中两只轮子陷在沟里。烟筒噗嗤噗嗤地冒着难闻的烟。我跳下去，落在一堆凸起的湿雪上。今晚没有结冰，因此拖拉机陷进一摊污泥里。幸好还没底朝天翻过来。

“来，慢慢出来，我扶你下来。”我说。

埃迪扭动着身子移到前面，我双手环抱住她，一瞬间被包裹在她的毛皮大衣温暖、属于动物的气味之中。我抱着她，感受她在我怀里的重量，过了一会儿才把她放到雪丘顶上。

“回家里去吧。我来把拖拉机挖出来。”

她点了点头。我很感谢她没有再次抱怨晚上出来的主意真是太蠢了。

“对了，埃迪，别告诉他们，可以吗？”

我不能想象两个哥哥兴高采烈地来到这污泥地里，把我嘲笑得体无完肤。

“你一个人非得搞个整晚不成。看，你都湿透了。”

“我不在乎。”

“那马克斯的歌呢？”

“那个得等等了。”我努力让自己听起来没有失望的意思，但显然没有成功。

“来。我来给你唱一首。准备好了吗？”

“好了。”

我从大衣里掏出笔记本和一截粗短的铅笔。她双手紧紧抱住自己，开始唱起来。过了一会儿我才反应过来，自己从未听过这首歌。我以为自己对她的所有歌曲如数家珍，然而这首是个例外。它不是英文歌，我甚至没听出是用什么语言唱的。她的声音与往常不同，听起来未经雕琢而富有力量。她唱的时候没有看我，目光越过我们的房子，望向远方黑色的山峦。唱完后，我发现她在哭，然后又用袖子迅速擦掉眼泪，气呼呼的，动作有失优雅，像个小女孩。我把自己的手帕递给她。她一把抓去，擤了鼻涕，塞进自己口袋里。

“你记下来了吗？”她厉声问道。

“我想是的。”我还在欣喜若狂地写着。

“你永远不许把这首歌给任何人看。我是说，任何人都不行。永远不能。你明白吗？”

“我保证。”

“我不是埃迪·罗斯。她只是我唱的一首歌。”

“我只记下了旋律，没听懂歌词。你是用什么语言唱的？”

“意第绪语。”

“我从来没听过。”

“是吗，那你现在听到了。”

“歌词大意是什么?”

她声音低沉地笑起来。“这是首民歌，福克斯。民歌还能唱什么？这是一首关于爱、悲伤和失落故园的歌，唱的是牛奶与白雪的国度。”

我从没见过她这么不耐烦，也就不敢问她歌词的准确翻译。

“我们现在能走了吗?”她问，一边又点起一根烟，双手都在颤抖。

我靠在拖拉机上，听着她在我身边起伏不均的呼吸声。我想知道是谁教她这首歌的。她把烟头丢到一堆正在融化的雪泥上踩灭，又哼起了刚才的曲子。它与这夜色和寒冷颇为相衬。

“你有给杰克唱过这个吗?”她哼完后我问道。

“没有，只对你。”

她用一种我看不懂的眼神望着我，然后转过身去。“我要回屋里去了。你也该一起回去。这样会着凉的。”

“我保证不会。”

我着凉了。没有好转的迹象，病菌进了胸腔，于是我像个老人一样又是咳嗽又是吐痰。杰克给我买来一种特殊香烟，好让我把病菌随着烟一起排出来，然而味道太可怕，我直接丢掉了。我还是硬撑着在室外干活，每隔十五分钟就得停下来一次，倚着谷仓或是门柱干咳，呼哧呼哧地直喘气。我不觉得饿，也睡不着觉，并且无论何时都感受不到一丝、一丝暖意。黑暗悄然潜入我的身体，甚至当我躺在床上，身上压着不知多少条毛毯，我还是缩起身子颤抖着，寒冷和难受的感觉让我难以入眠。与我相反，哥哥们因为农场生活而焕发生气。随着我一天天萎缩，皮肤渐染上难看的蜡色，他们却越来越肩宽体壮，脸上有一种经风吹打的明亮血色。当我在六点钟起来，咒骂时辰已晚的时候，他们已经从山上回来，愉快地干完了这天的第一轮农活，此刻正在厨房里。他们满是担忧地看着我，然后又迅速移开目光。杰克递给我茶和冷掉了的粥，后者我几乎一口未动。

“你确定不用看医生吗?”我把粥碗放到一边时，他问道。

“我很好。给我几天时间，我就没事了。”

他和乔治交换了目光，但两人什么都没说。我们都知道将军的法令：“只有女人才大惊小怪。”病痛越是折磨人，而我们越是坚强忍受，他就会越看好我们。我知道这样一味追求他的青睐是徒劳无益，但我没办法阻止自己。当我把五脏六腑都要咳出来，弯着腰靠到厨房桌子上时，杰克和乔治都小心翼翼地移开了目光，我知道他们至少是理解我的。

但埃迪不理解。

“看在上帝的分上，你快回床上去，我去找医生来。”

“我真的很好。”我说着渗出了冷汗，感觉呕吐物升到了喉头。我把它咽了回去，摇摇晃晃地来到外面的花园，专心盯着地上的鹅卵石。该冲洗一下了。我蹒跚着走向那边的水龙头，扭紧了浇水软管。做完这些动作而未摔倒，让我有点沾沾自喜，然后我把水流对准地面。埃迪尖叫起来。

“你在朝着我喷！我浑身都湿透了。”

我声音沙哑地向她道歉，把软管拿高了一点，可她继续叫着，于是我拿得更高了。我不明白她为什么还要大呼小叫，我都快在往天上浇水了——这么做毫无意义，我觉得，因为天上的云预示很可能就要下雨了。

“行行好吧。”埃迪一把夺走浇水软管。“你晕倒了。我去叫医生过来。”

“胡说。男人不会晕倒。”我态度简慢地对她说。

“很好，那你管这叫什么?”她站在很高很高的地方问我，她的脑袋徜徉在云朵之间，我担心她又要叫起来，而我真的希望她不要这样，因为我的脑中正交替跳动着红黑色块。

“我倒下了。”

“是啊。这么说可真是男人多了。”

杰克和乔治扶我到床上。尽管将军对午憩的鄙夷人尽皆知——他觉得只有老祖母和小婴儿才睡午觉，但我还是睡了过去。

目前的情况是我不仅肺部感染，耳部也受了感染，导致耳膜破裂。我的听力严重受损，除非好好休养让它痊愈，否则这种损害就可能伴随终身。埃迪时常过来看我，坐在我的床沿上。她并不会握起我的手。她不是那种能自在做出亲昵举动的女孩子。

“你绝对不能再犯傻了。你们三个男孩都很傻。但你无论如何不能在听力问题上犯傻。耳朵是你的创作工具，你终有一天会成为伟大的作曲家的。如果你拿自己的听力开玩笑，我就再也不和你说话了。”她表情严肃极了，然后轻轻发出一声恼怒的叹息。

“我必须做点事。杰克和乔治需要我。”我说，但主要是因为这样说比较像话。其实我都不确定要是我离开一周，甚或一个月，其他人会不会注意到有所不同。

埃迪什么都没说，但她看我的眼神表明，至少她是不会被我糊弄过去的。我发现眼下的被迫休假实际上让我如释重负，不用再一天天地待在浸着水的农田里——我感到一阵内疚，这种对农场生活的反感让我厌恶起自己。我们家原本是一个古老的农村家族。童年时代，我常常光着脚在结冰的池面上玩耍，一头扎进水里捕捉滑溜溜的蝌蚪，享受它们在我的脚趾间分泌液体的感觉。当时我觉得很快乐，时至今日，我不知道自己身上发生了何种改变。难道我真的变阴柔了吗？我想象着将军那呼之欲出的不满咆哮，以及杰克和乔治将会齐刷刷向我投来的目光，不禁陷入了无助之中。

合上双眼，我回忆起在少年时代，当我们捞蛙卵、抓兔子或是在树林深处搭建小屋的时候，我是怎样先于他人厌倦这些事的。我会离开他们，独自穿过树林去追寻一只夜莺，或是回到房子里弹奏钢琴。又或者，要是将军在家，我就一个人排列石子和引火柴，默不出声地在临时搭成的键盘上弹奏乐曲。当然，我也想保住我们的老地方，但我想要通过音乐，而非凭皲裂的空手实现。我还是想做点有意义的事，会让他们——尤其是埃迪——注意到我的事。

我有了一个主意。能在床上坐起来的第一天，我就给我以前的大学管弦乐团负责人写了封信，邀请乐团在圣诞节前过来做客，待上一礼拜。我已伸出橄榄枝，只求他们有意赴约。等待回复期间，我静心休养，进食睡觉，身体逐渐康复。

他们到来的那天清晨寒冷而明亮。我等得心焦，在家里待不住，于是一大早出门散步。我的身体尚在恢复阶段，走下山坡回哈德格罗夫府的这段路，已经让我疲惫不堪。走到草坪边缘时，我注意到房子前阶上围聚着一小群人。得见其人后一刻便闻见其声，一段轻盈明快的巴洛克乐章响起，飘然迎接我的到来。首先是一阵欢快的弦乐，然后是两支长笛的声音，它们那么自然地相互缠绕，如同一对鹡鸰。我等待着大提琴响起，然而当它终于出现时，却高出了半度音。这让我有点意外，所以过了一下才反应过来：一支小小的管弦乐团此刻正坐在哈德格罗夫府的门阶上，技艺欠精而热情有余地演奏着巴赫的第四交响组曲。

“你慢了一小节。”我对大提琴手说。“大家回过去，从 A 段开头重新来过。”

我折下一截榛子树枝充当指挥棒，为他们指挥。第二遍下来好了一些，尽管大提琴还是音太高。

“我们要不进屋里去，排练一下民谣组曲？冷成这样对你们的调音有害无益。”奏完第三遍后我说道。

见到老朋友真是棒极了。两个长笛手——都是女生，技艺出色——一群小提琴手，一个低音提琴手，一个法国圆号手以及那个流氓大提琴手。我其实很喜欢他这个人，但他拉起大提琴来就另当别论了。我还是宁愿他没一起过来。他不在的话，巴赫本可以相当不错的。

我请音乐家们来到大厅里的乐师游廊，把我作的曲子的草稿分发给他们。稿子都是手写的，某些地方有点污迹，或是删改得模糊不清。低音提琴的部分我压根没写。

“如果我给你钢琴谱，你能将就一下吗？”我问低音提琴手。

他是个大块头，来自阿伯丁郡[1]，算得上一方领主，是个天赋异禀的爵士乐手。若是闭上双眼，你肯定会以为他来自南加州。不过话说回来，即使苏格兰人也可以玩爵士。

他点了点头，然后开始拉奏我的和弦。他稍微做了点即兴发挥，比原来增色不少。

“对，”我说道，“请在乐谱上标出这些改动。”

我转向这支小乐团的团长。“爱德华，你觉得满意吗？”对于第一小提琴手总得多献殷勤。

“是的。这里是个降 B 吗？我看不清楚。”

我仔细看着自己的乐谱。“不是。这是掉了点饼干碎末，应该是一个休止符。”

他用铅笔认真地做上一个记号。我又转向大提琴手。

“科林。你如果还要拉的话，就得重新调一下音。”

爱德华拉了长长的一个 C 音，科林则笨手笨脚地开始调音。这次稍

---

① 英国苏格兰旧郡，1975 年废置。

有进步。我抬起手，他们都等待着，蓄势待发。

“再来一遍。”

第五遍练完后，他们已经不需要等我的指令了。他们按照我的建议，在自己的乐谱上做相应修改，配合顺畅。

“再来一遍。”

大概练到第二十五遍到二十六遍之间时，将军从书房里走出来，抱怨噪音扰人。我们没有理会他。到第三十遍的倒数第二个音节时，我注意到了一位听众的存在。这一次，科林在两个长笛手把马克斯的那段旋律传给他时没有踌躇；他一下子接上，流畅地拉了起来，如同接力赛的跑步选手。他的乐声低沉醇厚，悠扬地贯穿弦乐始终，我重新想起热爱大提琴的理由。接着我抬头看见埃迪就在下面的大厅里，身子靠在华丽的橡木壁炉边上。

“再来一遍。”她说。

爱德华和其他弦乐手们举起乐器准备重奏，但我挥了挥手示意他们停下。“有个人声部分。你能唱吗?”

我把那页乐谱从游廊边缘丢下去，它飘落到地上。埃迪捡起来，快速扫了一眼。

“没问题。但对我来说音有点低。”

“不，不会的，”我说，“相信我。”

见我这般大胆无畏，她笑起来。“那很好，大师。”

圣诞夜。一个湿漉漉的浸在雨水里的晚上——全然没有明信片上圣诞夜的样子。雪融化了，原先的雪地上露出了潮湿的褐色泥土。柴火棚里漏雨，木柴都沾了湿气，火烧不起来，于是一切都是半干不干的——无论是我们，我们的衣服，还是屋里湿乎乎的墙面——然而人们还是到我们家来。有些人是因为好奇。他们听到传言说福克斯家的小伙子光着身子在乡间奔来跑去，搜集歌曲——很遗憾，在邻居们的印象中，乔治的裸跑癖好和我的集歌行为以说不清的原因结合在了一起。说实话，我们并不在意他们说什么，只要他们都过来付五先令听我们的音乐会就行了。一切就绪，都在朝着让乔治买上奶牛的方向发展。

整个县上的人都来了，村民也悉数到场。真是人群混杂的奇特场合。农民、马车夫和劳工们跟自己的同类人聚在一起，颇不自在地徘徊于大厅的一边，彼此沉默不语，身上都还套着扣子扣紧的大衣没脱下来；县上的人则穿着美丽冻人的单薄礼服瑟瑟发抖，身上佩戴着人造材质的仿品珠宝，原件早已在二三十年前被卖掉以支付遗产税了，同时她们议论别人时声音也太大了。杰克和乔治在这些人群中穿梭，为人们斟满酒杯，对女士们献上夸奖赞美，对男士们的笑话报以狂笑，然后试图向他们推销我们的废物售卖会门票。这是件令人讨厌但不得不做的差事。我们谁都没多少钱，看到人们掏钱买票时我心怀感激。

我在人群中注意到了上校和温斯特太太。上一次见到他还是在藤沃思庄园被炸毁的那天早上。我听说他们现在住在伯恩茅斯的一间公寓里，能望见大海，还有中央供暖。我细细打量着他的脸，发现自那一天起，那种严峻的饱经折磨的神情已经在那张脸上消失了。中央供暖和码头边上的散步与他本人颇为相称。我不知道他们重回此地，与这些过往的圣诞节幽灵共饮雪利酒的感受如何。将军趾高气扬地走向上校夫妇，那神色好似公鸡之王，他尽情接受后者关于这次晚宴的赞美之词，就好像这是他一手操办的。温特斯太太扫视四周，表情出神而悲伤。至少她是情愿放弃那海景和热毛巾，也要守住这些潮湿老旧的墙面和冒着烟的炉火。

埃迪在我身边闲晃，我俩都站在乐师游廊上。“你这么专心致志地在盯着谁看呢？是哪个姑娘吗？”

“只是在看人群。来的人数相当不错，不是吗?”

埃迪转向我，面带微笑。“真的是不可思议。我从没想到会有这么多人过来。干得真棒，福克斯。”

“他们连一个音符都还没听过呢。最终也可能一败涂地。”

“不会的。即使真的这样，那又怎样呢？他们钱都已经付了。”

“你肯定会惊艳四座的，”我说，“你一直都这样。”

她皱起眉头。“别这么说。杰克就是这样，不管我到底好不好都会这么说。‘精彩极了，亲爱的。真是精彩绝伦。’对你，我要求实话实说。”

我咧嘴一笑，暗自高兴。“行啊。不说一句奉承话。你也用不着唱那些可怕的流行金曲，要是你不想的话，随你唱什么都行。”

埃迪大笑。“你就是这样称呼它们的？我的‘老破歌’?”

我点了点头，有点不好意思。

“恐怕我还是得唱这些歌。我一点也不想唱它们，但总要取悦听众。你也不得不跟着一起听，小福克斯。”

“你永远不用试图取悦我。我很喜欢你那首意第绪语的歌。我想那是我最喜欢的一首。”

她身穿一袭浓翠绿的礼服裙，新生红豆杉叶子的那种颜色，手臂上套着袖子，肩上披一件小斗篷，手上戴着灰色的丝绸手套，胸前别了一枚鸟儿形状的小小胸针。我从没见过她如此可爱动人的样子，这让我一时有点眩晕，就好像喝多了酒，尽管我还一滴未沾——演出前我向来如此。

“你今晚太美了，埃迪。”

她笑了，一边脸颊上露出一朵酒窝。“谢谢你，哈利。”她说。自我们初识后她从未叫过我哈利，其实我很喜欢她这么叫。她凝视着我，然后抓住我的手，紧紧捏着；她那纤小的手指竟有惊人的力量。

“我们是好朋友，你和我，是吗，哈利？告诉我，我们是好朋友。最好的朋友。”

她的眼里闪动着晶莹的泪光，但她眨了眨眼屏住泪水。

“当然了，”我说，“最好的朋友。”

她还是没放开我的手，我盯着她望，内心激动却泛着困惑。她看上去似欲坦白某事，于是我的心怦怦直跳，只觉一阵电流穿过血液。她也爱着我，我可以肯定这一点。一瞬间我为杰克感到难过，但并没有那么难过。毕竟杰克总会找到别的女孩，何况，此刻我并不愿想到他。我只愿想埃迪一人。埃迪和我。

她松开了紧握我的手。

“好运，哈利。”

她倾身过来，在我的脸颊上落下一吻，然后穿过游廊，向另一边那间在今晚充当歌手更衣室的卧室走去。我没有跟上去，因为我并不着急。洋洋暖意溢满周身，刚才的事比白兰地或是滚烫的热水澡还要使我受用。马上我就要过去和管弦乐团团长说话了，那个自命不凡的第一小提琴手，但现在还不用，再等一下。云集的当地乡绅和村民中间隐藏着来自《早间邮报》和《西方公报》的批评家。我应该感到紧张，然而此刻内心却平静无澜。我知道音乐会一定会成功。

果真如此。我指挥乐团演奏了多首埃迪的固定曲目，其间连一个鬼脸都没露。然后我带领他们转移到我自己改编的民谣乐曲上，尽管它们较不出名，但听众还是跟了上来。爱德华主教或许为人傲慢，但他绝对是一流的小提琴手，以全然的自信引领乐团，他的乐声如邓迪蛋糕①般甘美醇厚。我们演奏了《雾笼露水》和《爱的种子》，当埃迪演唱关于逝

---

① 英国的一种杏仁水果蛋糕。

去的夏日爱情、紫罗兰和石竹花的歌曲时，我一时情动，不得不咽了咽口水抑制自己。我根据马克斯的旋律创作的G小调交响曲是压轴之作，也是全场最精彩的一首。我们演奏了第一和第三乐章（第二乐章的大提琴比重过高，这显然会难倒我们的大提琴手，而第四乐章尚未完成）。

时间在音乐中是相对的。作曲者定下拍号、每一小节的节拍数，并引导演奏时的速度把握。然而每一场演出都是独一无二的，持续时长也各自不同。演奏一首乐曲时，指挥者从头到尾带领乐团，决定这一次音乐旅程的特定速度。当我扬起手，整个乐团吸一口气，等候我的指令，此时我的手中握着时间。马克斯的旋律如风般吹拂过我们每个人。它在听者的头顶上方盘旋，回荡在装有华丽镶板的大厅里。这首交响曲自成一个小小世界，只要音乐还在演奏，我们就都置身其中：听者，演奏者，歌者。当我放慢节奏时，时间延展、转换。我感受到了时间的战栗。马克斯的旋律古老悠远，我听到风在黑夜中的灵穆尔顶上呼啸而过，然后在模糊不明、搅动不安、充满不和谐音乐的一片寒冷虚空中，陡然升起新的旋律，牧羊人的旋律被美妙明亮的女高音托举起来。世界随埃迪而展开。整个大厅顿时流光溢彩。我宛如一个魔法师。

她的歌声如春雨般落下，我真想让她知道，这一部分是我特意为她而作的。我知道她声音的潜质，以及如何最好地释放这种声音。她一直都被束缚于那些如廉价衣服般的愚蠢的爱国主义歌曲中，这一次终于穿上了高贵的丝绸锦缎。我从她脸上看出她也知道这点，当她歌唱时，那纯净而灿烂的声音在我心中荡漾，这时我与她目光相遇，只见她睁得大大的眼中满是惊讶。听听你能做到多好，我通过音乐告诉她。听，你的确是一只夜莺，但并非他们所想的那种。

我没有注意到掌声。我只听到时间重新开始了。我们结束了悬浮于音乐世界中的状态，有那么一瞬，我感到茫然无着，有点不安。

“你好。”一只纤小的手悄悄伸向我的手，我将它紧紧攥住，重新感到平静下来。“鞠躬。”她小声对我说。

“谢谢你，”我对她说，“谢谢你。”我捏着她的手，这一次她没有放开。

我们劝说听众来到外面，感受潮湿的空气。雨渐渐小了，变成蒙蒙细丝，笼罩青山。片片淡云盘于山脊，为山添上一抹温柔之色。晚上的这部分安排是乔治的主意。我都担心他有点要变成山林狂人[①]的意思了，不过至少今晚他还是穿着衣服的。我们走在前面，带领音乐会的听众们穿过浸满雨水的草坪，走向果树林。我能听到穿着漂亮鞋子的女士们在陷入泥泞时发出气呼呼的声音，她们用沾着香水的纤指触摸着光秃秃的树。乔治走到人群最前头，这是他的主意，所以我执意让他来给大家介绍。他清了清嗓子，视线从一只脚换到另一只脚，尴尬万分，不敢直视眼前的人群。

“今晚我们想要找回一种古老的习俗。我们要向苹果树祝酒，祈祷来年的好收成。马克斯，如果你可以的话。”

牧羊人身上穿着特地借来的礼服，悄悄地从树木间现身。他并不想唱，但收了钱就由不得他不情愿。眼前的景象让听众们又是想笑，又不觉入迷。杰克到处走动，向人们递着一杯杯苹果酒。埃迪悄然来到我身边，轻抚着我的手臂，把头靠到我的肩膀上。

“真有趣，”她说，“光听别人唱歌真好。”

“现在我们至少能喝酒了。”

我们举杯祝酒，但我有点笨手笨脚，把整杯苹果酒倒在了她的手套

① 原文为“a green man”，意为对树木和山林表现出痴迷狂热的人。

上，手套浸湿了。

“真抱歉。”我说。

“一点都不用介意。”她脱下手套，然后有什么东西在火把的照耀下闪了闪光。她手指上戴了一枚戒指。我抓起她的手。

“你戴上了结婚戒指。”

她猛地一缩，抽出手贴到自己的胸口上。“是的。我们今天下午结婚了。我俩都不想大张声势。”

我真是个傻瓜。彻头彻尾的傻瓜。我愣了好一下才说得出话来。

“看在上帝的分上，埃迪。你本来打算什么时候告诉我呢？乔治知道吗？父亲呢？”

我连珠炮似的向她发问，她扭动着自己的手指，摆弄着那只戒指，眼睛没有看我。

“我们没告诉你父亲。好吧，杰克觉得最好等这事结束后再告诉他。我们不想再发生什么不愉快了。”

她停下来，与我目光对视，无声地请求我理解她。愤怒让我渗出了汗水，我移开目光。她微不可察地轻叹一声，继续说下去，语气中带着哀求。

“杰克想亲自告诉你。他要是知道你就这样发现了，肯定会心烦意乱的。”

“老天。”

杰克没告诉我就是为了照顾我的感受，因为他清楚地知道我对埃迪的感情。我感到既伤心绝望，又屈辱难堪。埃迪伸出手来抚摸我的袖子，但我一把拽走了。

“别这样。”

我无法忍受她的同情，于是独自走开，消失在树林间。我想我可能生病了。只听见身后传来马克斯穿透黑暗的歌声，和埃迪轻柔的呼唤声。

苹果酒和痛苦让我一片晕眩。我不能继续留在这里，至少这点我是知道的。我没法看着他们在一起。在早餐桌上和花园里甜蜜恩爱，一起读着晨间报纸。两个人都用那种同情与担忧参半的可怕眼神望着我。

我急匆匆地回到家里，翻出一只行李箱，往里面装进我的手稿，然后包好那本记录了搜集到的民谣的簿子。临出门时，我才想起可能还得带点衣服、一把剃须刀和诸如此类的东西。以最快速度收拾好后，我一把将行李丢进了车里，然后又从地窖里顺手拿了一瓶勃艮第和一点零钱，接着就走上了车道。第一批离开的客人已经三三两两地步入夜色中。还能听见从果园里传来的歌声和欢笑声。

我发动车子，离开此地。行李箱上下颠簸，隆隆作响。我摇下车窗，长长地痛饮了一口勃艮第。我不知道自己这是去向何方。这种未知所带来的自由感让我如释重负，于是又猛饮一口酒。我就这么开啊开。空气清冽。我要找个安静的地方写曲子。一阵兴奋涌上心头，然后又黯然退去。没有什么能够弥补我所失去的。尽管她从未属于我，又何谈失去。

2001年，3月

埃迪去世已有一年。我应该为自己挨过了这一年感到庆幸——统计数据表明，许多丧偶人士在头几个月里就随伴侣而去了，而我已经撑过了一年，所以死亡应该还没那么快会找上门来。然而另一方面，我的身体决定继续运转的事实并不代表生活就能一下子容易起来。

头一年里，克拉拉和露西都围在我身边。我们的生活围绕着埃迪的离去所带来的空虚打转，那是位于我们宇宙中心的黑洞。不过渐渐地，两个女儿一点一点地退回到她们自己的日常轨迹里去。这一过程中并非没有阻碍。埃迪生日前一周克拉拉给我打来电话，心烦意乱地告诉我，她给埃迪买了张生日贺卡，直到走出商店才想起真是多此一举，甚为荒唐。我让她写好贺卡寄给我。收到后，我尽心尽责地告诉她说，贺卡非常感人，然而事实上我压根都没有勇气打开它。我一把将它塞进埃迪的床头柜里，和她的眼镜盒以及她去世前在读的、永远没读完的最后一本小说放在一起，这些东西我都再也没打开过。

我理解女儿们的丧失之痛与我的并不一样。对她们而言，突如其来的悲伤往往是因为，意识到自己在一分钟里，或一小时里甚或半天里都没想到过埃迪。她们要与日常生活周旋——买晚饭吃的肋条，或是晚上去学校参加家长会——总会暂时忘记她们的母亲已经不在了。这是很正常的。父亲或母亲的离世不可能让我们悲伤到没法继续自己和孩子的生活那种程度。如果真这样的话，那么人类要不了多久就得灭亡了。我充满无奈而又不无释然地看着她们重新滑入各自忙碌的生活节奏中。

对于我则不一样。埃迪和我度过了太长的婚姻岁月，彼此在对方的世界里所占的比重太大了。我们就像共用一片树冠的两棵树，各自生长的姿势和形状都与对方相契合。当其中一棵在一场风暴中逝去之后，另一棵苟活下来，却会变得丑陋而扭曲。我徘徊于一切事物的边缘，总是一个旁观者，怎么也无法真正融入任何谈话。

让我最为伤心的是，一年将尽之时我开始失去了那种埃迪就在某个角落里的感觉。在此之前，我几乎还是可以劝自己相信，她就在厨房里煮茶，或是去上厕所了，反正马上就会回来。我怀念这种神奇的自欺欺人，随着一周又一周、一个月又一个月的逝去，我感觉埃迪正逐渐滑向离我越来越远的地方。时间没能疗愈我的丧妻之痛，反而增加了我们之间的距离。我试图让自己接受这个残酷的事实，即我人生最美好的部分已经永远逝去了。现在我只能靠回忆来供给养分，然而连它们也背叛了我，悄无声息地从我身边溜走。我只好躲进笔记本里，记录下我对她的点滴想念——有早年的也有近来的记忆——同时也回头审视了我最近的一些笔记，试图理清自己的悲伤。

悲伤如潮水般一阵阵袭来。有时候接连几个小时，甚至几天我都过得好好的。然后，某件事触发了感伤。想起已是一周年——“一年前的今天我们最后一次绕着花园携手散步”——或是没抢在她的歌声响起之前跳起来关掉那该死的收音机。接着是突如其来的静默，悲伤会揪住我，灰色的潮水将我裹挟着带走。我什么都做不了，只能等着它再度退去，等着绝望褪为平常的失落。

我还是写不出音乐。一个音符也写不出来。我想创作献给埃迪的交响曲，然而一年过去了，我还是一无所成。必须是交响曲，而非安魂曲——那样太悲伤了，一点也不像埃迪的风格。她总有唱不完的旋律，是她始终提醒我，作为一位作曲家，我不仅要取悦自己，还有义务取悦听众。孩子还小的时候，她给她们唱过数不清的儿歌。在我听来它们大多无聊透顶，但我要是胆敢抱怨，埃迪可不会容忍。

“我不仅为自己而唱，还为聆听者而唱，现在我的聆听者是一个闹肚子的三岁半孩子。她想听‘三只盲老鼠’，而不是巴托克[①]。”

我总想听她唱她的意第绪语歌。但她很少唱，当我求她唱时，她每每拒绝。它们会过于强烈地唤起她的童年回忆，以及一些她更希望永远不再忆起的事情。有一回她告诉我，当年她全家从俄罗斯迁至英国后不久，有些时候连吃饭都成问题，晚上只能饿着肚子上床睡觉。当她在夜里醒来，躁动不安、饥肠辘辘的时候，她的祖母会把她拉到自己的床上，给她唱歌来填满空空的肚子。之后，埃迪的母亲在一家面包店谋到了工作，于是她们总有前一天卖剩下的百吉饼吃，即使是那种里面没有奶油芝士或是别的什么高级夹心的。偶尔，我会听到她在哄孩子时没唱儿歌而是唱起了那些歌。这时我会悄悄溜过去，躲在门边侧耳倾听，生怕惊扰到她，让她停下不唱了。无意中听到的旋律往往都很甜美，然而我发现，那些偷听到的片段旋律，却是更为动人的。

某些早晨醒来时我会感到一股活力灌入体内，我下定决心：就在今天早上，我要动笔创作献给埃迪的交响曲。然后起来洗个澡，热水冲遍周身时，我会感到升起一种活力与热情。有时候我会在擦干身体的时候就把这种感觉抹去了，不得不坐到浴缸边缘上休息，此时已经精疲力竭，只好努力克服想要重新溜回床上去的冲动。另外一些时候，我的热情至少还能持续到厨房里，我会给自己煮一杯差劲的咖啡，不是太淡就是太

---

① 指巴托克·贝拉（Bartók Béla，1881—1945），二十世纪最伟大的作曲家之一，匈牙利现代音乐的领军人，同时也是钢琴家、民间音乐家。

浓——唯有埃迪才懂得咖啡师如履薄冰的怪门道。我也不能理智处事，买一个新的高级意式浓缩咖啡机——露西一直对那种咖啡机赞叹不已，只因为这个旧的是又一件埃迪曾经触摸过的东西。我端着自己那杯令人反胃的咖啡来到书桌前，或是钢琴前，坐下来准备开始写初稿。然而至此，灵感总已离我而去——如果不是更早的话。我静不下心来。家里太安静了。

埃迪的书房就在大厅另一端，房门敞开着。我一直没去关上。四十年来，我们总在这间房里进进出出，聊着天，倾听彼此的想法，一致认为该到午饭时间了——来个芝士三明治还是去酒馆里吃顿好的？现在我几乎再也没勇气走进她的书房。书桌还和她离开时一模一样。我让斯特劳德太太每周过来掸尘，但不允许她收拾房间。埃迪讨厌任何人碰她书桌上的东西。那上面总是凌乱不堪——我可没法忍受在这样乱糟糟的地方工作——然而埃迪坚持说每样东西都不偏不倚地摆在它们应该摆的位置上。那扇敞开的门在嘲笑着我。它表明一切如常，尽管我再清楚不过，事实远非如此。我会想着何时该关上这扇门，到这个时候，我可能有的任何灵感苗头都早已消散。

只有一个时候，我的想象中会溢满音乐，那就是当罗宾来家里弹钢琴时。我在日历上和心里都给这些日子画上了红圈。或许就是靠着那些画红圈的日子，我才没有死于中风、流感或是任何丧偶人士可能罹患的病症，而是每周有三次会在早上醒来时感到一阵迫不及待的兴奋感。罗宾每周六全天、周日下午和周三晚上过来练琴。

我们一致同意，眼下最好的办法还是让罗宾继续用我的施坦威，而不是新买一架钢琴放在他家里。克拉拉还是担心要是家里有了钢琴，罗宾就会啥事也不干，只弹钢琴。每周在他有课的日子送他去音乐学校已经把她累得够呛了。

全家的生活现在都围着他转。周一，克拉拉会开车送罗宾去马里波恩[①]的皇家音乐学院，他们清晨五点就要离开多赛特（罗宾唯一不会怒气冲冲地抗议起床的时候，就是在他知道起来可以上钢琴课时）。克拉拉和罗宾当天晚上就在伦敦过夜，直到周二晚上十一点钟才回来。周五，克拉拉和罗宾再次天还没亮就起来，开车去伦敦然后在午饭前回来。每周孩子母亲在城里的时候，拉尔夫就负责接送两个女儿上学，她们放学后还得待到很晚，等他下班来接她们回家。

这个时间表让全家都苦不堪言。凯特在学校里的表现没以前好了，她的老师们担心没人监督她的家庭作业。尽管克拉拉不许家里有钢琴的禁令引得罗宾大发脾气，激烈抗议，但我想或许她是对的。罗宾待在我这里的那些晚上，我发现他会在凌晨三点起来弹钢琴，我不得不在重新上床前锁上音乐室的门。

某个周六，我心情愉快地期待着罗宾的到来。我给他买好了巧克力饼干，是他喜欢的牌子，我一心想听他再给我弹点勃拉姆斯。他带着一串噪音风风火火地闯进来，一路冲过厨房门，大喊着有点没必要的话："外公，我来了！我来了！"

克拉拉看上去疲惫不堪。她在厨房里坐下，伸手去拿茶壶。我注意到她头上有了些许灰发，她发现我在盯着看，不好意思地用手摸了摸头发。

"我知道，我的头发糟透了。我真的是挤不出时间来打理一下。"

"我给你带了样东西。"罗宾说着把一张破破烂烂的纸塞给我，他对于母亲的个人情况没有一丁点兴趣。

这是一张满是污点的画作。我眯起眼睛看着。罗宾叹了口气，翻了

---

① 伦敦中心内城区的一个富裕街区。

个白眼。

“这是你在弹钢琴。”他显然对我的愚钝感到很生气。

“原来如此。棒极了。”我说道。

事实并非如此。人物画得很粗糙，几乎看不出是个人，然而建议的做法是只要罗宾在钢琴以外的任何事情上表现出一点兴趣，我们都要夸赞表扬。校方想让他平衡发展，如果可能的话，还想浇灭他对音乐的热情。这在我看来只是徒劳无益，类似于在暴雨中试图拿着一个茶匙舀干水池里的水，但我毕竟只是他的外公，所以他们怎么要求我就怎么做。

“我今天会早点回来。让你有时间做准备。”克拉拉说。

“准备什么，亲爱的?”

她皱起眉头，一脸担忧。“今天下午要安置妈妈的墓碑。你忘了吗?”

“没有，我没有忘记。我不想去。”

克拉拉一脸惊愕，就好像我最终还是失去了记忆。我忘记了，或者说我成功地将它置于脑后了。

“你去吧，要是你想的话，我就待在这里照看罗宾。他不会想去的，他肯定觉得和我一起弹钢琴有趣多了。”

“是的。拜托了，那个。”罗宾附议。

卡拉拉继续用那种惊诧不已的表情盯着我看。“罗宾，自己去玩一会。我要和外公说点话。”

罗宾耸了耸肩，一溜烟地消失了。二十秒后，《野蜂飞舞》[1] 的乐声就穿过大厅如瀑布般流泻而来。

“爸爸，你怎么能不去参加妈妈的墓碑安置呢？我不明白。”

我闷闷不乐地在自己的椅子上换了个坐姿。我不知道儿子是不是会

---

① 俄国作曲家尼古拉·里姆斯基-科萨科夫的作品。

比女儿好对付点，后者总是要求你做出各种解释，需要你事无巨细地告诉她细致入微的内心感受，即使这种盘问会让人不悦。

“我不想去。这是一种宗教仪式，它们总让我很不自在，听一个陌生人用外国语言朗诵祈祷文，这事和那个我所熟悉并深爱的女人毫无关系。她想要祈祷文，以及所有那些乱七八糟的东西。但这些和我连一丁点关系都没有。”

我听起来语带愤怒，尽管我本意并不想这样。

“你真的不去吗?”克拉拉眼里噙满泪水。

“不去，亲爱的。我不打算去。很抱歉让你烦心了。”

“这是妈妈想要的。”

“是的。但不是我想要的。而我才是现在还活着的那个。”

我开始在水槽里清洗杯子，发出哐啷哐啷的声音，表明我不想再讨论这件事了。克拉拉振作起来。“行吧。很好。那我就把罗宾交给你了。我们过后来接他。”

我望着她离开，心里知道自己让她很失望，但我就是没办法像她希望的那样行事。埃迪在世时一直是我和女儿们之间的调和者，她会劝她们让我自由行事，不对我有过多要求，尤其是那些可能干涉我做音乐的要求。然而在她离世之后，两个女儿就像“祖母的脚步”游戏①中那样悄悄地向我逼近，尽管这种亲密感时常予我以慰藉，有时也会令我不解，为何长久以来自己总是小心翼翼地与她们保持一定距离；但在有的时候，我还是希望她们能给予我一些隐私空间。一个男人并不总想和自己的女

① 一种传统的儿童游戏，即一个人站着不动，后面几人试图慢慢移动以碰到此人，站着的人会时不时转过头往后看，这时后面的人必须是静止不动的，如果谁动了就要出局。这个游戏在世界各地有不同的名字，不同地方的孩子都会玩。

儿讨论他的婚姻生活。

我满心疲倦，慢吞吞地穿过大厅走向音乐室。我停在门口朝里望着罗宾，感到又有了精神。他正在全神贯注地弹奏舒伯特的一首G大调奏鸣曲。他几乎是闭着眼睛，尽管乐谱摊开放在架子上，他连瞟都没瞟上一眼。他的老师建议他试试能不能默记下乐谱，他说，就好像演员们不会在舞台上或电视节目中拿着剧本走来走去，但都能记住台词一样，音乐家也要和他们一样。只有当你记住了一首曲子时，才可以真正融入它，从内在上理解音乐。

我一边听，一边看着罗宾弹奏。从他的姿势一看便知，他已完全沉浸于音乐中，钢琴成为他身体延伸出来的一部分。他的肩膀轻轻摇晃起伏，如舞者般优雅，指尖在琴键上穿梭流淌。这种沉浸是极度私人性的，于是我感觉自己成了闯入者。一曲终了，他睁开双眼，注意到我后咧嘴笑了。

“我喜欢这首，”他说，“在我指尖下弹出来感觉很好。”

“在我耳朵听起来也很好，”我说，“你进步了。”

“很好。”他像个小猫似的伸了个懒腰。“我打算一直弹钢琴，弹上个……我不知道，十年吧。”

我笑了。十年，对一个五岁孩子来说，差不多已经是永远了。我在自己的桌前坐下，听着他练习。现在已经用不着我来提出批评了。他弹奏时，我什么都不做，仅仅聆听。我不接电话，不喝茶，不读信，也不会打开电脑。我的全部心思都只在罗宾身上。

但那个周日，我发现思绪飘向了埃迪那里。安置墓碑的事让我分心了。我从来没去过这样的场合，都不知道该如何想象。在埃迪去世之前，我从未参加过犹太葬礼。我当然不会料到，平生参加的第一个犹太葬礼就是自己妻子的。埃迪开始去犹太教堂以后，她也没有告诉我。说实话，我其实大多数时候都忘了她是犹太人。当我要填那种官僚主义的勾选表格时，我会不假思索地选择“白人，英国籍”。在我做完白内障手术后不久，有一次我们一起出游，当时我还看不太清楚，于是由埃迪来填表格。我注意到在“种族”那一栏的方框里，她勾了“其他”，然后在边上写了“犹太人”三个字。这或许是我唯一一次注意到她的这一身份。在我眼里她只是埃迪。

我们谁都没多少时间侍奉上帝。不，这么说并不准确——是我自己没多少时间侍奉上帝，却以为埃迪和我想法一致。我第一次知道她去犹太教堂的事，是在她去世前几个月，当时一位拉比来到我们家，按响了门铃。开门后，我看到眼前这个头戴高帽、身着黑袍的男人，以为是什么教派的人物，过来要不就是想劝我入教，要不就是想兜售词典。

我忙不迭说道，“今天不用，谢谢。”然后他平静地说，“我是来这里找埃迪的。埃迪·罗斯。”

我吃了一惊。四十年来，除了在CD封面和致敬音乐会上，埃迪早已不是“埃迪·罗斯”。她是埃迪·福克斯-塔尔伯特夫人。

埃迪从未公开透露她的犹太人身份。然而我们所有的犹太朋友似乎不用她说就自然知道。我还记得三十年前与阿尔伯特和他妻子共进晚餐那次。我们大概是给他们上了香肠豆焖肉。我们结婚后埃迪也吃猪肉了，说实话，我压根没想到给阿尔伯特和马戈特上猪肉可能有失妥当。他们正在考虑要不要回柏林一趟。有人邀请阿尔伯特去那里演奏，他有意应邀前往，但马戈特对于回去的想法感到很是震惊。阿尔伯特转向埃迪，想听听她的意见。

“你会回去吗？你回俄罗斯去过吗？”

她很慢很慢地摇了摇头。“不。我没回去过。我不知道会不会回去。我们离开那里时我还很小。再说，假设……你知道的。假设回到那里还是觉得像家一样呢？那我到时候怎么办呢？”

我望向她，满脸惊愕。我们已经共享了全部的生活，然而她内心的一部分还是向往着某个别处。我当时不以为然，心里默默决定永远都不接受远赴莫斯科做指挥的邀请，并大声说出了自己的疑惑，“你们怎么知道埃迪是犹太人的？难道你们像共济会成员那样有过秘密的握手仪式了？”

他们三人齐刷刷地盯着我看，就好像我喝醉了或是发疯了，抑或两者兼是。

“她当然是犹太人了。”阿尔伯特耸了耸肩，用十足确定的语调说道。我感觉他们都在心里暗自嘲笑我，我成了落单的那个人，这种感觉很不好受。

后来的岁月里，她偶尔会在专访中同意，某篇文章可以提及她的祖籍是俄罗斯，以及她是“犹太人后裔”的事实——这种说法暧昧不明；毕竟，我们大多数人在基因里都多少有点这个或那个种族的成分。然而在她去世后，她的讣告一篇不落地写明了她是犹太人，就好像大家从一开始就知道这点似的——纯属胡扯。我最喜欢《卫报》上的那篇讣告，标题是“英格兰的冬日玫瑰不幸凋零”。埃迪一定也会喜欢这个的。

那位拉比突然出现在家门口让我有点慌乱，但说实话，发现她原来时常去犹太教堂并未让我感到震惊，即使在知道之后，我也一次都没有和她一起去过。我不知道如果她问我的话我会不会去，但她从未开口。我并不乐意见到埃迪回归她的犹太根源。死亡终会将我们分离，我觉得这一分离已经足够痛苦。我讨厌更多的分离。我不想她被埋葬在伯恩茅斯一处脏兮兮的郊区的公墓里，离我们相伴度过一生的居所足有几英里之远。乔治在他的林间墓地里一定安详舒适，我一心期待长眠在他旁边，而且一直以为埃迪也会与我们在一起。我想象中，她一定是安眠于落满雪花的山坡上，或是跋涉于遍长蓝铃花的林间，而不是躺在一个盒子里，周围都是陌生人，不时传来宜家卖场附近环形交叉路口车来车往的喧嚣声。

葬礼之后，我发誓再也不回那个公墓。她或许想要埋在那里，但我不一定要去看她。我更喜欢以自己的方式铭记她。我想不明白，相伴这么多年后，她为什么要在生命的尽头坚持从我身边离开。

“你觉得怎么样，外公？”罗宾问我，这时我才不无惊讶地意识到自己连一个音符也没听进去。

“再弹一遍。”我说。

他很开心地重新回到琴键上，而我则是艰难勉强地把关于埃迪的一切思绪排到了脑海外，如同费力地合上一只塞得过满的行李箱。

那天下午晚些时候，我们一起听 CD。我或许不能再教罗宾弹钢琴，但仍然有资格拓展他的音乐教育。

我们有一套愉悦的欣赏流程。罗宾会在波斯地毯上用靠垫做巢，把自己包围起来，在其中扭来扭去活动着。他总会要求我把厚重的花缎窗帘放下来：他喜欢把音乐室变成音乐厅的样子。然后由我介绍节目单，报出欣赏曲目的名字。我会忽地关灭电灯，示意节目即将开始，这时罗宾会配合地鼓掌欢迎想象中的指挥者，而我则按下“播放”键，开始放第一首曲子。我花钱升级了扬声器，一位在灌制最近几张唱片时合作过的技师来到家里，帮我把整个设备都装好了。如今的音效无与伦比——感觉同坐在音乐厅前排正中央差不多。不知是学我的样子还是因为他和我感受一致，罗宾拒绝在音乐播放过程中享用任何零食或点心。我们会在第一首曲子结束后休息一下，两人会吃起巧克力饼干，我喝杯茶，罗宾来点牛奶，我们边吃边激动难捺地讨论刚才的演奏。

那个周日的演奏会我选择了戴留斯的《孟春初闻杜鹃啼》。我喜欢观察罗宾听音乐的样子。他坐在他的靠垫堆中间，注意力从不会松懈，永远全神贯注，处于警觉和紧绷的状态。他让我想起有一回在山脊路的雪地里遇见的一头野兔，它的两只长耳朵竖起来，一动也不动，身上的每一个分子都凝滞住了，好像在谛听偌大雪地里最为细微的声音。乐曲终了，我们俩都礼貌地鼓起掌来。

“那么，你觉得怎么样？”我重新开起灯，问他。

这是我们的例行对话。我喜欢在告诉罗宾乐曲梗概之前先听听他的想法。他首先需要知道自己的想法和感受。

“瑟瑟发抖。”罗宾说。

他之前连着几周都在感冒，由此知道只要一说这个词，几乎必能引来母亲和姐姐们的同情。

“是吗，为什么？”

罗宾的小脸皱成一团。他不太喜欢非得用言语来表达音乐带给他的感受。

“试着说给我听。然后我就去做奶昔。”

罗宾郑重其事地叹了口气。“就好像我从你家浴缸里出来时那样瑟瑟发抖。”

孙辈洗澡时用的那间浴室暖气片不太好使，所以明智的做法就是以飞快的速度跳进或跳出浴缸，动作麻利地脱下或穿上衣服。

“这音乐让你听起来很冷？”

“我就是这么说的，外公，瑟瑟发抖。”罗宾坐立不安，气呼呼的。音乐结束的那一刻，他那奇迹般的专注力也随之消散。他开始拉扯起靠垫套子上的一根散线。

“我觉得你说得很对。”我试图吸引他注意。“这首曲子听起来的确寒意渗人。它的主题是春天里的第一只杜鹃鸟，那时还是初春时节，天气依然寒冷。但它让我想起新生的绿意。”

我打开书桌抽屉，拿出一张打印纸递给他。

“看。这是今天我们室内音乐会的演出说明书。我觉得你可能会喜欢打印出来的样子，就好像真正的音乐会那样。”

罗宾从我手中拿过那张纸，满怀虔诚地盯着它看，尽管他还读不懂。他抬起头望向我，目光中略带责备。“外公，如果是真正的音乐会，你应该一开始就把节目单给我，我需要掏钱买，而且要把它叠起来，而不是像这样。”

他向我挥舞着那张纸。

“我下次一开始就发给你。那你给我一便士吧。”

“一磅，否则不真实。”

“一磅用于订购全系列音乐会的节目单。”

他看上去将信将疑。

“我给你特别优惠，因为你是一位一流的客人，所有音乐会一场不落地听完，”我解释道，“所有真正的音乐厅都是这么做的。”

他盯了我片刻，蓝色的大眼睛里仍然带着怀疑，然后点了点头算作相信。

我们悠闲地穿过走廊来到厨房做奶昔。厨房的工作台还是老式的绿色福米加塑料贴面，而不是符合现代人品味的花岗石板或大理石板，此外我还保留了老掉牙的炉灶，尽管已经不能用了。我们在橡木餐桌边坐下，桌面经过多年使用已被磨白，我们享用着香蕉奶昔，罗宾用一根弯曲的吸管大声地喝着，很是开心。钢琴多多少少抑制了他的坏脾气。然而，看在上帝的分上，要是某堂钢琴课被取消了，或是他没法在分配给练琴的时间里练琴的话，全家可都得遭殃了。他的盛怒是瓦格纳式的，持续时长和整部《尼伯龙根的指环》[①] 演下来的时间差不多。

他越过杯子顶部望着我，用吸管往奶昔里吹着泡泡。我不想看他整日整日地待在窗帘低垂的音乐室里。男孩子还需要泥土和新鲜空气。我害怕如此提议引来的结果，但我至少不会在这些小事上畏畏缩缩。孩提时代，我的父亲给我们种下了根深蒂固的、对于他所说的“无聊傻蛋”的恐惧。成为这样的人是一种罪，一种令人深恶痛绝的缺陷，以至于很多年来我都深信这是一种致命且具有传染性的疾病，只有靠冲冷水澡、在雨中百无聊赖地行走，以及苦挨过没有炉火相伴的漫漫长夜，方能避免这种疾病。

“罗宾，音乐会结束后我们要出去走一走。我们可以带上渔网，到下面的小河那里去捉蝌蚪。”

“它们是黏乎乎的吗?”

“正是。表面全是那种东西。恶心得要命。”

“那好，我要去。”

“哦，真棒。”我舒了口气，说道。

音乐会的第二部分——马勒的乐曲结束后，我们穿上惠灵顿雨靴，套上雨衣，信步往低处的小河走去。关于马勒我多少有点内疚；他对于罗宾而言未免过于成人，不太适宜——就好像我刚给他看了一部有性爱镜头的电影——但他的老师显然提到过马勒的钢琴四重奏，我手头没有那个唱片，所以最后干脆给他弹了马勒的第五交响曲。他端坐着，一如既往地欣喜若狂，听完之后看起来也没有什么不对劲。

青草光滑，滚动着露珠；花园较有野趣的一角，柳树和黑刺李木下

---

① 德国著名音乐家瓦格纳作曲、编剧的大型歌剧。

面的土地上，点缀着黄色的白屈菜，它们的嫩芽在春日的阳光下舒展；蒲公英和水仙花在风中摇摆，为花园边缘装点几抹亮色；土地散发万物生长的新鲜气息。甚至在我们尚未抵达小河时，我已经听到了在我们脚下汩汩流淌的溪水的声响，它们渗出来潜入土壤。我们行进缓慢，因为罗宾要停下来观察一只浸在淤泥里的小老鼠的尸体，他因此把靴子踩在每个水洼里弄得湿透透的。抵达河岸后，我们在溪水缓慢流淌的转弯处寻找蝌蚪。我带来了果酱罐，罗宾把那像黏痰般滑溜溜的蠕动着的泥浆舀到里面。看着蝌蚪在水中扭来扭去，他脸上露出既满足又厌恶的表情。

“它们是四分音符，”他说道，“但当它们扭动尾巴的时候，就变成了八分音符。”他用脏兮兮的手擦着自己的脸，在上面留下一条条泥土的污痕或天知道是什么的东西。“我要给它们写一首奏鸣曲。小蝌蚪奏鸣曲。”

“这主意真是太棒了。”我说，“那你打算怎样用音乐表达黏乎乎的感觉呢?”

罗宾抓了抓鼻子，思忖着这事。他蹲伏着，沉默了一会儿。“有件事我本来是不该告诉你的，外公。”

“谁说你不该告诉我的?”

“妈妈。”

这让我有点儿左右为难——我挺好奇克拉拉坚持让罗宾隐瞒的会是什么事，但另一方面，我又不想让这可怜的小家伙与母亲陷入不和。

“哦亲爱的。那我想你就不要说了。”

罗宾皱起眉头一脸不悦。“我还是想告诉你，你只要不跟妈妈说就行了。”他抬起头看着我。“你很老了，外公。你应该善于保守秘密。你甚至可能都还没机会泄密就已经死了。”

对此我不太确定该如何作答。“我会尽全力保守秘密。希望不是非得要我的命才行。”

罗宾躲开我的目光。“有人想让我上电视弹钢琴。”

我心生怒气，“什么人？”

“我不知道。就是有人。爸爸认识他们。我不该告诉你的。妈妈说，‘外公不会喜欢的。罗宾·乔治·贝纳特，你千万不要告诉外公，因为他肯定一点点也不喜欢。’”

“太对了。”我说，“看在上帝的分上。他们在想什么啊？真是傻到家了。”

我几乎是大喊出来，罗宾看上去像要哭了。

“哦，亲爱的，对不起。我不是生你的气。”

“你不喜欢电视吗？”

“我不喜欢小孩子上电视。”

“从来都不喜欢？那你受不了小孩子上任何电视节目咯。甚至是那些儿童节目。”

“那是另一码事。我不认为像你这样的神童应该在众人面前演奏。就算你再长大点也不行。”

我们在河畔稍微又流连捕捉了一会儿，但我时不时看表，想早点回家里等待克拉拉。寒意降临，我们踏上归途。罗宾筋疲力尽，走起路来十分吃力，嘟嘟囔囔地让我背他。我一把将他举到肩上，原来自己尚还健壮，这让我受到了鼓舞。这条老狗元气未泯，我在心里默默对自己说道。跋涉回家的路上，我哼起了一首老歌。罗宾实在累坏了，于是我在起居室把他放下来，让他在那里睡会儿觉，给他身上盖了一条马毛毯子——这毯子是他坚持要的，但盖上后他又嫌痒得难受。我给自己倒了杯威士忌，等待着。

我听见砾石道上响起车轮碾过的声音。几分钟后说话声回响在走廊上。露西和克拉拉出现在起居室里。我指了指罗宾，把手指放在嘴唇上。

克拉拉转过身向女儿们招了招手，示意她们安静。凯蒂和安娜贝尔悄悄走进来，小心翼翼地踮着脚尖，在炉火边坐下来。拉尔夫随后也跟了进来，给自己倒了杯上好的威士忌，坐在最靠近炉火的椅子上伸了个懒腰。我身体僵了一下。

“好吧，怎么样？”我轻声问道。

露西耸了耸肩。“简短，悲伤。”

我不知道该怎么接她的话。我知道肯定有专用于这种场合的打趣话，但不知道具体怎么说，所以我什么都没说。两个女人看上去非常时髦。她们身着深色裙装，我在心里想着，我的女儿可真漂亮啊。本来是不应该关注这种事的，但人们总忍不住。

“亲爱的，你们要喝点什么吗？金汤力？还是来杯葡萄酒？”

“要金汤力。”凯蒂坐在炉边地毯上冲我说道，她妹妹咯咯地笑起来。

我打开一瓶葡萄酒，找到些炸土豆片，我们重新在炉边的位置上坐下来。孩子们小口喝着柠檬水。凯蒂满怀兴趣地看着我。

“拉比很奇怪你怎么没去。他以为你身体不舒服。他说我们可以改天等你好点了再举行。”

“我没有不舒服。”我说。

“是呀。”凯蒂同意这点。

她在旁敲侧击地打探原因。我不能理解这些女人怎么能小小年纪就学会了此类技巧。我朝女婿瞥了一眼，他正沉浸于威士忌和我那份《泰晤士报》的填字游戏里（这是另一个为我所不容的习惯——什么人会不先问一下就做起了别人的填字游戏呢?）。我四面都是女人，唯一该和我站在一条战线上的两个男人，一个才五岁，此刻睡得正香，而另一个，也就是拉尔夫，则完全帮不上忙，态度中还带着敌意。我决定这时候只能转换话题。

“罗宾告诉我你想让他上某个电视节目。”

“该死的，克拉拉。我以为你跟他说过要守口如瓶的。”拉尔夫怒道，这下他不再故作沉静了。

克拉拉满怀焦虑地看看丈夫又看看我，不知该如何安抚双方。“我的确跟他说过要守口如瓶的。”她转向我，“当然我们会和你讨论这事的，爸爸，但我觉得今天时机不对。再说什么都还没决定呢。”

“我真希望还没有。”我又一次光火了。

“这是个千载难逢的机会。”拉尔夫说道，他盯着我的眼神中难掩厌恶。“我其实不明白为什么这事要经过全家讨论。”

我朝那边的沙发望去，罗宾仍然四肢张开熟睡着。我第一千次地希望埃迪在场。她能够平息局面，安抚拉尔夫，然后心平气和地劝服他们夫妻俩：让罗宾这么小年纪就上台演出是非常可怕的主意。我努力想象她会怎么说，尽管我肯定没法委婉而有策略地说出这些话。

“你们的母亲就是从小开始唱歌，但她讨厌极了。困扰她终生的舞台恐惧症就是小小年纪被迫上台演出的结果。”

克拉拉身子僵了一下。“她从没跟我提起过。再说也没人强迫罗宾做任何事。他自己喜欢演奏。”

我感觉太阳穴的脉搏突突跳动。“他喜欢弹奏，但不是演奏。”我瞥了一眼正朝着克拉拉翻白眼的拉尔夫。“不，拉尔夫，这两个不是一码事。现阶段罗宾对音乐的热爱是一件非常私人的事。他是为自己弹奏。如果我们恰巧听到了，那算我们赚到。他喜欢取悦我们——说到底我们是他的家人。但他不是为我们而演奏的。他是一个可爱又自私的小家伙，纯粹为了自己高兴而弹奏。在五岁这个年纪，这样是完全正确的。演奏则是另一码事，是对着观众展现自己。演奏需要自觉性，罗宾还不具备这种特性，而且说实话也不应该具备。”

我坐回到沙发上，啜了口威士忌让自己平静一下。我的心狂跳着，像受惊的鸟儿，这是一种非常不舒服的感觉。凯蒂和伊莎贝尔直盯着我，目瞪口呆。我知道很多人都不敢违抗自己的父亲，但我承认在音乐的问题上，我谁都不惧怕。

克拉拉朝妹妹投去求助的目光。露西是家里公认与我理论的最佳人选，仅次于埃迪。露西向来都是调和者。她俩小的时候，她会主动替克拉拉做的坏事顶罪，只是为了结束不愉快的局面。我们当然从来不会相信，这免不了让克拉拉抱怨说，至少在我的眼里，亲爱的露西是绝对不会犯错的。

露西清了清嗓子。“爸爸，你一直跟我们说，想要成为成功的钢琴家是多么困难。那这次对于罗宾不是很好的机会吗？”

拉尔夫趁热打铁。“正是的。我把一盘他的磁带拿给节目制作人听，他们都惊呆了。他们从没请过这个年纪的孩子上节目，眼巴巴盼着有个神童呢。”

我皱了皱眉头，这个说法让我无法忍受。“所谓的神童就是马戏团的动物。引人注目是因为他们是违背自然的怪物。才华横溢却是怪物。他们想让他上电视，就是为了让人们对着他啧啧称奇。”

“哦！看在上帝的分上，福克斯。没必要说得这么戏剧化。”拉尔夫边说边又给自己倒了点上好的纯麦芽威士忌。“这是求之不得的机会。他练习得很辛苦。我们都很辛苦。这些课程和来回奔波都贵得要死。花销噌噌地上去。”

我觉得这么说有点厚颜无耻，毕竟我已经偷偷为罗宾的课程付好钱了。

“还有，福克斯，我知道一直都是你在给课程付钱。这必须停止。我是他的父亲，该由我来给他买单。”

他看我敢不敢反驳，但我举手投降。他说的是实话：为自己的儿子付钱是男人的权利。

克拉拉皱起眉头，望向两个女儿。“你们要不去哪里玩一会儿，或是看个录像什么的?”

她们一齐摇了摇头。看着我们吵得一团糟显然比其他任何娱乐活动都有趣多了。

露西皱了皱眉头，咳嗽一声。“有人问过罗宾他想怎样吗?”

“行行好吧!”我高喊起来，这些时下流行的育儿观念让我很是火大。我从来没在意过小孩子宣称自己想要什么。“他想吃巧克力而不是蔬菜，把鼻屎抹到餐厅桌子下面，还想一天二十三个小时弹钢琴。该由我们来决定什么是最好的选择。”

“不，”拉尔夫说，“由克拉拉和我来决定。”

我哼了一声，愤怒得说不出话来，转而望向罗宾，他还在沙发上打盹。他的眼睑跳动了一下。原来这个小混蛋只是在装睡。我希望这场争论没有让他心烦。另一方面，我害怕接下来还会有更糟的事。

这个电视节目就是那种糟糕透顶的才艺比赛。我以前从没看过，但克拉拉借了我若干盒制作公司寄来的录像带，我老老实实地忍耐着看了一些片段。最开始几盒我大多都是快进跳着看的，在我看来它们就是最低劣的怪物表演。有些参赛者似乎患有某种精神疾病，我觉得应该去看医生，而不是与全国观众分享他们的幻觉。这真是可悲可叹的奇观。人们的娱乐品味总是让我困惑不已。有那么多出类拔萃、才华横溢的人们——音乐家，演员，芭蕾舞演员——他们无不迫切地想把自己的卓越才能展现给我们，然而我们当中许多人却宁愿观看笨如蠢驴和身心受损的人的痛苦挣扎。这就是当代的绞刑。尽管枯燥乏味，并受到法律规约，但仍然是一种绞刑——我们看着他们在空中跳舞然后鼓掌喝彩。

我看不下去了。这些东西让我既愤怒又沮丧，但正如罗宾不断提醒我的那样，我已经很老了。

这是罗宾第一次和伦敦的制片方见面，克拉拉和罗宾希望我一同前往。我压根懒得问拉尔夫是否同样希望如此，因为显而易见他是不希望的。会面定于下午，尽管我们在开始前还有时间，但这一次我破例没有邀请克拉拉和罗宾与我一同在俱乐部吃午饭。我能感觉到克拉拉在等待我的邀请，我自己也感到很抱歉（不管怎么说，我还是非常喜欢和女儿们在一起，带她们出去吃午饭是为人父亲的一大乐事）。但这次我安排了与马库斯和阿尔伯特见面。我发现自己再一次需要他们给我点建议。我们分道扬镳，克拉拉和罗宾去约翰·路易斯[1]买上学穿的新鞋子或别的什么了，我则打车前往蓓尔美尔街到我的俱乐部去。

进城里时我很喜欢扮演老绅士的角色。圣詹姆斯公园边上的人行道上满是与我颇为相似的老年人，放眼望去宛如一片白色的银莲花。他们身着千篇一律的服装——上乘耐穿的花呢外套，从来与时尚无关但也不至于过于落伍。我们这类人总体上算是濒危物种，但蓓尔美尔街上的俱乐部里却处处可见我们的身影。在这里，穿着绅士外套和系领带是准入条件，勃艮第和雪茄多多益善，牛仔服和女人们则被皱眉冷待。

我的俱乐部名叫 RAC[2]。它和所谓的汽车救援服务早已没了关系；现在已成为坚守礼节者或说是老顽固们（取决于你怎么看待）的最后阵营之一。我就是一位老顽固，这地方是我的钟爱场所。环境无比惬意——最近一次磨光翻新之后甚至有点过于惬意了。我喜欢这里磨旧的

① 伦敦一家百货商店。

② 指“Royal Automobile Club”，英国皇家汽车俱乐部。

皮革制品，略显昏暗的吧台，以及那种惘然而优雅的颓废氛围；然而考虑到会员们正以相当的速度相继死去，俱乐部还是得鼓励敌对势力——方才四五十岁的年轻人——加入进来。

一位身着红色制服的服务员在服务台前招呼我。

“福克斯-塔尔伯特先生，马库斯爵士和希尔兹先生已经在吧台等您了。”

我穿过铺着方格砖的地板走向新改造过的吧台，顶上一排枝形吊灯洒下的光把台面照得通亮。

“上午好。”马库斯略带伤感地对我说道，“他们清理了所有小角落，给墙上的裂缝重新裱糊了墙纸。我一点也不喜欢。”

“不喜欢。”我附议道，环视四周。“讨厌极了。感觉就像一个绅士穿上了女人的衣服。”

“好吧，我很喜欢。”阿尔伯特说道。“我觉得新装修的吧台漂亮极了。”

“你一直有点现代主义者的倾向。”马库斯批评道，阿尔伯特大笑起来。

“我不确定喜欢装饰艺术灯和锃亮的黄铜制品是否就让我成了现代主义者。我们点喝的吧？”

这是我喜欢这些老朋友的另外一点。他们从来都是毫不犹豫地在午餐前点酒。克拉拉和露西，甚至拉尔夫都会拒绝午餐前喝酒，他们会说下午还有工作要做，最好还是别沾酒。我一直觉得这个理由站不住脚。倘若实话实说，我的某些最具创造力的作品正是一杯内格罗尼酒、十几个牡蛎和一瓶午餐霞多丽酒所催生的直接结果。

我们各自喝起了酒，闲聊几分钟后，马库斯转向我，“那么，怎么样了？”

我尽可能简明扼要地告诉他们电视节目的事，然而实际上根本没法简明扼要，因为我再度情绪激动、火冒三丈。他们听我说着没有打断，当我放慢语速，伸手去拿酒杯时，阿尔伯特才抬起一边眉毛。

“你说完了吗，福克斯?”他问道。

“是的，我想说完了。这整件事可怕极了。小男孩太遭罪了。”

“正是。”马库斯同意道。

阿尔伯特叹了口气。“不管是否如此，你在这件事上并不是一位音乐家。你是外公。假如你已经表明了态度——以我对你的了解，老兄，你肯定已经多次表明，而且一次比一次说得不客气……”他朝我瞟了一眼，我点了点头。他说得一点没错。在我最近一次表明观点后，克拉拉急匆匆离去，连再见都没说一声。“那么恐怕，”阿尔伯特说，“是时候该闭上你的嘴了。”

“那到时候出了问题就得由我来收拾残局了。”我说着示意再上一杯酒。

阿尔伯特耸了耸肩。“那就这么做呗。你是男孩的外公，不是他父亲。不是由你来做决定。如果你一再多管闲事，非但不能改变什么，还会彻底惹恼克拉拉。”

我转向马库斯。“你一直没说话。”

他皱了皱眉头。“这挺难说的。我和你一样认为男孩还太小，不该上台演出。这个主意很可怕。”

“太好了。至少我还有一个盟友。”我嘟囔着，目光锐利地瞥了阿尔伯特一眼。

马库斯挥了挥手。“哦冷静点，福克斯。阿尔伯特说得一点不错。别惹怒你女儿。这样不会有好结果的。”

我惨兮兮地盯着杯中逐渐融化的冰块。

"你还记得早年我给你的管弦乐提建议那会儿吗?"马库斯问道。

"哎呀，哪能不记得?'太厚重了，大提琴部分太多了。没有哪个钢琴师能弹出这种东西，除非他长了四只手。'"

马库斯一脸得意忘形，这对于一位八十二岁男人而言真是罕见的表情。"啊，是的，但我有说错过吗?"

"没有。"

他看上去更加得意了。活脱脱就像一只柴郡猫。"看吧，阿尔伯特和我在这件事上都是对的。你说了你该说的。现在就闭上嘴巴，站到边上给他加油吧。万一真的出了问题，那你应该庆幸自己随时能够帮忙收拾残局。"

"不要让他们大家都心烦意乱，福克斯。"阿尔伯特说道，这一次语气温和了些。"你看上去好点了。看上去胖了点，也有笑容了。小男孩给你带来了好处。你不想因为对他父母无礼而失去他吧。"

这不是我想听到的建议。我想的是我们三人气势汹汹地冲进制片公司的办公室——就像《豪勇七蛟龙》① 里那几个老当益壮的牛仔——让他们停止整件事情。不幸的是，我的五脏六腑涌起一阵不爽的翻腾感，这不是说明牡蛎带来的快感消散了，就是说明——这个更有可能些——我的两位朋友是正确的。我决定不再向克拉拉和拉尔夫提出反对意见——或者，就像埃迪说的那样，"哪怕就一次，哈利，少说两句②吧。"我真希望她能看到这一刻。哈利·福克斯-塔尔伯特，最终还是少说两句了。

---

① 1960 年的美国西部片。

② 原文为"keep schtum"，这是当代英式英语中的一个短语，意为在容易惹麻烦的状况下保持沉默，"schtum"是意第绪语的发音。

会面地点并非电视台的演播室，而是在苏活区一处拥挤促狭的办公楼里，里面到处粘贴着往届才艺展示获奖选手的海报——至少我以为他们是获奖选手，根据他们名字后面跟着的感叹号数量来看的话。罗宾、克拉拉和我挨着在一张皮沙发上坐下，拉尔夫则在等候室里走来走去，假装翻阅着那里的行业杂志。对面的沙发上坐着一个八九岁的女孩子，她长着一张洋娃娃般的脸，身穿粉色 T 恤，头上系了一条彩色宽条束发带。小女孩和她妈妈坐在一起，两人中间夹了一只巨大的玩具熊，熊的头上也系了一条颜色相衬的束发带。小女孩朝罗宾笑了笑，后者则扮了个鬼脸，然后挖起了鼻屎。我的外孙还不知魅力为何物。

我已然怒火中烧。我觉得不应该让孩子这样巴巴地等着。这只会增加他们的焦虑感。但我随后又开始怀疑他们是否正想这样。想看看他们如何应对压力。罗宾紧紧攥着放在膝上的乐谱。他不需要看谱弹奏，但它的存在是一种慰藉。

接连不断的过分殷勤的助理们炮轰似的给我们端茶送水，她们提供的水种类丰富得令人诧异。“纯净水还是气泡水？冰的还是常温的？”

“茶，谢谢，”我说，“热的。”

克拉拉向我投来担忧的一瞥。我叹了口气。罗宾之前向我保证了他会规规矩矩的，克拉拉反过来也逼迫我做出了相同的承诺。大约二十分钟后我们被叫去与制片人会面，在小女孩和她妈妈之前。

彼此紧挨着的数把椅子摆在一张咖啡桌周围。墙上贴的海报比别的地方还要多，都是前途无量、挥汗如雨的年轻男女，大多数都是正在唱歌，眼睛陶醉地眯起来，粉色的嘴巴张得老大，好像等待虫子落进嘴里的小黄鹂鸟。我们进去时，三个人起身向我们问好，两个女人和一个男人。全都太年轻了——每个人在我看来都年纪轻轻，即使是三人里面最年长的那个男人，也最多三十出头。

“嗨，我叫迈克，”他说道，“这是埃莉和乔卡斯塔。”

两个女人微笑着轻快地挥了挥手，动作一致有如齐头并进的游泳选手。埃莉是一个活力四射的金发女孩，看上去似乎还应该在学校里做她的地理作业，她咧嘴向罗宾亲切一笑。“见到你真是太激动了，罗宾。我们爱死你爸爸寄来的那盒磁带了。你真是才华横溢。”

罗宾一言不发，只是瞪大眼睛盯着她看。之后几分钟我们聊了聊天气。据我多年观察发现，由开场话题便可分辨世界不同地方的会面。在英国，人们谈话总先从天气说起，通常都是哀叹下雨，偶尔也会惊异于阳光初绽，而在洛杉矶，所有会面开头起码有十五分钟是用来抱怨堵车的。在多赛特，所有人见面都会先谈论施肥和某人家里的菜园近况。

另一个女人乔卡斯塔倾身过来，跟埃莉悄悄说了句话，后者点了点头。

“您是外公？”她问我，那感觉就好像外公是我所扮演的角色。

“我是罗宾的外公，是的。”

“那么您是作曲家？”

“我是一个作曲家。”

“那么是您发现罗宾的天赋的？”她再次垂下眼看了看乔卡斯塔的写字板。

“嗯，我发现他对音乐有一种天生的喜好。”

“那么您是一位知名的作曲家，是这样的吗？您在一座乡村别墅里举行过一系列夏日音乐会？”

“唔，是在我自己的房子里。”我说。

埃莉皱了皱眉头，瞟了眼乔卡斯塔膝上的写字板。“哦。这么说实际上您就是，”她的手指在纸页上往下移动，“多赛特的哈德格罗夫府的主人？”

“是的。”

“哦。”她好像一时被难住了，然后又耸了耸肩。“我们想要让观众看到他们自己的世界，所以哈德格罗夫府对我们来说或许有点儿——”她顿住了，在脑中寻找合适的词语——“遥不可及。”

我觉得这有点过头了，因为我可以肯定乔卡斯塔和埃莉都是在切尔滕纳姆女子学院[①]或是类似学校接受教育的。她们身上有那种受过贵族教育的人所特有的光芒。他们三人齐刷刷盯着我看，显然在重新评估我。乔卡斯塔拿出一沓新的笔记。

“是您教他的？那一定是非常棒的体验。”

“我已经不再教他了。恐怕我琴艺有限。他是来我家练琴的。”

三双眼睛急切地转向克拉拉和拉尔夫。“你们没钱给罗宾买一架自己的钢琴？这真是不可思议。”

他们挥笔写下一大堆笔记。

拉尔夫干咳一声。“不，不是那样的。我们买得起。是因为罗宾太沉迷钢琴了，才决定最好家里还是不要买一台。”

“我对巧克力也是一样。”乔卡斯塔朝罗宾笑着说道。“家里不准放巧克力。我就是忍不住。”她咯咯笑起来。

我感到深深的不安。直觉告诉我，这些人要比他们装出来的样子聪明许多，许多。他们精心布置了某个计划，仅仅是我们看不到它，并不表示他们没有处心积虑地往我们身边套上这一计划。

我清了清嗓子。“我可以问一下今天见面的目的是什么吗？”

“当然可以！”埃莉说。“很高兴您问了。谢谢。”

此前还未讲过话的麦克凑过来直接对着罗宾说道。“我们就想像朋友那样聊聊天。我们的研究员告诉过我们关于你们的一点信息，但我们想

---

① 切尔滕纳姆是英格兰西南部城市，切尔滕纳姆女子学院是一所历史悠久的知名私立女校。

听你们自己说说。假如我们大家都满意——尤其是你，罗宾——我们今晚就会让你入住伦敦一家上好的酒店，并请你和你的家人享用一顿上好的晚餐，明天你就向我们展示一下你的钢琴才能。”

克拉拉皱起眉头。“他明天就试音？我以为演奏新曲目的试音起码要几个月以后呢。”

麦克摇了摇头。“公开试音要等到八月份。这次是特殊的预表演。其实都算不上试音。”

埃莉朝麦克无限宽容地微笑着，此时的我们看上去肯定是一头雾水的样子。“我们想找几位真正与众不同的表演者，让公开试音中有一些闪耀夺目的天才童星。我们想看看罗宾是否适合成为其中的一员。”

乔卡斯塔接过话。“所以如果一切顺利的话，罗宾会和我们一起去伯恩茅斯参加公开试音，或者在伦敦——如果你更喜欢在这里的话，但到时候他已经认识所有人了，几乎肯定可以上现场表演。”

“他明天表现得好然后就能上节目?”拉尔夫问道。

“很有可能。但在直播电视界没有什么是完全肯定的。”

“那么明天就是试音前的预试音了?”我问道，试图克制语气中的鄙夷。

“我不会这么叫。”埃莉语调明快地说道。

“是不会，但我这么说也不会错。”我说这话时克拉拉狠狠向我投来一瞥。

我闭上了嘴，但心绪烦乱。事情本来不该是这样的。当我邀请音乐人演奏以看一下他们是否适合加入节目管弦乐团或录制新唱片时，我会清清楚楚地告诉他们这是试音。

“我们其实压根不应该谈论这些事的，”麦克说道，“电视幕后的东西都是无聊透顶的，但我们必须保持神秘，否则就会破坏魔力。”

“如果罗宾决定参加明天的预演奏的话，我们会需要你们所有人在一份保密协议上签字。”埃莉说着往我的方向特别点了下头。

我瞟了克拉拉一眼。“你们让我做什么我就做什么。”

不知为何，这句话反而激怒了克拉拉，她别过头去避开与我目光相接。

乔卡斯塔目光落回她那满是五彩缤纷的霓虹笔记号的写字板上。她语调轻柔，声音中饱含同情。“我明白是罗宾外祖母的去世让你们两个走近了。”

我身体一下僵住了。我不愿意谈论埃迪。

她再度尝试。“我明白埃迪——是叫埃迪，对吗？——是一位歌手？”

克拉拉不安地朝我望了一眼，她显然也对提问的方向感到不悦了。“是的，我母亲名叫埃迪。她的少女名和艺名是埃迪·罗斯。”

三位制片人一个劲点头。“对的。著名的战时歌手，《什罗浦郡的画眉鸟》，棒极了。罗宾有如此才华出众的外祖父母。”埃莉用满怀崇敬的语气说道。

“乐感往往是有家庭遗传的。”我说。“巴赫家族或许是最为人所知的。但此外还有斯特劳斯家族，沃尔夫冈·莫扎特的父亲利奥波德是一位技艺高超的钢琴家，同时也是作曲家。当然还有冯·特拉普家族①。我们不能忘记他们。没有他们，皮短裤远不会像今天这样受欢迎。”

麦克没有笑。“你爸爸很有趣。”他对克拉拉说。

“他才华横溢。”后者干巴巴地说道。“但在我们家，恐怕音乐才能跳过了一代。”

---

① Von Trapp family，二十世纪著名的奥地利歌唱世家，百老汇音乐剧和好莱坞电影《音乐之声》的人物原型，电影中特拉普家族的孩子们常穿一种奥地利花饰的皮短裤。

“不管怎样，外祖父母是非常有说服力的背景故事。真是绝佳的素材。这真的太棒了！”乔卡斯塔说道。

我皱了皱眉。“不是背景故事，这是我的人生。”我说。

“当然了，”乔卡斯塔立刻说道，“我们没有轻视您的意思。”

拉尔夫哼了一声。“哦，别担心那个。从没有谁故意轻视过福克斯。”

克拉拉感觉到一场家庭争吵正在酝酿，埃莉转向了罗宾，后者在整场谈话中一言未发。

“你怎么说呢，我的小可爱？你有什么担心的地方吗？”

罗宾摇了摇头。

“太好了！就应该这样！”

我心里默默叹了口气。这些人在谈话中动不动就用上感叹号。始终保持这种亢奋热情的状态一定很累吧。

“你有任何问题吗，小可爱？”

“有。”罗宾说。这是他第一次开口说话，之前唯一一次张嘴是为了塞进放在桌上的一块纸杯蛋糕。

“是什么呢，小可爱？”

“我什么时候可以弹钢琴呢？”

他们全都放声大笑起来，被他逗得乐不可支。

我没有加入他们。

预算显然没有包括让我也入住酒店，我舒了口气，自己在俱乐部订了个房间。这个下午让我精疲力竭，他们对我的个人事业和我与罗宾的日常活动进行层层拷问。当我向他们描述我们的音乐室音乐会，他们显然非常兴奋，并问他们是否能够过来拍摄我们——如果罗宾如他们所愿上了节目的话。然而，他们带着一种谄媚讨好的推心置腹感向我言明，我们得在罗宾的家里拍摄，因为哈德格罗夫府“有点脱离主流”了。我这一生都在躲避公众目光。埃迪生前鄙视任何意欲窥探我们私人生活的人，我也一直讨厌谈论自己的音乐——我想表达的一切尽在乐曲里了。你要不选择聆听，就能听见，要不就是不听，那就听不见。没有太多值得讨论。想到要有一个摄制组盯着我们看，我感到非常不适。

马库斯出现时，我正在酒吧里反复思忖这些。

“你今晚也待在城里?”他显然很高兴看到我。

我惨兮兮地点了点头，然后跟他讲述了下午的事。

“看在上帝的分上，不要答应任何拍摄!”他说。

“然而是你们叫我顺从一点的，”我说，“我这就是在假装顺从啊。”

“我们说的是不要再和你女儿争吵了。就是这样。”

“哦。”我感觉比刚才还惨了。“明天还得跟罗宾一起去试音，虽然其实根本不是试音。”

“那可一定得来点白兰地啊!”马库斯语气坚定地说道，伸手向侍者示意。

“这主意好极了。”我来了点劲。

我们亲切自在地畅谈了一会儿。在第二轮睡前酒喝完之后，马库斯转向我问道，“你重新开始作曲了吗，老兄?”

我摇了摇头。“不。什么都没有。都在这里呢。”我拍了拍太阳穴。

“慢慢来。”他说。

“说得很好。但我毕竟不像从前那么年轻了。我不能永远等下去。”

我们坐着又聊了一会儿，愉快地谈论着两人都认识的人，过去和现在的管弦乐团，来了又走的指挥者，接着马库斯清了清嗓子。

“我不确定要不要告诉你。但管他呢。我得了癌症。不要慌，这算不上灾难。过完下个生日我就八十三岁了，但医生告诉我这很可能是最后一次生日了。我想要好好地搞个生日聚会。”

“哦上帝，马库斯，我很难过。”

我很难过，说不出的难过，但不仅仅是为他，也是为我自己。马库斯·奥尔布赖特是我最亲近、最要好的朋友。他身上那种幽默与狡黠仍然未有减损。这就是年老之患——活得比自己的好朋友长。

“我不想你死。”喝了过多白兰地的我脱口而出。

“是的。”马库斯同意。“我自己也不太喜欢。我知道随着年纪的增长，一个人应该愈加高贵，顺天应命，但我完全不是这种感觉。我真的非常生气。我才刚刚开始在贝多芬的奏鸣曲上有了点突破，现在可能就没有时间完成了。死亡是我没法拖延的期限。”

“真是天意弄人啊。”我附和。

“敬天意弄人一杯。”马库斯举起酒杯说道。

我们碰了碰杯。

“也敬死亡。”他凄惨地加上一句。“希望他在我睡着时穿着睡衣到来。”

我再次举起酒杯，吞下酒时如鲠在喉。

“我总是想起乔治，”马库斯说，“他直到最后都那么勇敢。我不想做勇敢的人。我希望它一点也不要是注定之事。在走到尽头之前我只想做个胆小鬼。”

我俩一时陷入沉默，彼此都想着乔治在最后一次患病的整个过程中都是怎样的坚毅不屈。

“埃迪把他照顾得很好。”马库斯说。“我真希望她尚在人世，能来照顾照顾我。但转念一想，我还是选年轻时候的埃罗尔·弗林[1]吧。”

我急切地想上楼回自己房间。我感觉自己快要哭了，这种感觉很不

---

① 埃罗尔·弗林（Errol Flynn，1909—1959），出身于澳大利亚的好莱坞男演员。

好受，而且我也不想当着马库斯的面哭出来。这样似乎不大得体。

“什么癌症？”我觉得至少应该问一句。

“你真的想知道吗？知道又有什么意义呢？”

“并不想。但愿你没有遭受痛苦。”

“我没有。还没开始。当我真的遭罪时，我要用上所有的药。所有激动人心的新式药物，在我年纪轻的时候可没这些东西，要不然那个时候吃还有用。”

“绝妙之计。”

我的胸口涌起疼痛感，喉咙哽住了咽不下去。马库斯把手伸过来，抓住了我的手。他的力气大得惊人。他紧紧攥着，用食指抚摸着我的关节。

“我爱你，福克斯。”他说。

我看到了他曾经的模样：二十九岁，皮肤被阳光晒黑，只见他纵身跳下岩石，一个猛子扎进水里，我慌忙对着空荡荡的海面大喊着找他；片刻之后却见他忽地钻出水面，水花四溅，得意地大笑着，被他吓到的我气得冲他直喊。

现在那个害怕的人变成了他。无力的愤怒向我袭来，我俯身亲吻了他。泪水沾湿了他的面颊。他再一次、更加用力地攥住我的手，几乎带来了疼痛，过了许久才放开。

我睡得不好，梦见了马库斯和埃迪。我们从摩尔岛[①]驾一艘小船驶入海面，这完全不对头，因为埃迪从未去过那个岛。我们重返年轻时代，或者说看上去重现年轻的模样，但我还是现在的自己，拥有此后发生的

---

① 苏格兰西海岸外的一处小岛。

一切事情的记忆。那是一个阳光灿烂的午后，我感到无法忍受、不合情理的悲伤。四下寂静无声，唯有海水拍打木船船身的声响。然后他们就都消失不见了，留下我一人在明媚无比的阳光下独自凄凉。

醒来时头痛着，我对自己感到无尽的同情。我试图通过享用一顿丰盛的早餐和俱乐部餐厅里的腌鲱鱼来让自己振作起来。虽然这样未免像个懦夫，但我无法忍受见到马库斯。我匆匆吃完起身离去，希望别撞上他。这是个安静的上午，我在圣詹姆斯公园周围闲逛，向裁缝订购了六件新的牛津衬衫，然后走到哈查兹[①]买了几本书——我觉得该读一点书，但又知道自己并不会读。我还是极难集中注意力，至多坚持看完一则新闻报道。尽管如此，买书这一行为本身还是让我心情好了点，就好像只是拥有它们就给我带来了更多的知识，即使我从未翻开它们的封面。

我在一家无趣的餐厅里孤单地吃了午饭，然后回到俱乐部惬意地打了会儿盹。醒来后我无所事事地打发罗宾那“不算试音的试音”开始前的两个小时，三点钟上了一辆出租车前往电视台。我以前去过那里，那时电视上有时还会放古典音乐演奏，但细想起来让我大吃一惊：我已经有二十年没去过那里了。一切都变了。我几乎认不出那座大楼，一瞬间还以为司机给我带错了地方。大楼里的一切都是白色的，犹如一位高级牙医的手术室，多块电视屏幕一齐炮轰，展示着此刻正在直播的电视节目。我一个也没看过。

我向前台的一个女孩报上姓名，她给我一张塑料的身份通行证，然后领着我穿过如迷宫般的霓虹灯闪耀的曲折走廊，来到了演播室。这里比我在经历了昨天会面后期待的样子要大许多，我惊奇地发现来了五十余名观众，都在一排排后背倾斜的座位周围瞎转悠。技术人员在前面忙

---

① 英国著名老字号书店，王尔德和拜伦都曾是这家书店的常客。

着调试灯光和摄像机。中间摆了一架三角大钢琴，以钢琴为中心围着一圈灯光、摄像机和电线。

我感到强烈的焦虑不安，扫视四周寻找罗宾和克拉拉，但没发现他俩。我注意到一位头戴耳机的女孩，便走过去向她介绍自己。

“你好，我是罗宾·贝纳特的外公。我很想在这个——嗯，管它叫什么——之前见一见他。”我说。

女孩向我微笑，冲耳机的麦克风小声说了什么。

“你是那位神童的外公？”片刻之后她问我。

我皱了皱眉头，然后点了下头。

她再次小声说了什么。那个看不见的声音显然是在给她下指示，因为她随即转向我说道，“你能跟我来吗，亲爱的？你肯定兴奋极了。天呐，真是激动人心。”

我们匆匆经过更多白色的走廊——天知道人们是怎么在这么一个地方摸清方向的——最后我们来到一扇黑色的门前，我被领进了罗宾的更衣室。我摸了摸他的头发，把它们有点弄乱了，又和他握了握手。他在被人亲吻方面向来很介意，只允许他母亲在某些特殊场合下亲他。

“你有要求和昨天那三个火枪手谈谈这是怎么回事吗？”我问克拉拉。

“没有啊？你觉得我该这样？”

挂衣杆上垂着一套儿童尺寸的晚礼服。

“他们让他穿这个。”

罗宾看了看那套衣服又看了看他母亲，脸上是愈见加深的惊惧之色。

“是的。我觉得你应该跟谁谈一谈。”我说，“这有点过分了。”

我还没来得及得知克拉拉是否赞同我，拉尔夫就进来了，手里拿着纸杯装的咖啡和一盒给罗宾的果汁。“我说，这真让人激动啊，对不？”他说这话时带着过多的虚张声势。

“外公?”罗宾叫我。

“怎么了?”我问道，拉过一把椅子坐到他旁边。“你想弹的话可以弹，但要是你改变主意了也完全没事的。”

“我想弹，”罗宾说，“我真的，真的想弹。”

“好了，就这么定了。”拉尔夫说道，他几乎是在搓着双手。

“那里有很多人吗?”罗宾问道。

“是的，”我说。我从来不明白为什么要事先欺骗表演者。要不了多久他们自己就会发现的，无论何时最好都是有两手准备。“我看有五十多位观众，加上工作人员，可能接近一百了。”

他看上去吓坏了。事后想起来，我当时应该扯个小谎——在耀眼的灯光照射下他很可能也看不清人数。

“你不是非弹不可。”克拉拉说。

“我要。我要!”罗宾大喊，他看上去像要哭了。

我注意到他的左眼下面长了一颗很大的麦粒肿，胀鼓鼓的还充着血。他眨了眨眼揉了揉它。

“别这样，亲爱的。我告诉过你不要碰它的。”克拉拉说。

他边点头边又揉了揉那颗麦粒肿，把黄色的药膏都弄到了他的袖子上。我的外孙看起来状态不佳。

克拉拉找到另一个头戴耳机的年轻人，请求和一位制片人谈话。十分钟后麦克出现了。

“你们大伙感觉怎么样?激动吗?”

“痒得不行。”罗宾边说边又揉了揉眼睛。

“我们有几个疑问，”克拉拉说道，“似乎来了相当多人。比我们预料的多。”

“我们希望座位上坐些无业游民。这样可以增加测试的气氛。”麦克说。

“所以现在变成测试了，”我感到很生气，说道，“不是试音而是测试。”

“是试镜。”麦克纠正。“但其实对罗宾来说这是个绝佳的机会，能让他在一个与平时不同的环境下弹奏，但又没有在电视直播上演奏的压力。”他转过身冲罗宾咧嘴一笑，露出过于洁白的牙齿。“你只要记住现场的每个人都是站在你这边的。他们大多都是这儿的员工。他们都想喜欢你，好吗？”

“只有罗宾一个人演奏吗？”我问。他们似乎不大可能光为一个孩子这般大费周章——无论这孩子是多么天赋异禀。

麦克这次犹豫了过长时间。“还有一位盲人歌剧歌手，以及一位吹巴松管的公交车司机。还有凯拉，昨天那个小姑娘。我不知道你们俩有没有聊过？她也是弹钢琴的。”他又语调明快地加上一句。

我感到情况不妙，于是把麦克拉到一边。“我想象不到你的电视节目上会同时容纳两位弹钢琴的小朋友？”

麦克再次露出他那洁白的微笑，没有与我对视。

“任何事都还没定下来。”他边说边瞟了眼手机。“抱歉，我要跑起来了。那边见。你肯定很棒，罗宾。”

我们待在闷热难耐的更衣室里，听着不好使的空调发出的轰鸣声。克拉拉帮罗宾穿上那套晚礼服。袖子太长了，袖口垂落在手腕以下。

“这太糟了。”我说，“它们会妨碍他弹琴的。”

我坐下来与罗宾目光平视。“你能把手伸直给我看一下吗？这外套感觉怎么样？”

他扭动着身子耸了耸肩。

我叹了口气。“这真是荒唐至极。他得试一试钢琴，看看这身讨厌的行头会不会妨碍他弹奏。”

我低头看他。此时他已经成功将黄色的眼药膏抹遍了整件晚礼服。

“罗宾，亲爱的，”我说，“你不一定要按照他们说的做。我觉得你就应该穿着你的牛仔裤和T恤弹奏。这样舒服多了，而且你还要坐在灯光下，肯定热得要命。”

他皱起眉头。“不行。我就得这样穿，外公。真正的钢琴演奏家都是这么穿的。我要是表现好的话，我就能去卡西基音乐厅[①]演奏了。”

克拉拉笑了，而我只觉得疲倦不堪。“好吧，你已经在哈德格罗夫府演奏过了，我觉得就目前而言这就很好了。”

这正是我一直以来所害怕的事情。这一年多以来，罗宾第一次变得焦虑不安、扭捏拘谨。关于演奏大厅所需要的服装和外表的愚蠢想法分散了他的精力，本来在这个年纪，他应该在家里自己弹奏，或是和老师一起享受发现音乐的简单乐趣。与此相反，他被套在那件闪闪亮的晚礼服里坐立不安，左右脚换着跳动个不停，活像一个尿急的马戏团领班。

又一个对着步话机小声说着什么的年轻人出现了。

“嗨呀，罗宾，准备好了？”

罗宾轻轻地、郑重地点了点头。

“现在我要带你的家人到前面去了，但他们会看着你，为你加油鼓劲的。”

克拉拉和拉尔夫拥抱那个直愣愣地站着的小人，后者安静无声地接受他们两人的祝福。

“忘掉所有人，”我说，“谁都不重要。只有你和钢琴，就像在家里一样。完了以后我们就去吃奶昔。”

“好的。”

---

① 罗宾在这里说错了，应该是卡内基音乐厅。

我们走开时，克拉拉几乎要哭了——恐怕这是我唯一一次对女儿同情不起来——然后我们听到那个女人对罗宾说，“你要是能在演奏前跑上去，给主持人一个拥抱就最好了。”

我瞟了克拉拉一眼，怒火中烧地摇了摇头。罗宾真的不是那种见谁就抱的孩子。他很少做出喜爱的表现，只有对着最亲近的家人才会自发做出，或是在弹完一曲贝多芬以后，他也会拥抱钢琴老师。

我们被分到那片后背倾斜座位区域的前排位置。一张评委桌已经摆好，然而席上没有一位电视节目的知名人士。取而代之的是三个替身，他们坐在椅子上，脖子上挂着写有他们所代表的名人姓名的牌子。这整件事都让我感到荒唐可笑。麦克、埃莉和乔卡斯塔蹲在摄像机附近，三人正激烈地交谈着。克拉拉坐在拉尔夫和我中间，焦虑得面色惨白。连拉尔夫看上去都紧张万分，一只脚嗒嗒地踏着地板。

麦克来到前面跟观众说话，告诉我们哪里该拍手。我们坐着，等待着。罗宾上台了，在灯光下边眨眼边揉着他那只发炎的眼睛。他没有拥抱谁，也没有微笑。他看上去很严肃，小脸紧绷。克拉拉之前往他头发上抹了把厚厚的乱七八糟的东西，说是用来抚平他的卷发，但实际上反而让头发看起来油腻腻的，像几天没洗似的。他径直穿过舞台走向钢琴，在皮质琴凳上堆叠起坐垫，然后坐下来。我立马意识到坐垫太滑了。他还没开始弹，就能明显看出他随时都要滑落下来。只见他跳到椅子下面，再次拿起坐垫，重新堆叠起来，观众此时宽容地大笑起来。这笑声是善意的，但罗宾显然因此而惊慌不安。

他在琴键前坐定，调整姿势让自己不再滑下去，然后闭上了眼睛。我知道他正努力将世界隔绝在外，用意念让自己回到哈德格罗夫府安静的音乐室里，想象那望出去就是草坪和灰色湖面的装有竖框的大窗子，以及音乐室里飘荡的雪松木和尘埃的气息。我望着他的肩膀渐渐松软下来。或许他是可以正常发挥的。他把手抬到琴键上，开始弹奏，比以往多了些游移不定，但几小节之后他放松下来，勃拉姆斯的《B小调狂想曲》轻快地在观众席间飘荡开。我感觉到所有人都吸了口气，感觉到他们惊叹于这么小的孩子竟能弹出这样的天籁。要不了一两分钟他们就会把这一惊叹也抛至脑后，只是倾听着，沉醉其中。

但接着罗宾的袖子滑落到了手上，他慌乱地弹了几个和弦后停了下来。观众们低声笑起来。拉尔夫暗自咒骂，克拉拉脸色惨白到让我感觉她要病倒了。场下陷入一片可怕的寂静，而罗宾则坐在那里，笨手笨脚地弄着袖口，尽管他在钢琴上天赋惊人，却怎么也无法让一颗硬邦邦的纽扣就范。这实在是太荒唐了，我看不下去了。

我站起来大步走向舞台。一个身穿黑色T恤的大块头男子挡住我的路。

“让开!”我用作为指挥家的洪亮声音厉声说道。

那人吃了一惊，退到后面。我来到舞台上，站在罗宾身旁。

“嗨，老弟，”我温柔说道，“遇上了点小麻烦?”

罗宾很英勇地忍住不掉泪。“我好想回家。”

“我非常理解。但既然来了，或许我们还是应该弹点什么。”

我知道我们不能就这么一走了之。我不能让他觉得自己第一次上台演出就完全搞砸了。既然我们来到了舞台上，顶上灯光闪耀，面前观众聚集，他就应当感受一回表演的快乐，那种给聆听者施展魔咒的快乐，哪怕只有一分钟也好。

“我来帮你把外套脱掉。”

他乖乖地让我帮他脱掉外套，卷起袖子，这样就不会再妨碍他演奏了。

“现在弹几个音阶试试，看看你现在舒服了没。”

他照我说的做了，然后点了点头。麦克出现在我手肘边。

“一切正常，朋友们？”

“别管我们，”我厉声说道，“我们准备好了就会弹的。”

他走开了，嘴里不出声地嘀咕着什么。

我成功地调高了琴凳，然后找了一块最不易滑的坐垫。

“你会和我在一起吗，外公？”

“当然。”

“你能管踏板吗？”

“没问题。”

他的脚还太短，够不着踏板，所以他有时候喜欢我坐在边上，帮他踩踏板。我挤到他边上，等待着他开始。

他弹得很好——对于他这个年纪的孩子而言好得出奇——但他一般不管给谁弹都弹得很好，没有必要特别加注提及他的稚嫩年纪。他琴艺过人不仅仅是因为技巧高超，还是因为他所传达的感情。我一直都觉得罗宾是深入音乐内部弹奏的。然而在那个下午，在电视台演播室里，他没有做到。他的表演是克制拘谨的，没有放开。面对观众，他既没有感受到与以前一样的情感，也未能在单纯的音符之外传递给聆听者多少东西。观众非常欣赏，狂热鼓掌——但我知道他们只是在为马戏团表演而鼓掌。如果是一只小狗伸出爪子在琴键上叮当敲出了《一闪一闪小星星》，他们也会这样做的——他们看不出罗宾是一位不同凡响的音乐家。我明白问题出在哪里。一直以来罗宾都是独自一人弹奏。在这个折磨人的下午之前，他从未在向他人传达自己的音乐方面有过任何兴趣。他从未体验过面对听众的感觉，最多只有偷听者，他也尚未准备好接纳任何听众。

掌声渐渐低下去，罗宾被领回他的更衣室。我跟了过去，但当他父母过来以后，我就回演播室去了，徘徊在后排的摄像机后面。昨天那个小女孩正等待上台表演。她看上去真是漂亮极了，身着一条粉色荷叶边连衣裙，如同一朵迎风招展的牡丹花，黑色的秀发扎成两个马尾辫。她一手抱着她的泰迪熊——那只熊和她自己是一身同样的打扮。她正如他们指示的那样，冲过去紧紧拥抱了那位替身主持人。

“你们想看我倒着弹钢琴吗?”她面带微笑地问那几个假评委，两边粉扑扑的脸颊中央各绽开一朵完美的酒窝，如同一种巧妙的戏法一般。

“想看，请为我们表演。”坐在桌边的一位评委说道。麦克和乔卡斯塔向她跷起了大拇指。

我注意到他们搬来了一把特别抬高的琴凳——这个孩子不需要用摇摇欲坠的坐垫——她小心翼翼地把后背靠到琴键上，双手绕过来，弹了一首小曲儿。这真是灵巧的小花招。虽然愚蠢，却赢得了观众的满堂喝彩。

“上下倒过来怎么样?”她又问。

观众鼓掌，她躺到琴凳上，伸长手在琴键上敲击。曾几何时我也做过这种事来逗两个哥哥开心，但这只是向其他孩子要一要的小聪明，不是拿来展现给大人看的。然而观众又一次高声喝彩。我感到说不出的疲倦无力。这与我的世界格格不入。

麦克鼓着掌走上前去。“真是太有趣了，凯拉。现在，你能给我们弹点什么吗?”

“非常愿意。”她的脸颊上再度绽开酒窝，如同比利时小圆面包顶上的樱桃。

这是我有兴趣目睹的部分。她小心地在钢琴前坐下，停顿了适当的时间，然后开始演奏肖邦。她的老师选曲恰当。这首曲子很快，展现了她不错的技巧，同时掩盖了她冷冰冰的演奏。一切都是一板一眼地排练好的，整整齐齐、没有个性。在第一乐章快结束时，我对于她个性的认识还和开始时一样。然而她的表演无可挑剔。她在演奏时面带微笑，身体轻摇，刻意营造出一种沉醉其中的假象。一曲终了，她甜甜地和人们聊着天，在行屈膝礼时还把乐谱掉到了地上，这时她轻轻发出一声“乖乖小雏菊”，然后咯咯笑了，这让观众看得很开心。我知道她作为音乐家连罗宾的一半都不及，但她是一位技艺纯熟的表演者。

在她让自己的泰迪熊朝评委桌鞠了一躬时，我确切无疑地知道，制片者是不会选择罗宾上他们的电视节目的。

我的判断准确无误。一小时后麦克现身更衣室通知我们。罗宾大受打击。

“但我比她好，”麦克走后他抽泣着说，“我之前听过她的，我比她好。”

“你是比她好，”我说，“但你并不想上一个愚蠢的电视节目表演。”

“我想上愚蠢的节目表演。我想的，我想的。”

他一边打嗝一边抽抽搭搭地哭泣，克拉拉抚摸着他的后背。拉尔夫坐在角落的梳妆台那里，一言未发。

“你弹得非常棒，罗宾，”我说，“但你不知道如何取悦观众。”

眼泪和鼻涕模糊了他的视线，他呆呆地望着我，浮肿的眼睛流下泪水。

“你能教教我吗？”他问。

“不，我不会。”我说，然后他又哭起来。

“哦，看在上帝的分上，爸爸。”克拉拉说道。考虑到我所忍受的一切，她这样说让我觉得厚颜无耻。

“我们回家吧，吃点冰激凌。”我说。

“我觉得你出色极了。”克拉拉坚持说道，用手揉着他的头发。

我带他们去了克拉里奇。拉尔夫晚上有个饭局，至少他是这么说的。我怀疑他是不想面对我和我的责难。我们在一处环境幽雅的沙龙里入座，周围都是喝着晚午茶的女士。罗宾在吃了第二个巧克力冰激凌之后看起来开心了点，克拉拉在喝下第二杯霞多丽之后也高兴了点。这一切让我精疲力竭，一心只想回多赛特的家里去。克拉拉说着安慰罗宾的话，诸如这毕竟是很好的经历，以及他以后肯定能在卡内基音乐厅表演之类。我真希望她别讲了。我知道这是用心良苦——她想安慰他，但这些事不是她能够保证的。当她声称他肯定能在所有一流音乐厅里演奏，还说有朝一日他终会爱上在观众面前表演时，她表达的只是自己的愿望。我们谁也不知道，我们只是如此希望而已。

我还是一肚子气，心情糟糕。我担心他们从罗宾身上偷走了什么，我需要下番功夫才能帮他恢复过来：即只为取悦自己弹奏，由此所获得的简单而不自觉的快乐。我看着罗宾礼貌地摇了摇头：他不想再要冰激凌，也不想喝汽水了。克拉拉允许他今天晚点上床，多看会儿卡通片，还给他提供了各种各样的丰富好处，但他什么都不想做。我看着自己的外孙，明白他内心受了伤，给再多的冰激凌也无济于事。

“过来。”我说着站起来，向他伸出手。

罗宾握住我的手，跟着我快步走出了沙龙。我引他穿过如远洋游轮般巨大的闪耀辉煌的入口大厅，经过后面站着一排身穿制服的工作人员的接待前台，带他走入餐厅。尚未到六点，里面空无食客。这个光辉照人的房间里有一种空荡荡的、满怀期待的气氛，如同听众尚未到场时的音乐厅。侍者正在检查每张桌子的餐具摆放。餐厅的酒侍朝我们翩翩走来。

“很抱歉，先生。餐厅尚未开放。我能为您预订一个晚点的位置吗？”

“随便什么时候都行。我们可以借用一下钢琴吗？”

他望着我们看了片刻，随即露出微笑。“当然，请便。”

我领着罗宾来到三角钢琴前。只要可以我都尽量不来这里，因为这里有关于埃迪的太多回忆。这是我们的老地方之一，而且它自我们初次在此约会以来也未曾改变许多。这里偌大的餐厅仍然是装饰艺术的典范，令人赏心悦目，每一面墙都镶有镜子，使整个餐厅微光闪动，熠熠生辉。侍者在一张张餐桌间轻快掠过，点起桌上的蜡烛，每一小团火焰在几十面镜子的映照中汇集成烛光之海。

“在琴键前坐下，闭上眼睛。”

罗宾乖乖照做。

“现在，假装你在家里。只有我们两人。”

他睁开眼睛，瞥了瞥身穿黑白制服、轻盈流动的侍者。

“别在意他们。他们对你一丁点兴趣也没有。”

他再度合上双眼。

“让你的思绪自由流淌。让音乐如水一般流淌进你的心里。”

罗宾抬起手放到琴键上——他显然都没有意识到自己在做什么——一分钟后开始弹奏。他如同置身梦境般弹奏着。贝多芬的《热情奏鸣曲》悄然飘临餐厅，整个房间蒙上了如梦似幻的色彩。侍者不再忙活着摆放餐具，而是停下来侧耳倾听，再也做不了其他事情。门开了，我看见克拉拉偷偷溜进来。我注意到还有两位客人在她身后往里张望着，如同飞蛾扑火般被音乐所吸引。

我走过去轻轻说道，“餐厅七点才开。”就这么把他们赶走了。我不想让他们看到是一个孩子在弹钢琴。

我在他们身后坚决地关上大门，然后转向克拉拉。“有朝一日我们会打开门，让他听到掌声的。有朝一日，但还不是现在。”

1948年，2月

我想要去往一个无人知晓我的地方，最好是一醉方休。我忍受不了礼貌性的询问和满怀同情的笑容。我带着失败和屈辱出走，只想不受打扰地舔舐伤口。我最后来到伦敦，成为茫茫人海中的又一张面孔。我一路向东，因为这里较为便宜，眼下我的资产状况已是岌岌可危。这一地带破败不堪，满目疮痍，与我的精神面貌颇为相符。在满地弹坑和四处弥漫的烟灰间没有新的楼房拔地而起。甚至都再没有人理会这些狼藉了。我在砖巷附近找到一家不错的老酒馆，它也是这一片断壁残垣中唯一一座幸存下来的建筑，如同停泊在弹坑之海中一艘孤独的轮船，酒吧老板让我在营业时段弹奏钢琴，收到的小费归我自己。酒吧钢琴不怎么结实，脾气也不好，但我很是喜欢。美国黑人士兵在战时经常光顾这个酒吧。当我发现钢琴里面的每个小锤子都给钉上了图钉时，就知道它以前肯定是用来弹奏爵士的。那些玩爵士的美国佬不知如今安在，我多希望能听到他们的演奏，这种渴望让我久久地忘记了自己的悲伤。

我感到开走车子所带来的奇怪的负罪感。我很小心地没有用“偷走”这个说法。我没有偷，因为再怎么说它也是我的——至少部分属于我。我认定这辆嘎吱直响、年久失修的奥斯丁老爷车有三分之一是属于我的。方向盘和破损的毂盖必须是我的。不管怎么说，他们现在肯定已经重新买了一辆——那场音乐会赚来了一大笔钱。然而内心有个唠叨的声音提醒我：音乐会的收入应该是给乔治用来买奶牛的。

我让思绪缓缓地从乔治身上移开。木讷寡言、品格高尚的乔治默默恋慕着埃迪而毫无怨言。乔治把他的忧伤和渴望耕种在了山坡的犁沟里。哈德格罗夫山东坡上刻着的满是泥泞的田埂和车辙是他内心悲伤的唯一证明。

让乔治和他那沉默的爱见鬼去吧。在这件事上我不需要乔治的陪伴。这让我们彼此都显得荒唐可笑。我也不会同情他。我自己受不了别人的同情，也不会用同情来侮辱他。我藏起一切关于哈德格罗夫府的想念，藏起那郁郁葱葱的绿色山坡，教堂下面倾斜蜿蜒的田野，其风姿如同女人背部的凹线条。然而即便如此，在睡梦中，我还是会漫步在黑夜中的灵穆尔。我听见绵延回响的远古跫音，听见长靴踏在岩石上的声响，以及落叶松树在雨中的窃窃私语。我在雪地里追寻埃迪的足迹，但在行至簌簌作响的林间某处时，我失掉了她，醒过来后，只觉心里空落落的，无依无着。

我的宏伟计划是化伤感为交响曲的灵感，但我太痛苦了，什么也写不出来。我以前一直觉得悲伤对于艺术家是有益的，但现在看来，要不是我作为艺术家不大对头，要不就是我的这种痛苦不大对头。一种乏味的停滞感将我笼罩，如雾一般浓，任什么都无法穿透。除了杜松子酒或威士忌，甚至连啤酒也行——只要豪饮一场就行，这也是我坚持不懈在做的事。钱财散尽，弹钢琴也只有几便士的收入，于是我在酒吧里找了份工作。每周最后一两天，付了酒钱以后就只剩下少得可怜的一点钱，我开始睡在车里。我一方面希望埃迪能看到她把我逼至何种境地，一方面又庆幸她毕竟看不到，如此矛盾的念头纠缠着我。

一周周过去，转眼数月。我还是写不出来，也没有告诉他们我在哪里。一开始是因为屈辱感。整个人都被掏空了，填满内心空洞的全是对埃迪和杰克的愤怒。尽管我的愤怒慢慢不再那么炙热，如同被太阳晒了一天的岩石在日落时分逐渐冷却，然而那种伤痛从未消退。再说，时间已过去太久，现在我已写不出信了。我写过十几封信的开头——至少在脑海中——但想不出该说什么，于是索性什么也不说。我既想知道他们的农场奋斗进行得如何，又因为我从不会听到他们的名字而感到深切的安慰，这两种感觉交替占据着我。

冬日渐远，转眼入春，天气缓和起来，四下呈现一片污浊之景。这里与故乡不同，满目皆是灰沉沉的废墟和布满烟尘的天空。这里没有麻鹬，也没有雪花莲；没有山楂花，也没有番红花。我感受到的只是寒意的退去。某天早上醒来，我发现车窗上没有落霜。我总在第一缕日光照进时醒来，这个时辰现在推迟了。我拖着步子走去酒吧洗澡——老板娘好心地让我使用外面的卫生间，允许我一周洗两次澡，只需付几先令就行。洗完澡后我来到街上散步，吃了个百吉饼当早饭，努力让自己不想起埃迪。她是我忍不住会抓挠的伤口。尽管今天是洗了澡的日子，但我已经开始觉得身上脏兮兮的，沙尘和碎屑般的煤灰沾在皮肤上。

人行道上，小贩们叫卖着商品：旧衣服、破损或是修补过的水壶、不配套的餐具、花椰菜、马铃薯、瓶装牛奶、空瓶子、一小沓活页乐谱、廉价的惊险小说、干鱼、活鱼、死鱼。光着腿的孩子穿行在小贩间，悠悠荡荡地走在上学抑或逃学的路上。母亲们或是推着婴儿车，或是举着购物袋，或是和商贩们讨价还价。我把自己的百吉饼丢给了一个约莫七八岁、饿得双眼凹陷的女孩，她一把夺了过去，紧紧抓住饼，却并没有吃。如果说我来到这里是想着能更好地了解埃迪，离她更近一点，结果是并未能实现。

我适时回到酒吧，正好赶上开门。熟客们已经在门外排起了队。我给他们倒上酒，把我自己那杯藏在了吧台后面。这是老板娘给我定的唯一规矩。我决不能当众喝醉酒，也决不能在吧台放上自己的酒。这时走进来一位女孩。只见她一头金发，在这样一个地方显得过于漂亮了。

“抱歉，小姐，”我说，“恐怕你走错地方了。”

“你也一样。”萨尔用她柔和的得克萨斯口音说道。

我既愤怒又尴尬。她不该出现在这里，这样突然出现让我很生气。

“我能给你来点什么？”我不想跟她吵架。

“青柠杜松子酒。”

我给她倒了一杯。她缓慢地小口喝着，打了个寒战，挑起画得完美无瑕的眉毛。我注意到她的头发又染成了那种花哨的水仙花似的黄色。

“怎么样？”她问道。

我耸了耸肩，假装在吧台后面忙活。

“你过得怎么样？看起来不太好啊。真是个地下酒吧啊。”她优雅地皱了下鼻头，我递给她一支烟。

“来，掩盖一下味道。我猜是埃迪派你过来的。”

我的胸中燃起一种灼热的感觉。自从离开以后我再也没有说出过她的名字。

“恐怕不是，福克斯。”

很久没有人叫过我福克斯了。我在这里就是哈利。

“杰克的一个朋友发现了你。是杰克让我顺道过来看看你的。”

屈辱感油然升起——我又不是一个叛逆的孩子。我心里还有一部分隐隐受伤，因为他没有亲自过来。显然，他对我的关心是有限的。

“我不会回去。”

“没说让你回去。我过来是想带你去听场音乐会。”

她往吧台上放了一张传单。《马太受难曲》，圣马丁教堂①，指挥者：

① 位于伦敦特拉法尔加广场东北角的一处著名教堂。

马库斯·阿尔伯特。

“这下你就能回去给杰克报告了，我猜。”

“有人关心你，就这么可怕吗?”

我感到一阵恶心的头痛袭来，我满心只想她离开。

“我很忙。”

“好吧，那就别忙了。”

“抱歉，萨尔。你过来看看我真是太好了，但我恐怕真的去不了。”

“我六点过来接你。穿件干净的衬衫。”

她最后严厉地瞪了我一眼，滑下吧台椅子，大步走了出去。

晚上六点半，我俩并排坐在开往皮卡迪利大街[①]的公交车上。车厢拥挤不堪，我忙不迭把位子让给了一位母亲和她鼻子发绿的小孩，如此迫切让座是因为这样就用不着和萨尔说话了。一路上摇摇晃晃，在皮卡迪利大街附近跳下车时我感觉糟透了。

“我们找个酒吧吧，”我说，“我想喝一杯。”

“不，”萨尔说，“别再喝了。你可以带我去莱昂斯转角屋[②]提早吃一顿晚饭。”

我发现自己被她推着穿过秣市街[③]走进了那家餐厅，在那里吃了品质可疑的一餐，包括罐装火腿、淡而无味的马铃薯和湿溜溜的蔬菜。我没怎么吃，但看着萨尔把所有东西狼吞虎咽地吃了下去。她瘦得皮包骨头，胃口却像个十几岁的男孩。要是我的情绪没现在这么低落，我就会

① 伦敦一条繁华的街道，以其时髦的商店、俱乐部、旅馆和住宅著称。

② Lyons' Corner House，二十世纪英国著名咖啡连锁店。

③ 伦敦威斯敏斯特附近的一条街。

说她这样真是有种奇特的魅力。

“你认识马库斯·阿尔伯特吗？”她边问边用纸巾擦拭嘴巴，放下手里的餐具，轻轻发出一声伤感的叹息。

“不，不认识。当然我很欣赏他。”

“好吧，你应该认识一下他。我保证你会喜欢他的。我们吃甜点吧。我们可以吃甜点了吗？我爱死英国的布丁了。”

不等我回答她就叫来了女服务员，点了两份葡萄干布丁和蛋奶冻，这是我从学生时代起就深恶痛绝的一种布丁。她解决掉自己那份，又开始吃我的那份。

“我在老家有四个兄弟，”她说，“这样就学会了不说废话一扫而光，要不然就会有人直接从你盘子上把食物舀走。”

即使是萨尔也饱得喝不下咖啡了。我们匆匆赶往特拉法尔加广场①。战时我经常来这里的国家美术馆②聆听午间音乐会。我喜欢听蜜拉·海丝③的钢琴独奏。这是一种很奇特的体验——美术馆里没有画作，音乐取代了消失的画。有一次学校放假时我来到这里，街上一如往常排着长队——军人可以不用排队直接走到最前面，我只得有失颜面地和妇女儿童一起排在队里。我向往有一天自己也能身着军装大步流星走到前面，身后是推着我向前的女士们。那个时候我所求不多，只向往一身绿军装和稍微来点冒险。一想到过去的自己，我就禁不住畏缩，心中一片沮丧。

那里仍然大排长队，但今晚队伍蜿蜒延伸在特拉法尔加广场的另外一边，在圣马丁教堂外面。只见教堂大门两侧飘扬着巨大的横幅，上面

---

① 伦敦市中心的著名广场。

② 伦敦国家美术馆位于特拉法尔加广场的正北方向。

③ 蜜拉·海丝（Myra Hess，1890—1965），英国著名女钢琴家。

写着“马库斯·阿尔伯特”，这让我既心生钦佩，又感到势不可挡、刻骨铭心的嫉妒。他是有史以来与伦敦爱乐乐团合作的最年轻的指挥家，传言说美国人还想请他去指挥纽约交响乐团。我们排到队列最后等待着。四周都是有说有笑的情侣，唯有我们沉默无言。在安静地原地晃动几分钟后，我再也忍不下去了。

“我得找个厕所。把我的票子给我，我待会儿去那儿找你。”

这样有失绅士风度，但萨尔很是干脆地顺从了我，交出一张门票。我快速绕过转角寻找男厕。其实我想偷偷溜进一家酒吧，赶在音乐会开始前喝上半品脱——天知道我其实想喝个一品脱——然而罪恶感战胜了这种想法，在一间特别不卫生的公厕上完后，我便快步赶回教堂。门口的队伍已然消失不见，从敞开的大门里传来交响乐团上台的声音，这种声音总能让我莫名兴奋，满怀期待，效果胜过任何开胃菜。这个晚上第一次，我庆幸萨尔把我拖到了这里。

“您的票，先生。”

我伸手摸口袋，乱找一气却什么也没翻到。我无比懊丧地意识到，票子肯定是滑落到公厕里了，现在很可能正躺在某个小便池旁边的地上。

“实在抱歉。我好像把它丢在哪里了。”

引座员矜持得体地打量着我，微不可察地往后退了退。我凌乱邋遢的外表与我的声音不相符合。身上或许还散发着酒味，衬衫的干净程度也达不到要求。

“很遗憾，先生。那边有个队是卖退票的。现在不太可能还有剩的了，但你可以碰碰运气。”

我朝他指的地方看了一眼，只见那里排着约莫二十个人，每个人都焦躁不安，时不时看着表。他们肯定都看不成这场音乐会了，而我，看样子也没戏了。

我试图推开那人硬挤进去。“拜托了。我真的是有票的。我朋友在里面呢。至少让我跟她说一下发生了什么啊。我不想让她担心。”

引座员态度惊人得坚决。“事实是，先生，这些耍花招的话我都听遍了。我想过个清静的晚上。你就不能行行好，从哪儿来回哪儿去吗?”

权衡之下这似乎确是最好的选择。我走开去，来到广场找了个地方坐下。我完全可以走进酒吧，但不知为何我没有去那里。喷泉水柱四射，这在我记忆中还是第一次见。它们演奏着另一种音乐，让我想起大雨过后奔涌过田间的冬流溪。难以抑制的乡愁向我袭来，它是如此的强烈，如同饥饿带来的腹痛，让我一时难受得弓起了背。

我抽了五支烟，望着周围来来往往的车流。大本钟敲响半点钟声，我想着萨尔会不会在中场休息时出来找我，于是匆匆回去走上阶梯，徘徊在大门附近，那个凶悍的引座员还站在那里，我也看得出他还在监视着我。萨尔没有出来。我大概应该打道回府，但我受不了再次回到那个幽暗肮脏的酒吧，而且我也不想让萨尔觉得我放了她鸽子，于是我只好回到喷泉那里，等待着。

车流安静下来，我听见从音乐会传来的缕缕乐声，但那是穿过水下的音乐，声音扭曲、令人不悦。夕阳沉入泰晤士河，一下子变冷了。天空下起了蒙蒙细雨，星星点点地落在人行道上。我打了个寒战，用手臂抱住身体，暗自咒骂自己的粗心大意。此刻我本可以坐在温暖的教堂里听着美妙的音乐，而不是在这里独自挨冻。我真想披上一件像样的雨衣，心里第无数次满怀惆怅地想象挂在哈德格罗夫府猎枪房吊钩上的那件漂亮雨衣。

最后，音乐会的听众们终于开始鱼贯而出。我穿过马路，逆着人潮方向挤进一群身材高大的女人中间，她们身上有浓烈的玫瑰水、薰衣草和山谷百合的味道——我就这样强行从一面胸脯高耸、草木芳香的人墙中穿过，引来她们生气的咕哝声。我瞥见一头黄发，然后看到萨尔从高坛上走下来，消失在一道边门后。我不顾女士们的不满抱怨，从人海中硬挤了过去。来到那道门前，我发现它锁上了，我只好用拳头猛捶门。一位音乐家走出来，他颈上的蝴蝶结领带松垮地垂下来，只见他一手拿着小提琴，一手举着酒杯。他上上下下地打量着我。

“我猜你是马库斯的朋友？”

“是的，没错。”我几乎没有半刻犹豫地脱口而出，跟着他走入小礼拜堂。

一场宴会在进行中。我注意到萨尔正在和一个男人亲密交谈，我认出那就是马库斯·阿尔伯特本人。他先看到了我，身子一下子绷直，如同一只猫发现了知更鸟。说来荒谬，但我以前从未真正领会他有多年轻。我在所有报纸上读过他不到三十岁就取得的一长串伟大成就，让我甚为艳羡，但我安慰自己说，二十九岁已经差不多人到中年了，我在达到那个年纪之前还有大把大把的时间可以成就一番事业。然而此刻，看着那个正和萨尔窃窃私语的纤瘦大男孩，我才发现他看上去比我大不了多少。我认定自己一点也不喜欢他。他朝我笑了笑，挥手让我过去。真是趾高气扬，我暗自想到。以为自己高高在上呢。

“你喜欢刚才的音乐会吗？”他问道，脸上挂着轻松的笑容，显然对我的回答自信十足。

“不，”我说，“我生性冷淡，不喜欢任何东西。”

他的脸拉了下来，我差一点就后悔那样说了，但其实我挺高兴他竟然在意我的意见。萨尔猛地用手肘戳我。

“别理他，马库斯。他在逗你玩呢。他放了我鸽子，压根连一个音符都没听到。你到底是怎么了？”

我忍住没笑出来。她和矜持寡言的英国姑娘真是迥然不同，总是想什么就说什么，往往还会用略显粗俗的语言说出来。我都忘了自己有多欣赏萨尔了。然而，她看上去是真的生气了，双手叉着腰。

“我太抱歉了，老家伙。肯定是把票子掉在公厕的地上了。那讨厌的引座员又说什么都不肯让我进。”

“你应该报我的名字。”马库斯说道，他还在评估似的盯着我。这种审视让我颇不自在。

“唔，恐怕有点困难。我几秒钟前才认识你呢。”

“是的。但我们会成为亲密挚友的，我可以肯定。”他悄悄伸出一只手环住我的手臂，带着我来到一张搭成吧台的桌子前，吧台上放着酒和一瓶瓶黏乎乎的青柠糖浆。

“我们在这里待上一会儿，然后就去朗廷酒店。我想那里更对你的胃口。”

“哦，拜托就去那里。”萨尔出现在我手边上，说道，“我饿坏了。”

我不可思议地望着萨尔，然后不无遗憾地扫视这个脏兮兮的小礼堂。我远远更喜欢待在这里，和第二提琴手们喝个一醉方休，而不是在豪华酒店里小口啜饮着香槟。

但我随后发现马库斯整个人都有趣极了。原本郁闷消沉的我发现自己竟哈哈大笑起来。这种感觉有点奇怪，不太熟悉。马库斯默默为一切买好了单，既无施恩之意又无显摆之态。我们喝着香槟吃着牡蛎，虽然这天晚上我破天荒地没感到醉意，天知道我有多久没这样了。

时过午夜，马库斯转向我，他的双眼明亮发光。

“这么说你是作曲家？”

消沉感再度袭来。我感觉流光溢彩的朗廷酒吧里所有烛火一点一点地黯淡熄灭。我摇了摇头。

“想成为作曲家。但我现在被困住了，甚至都不确定自己究竟有没有才华，没准我压根犯不着想如何不被困住。”

“《晨间邮报》和《西方公报》似乎觉得你有才华。”

“你读了评论?”

马库斯耸耸肩，咕噜吞下又一只牡蛎。“萨尔给我看的。我想要掌握所有竞争对手的动态。”

我一下振作起来，满心喜悦，但马库斯大笑起来，让我瞬间又跌回原地。“你现在还不算竞争对手，但我喜欢早作准备。”

有两篇关于哈德格罗夫府那场音乐会的简短评论。其实只是因为埃迪，才让评论家们稍微关注了下。两篇文章主要都在讲那场音乐会是何等奇异，对我的那首曲子并没有过多褒扬之词。

“泥地里的管弦乐团。弦乐部分过于复杂。”我竭力模仿标准报纸撰稿人的声音引述其中的话。

“他们对埃迪很客气。”萨尔反驳道。“埃迪·罗斯从未唱得如此好。对于这位年轻女士而言是不同风格的尝试，但仍然让人相当满意。”

“只有歌好了，歌手才能唱好。”马库斯咧嘴露出坦诚自然、无所保留的笑容。这个人还真是很难让人讨厌。

“上面还有你一张不错的照片。”他又加了一句，伸手去拿最后一个牡蛎，却发现萨尔已经先他一步把牡蛎抓到手里。“真可怜，姑娘，我好同情未来那个得砸钱喂饱你的丈夫。”他说着把牡蛎让给了她。

萨尔大笑起来，但我能感到她受伤了。

我们又聊了一会儿，或者说是他们聊我听着。他们没有再提起埃迪，这让我松了口气。爱着你哥哥的妻子，这实在不是什么光彩的事。这是《圣经》里才有的故事，是全然无望而让人不悦的事情。我不知道埃迪有没有告诉萨尔。我希望没有。她向来极度谨慎。就算她告诉了萨尔，萨尔又为什么要告诉马库斯呢?我竟会以为全世界都惦记着我那些小小的伤心事，这真是自欺欺人。

“那么你真的一起过来？”萨尔说道，她的双眼明亮发光。

我之前什么都没听说过。“不好意思，什么？”我问。

“他当然一起去了。”马库斯说道，“全都决定了。我们在这儿待到黎明，然后去搭头一班火车。”

“去哪里的火车？”我有一种火车业已离站开出的错觉。

“苏格兰。”马库斯说。

马库斯在阿德纳莫岑半岛[①]租了个小房子，声称想找个清净的地方专心作曲，学习下个季度的指挥乐谱。然而他还邀请了三教九流的朋友一起过来，因此这里并未有片刻安静。我发现马库斯既没有作曲，也没有学习。

这个地方美得让我猝不及防。房子位于半岛最西端的一角，但感觉如同置身小岛之上。沙是月光般的银白色，海水如玻璃般纯净，阳光照耀下，海面微光闪动，那是一种高饱和度的文艺复兴式的蓝色，鲜明地属于地中海而非英国。海滩沿岸生长着坚硬粗糙的滨草，羊群漫步其间。海边的沙丘绵延数英里，飞舞的沙子如同风中迷雾。低潮时海水退回峡湾口，在岸上留下波光粼粼的浅水滩。接连几日未见人影，唯有我们几人和多不胜数的鸟儿——海鸥、鸻鹬，有时甚至还会遇见身上有大块红色羽毛的海鹰。

在这寂静中，我闷闷不乐地想着自己离开哈德格罗夫是否全是因为杰克和埃迪。我怀疑自己当时急欲离开是有野心在作祟，这让我不禁厌恶起自己。那不堪回首的尝试务农的几个月让我知道了自己有多讨厌农活。留在哈德格罗夫、打理庄园是我应该做的事，是合乎道德的选择，

---

① 苏格兰北部高地的一个半岛，面积约 130 平方公里，以僻静干净著称。

然而我就是没法这样做。我得作曲。然而讽刺的是，如今我灵感枯竭。四周清静无扰，有大把时间供我创作，我却磕磕绊绊，苦思无果。我内心阴郁地思索着这种可能，即我的灵感来源于哈德格罗夫。我就像安泰①那样，全凭土地输送力量，离开了它便愚钝不堪。

我一直以为苏格兰总有下不完的雨，但来到这里的第一周每天都是阳光灿烂。我们的小屋位于海滩边上，是一座表面刷白的石制农舍。涨潮时海水舔舐着花园里的石楠，入夜后如同漂在船上。黑暗中回响着海的声音。这里对我来说过于广阔。海浪的节奏、沙砾的碾磨声将我自己的思想挤出脑海，让它们显得愚蠢而微不足道。不过是七零八碎的平凡琐事。

每一次潮涌都给小屋带来新的客人，也带走之前的客人。几天之后我便无意于了解他们的名字了，他们最多待上一两天，之后那艘画着条纹的小小捕鱼船就会载着他们离开。马库斯、萨尔和我是唯一几个日复一日待在这里的游客。其他人当中弥漫着尽兴狂欢的气氛，那种学生时代到了学期最后一天的感觉，而我却像个剧中的演员，嘴上说着自己的台词，心里知道一切都是令人绝望的伪装。马库斯和他的朋友们一般起得很晚，起来后就信步闲游走向花园，坐在俯瞰海面的小小露台上，身上裹着毯子或是沙滩毛巾抵御略带寒意的阵阵北风。他们聊起天来总是一片喧哗，没完没了：聊音乐，聊性。我一般都很喜欢这种谈话，但就是无法参与其中。当其他人手捧咖啡杯走到外面的露台上去时，我就一人溜到沙滩上，在海岸边缓缓踱步，望着拍岸的不绝浪花。我跟马库斯说自己在创作点东西——这是句谎话，但我的确需要独自静一静。

---

① 希腊神话中的巨人，只要身体不离土地就有无穷力量，后被赫拉克勒斯识破弱点，举到空中将其掐死。

我庆幸这里的空气和家乡的闻起来不一样。这里飘荡着盐的气味，潮水退去时留下一片绿色的黏乎乎的海草与海泥，空气中有腐烂死鱼的恶臭，然而在那下面还有石楠和我叫不出名字的野草的气味。鸟类也与家乡不同。清晨时分的鸟鸣合奏尽是未曾听过的声音，充斥着怪异陌生的曲调。远离了我所熟悉的一切，这让我感到莫大的欣慰。

凛冽的海风让我卸下防备，我贪婪地大口将它吸入，随之感觉内心打开了一番新天地。数月来我心里都是一片空洞，唯有无尽的自我厌弃，但如今咸湿的海风涤荡周身，驱散了埃迪的身影。有那么一刻我感到心如止水，如同协奏曲中两个乐章间的停顿时刻。然而片刻过后不安感再度袭来，但它变换了基调。我必须行动起来，做点什么。我厌倦了漫无目的地游荡，沉浸在伤心绝望和自怜自哀当中。鸟儿鸣唱的陌生曲调让我有了灵感——或许我该搜集几首此地的歌曲。我已经几个月没有搜集任何曲子了。我不禁自问，这一点是否和郁郁寡欢的情绪一样，也是造成我创作阻滞的原因。我不再用我的调色盘调颜料了，却还要抱怨自己连一点好看的颜色都没有。

“你今天早上看起来心情不错。”萨尔说着大步朝我走来，她穿着绿色的宽松长裤，乱蓬蓬的头发如同黄丝带一般在她脑后甩动。

萨尔是唯一一个让我不介意在散步时遇见的人。她知道何时该说话，何时该沉默。

她在离我几码处停下，用脚趾戳着地上的贝壳，然后打着哈欠伸了个懒腰，露出光滑的上腹，阳光照在她细细的腹毛上。我真想伸出手去摸一摸。我不知道她是不是故意在挑逗我。我发现自己很想和她上床，我还从未和女孩子上过床。我对这事儿感到不好意思，整个认知都相当滞后。其他人聊的尽是旅途中的倒霉事——什么怒气冲冲的女房东啦，什么砰地狠狠关上门啦，尽管我很怀疑这些故事有多少真实的成分，但我还是战战兢兢地倾听着，生怕他们会点名让我来说说自己的奇遇。

“我今天要去采集点东西。”我说。

“太棒了。我们快没午餐食物了。螃蟹还是扇贝？”

“歌曲。”

“哦？”

她盯着我望了片刻，用手遮在眼睛上方，遮挡上午耀目的阳光。她光着脚，脚趾间是几乎如雪一般洁白的沙子。我注意到她腰间系了一件海军蓝毛衣，岛上人穿的织法粗犷的那种，据说可以防水。我见过其他人盯着萨尔看，笨拙地尝试与她调情，但她就像赶蛾子似的将他们打发走，似乎从未理会他们对她的兴趣。我对自己的机会也不太看好。与埃迪不同，她长得并不漂亮：嘴巴太大，棕色的双眼又分得太开，但她身上绝对有特别迷人的地方。或许是那股大胆无畏的，属于美国人的自信劲儿。她整个人洋溢着新世界的气息，让人想到各种新鲜的可能性。她身上的衣服总是明艳鲜亮，从来不会暗淡失色。哪怕是土褐色的工装裤和男士的毛衣，穿在萨尔身上也顿时像是表演戏服或是故意摆拍，是出于自愿决定而非落败认输。

“你可以跟我一道，要是愿意的话。”我说，“如果我们找到一位歌手，你可以试着记下歌词。”

“行。”我猜到她会一起来，但我发现自己因此感到很高兴，超乎预料的高兴。

“我们或许该找个当地酒吧碰下运气。不知道马库斯知不知道附近有没有驻唱酒吧。”

我过于乐观了。离我们最近的村庄里密密麻麻的净是村民们那些介于农场小屋和简陋茅舍之间的屋子，这些陋居无不破败失修。战争对这片高地没有留情。男人们背井离乡，年轻一代大多再也不回来了。这个地方只剩下寡妇、老人、孩子和鱼类。当我们去村里的商店扫荡，购买必需品时，这些人看着我们，脸上没有笑容，只有猜疑之色。然而我不得不承认，此刻我心里蠢蠢欲动，并不在意这次出行会不会只是毫无结果的瞎转悠。我很喜欢能和萨尔共度这懒洋洋的初春一天。她瞟了我一眼，咧嘴微笑，露出门牙间的小小缝隙。我发觉这真的很奇怪——这些小瑕疵在一张脸上拼凑起来为什么反而会让一个人拥有致命的吸引力呢。我恍然明白，原来我想和萨尔上床的急切程度远胜于想去搜集苏格兰传统歌谣的心情。

我们回到小屋，发现其他人把家具拖到了沙滩上，在最靠近海的岸边放了一把扶手椅和一张沙发，正慵懒地闲坐其上。这番景象颇为怪异，就好像小小的起居室整个儿被挪了过来，而那张挂在小屋墙上的粗劣海景油画则被海滩本身所取代。我甚至以为会看到那张粗糙不平的小地毯，看到他们在旁边的茶几摆上油灯。我不觉得女房东会很喜欢他们这样做，但马库斯看起来毫不在意这些事。他坐在那里，两只脚挂在椅子的扶手上垂下来晃荡着，身上裹着晨衣，嘴里哼唱着什么。

“嗬，干吗呢?”他叫住我们。

“福克斯要带我去搜集歌曲。”萨尔说道。

“我是认真的。”我尽量不让声音里流露出得意的语调。

“哦，是吗?”

我和他们一起坐到沙滩起居室上。“你知道这附近有驻唱酒吧吗？或者找谁能告诉我有没有会唱歌的人?”

马库斯皱起眉头。“你可以问问帕提克太太。”见我一脸茫然看着他，他又说，“就是那个给我们做饭，帮我们打扫乱成一团的房间的那个好心老女人。她大概十点钟过来。”

“现在都快十二点了。”我说。

马库斯狂笑起来。“天哪，懒着什么事不做都能累死人。”

但他已经站起来四处活动了。他是闲不住的好动之人，就像个节拍器似的。遇上他静止不动的时候，那也不过是音符之间的暂时间歇。这会儿只见他手里紧抓着一沓手稿纸，慢步跑入海浪之中，身上还穿着晨衣、睡裤和拖鞋。转眼他整个人就湿透了，但他并没在意。然后他大喊一声，把手里的稿纸抛向空中，那些活页纸飘飘洒洒地落到海面上，那样子好似白肚朝上的一群死鱼。

“你在干什么?”我朝他喊道，急忙跑过去，尽管我还是脱下鞋袜后才冲进了哗啦啦的海浪里。

马库斯点起一支沾湿的烟，忧郁地望着在他周围上下浮沉的残骸和废弃物。“我昨晚一整夜都在作曲。全是胡写。我告诉自己不管怎样都得坚持下去。要是到了今早我仍然认定写的全是垃圾，那我就把它们都给烧了。”他满怀悲哀地朝我苦笑。“我觉得我还是应该一把火烧了。我们现在正缺能点着火的东西，而且这么做也没我开始以为的那么有戏剧效果。”

有几叠湿透的稿纸粘在了我们腿上，有些被冲刷到沙岸上。其他人都在哈哈大笑，这的确有点像个玩笑——他们回家后定能以此为谈资：马库斯·阿尔伯特干了件多傻的事。马库斯把抽了一半的香烟丢进大海，又踏着哗啦啦的海浪重回沙滩。在快活嬉笑的表面之下，他其实怒火中烧，愤怒于自己在创作上的无能。他伸出手抓住我的胳膊。

“我能跟你们一起去吗?我需要换个环境。”

我一时很为难。这家伙看上去苦恼受挫，但我又期盼和萨尔共度美妙的一天，正想着要怎样合情合理地把搜集歌曲和下水游泳结合起来。说起来庸俗不堪，但我真的很想看萨尔只穿胸罩短裤的样子。马库斯觉察到了我的犹豫。

“我不会碍你事的，老兄。她是个美女但绝对不是我的菜。不过我觉得你可能是她的菜。”

我一下子感激得不知该说什么，就好像萨尔可能对我有的一切柔情全是马库斯的功劳。我热情地握了握他的手。

“好啊，你当然一定要来。很高兴你跟我们一道。”

想到能把其他人抛在后面，任他们寻欢作乐，我感到很是轻松。他们是各色各样的音乐家，这些年来都和马库斯一起表演，这群人快活聒噪，常年四处巡演的生活已经让他们失去了对于家乡的所有概念与渴望。只要有乐器和一杯冷饮，他们就心满意足了，或者说看起来如此。尽管他们都是得体之人，但我还是喜欢和萨尔，甚至马库斯单独在一起。当我们穿过沙丘走在蜿蜒曲折的小路上时，彼此间是令人惬意的沉默，我能感受到他们也觉得很轻松。

我转向萨尔。

“你想念得克萨斯吗?”

“想念。但只要我一回到那里，我又一心只想待在其他随便什么地方。”

我们走进小屋去找帕提克太太，但她已经走了。我们打开食品柜，发现一张网罩下放着为晚饭准备的两块水煮三文鱼和一份沙拉。

“该死。”马库斯说道，“或许我们可以走去村子里，敲几户人家的门。但愿好运。”

“今天是周日。我们可以在礼拜结束后拦截他们，”我说，“我以前也用这法子找到过人。我们其实应该去参加礼拜，听听有没有谁像是会唱歌的。”

“那可是教堂啊。”马库斯搓着双手说道。

我们又原路返回，穿过沙丘。但三人的衣着其实并不适合去教堂。

萨尔坚持把她的宽松工装裤换成了一条绿色的棉布连衣裙，我忍不住注意到，裙角诱人地贴在了她光溜溜的腿上。马库斯和我穿上羊毛外套和没烫过的衬衫，热得直冒汗。我试图用领带挡住衬衫最皱的地方，但看看做着同样努力的马库斯，我不得不承认这纯属徒劳。

教堂是一座白泥墙的低矮建筑，上面是朴实无华的灰色屋顶。它孤独地蹲伏在金雀花丛间，显得肃穆而清高。早上的薄雾散去，气温升高，这是温暖晴朗的一天，然而蔚蓝的天空下只见教堂大门紧锁。显然我们来迟了，他们已经开始做礼拜了。

“我们回去吧。我们可以明天问问帕提克太太。”我说道，准备提议改去游泳。

“才不要。”马库斯说着抓起我们的手，把我俩往教堂方向推。

“我们该等到他们出来为止。”我说。

“我们不能在礼拜做到一半的时候走进去。”萨尔试图挣脱马库斯，但他大笑起来，不屈不挠地催着我们往前走，就像一位对付叛逆孩子的父亲。

“别这么扫兴嘛。我现在一心想感受上帝，最好再来一首歌。”

他不顾我俩的抗议，砰的一声推开了教堂大门。马库斯对于戏剧性的场面有种偏爱，不管是在皇家阿尔伯特大厅里演奏贝多芬，还是周日上午在阿德纳莫岑上演这一出。

四十张隐于四十顶深色帽子下的苍白面孔齐刷刷地转过来望着我们，他们一个个张大嘴巴，满怀期待。牧师气得说不出话来。他正高高地站在布道台上，双臂张开形成宽广的怀抱，显然我们打断了一个重大时刻。教友们看上去表情复杂，他们既感到震惊又深怀兴趣。一个扎着马尾辫的小女孩被她妈妈硬扭过头去，后者发出责怪的嘘声命令她正视前方。萨尔是懂分寸的，她羞赧难当，只好红着脸朝女士们先生们微笑，众人惊诧地转过头去。马库斯则悠闲淡定地走上中间的过道，悄悄溜到后排长椅上坐下来。

“别管我们。请继续，大好人。”他兴高采烈地向牧师招了招手。

牧师是个小个子男人，头发是一卷卷灵云般的银丝，他目不转睛、一脸震惊地盯着我们，就好像撒旦本人信步踏入了他的教堂，手里挽着巴比伦的娼妇，叮叮当当地摇着鸡尾酒调酒器。他显然思路中断了。我在马库斯边上坐下，后者气定神闲，满怀期待地微笑着。牧师用深切厌恶的眼神瞪着我们，然后回过神来，拍了拍讲坛两侧，重新开始布道，开足马力酝酿黏痰、迸射唾沫。

“忏悔吧，罪人们，否则你们会葬身火海。火海。火——海！”他高声呼喊，那卷舌的“R”① 伴随着过耳不忘、冲击人心的洪钟般的低音滚滚而来。

结束二十分钟关于罪恶、地狱之火和滔天怒火的长篇大论之后，他停了下来，精疲力竭，上气不接下气。银发汗津津地贴在他的两颊上，他的脸色如同刚才他以摄人心魄的详细程度加以描述的地狱火坑一般炽烈火红。教友们纷纷点头低声赞同。然而对于显然觉得刚才这番讲演趣味无穷的马库斯来说，这种反应可还不够。

“听啊，听啊！”他从后排站起来喊道，大声鼓起掌来。“真是太棒了。”

“我真的很喜欢来点激情，”他悄悄对萨尔和我说道，但音量却一点不低，“我特别喜欢关于鸡奸的那段。振奋人心。”

萨尔发出嘘声让他安静。“没人会在布道结束后鼓掌。”

“你是美国人，这儿的情况可不一样。”马库斯说。

---

① 前句“葬身火海”的原文为“burn”，含有“r”音。

“不。在英国他们也是不鼓掌的。”萨尔肯定地说道，试图让他安静下来。

这一切尽管挺好玩的，但我深深怀疑弄成这样是否还会有人愿意为我们唱歌。礼拜结束了。没有音乐，也没有任何形式的歌唱。我们加入人群，跟着他们鱼贯而出，走入外面明媚的阳光中。天气无比美好，暖意融融，晴空无云。一只肥乎乎的海鸥在战争纪念碑顶上晒着太阳，那传说中的地狱之火似乎远不可及。

“礼拜做得太棒了！”马库斯紧紧握住牧师的手说道。

牧师挤出一个鬼脸，咕哝着说了句不情愿的“谢谢”，一边努力抽出手来。教民们好奇地围聚过来。

“我们正在寻找歌手和音乐家，”马库斯满面笑容地朝人群说道，“我们想听一听苏格兰的旧歌谣。”

牧师颤抖了一下，闭上眼睛。“今天是上帝之日。”他说道。

“是呀，太好了。”马库斯说，他的笑容坚定。

“我们不在上帝之日做音乐。这是祈祷的日子。属于祈祷和悔悟。”

“哦，我是深刻悔悟的。”马库斯说，“但我们必须找点音乐，是不是啊，福克斯？”

我点点头。我永远是站在音乐这边的，不管争辩什么，不管结果如何。“恐怕确实如此。”

牧师忍无可忍。他转向他的教众，正义的怒火熊熊燃烧。“不许唱无礼的歌。不许唱满是欲望的罪恶之曲。不许给——”他在搜索一个足够贬损的词语——“这些英国绅士唱歌。”

教友们纷纷摇头——他们做梦都不会想要这样做，绝对不会。萨尔抓住马库斯的手，温柔地拉着他离开。我跟了上去，发现自己觉得又好笑又来气。我们曲曲折折地走回小屋。

“我不敢说你有望成为集歌者，老兄。”我说，“这一行的秘诀是哄骗他们唱出来。”

“该死的。诅咒这群人。”马库斯说道，我这才发现他气得直冒火。我几乎都能看到这股怒火在他皮肤上突突跳动，如同海湾水面上跃动的强光。“我们今晚就在这该死的沙滩上搞音乐。”他宣布。

他停下步伐，转过来面向萨尔和我，在午后的烈日下眯起眼睛。

“你们是基督徒吗？”

我耸了耸肩，摇了摇头。“不好意思。我是不可知论的异教徒。”我说，其实并非真的如此，只是因为我曾经听人这么说过，我很喜欢这个说法的发音。于我而言，宗教意味着在冰冷的教堂里听着无趣的念叨，肚子咕咕叫着等待周日的午餐。我就这样把上帝与冗长陈词，以及对约克郡布丁的期待联系在了一起。

“我是基督徒。”萨尔说。

“我也是，”马库斯说，“但我绝对不允许任何冥顽不化的长老派破牧师来告诉我上帝不喜欢音乐，那样就让我下地狱吧。上帝在音乐之中。连野蛮人都知道这点。”

我们来到小屋的花园，那帮人还在沙滩家具上懒洋洋地躺坐着。

“排练，维瓦尔第的《荣耀经》。二十分钟。”马库斯厉声宣布。

众宾客愣了一下，望着他看，然后他们领会到他已经由随和的主人变成了指挥者，便纷纷站起来往小屋走回去，让他们自己也从无所事事的日光浴者摇身变成了音乐家，尽管是颇不情愿的音乐家。萨尔和我没有乐器，所以我不确定在这场面里该做什么。我正开始盘算或许这是我俩悄悄开溜去游泳的好时机，这时马库斯转向我们，他冷静下来，脸上不带笑容。

“你来唱最高音部。”他对萨尔说道。“你嘛，”他看着我说，“唱男高音。”

我叹了口气，默默接受任命，虽然我自知高音绝非我能尝试的声部，但拒绝显然是没有用的。

马库斯从他卧室的一个旅行箱里变出一沓乐谱。我现在知道为什么他所有衣服都是皱巴巴、脏兮兮的了。他只带了寥寥几件衬衫；行李的剩余部分全被音乐所占据——不仅仅是乐谱，还有管弦乐团里每件乐器的备用部件。除了马库斯，我和萨尔之外，还有十二个人待在这小屋，其中有五位小提琴手，一位中提琴手，一位单簧管手，一位双簧管手和一位大提琴手，马库斯抱怨少了长笛手和一位低音提琴手。

“而且也没有羽管键琴手，真是糟透了。”

我们没人敢指出这有多可笑。我想象着一架绑在倾斜的捕鱼船上的羽管键琴，忍不住想笑。马库斯拿起指挥棒的一瞬，整个人就变得庄重而富有力量。他立马主导了局面，我们本能地遵从他，就好像他手里拿的是一把手枪而不是一根木条。这首曲子其实需要一个完整的合唱团，而不是单独一位女高音以及一位水平有限的男高音，但我也没在这一点上质疑他。

他塞给萨尔一张乐谱。“来，快去练习。帮帮福克斯，几小时之后回来，和管弦乐团一起排练。我们练《全能上帝》和《端坐于圣父右侧》①。”

萨尔带着我走开，我跟在她后面，心里惴惴不安，我一切美妙兴奋的想法都被踩灭了。我因为马库斯把这差事硬塞给我而生他的气，也因为我没法向他指出我根本唱不了这种声部而生自己的气。哪怕提前给我一个月的时间来准备，我还是唱不了。

① 这两首都是《荣耀经》中的乐曲。

萨尔觉察到我心情低落，轻轻地握住了我的手。

“不要担心。别理他凶巴巴的样子。只是为了好玩。”

“对你来说或许如此。你们其他人都是专业音乐家。而我——”

说到这里我陷入迷惘。我也不知道我到底算什么。我是一个只创作了一首未完成的交响曲的作曲家。我们来到沙滩的远端。断断续续的维瓦尔第乐曲的片段飘过来萦绕着我们。

“我不想让自己这样出丑。”我最后说道。

“你不会出丑的。”她笑着说道，“我们先走一走吧。当你紧张的时候，想学什么东西都是徒劳的。”

让马库斯和他那可笑的游戏见鬼去吧，我在心里想道。“别想散步了。我们来游泳吧。”

她扬起一边眉毛。“那会很冷的。”

我耸了耸肩。“好吧，如果你是胆小……”

她大笑起来，用大得惊人的力气朝我胳膊上捶了一记。

我迫不及待地脱下衣服，这样萨尔就来不及反悔了。我脱得只剩下短裤，然后快步跑向海水边缘，转过身以毫不掩饰的兴趣打望着她。她被我直盯得羞红了脸，可我没有移开目光。她很瘦，但身材结实，着实可爱，犹如年轻榛树的纤细枝干。我能看到她皮肤下棱角分明的臀骨，但当她害羞地背过身去时，我忍不住注意到她的臀部浑圆漂亮。她一路冲向大海，哗啦啦地跑进水里，腹部朝下俯冲入海浪中，飞溅起巨大的浪花，然后发出惊人的一声尖叫。

“冻死了！”

“是吗？这毕竟是北海嘛。”我得意扬扬地待在安全的浅水区对她说道，尽管我的双脚也开始慢慢变麻。

她涉水走过来，环腰拖住我，我一下失去了平衡，她的手臂很有力，拽着我直往海浪深处走。我咳嗽着，剧烈的寒冷把我呛住了，几乎喘不过气来。我感觉浑身沉入寒冰之中，皮肤火烫火烫的。好不容易浮到水面上时，我发现萨尔正踩着浅水冲我大笑。

“跟你说了冷得要命。”

“真是见鬼的冷得要命。”我从打战的牙齿间说出这话。

她的一头金发颜色变深了，顺滑地贴在头皮上，让她一时像是剃了个平头。她看上去像个漂亮得不行的塌鼻子小男孩。我朝她游过去，拉近她，笨手笨脚地试图亲吻她。在这件事上我完全是摸不着北。我们的牙齿碰撞在一起，咯咯直响。她气喘吁吁地将我推开，但我把她抓得更紧了，再度试图亲吻她。有那么一两秒钟，她顺从地躺着让我吻她，我用舌头不熟练地探进她嘴里。但她随即弯下身挣脱了我，然后在几英尺之外又突然冒出水面，远远打量着我。

“你不太行，”她愉快地说道，“说实话，我还以为你会更好点的。”

对此我不知如何作答。我感觉糟透了，于是转身向岸边游回去。

“别走！”萨尔冲我喊道。

我没理她，自顾自爬出水面，浑身打战。阳光没有强烈到足以温暖我，我只好徒劳地搓着自己的手臂。她不过是开个玩笑罢了，我告诉自己。一个讨厌的小玩笑——杰克向来喜欢这种损人的戏弄法子。想到哥哥，我的屈辱感更深了。从不会有哪个女孩批评杰克在恋爱方面的本领，我敢肯定。

“哦，别不高兴。”萨尔说道，“你只是需要稍加练习。”

“行吧，除非你打算配合我。”我没好气地回答。

“哦，行啊。我想可以。”她把头侧向一边，褐色眼睛眨也不眨地看着我。

我顿了顿，她的话鼓动着我，但我仍然感觉自尊受辱。

“对不起，”萨尔说，“我只是很惊讶。你看起来像交往过很多姑娘。”

“真的吗？”

我的虚荣心得到了一点满足，于是放软态度，转身向她走回去。她站在阴影里瑟瑟发抖，显然是冻坏了。沙子粘到她腿上，还黏在头发上，只见她的头发一团团像羽毛似的扎在脸的周围。这让她看上去有点可笑，我也就稍微觉得自己没那么差劲了点。我往后走向她，把自己的毛衣裹在她肩上，将她拉进怀里，笨拙地想要给她温暖。

“真的，你看上去就好像交往过几十个姑娘。”她语气有些冷淡。

“没准还好几百个呢。”我说。

“来。”她说着拉我来到湿湿的沙地上，让我在她身边躺下来。

我冷极了，想穿上衣服暖和一下的想法胜过了想再次吻她的冲动，但我知道这样像个懦夫。她的手贴上我的脖颈后面，凉凉的，湿湿的，把我拉向她。我由着萨尔亲吻我，有那么一瞬，我忍不住想她不知亲吻过多少男人，才能有如此纯熟的技巧，但随即我的大脑就空空如也了。

整个下午她都在阻止我想和她做爱的企图，她一次次温柔却坚定地推开我，轻声说着“等会儿”。这既是一句承诺也是无言的责备。我对于“等会儿”的时间含义也没有概念。等会儿是今晚？明年？还是永远无期？但她的确帮我减轻了对于待会儿要唱维瓦尔第乐曲的男高音的担忧。我一心想着劝服萨尔把“等会儿”改成“马上”或“就现在”，于是维瓦尔第沦为了碍事的存在。我从未对音乐产生过这般感受。一般情况下都是各种生活琐碎碍了音乐的事。

萨尔坐在沙地上，穿着她那件厚厚的渔夫毛衣和白色短裤，除此之外一丝不挂。她的胸罩随意挂在滨草丛上晾干。她越过维瓦尔第的乐谱故作矜持地偷偷看我，尝试换一条路线来引导我。我知道她在那件讨厌的毛衣下面什么都没穿，于是怎么也没法专心听她教我该在哪里呼吸。

“你没救了。”她被我激怒了。

“恐怕是的。”我说着抓住她再度亲吻，一边悄悄把手伸进她毛衣下面，抚摸她小小的冰冷的乳房。令我高兴的是她没有立刻移开我的手，而是由着我一通乱摸，技巧不足而激情有余。

“但在其他事情上算个不错的学徒。”她脸红着说道，一把将我推开，动作中带着坚决。

“才就不错?”

“大有前途。”

“该死的，那就更糟了。”我再一次向她扑去，但她躲闪逃开，在我俩中间摆上了那讨厌的乐谱。

“好了，福克斯。练广板吧。”

“哦上帝。”我向后倒到沙滩上，闭起眼睛。我的那个都已经擎天竖立了。我在心里咒骂马库斯。

我把那该死的曲子从头到尾唱了一遍来安抚她。唱得相当蹩脚，但我毕竟不是唱歌剧的。

“我想也就只能这样了吧。”她不太满意地说道。

“我也觉得只能这样了。”我说，“我跟你说了，我不是真的歌手。还有，话说回来，你怎么会知道这么多合唱技巧呢?我还以为你只唱流行曲子呢。”

“终有一天你会不再对流行乐抱如此糟糕的偏见。”

我耸了耸肩。我真的看不出为什么要转变看法，况且这里其他的音乐家——尤其是马库斯——每个人都和我一样固执己见。萨尔抚摸着我的掌纹，感觉痒得要命，但让她停下来似乎又有点无礼。

“我受的训练是要将我培养成歌剧歌手的，”她说，“但我实在没那个资质。我的胸腔太小了，没法发出那种悠长回荡的声音。”

我发觉她正在向我吐露某种巨大的遗憾，但我却忍不住盯着她小小的胸脯。她注意到我的目光，狠狠打了我一记。

“我的胸腔，你个讨厌鬼。”她说着又打了我一记。

“歌剧界的损失。”我说。

我朝她瞥去，只见她金黄色的秀发在阳光下慢慢变干，细长的美腿轻抚过沙地。如饼干屑一般的点点雀斑开始在她鼻头上浮现。她看上去迷人极了，我印象中她从未如此漂亮。

“我恐怕实在没法把你想象成瓦格纳的女武神①。”

“是啊。”她平静地赞同。虽然我只是在跟她开玩笑，但却触到了她真正的痛处。她看上去茫然若失，愣愣地望着灰色卷云在天边慢慢聚集起来。潮水涌起，贪婪地大口吞噬沙滩，海水像小狗似的舔舐着我们的脚趾。

“我真希望你也能为我写首曲子什么的，就像你给埃迪写的那样。”

阳光下，她的名字在我们之间翩然飞过，如一只蝴蝶。

“我现在不怎么写了。”我最后说道，声音欢快却不真实，好像出自陌生人之口。“我们要不回去找他们吧？看看他们练得怎么样了？”

萨尔盯着我望了片刻，慢慢开始穿上衣服。

我们拖来掉落的橡树枝条，在沙滩上点了篝火。树木间空气清凉湿润，阳光透过树叶洒下来，斑驳幽绿的光影在我们脸上绘出痕迹，就连树根都被地衣包裹得严严实实。在故乡，树林的地面就是五彩的调色盘，铺满褐色黄色相间的枯落叶，而这里就连地上也覆盖着毛茸茸的深绿色

① 指瓦格纳创作的三幕歌剧《女武神的骑行》。

苔藓，它们长得如此浓密，以致我们在树木间穿行时感觉脚步好似轻盈跃起。白蜡树的新生树叶的罗纹，像水蛇那柔软腹部上的纹理。事实上我几乎感觉自己漫步于海底世界，我猜或许真的可以这么说——尽管是远在一亿年前的海底世界。

想到这些，一阵乡愁涌上心头。悠游于哈德格罗夫山的少年时代，我们总在雨后飞奔出去，从白垩里翻寻在雨水冲刷下被掘出的菊石。这些圆乎乎的硬家伙长得颇像板球，上面镶嵌着早已死去的海洋生物的尸体，它们仿佛来自遥远时代的信使，那时我们的山还埋藏于幽深的海洋之下。

“来，福克斯，给我搭把手!”马库斯喊道，让我跑过去帮他搬一根大树枝，我很乐意有点事做。我一定不能再想着故乡。

我们沿着林地拖着那根大树枝，累得直哼哼，好容易走出林子时终于舒了口气。空气凉了下来，但天光仍然明亮，晚霞的光芒在几个小时里都不会散去。这里纬度很高，白日漫长无尽，比起雾霾蔽日的伦敦，这里的白天简直长了一倍。霞光点燃俯瞰沙滩的石山之巅，照亮海面上遥远的小岛。

我们在沙滩上的柴火堆已经有几英尺高了。我放下了自己那头的树枝。

“加油，福克斯，别松气。”马库斯有点不满。

“不是松气。就把它放这儿吧。我们开始要把火点小一些，慢慢点。火生得太大太快，是不能好好烧起来的。”

马库斯低声笑了。“我差点忘了你是个乡村小伙。”

我笑了，很高兴听他这么说。“来，谁有火柴?”

萨尔递给我一支，我蹲下来点着了火，顷刻间便熊熊燃烧起来。萨尔换了条裙子，那件渔夫毛衣低低地系在束腰带上，但还是光着双脚。

她悄悄走到我身后，轻轻伸出纤细的手臂环住我的腰。我能感觉到其他人都在偷偷看着我俩，他们的说话声一下子重了起来，以此假装没有注意我们。我想象着别人的嫉妒之情，不禁浮起自得之意。我们就那样站着，环抱彼此，望着火焰先是窜上枯叶和苔藓，接着点着了树木，木头随即燃烧起来，发出如饥似渴的噼啪声。我朝里面扔进一块浮木，很快就冒起了蓝色的火焰。天还是亮的，但白日的热度已然散尽，夕阳低垂在海平面上，仿佛迟迟不愿离去。

“过来。”马库斯打着响指说道。

萨尔和我只好不情愿地分开了，跟着到大伙儿那儿去，他们已经把沙发和椅子拖到篝火边上了。我注意到那几个木管乐手像小猎犬似的，率先抢占了最靠近篝火的位置。他们看上去懒懒散散，都快睡着了。大提琴手姿势别扭地坐在沙发边角上，大提琴尖的那头陷进了沙子里，看着像只高跟鞋。他大声咒骂，喋喋不休地向马库斯抱怨说湿气糟蹋了大提琴的木结构。

马库斯没有理睬。他在离篝火最远的地方用潮湿的沙子给自己堆了一个指挥台。小提琴手围聚在他脚边，用近乎崇拜的眼神抬头凝视着他。我们来这儿的几周里，他头发长长了，散乱而未梳理，在火焰光芒的映照下，这头乱发闪动着狂野的红光，让他看上去又像摩西，又像一株着火的灌木。我一方面忍不住想笑——在沙滩上东拼西凑地摆起维瓦尔第的演奏会实在是荒唐好笑——然而另一方面我发现自己不由自主地沉浸其中，马库斯的严肃劲儿把我给迷住了。他就站在那临时搭建的指挥台上，闭着双眼，指挥棒放在身边，朝大海鞠了一躬，就好像茫茫海面是隐而不现的巨大观众席。他朝萨尔和我示意。她拉起我的手，带我走向乐团边上两把直背的硬椅子。潮水开始退去，留下一湾宽宽的光滑的浅沙，那是一片纯洁无瑕的白色，在逐渐暗淡的余晖中泛动着微光。我感到暮色四合，正处于日与夜的交汇时刻。

马库斯举起指挥棒，管弦乐团开始演奏维瓦尔 A 小调协奏曲的第一乐章。令我惊奇的是，他们俨然是一支真正的管弦乐团，而非一群三教九流的乐者拼凑起来的组合；他们都是一个整体的组成部分，是一艘船上的划桨手，由马库斯这位舵手驾轻就熟地指引着穿过海面。我曾经在哈德格罗夫府的留声机上听过一百次这首曲子，也曾有一两回在音乐会上听过远比这支乌合乐队更宏大辉煌的管弦乐团演奏它，但我知道自己永远不可能再听到这样的演绎。风在耳边掠过滨草，海浪一遍遍地冲刷沙地。萨尔捏紧我的手指，我感到一股热血与温暖涌向心间。音乐带来与爱情相近的感受。

轮到萨尔唱歌了。双簧管手站起来高声奏起《荣耀经》的《全能上帝》，其声凄婉有如灰雁哀鸣。这如泣如诉的声音飘过水面，马库斯朝萨尔点了点头，她随即放声呼应，那小小的甜美的声音时而盖过时而低于双簧管的乐音。在这两个声音之下，管弦乐小心翼翼地时起时伏。萨尔的声音如小女孩般秀气，缺乏力量，然而马库斯却迫使她表现出了一种我从未听过的深度与哀伤。她永远都不会面对真正的观众，或是在音乐大厅里演唱这段独唱，这种难过和失落的情绪丝丝渗入旋律里，为旋律注入了感伤的情怀。萨尔唱出了她未能成为伟大歌者的失望，而这恰恰使她达到了超越自身的高度。

接着轮到我了。不可思议的是，就连我，也在马库斯的诱导下献出了尚过得去的演唱。我决定信任他，倾身向后倒进音乐中，然后发现他抓住了我，领着我一路向前，娴熟而笃定。我听着自己的歌声倾泻而出，汇入逐渐降临的夜色之中。马库斯真是个魔法师。短短一个晚上他就把底气不足的小小鸟转变成了真正的歌手。我很想听听他在指挥一整个交响乐团时能发挥出多大的魔力。我暗自咒骂自己把票子掉在了公厕地上。

全曲终了，乐音徐徐凋零，我们都坐在那儿，谛听突如其来的岑寂。浪花拍打着海岸。燃烧着篝火的潮湿木柴噼里啪啦，嘶嘶作响。

我们本能地等待并未响起的掌声，但还是从深沉而富有节奏的海浪声中听到了回应。天暗下来了，时辰已晚。月色朦胧，微光浮动，在黑暗的水面上投下一湾清辉。我望着马库斯，即便在夜色中也能看到他浑身都被汗水浸透了，就像他刚才拼力全速跑了很多很多英里。

“我们游泳吧！”他喊道，声音响亮而令人晕眩。

“才不呢，”我对萨尔说，“冻得要死。”

“别跟他们说。”她咯咯笑着轻轻对我说。

她握住我的手，带着我离开人群，沿着沙滩穿过沙丘，往橡树林方向走回去。我们在海滩与树林的交界处踌躇不前。夜里的树林漆黑一片，我们体内埋藏的某种原始的、本能的直觉让我们停住了，隐隐不安。这是我黄昏时分在灵穆尔顶上感受到的那种奇异的战栗，那种阴影降临的感觉，仿佛回响起远古的跫音，最后还有某种更加难以言说也更加古老的东西从黑暗中望着我们。我迈出了第一步，拖着身后的萨尔穿过树林入口。突然她疼得大叫起来。

“哦，我的脚。”

我往下瞧。原来她仍然没穿鞋子。遍地柔软的苔藓中间隐藏着树根、石块和松针。我扶起她，然后又是喘气又是大笑着把她背了起来，走入密林。她比我想象的要重，她的手环住我的脖子，我能闻到她皮肤上那股混合着沙子和石楠的味道。我感觉到自己占了上风。这一天中我头一次觉得自己不再无能。这会儿我已经出汗了，但还是背着她走入林子的更深处。这里的树木不再那么密密麻麻，山毛榉和苔藓让位给蓝铃草和野蒜花。夜里它们的芳香尤为浓烈，气味之盛几乎让我觉得能在喉间品尝到。脚踩下去碾压花枝，于是花朵释放出更多香气，一时间如烟似雾般浓密。野蒜白色的花朵星星点点地撒在林间的地上。

这个地方的香气让我心思恍惚。这正是春日哈德格罗夫的矮树林里最突出的气味——然而这里蓝铃花的香气是和其他某种东西混合在一起的，那是来自大海的泥和盐。我听到树枝如老骨头般咔嚓折断，远方传来海浪的冲刷声。我把萨尔放下来，她试着自己走路但又犹豫不决，粗粝的地面扎疼了她的脚，只好一动不动地站在那里。我笑了，凑近亲吻她。

“过来坐下。”我在亲吻间隙说道，想拉她在我身边坐下来。

她心神慌乱，踌躇不定。

“过来。”

她任由自己被拉下来躺到我身边。我们俩都一片凌乱。我的衬衫脏得不行，还丢了一粒纽扣。我的手悄悄滑上她的大腿，探入她的裙子下面。她颤抖了一下，我希望是出于期待。蒜花的气味浓烈得令人恶心，几乎压倒一切。地面湿乎乎的。我随手赶走匆匆爬过脸颊的某个长了很多条腿的生物。这一次萨尔由着我掀起她的套头短上衣，我的手指笨拙而急不可耐地摸索着，终于找到了她的乳头，它们已经像小珠子一样硬了。我想要她，但同时心里充斥着一种深切的庆幸：我将不再是处男了。我想起了埃迪，但思念转瞬即逝，且只是习惯所致。我曾经一千次想过和埃迪做这事，但这种想法只是书上的一幅画，是静止不动的，而此刻指间萨尔的乳房是柔软而温暖的。下起了雨，但我们没有停下。

马库斯让其他人都回家去了。只有萨尔、他自己和我留在这里度过余夏。我们真是自在的三人组。萨尔做饭、唱歌，夜里和我睡觉。有时候下午马库斯出去散步的时候我们也睡觉——我们怀疑他正是为了让我们有独处的时间。音乐与性。甚至在身处这些日子之中的时候，我就知道它们是一去不返的宁静时光。

帕提克太太幸灾乐祸地告诉我们，这里的人已经给我们贴上了“通奸者”的标签，每个礼拜日都会为我们的灵魂祈祷——究竟是祈祷我们重返正道，还是永受惩戒，她就不肯透露了。打扫完后她和我们一起在花园里闲坐了一会儿，抽着她的烟，还用古苏格兰语唱起了下流小曲——这可把我高兴坏了。我连一半都听不懂，但从她咯咯低笑、挤眉弄眼的样子就能猜到，它们都是些淫歌艳曲。一天晚上，她突然变出一瓶三十年的麦卡伦①，于是我们就坐到外面的石楠丛里，喝着酒听她唱歌。她靠近我，如同讲有色笑话那样倾吐她的歌，她的气息好似奶油酥饼一般。

自从出走后我再也没有得到过哈德格罗夫的消息，我不敢奢望乔治和杰克成功延缓了她的死刑。我还是没法提笔写信，也不会让萨尔代我询问。每周我都会浏览马库斯带来的《泰晤士报》和《电讯报》，它们都是晚了整整两个礼拜的，上面尽是过时的报道。上面偶尔会提到哪座古宅又被夷为平地了，好像患病的树被砍倒在地。我胆战心惊地读着，但要不哈德格罗夫府尚还安在，要不就是它还没宏伟到值得一提。失去她对于我们而言可能是沉重的打击，但放在全国来看就微不足道了。这并不会宣告一个伟大朝代的终结，仅仅是一个家族的终结罢了。在我心中，我正在谱写的乐曲具有了双重意义，既是挽歌——哈德格罗夫府的灭亡看起来是迟早的事情——也是致歉。我不应该这样一走了之。如此逃离显得很幼稚，而接下来的销声匿迹又是懦弱的表现。

一天早上有船过来，除了报纸以及给马库斯和萨尔的信件以外，还有一个寄给我的包裹。我觉得很奇怪，因为没人知道我在这儿。早餐桌上，当我们三人都在从牙齿里剔腌鱼刺的时候，我忍不住拆开了包裹。

① 苏格兰威士忌品牌。

里面是模仿康斯特布尔的一幅画，画的是哈德格罗夫的墓冢。我凝视着那氤氲朦胧的色彩，闻了闻画布，感受到了熟悉的味道。我晃了晃包裹，但没有任何关于寄件人的信息。我猜肯定是埃迪或乔治寄的。我真希望是埃迪，尽管这个想法让我羞愧。我转向萨尔，她正满怀好奇地盯着那幅画看。

“画得不是很好，对不？”她问。

“的确，”我附议道，“但我还是很喜欢。”我剔出又一根鱼刺。“你告诉过谁我在这儿吗？”

萨尔耸了耸肩，目光瞟向别处。“只告诉了埃迪。”

“你还问了她我们房子的情况吗？”

“没有。我只跟她透露了你在哪里。我不想让他们大家都担着心。你本来就该自己告诉他们的。别因为这个生我的气。”

我笑了，握住她的手。“我没有。”我发现这是真话。肯定是埃迪寄来这幅画的。整个上午我都神思恍惚地闲荡着，心中溢满了欢喜。

我把那幅仿康斯特布尔的画作立在自己的临时书桌上，透过画上的哈德格罗夫墓冢望着窗外的风景。我窃取了帕提克太太一首歌的旋律用来作曲，这是我数月来第一次写出东西来。我不知道是因为哈德格罗夫的风景近在眼前，还是帕提克太太的曲调引发的灵感，抑或是时不时与萨尔做爱带来的释放感，反正我终于从消沉阻滞的状态中解放了出来。

马库斯在研究他的乐谱，我则在作曲，一边把写好的乐稿递给他，好让他发表没完没了的批评意见。他毫不留情，没几句好话，我还抗议他过于残酷。我们冲着彼此大吼。他连嘲带讽，对着我大笑，说要是我这么懂的话那就走人算了，回哈德格罗夫府去。然而我没有走。我知道他是在把我打磨成更好的作曲家，而且我其实明白，必须要把这首曲子写完了才能走。我不能空手回去，即使乔治和杰克都会对我的作曲无动于衷。他们更希望我带回去一辆拖拉机，或五十英镑，或一头奶牛——而不是一首毫无用处的乐曲。但我还是得完成它。我努力不去想埃迪对此会是何种看法。我努力完全不去想她。

“不。”马库斯边喝着咖啡，边把烟灰弹到我那已经被画满叉叉的手稿上。“你会弹钢琴的吧？”

“会一点。”我说。

“好吧，那你要不就是最厉害的艺术鉴赏大师，要不就是白痴。我还真不知道有谁会弹这个的。你知道吗？”

“我知道的钢琴家不太多。都不是特别有名的。”我有点受伤地回答。

“好吧，反正我知道的里面是没人能弹这破玩意的。”马库斯说，“阿尔伯特·希尔兹或许可以。但即便是他也弹得够呛。”

他说到兴头上，把手稿都要揉烂了，我好容易才抑制住想把它们夺回来的冲动。

他皱起眉头，再次仔细看着手稿。

“两套钢琴的话或许能弹。你能理出两个部分吗？不过要保证是复调，否则就什么都不是了。”

接连几天我苦思冥想，然后把自己还算满意的成果拿给马库斯看，然而后者哼了一声，不以为然。

“不。完全不行。你对于乐器听得不够清楚。你善于听旋律，这显而易见。但你不明白每种乐器能做什么，以及不能做什么。你应该在它们的能力范围内作曲。只有这样你才能把一种乐器的长处尽可能地发挥出来。你就好像一部电影的摄影指导，你的任务就是让葛丽泰·嘉宝[1]看上去倾城倾国。”

---

① 葛丽泰·嘉宝（Greta Garbo，1905—1990），瑞典籍好莱坞著名女演员。

他从小渔船上买来一台留声机，于是我们就每晚坐在那里，一遍又一遍地听着唱片，听不同的管弦乐团和多不胜数的指挥者演奏同一乐曲，马库斯细细指出它们之间的微妙差别。经过痛苦的学习过程，我终于慢慢学会了如何更好地聆听乐器，以及如何在作曲时拥有一双慧耳。

马库斯允许我和他一起研究乐谱。他接受了伯恩茅斯交响乐团的指挥邀请。说老实话，我很纳闷他为什么选这个而放弃了纽约爱乐乐团。

“啊，”马库斯说，“你读了《泰晤士报》上的那篇文章？上面说我没接受纽约爱乐乐团的邀请来着？”

“是的，就是那篇。”

马库斯低声笑道，“‘我没接受’是因为他们压根儿没邀请我过。”

“这不可能。我肯定自己读了好几遍的——”

“有很多传言，其中大多数的始作俑者正是我本人。”马库斯欢快地说道，“如果我不断地毛遂自荐，他们就会意识到我是个多么不错的人选。但在那之前，我打算和伯恩茅斯乐团好好合作。他们真的非常出色。我可以让他们变得更棒。”

我不假思索地附和他。我相当肯定他能做到这点。

“对了，我有个主意。要不我让你当我的助理？我没法给你高额报酬，但对你而言会有帮助。”他说这话的语气很随意，但他不肯直视我眼睛的样子让我不禁怀疑他是不是练习了好一阵子才开口的。

“伯恩茅斯离家稍微近了点。”我有点不情愿。

我现在还不能见他们。直到完成这首曲子为止。杰克、乔治或是将军都极不可能出现在音乐会上。然而，埃迪有可能来听。

“第一年我们大多数时间都会在巡演，”马库斯说道，“多见识见识对你有好处。在这个过程中，你可以学会如何正确地编写管弦乐谱。不再是你现在所迷恋的那种模糊不明、粘连不清的声音。”

我对他怒目而视。这是马库斯的典型做派，一手送上礼物，一手不忘侮辱。他冲我粲然一笑，显然对此无动于衷。

“那萨尔怎么办?”我问这个并不因为真心有愧，而是觉得不问不行。

他耸了耸肩。“哦，把她带上呗。我们肯定能在哪里给她找个住处的。”

他目光锐利地望向我，然后又小心翼翼地转而凝视窗外，盯着一群灰雁在沙丘上方盘旋，雁鸣声动人极了。

“你爱她吗，老兄?”

“我猜是的。”我说。

2002 年，8 月

学校放假了，大家都松了口气。克拉拉和拉尔夫不用再忙得晕头转向，又要接送凯蒂和安娜贝尔上下学，又要送罗宾去伦敦上钢琴课。罗宾是唯一一个没有因为放假而感到兴奋的人。他的课在八月期间减少到了每两周一次，他觉得这真是太过分了。为了安抚他，我们允许他可以随时来哈德格罗夫府弹钢琴。于是这个夏天的大部分时间我们都待在一起，成了不太寻常的老少玩伴。

他似乎没什么朋友，这点让我有点担心。尽管我巴不得如此，但一个七十几岁的人终归不是六岁孩子的玩伴。少年时代，尽管我大部分时间里都在追寻音乐，思忖着如何悄悄开溜，在那架老破钢琴上弹上一曲，或是偷偷打开广播听音乐会，然而我的这些小癖好一般都会受到遏制。于是我的夏天就在偷苹果、把哥哥们推到湖里，以及自己反过来被推到湖里中度过，尤其是某个暑假，我们还曾在黄昏时分看马戏团的大象在斯陶尔河①里洗澡。现在回过头来看，我得说这样被迫到室外玩耍，聆听布谷鸟和云雀，以及在暮色中寻找獾，都让那些年少时光变得五光十色，我非常想让罗宾也有一样的经历。尽管大象或许有点难以实现，但我下定决心让他体验一个属于男孩子的、野性淘气的夏天。

当罗宾弹完他的舒曼奏鸣曲，心满意足地合上双眼时，我决定试

---

① 英格兰东部河流，发源于剑桥郡东部。

一试。

“詹姆斯和保罗明天要过来在湖边野餐。我们打算钓鱼，保罗的爸爸还会带我们在湖上划船。要是钓到鱼的话，我们就点起篝火烤鱼来吃。”我说。

“要是什么也没钓到呢?”

“那我们就来抽签决定把谁给烤了吃。”

“不能吃人的。”

“当然可以吃了。这个月的维特罗斯杂志①上还介绍了一个大蒜炖小孩的做法呢。”

罗宾听了大笑起来，我就当他是接受了邀请。

第二天早上，我们穿过哈德格罗夫府一度修剪整饬的花园，穿过草坪和花园围墙，围墙上开满了天竺葵，晃动着脑袋的硕大绣球花，脸蛋红扑扑的罂粟花，还有荨麻和野旋花。我担心自己对于保持花园常态的兴趣在埃迪走后起落不定。我们来到花园里较为芜杂的部分，割过草的小路往下倾斜延至湖边。毛茛、蒲公英和酢浆草在长得高高的、久未修剪的草坪上迎风颤动，空气中充斥着蟋蟀的节奏乐和一只画眉的悦耳鸣啭。

我们静静地走着，好一阵子没说话，罗宾转过来问我，“你以前每个夏天都会邀请音乐家们过来，是吗?”

“是的，我们会的。很多年一直这样做。”

“那你现在为什么不请了？我真想那样。比划船什么的好多了。”

“你还没试过划船呢，所以你还不知道它会给你怎样的感觉，罗宾。”我提醒他，但这话连我自己听来都有点一本正经。“再说你外婆走后我对

---

① 指《维特罗斯美食月刊》。

这种节日有点吃不消。”

“为什么？是因为以前所有做饭或别的什么事都是她包办的吗？”

“差不多吧。”

我无法向他解释，埃迪在这一切中处于何等中心的地位。她很多年都没在音乐节上献唱了，但她所散发出的温暖总能让所有人感觉无比自在。她知道如何让紧张不安的初出茅庐者放松情绪，又如何安抚傲慢的、自我中心的乐界大腕，他们可不习惯与人共用浴室，或住在满是潮气的卧室里。所有人都说尽管哈德格罗夫音乐节或许算不上最时髦，也不是最顶尖的——我们毕竟不是格林德布恩[①]——但我们却是最有个性的音乐节。这种个性是独属于埃迪的。随和亲切的待客之道，自家现烤的司康饼、配茶面包以及我们的佳酿苹果酒所具有的魅力，弥补了老式抽水马桶和建在走廊上的共用厕所带来的不便。是埃迪一直以来关注着方方面面的小缺陷，以及其他成百上千个细节。没有了她，即使我们摆好司康饼，端上苹果酒，那种个性已经不复存在。我无法忍受举办音乐节，却在无意中听到别人悄声议论说没有了埃迪，这里已今非昔比。当然不可能像从前那样了。一切都不可能一样了。

这时保罗·本特利和他父亲乔恩过来了，我庆幸他们打断了刚才的谈话。他们以多赛特人的惯常方式嘟囔地说了早安，罗宾和保罗警惕似的看着对方。

“你喜欢车子吗？”最后保罗率先开口，从口袋里掏出一辆蓝色的小警车。“它有个遥控器，我可以想让它怎么开就怎么开。”

“我不喜欢车子，”罗宾弓着肩说道，“我喜欢钢琴。”

---

① 格林德布恩是英格兰南部布莱顿附近的一座乡间庄园，每年夏天这里会举行著名的歌剧节，是全球歌剧季的重头戏。

两个孩子再次陷入沉默，互相盯着对方傻看，目光里满是困惑和懊悔。我努力按捺住一声叹息。大人习惯于将年龄相仿的孩子硬凑到一块，理所当然地认为他们肯定玩得来，这种做法在我看来极不公平。然而我意志坚决地提醒自己，今天的目的就是要让罗宾结识和自己兴趣不同的孩子，试图让他长点见识。

“嗯，我觉得你的车子看起来棒极了，保罗，”我说，“待会儿让我也来开一下它吧。”

保罗笑了，但罗宾瞥了我一眼，眼中是忧虑和失望。我担心这个上午会过得异常漫长。

没多久詹姆斯跟他的孩子也过来了，于是我们带着三个男孩往低处的湖畔走去。詹姆斯和保罗跑在前面，蹦跳着跨过石块，使出惊人力气猛打向蒲公英的花头，于是一朵朵蒲公英就像长了绒毛的加农炮弹似的飞快滚过草地。罗宾不无兴趣地看着他们，但仍然跟在我边上。这一次，我为自己的外孙感到难过。我想让他和别的孩子一样放肆奔跑，大喊大叫。詹姆斯和保罗两人都晒黑了，身上脏兮兮的——这足以说明他们这个夏天过得很尽兴——然后我注意到罗宾面色苍白，显得过于干净，这让我感到一阵懊丧。

我们来到湖畔。我们一直称其为湖畔，尽管事实上它是位于一片非常大的池塘和另一片很小的湖中间的一片水域。水面宽可行船，天气热时水域中央会浮现一座淤泥积成的小岛。乔恩拿出三把袖珍折刀，郑重其事地递给每个男孩一把，教他们如何砍下两岸榛树伸出来的树枝。

“砍的时候小心点，别伤到自己。我可没有石膏，也不想开车送你们到多尔切斯特去接手指。”

男孩们张大嘴巴愣愣地听着，我高兴地看到就连罗宾在挥起小刀向一根榛树尖枝砍去时也显得很开心。乔恩帮他们给自家制作的钓鱼竿装好绳子和诱饵，三个男孩就心满意足地在离我们不远的岸边某处坐了下来，晃荡着脚等待鱼儿上钩。乔恩自带了一个冰桶，他打开来递给我一瓶啤酒，这时我注意到桶的底部藏了一袋在乐购超市买的鱼。他发现我在看，于是咧嘴一笑。

“我想我们最好还是不要指望能在你的大池塘里钓到鱼。”

“你不是写过一本关于觅食的书吗？”我努力回想那个书名。

他咯咯笑了。“啊，没错。叫《生吃树丛及觅食林间》。”

“那你这样不是在耍赖吗？”

“完全不是。野外觅食的成功之道就在于要知道什么时候觅食是屁用都没有的。那个淤泥洞里哪里会有能吃的东西。”他说着向湖面投去怀疑的一瞥。

天气暖洋洋的，让人昏昏欲睡，我往后躺到草地上，感受着身下热烘烘的土地。太阳越爬越高，小虫子狂热地在头顶上方打着转。我们就这样坐着，谁都没说话——像多数多赛特的男人一样，乔恩不习惯没话找话——只是静静听着男孩们欢乐的聊天声。听着罗宾的声音和另外两个孩子的逐渐混在了一起，我深深地舒了口气。

“差不多是时候让他们逮着条鱼了，你说呢？”乔恩微笑着对我说道，一边把手伸进食品袋里，拆开一条大鳟鱼外面的塑料包装袋。

他直接把光溜溜的鱼藏进外套里面，然后悄无声息地沿着池岸走去，行走时有如水獭般平滑。一分钟后传来了欢呼声。

男孩子采来好多荨麻草，乔恩帮着他们生起火，我们把那条鱼烤来吃。我仿佛听见乔治和杰克饮酒作乐的喧闹声，对旧日时光的感怀一时间让我有点晕眩。那是潮湿的泥土混合着木头燃烧的气味，以及我手指在日光下烧灼的痛感所引发的情绪。年少时我从来没耐心等食物冷下来再吃，此时我狼吞虎咽地吃起鳟鱼的贪吃样子让我回想起另外一部分自己。这是全年中最热的一天，太阳照耀在平滑如镜的湖面上。一只浅蓝灰色的翠鸟俯冲向他的午餐，柳树的垂枝在水面上撩动一圈圈的涟漪。坐在阴影处很温暖，我吃得饱饱的，很想惬意地打上个盹。耳边是乔恩和男孩们快乐的喊叫声，于是我由着自己迷迷糊糊地睡了一两分钟。

我突然醒过来，发现乔恩正摇着我。

“他和你在一起吗?”

我看了看四周，仍然半梦半醒。“你说罗宾?”

“是的。他和其他两个在船上玩着，然后突然就不见了。”

眼前这个男人的脸上满是惊恐，我立马彻底清醒过来。一切都是那么安静，一片死寂。

“上帝，但愿他不是掉湖里了。”乔恩面色煞白地说道。

“他是游泳健将。”尽管这么说着，我的内心却远不平静。

我注意到另外两个男孩都在柳树旁边徘徊，看上去也是惊慌失措。

“我再绕着这儿找一圈。你走去喊人来帮忙。可能还没等他们过来，我们就找到那臭小子了，但还是小心为上。”

“好。”我庆幸有人告诉自己该做什么。

我命令自己奔回家中，双腿却一下子变得软绵绵，跑不动步。哦，上帝，我没法打电话给克拉拉，告诉她我把她儿子给弄丢了。他一定不能出事。一定不能。这小鬼肯定是半途和他们走散然后迷路了。在他两岁的时候，克拉拉有一次在超市里把他弄丢了，当时她差点心脏病发作。这一次和那次没有任何不同。然而的确有所不同。我听说超市走丢故事时，罗宾早已在冷冻豌豆柜边上被找到了，安然无恙。我开始在脑海中跟他做起了交易。要是十分钟之内找到了他，我就让他想弹多久钢琴就弹多久。我会给他买个该死的钢琴。我惶然发现自己都要哭了。走到草坪上，我一时喘不过气来，只得放慢脚步。我是过了片刻才反应过来的：

除了自己不均匀的大口喘气声之外，我竟然听到了钢琴声。和弦飘荡在草地上。

如释重负感顿时传遍全身，如同海水般沁凉，然而片刻之后这种感觉随即化为怒火。他怎么可以这样说走开就走开呢？就算只是个孩子，这种行为也是相当自私、不顾他人的。要是我是父亲的话，肯定会狠狠鞭打他一顿，有一瞬间我甚至觉得这样教训是有道理的。再迈了三步以后，我的怒气顿然烟消云散。我听出了他在弹什么。

我以前从来没把自己的作品拿给罗宾作练习曲过，甚至在我们的午后CD音乐会上我都向来回避自己的音乐唱片。然而我一直未向自己坦白个中缘由。现在我明白了。作为一个七十四岁的老人，我早已功成名就，剪报文件夹里面贴满了对我的各种评论——有些是溢美之词，有些则不然——但我仍然担心受到排斥。不是某个素不相识的人在一番思虑之后对我作品表现出的排斥，而是一个孩子本能的、发自内心的排斥。我无法想象罗宾可能流露出自然而然的反感。哪怕假以时日，他学会欣赏我的风格，欣赏我对传统调式的革新，或是我那令人惊讶的管弦乐编曲，即使这样，我明白自己仍然永远无法忘记那最初的、不假思索的抵触。

在那个夏日的午后，我竟然听到自己的音乐飘过草坪召唤着我。上帝啊，这个孩子真了不得。从来没有谁像他这样懂我。他弹奏的这段钢琴独奏来自我的G小调交响曲，名为《哈德格罗夫之歌》；他完全弹出了我在这首曲子里所投入的想象，就好像这样是唯一的演奏方式。通常我都要给演奏者在这里做个小记号，在那里写个委婉的建议——但罗宾不需要。乐声飘荡，穿过花园。

我几乎无法呼吸。他和我听到的音乐是一样的。自埃迪走后，我第一次不再感觉孤身一人。

四十五分钟后，乔恩在音乐室里找到了我俩，他有点惊讶我竟然没过去告诉他罗宾找到了。我羞愧地向他道歉，以年老体衰为由——事实是我压根早已忘记罗宾走丢了。我什么都不记得了，只剩下罗宾和他奇迹般的演奏。

是夜无眠。我清醒地躺在床上，心狂跳不已，发烫的血液伴随着突突的脉搏流遍全身。以前有这种感觉往往是某场大型音乐会之前，或是录制新唱片前夕，或是当我有了一首新曲子的灵感时。时过午夜，我竟听到屋子里回荡着乐声。这真是奇怪极了。我本能地看了看放在床边的闹钟收音机，但闹钟是关着的，况且我所听到的音乐是饱满的交响乐，弦乐部分丰富多彩——绝非那个老式闹钟收音机的小小鸣叫声可比拟。我肯定是忘了锁音乐室的门。罗宾很可能正在里面边播放某张唱片边弹琴。

我悄悄下床，抓起晨衣匆匆穿过走廊。罗宾睡的那间客房门敞开着，窗帘轻轻飘动，满月的幽蓝清辉映照在整洁铺好的床上。我都忘了他今晚不睡这里，已经和克拉拉一起回家了。我感到很纳闷，轻手轻脚地走入音乐室。乐声愈渐变响。这旋律很熟悉，但我能肯定自己从未听过。房里全然是空荡荡的，唯有潮水般的乐声。它在我周围轰然回响，不断增强，如同波浪冲击海岸，然后我明白过来，一股喜悦之流随之涌来。原来这音乐来自我的内心。我又能听到它了。

我在钢琴前坐下——现在它差不多已成了罗宾的钢琴，那旋律从我指尖流泻而下。我没法像外孙那样从容自在，也没有他那样的汹涌热情，但当我忙着找一沓手稿纸时，我知道自己有了灵感。它尚未真正成形——或许是一首奏鸣曲，或许是一首歌曲，抑或是一首大型作品的开场主题曲——但毫无疑问是一首曲子的灵感。

窗外，月光透过山杨树，在草坪上洒下瘦削的树影。月色明亮，我都不愿打开侧灯，直接借着这半明不暗的光源写了起来，向黑暗中探寻那突然如此熟悉的旋律，熟悉到我甚至都怀疑是我忆起了某首遥远的童年曲调，而不是自己创造出来的。我写啊写，弹啊弹，不觉间破晓之光已经悄然爬上哈德格罗夫山后头，起初是沿着山脊伸展的一道细细的晨光，然后逐渐变宽，向两边蔓延，在成排的树上落下光影，直到这最初的晨曦融入如吸墨纸一般的天空。鸟儿醒来；它们喧闹的合唱打断了我的节奏，如同人声鼎沸的音乐会中场休息。我停了下来，喝着茶侧耳倾听。天完全亮时，我悄悄溜回床上，精疲力尽却欣喜若狂，然后沉沉入睡，没有做梦。

1950年，3月

我恨透了马库斯·阿尔伯特。我满怀怒火地恨着他。他是个好到不行的指挥者，却也是个让人气得不行的家伙。完全无法忍受。我告诉萨尔我们要离开，赶紧打包走人，但她还是坐在床上，抽着一支烟，听着我大声咆哮却一动不动。这一套已经上演过了：我怒不可遏，去找马库斯说理，但后者拒不道歉。我们还是会留在这里。结果总是这样。房东太太用拖把柄猛砸天花板示意我安静。我一屁股跌坐在萨尔旁边，向后倒在床上。

“你该穿好衣服了，”她说，“要迟到了。”

“有什么意义呢？他从来什么事都不让我做。我去或者不去他压根不会注意的。谁都不会注意。”

尽管怨声不断，我还是穿上衬衣，萨尔帮我调整了两侧带翼的领带。她总是会穿一条撩人的蓝色连衣裙，华丽的天鹅绒材质。我心里涌起一阵难受的内疚感。

“对不起，亲爱的。是我过激了。”

她鼻头皱了一下，在我额头上落下一吻。

“没事的。我知道你不是有心的。”

“不是针对你，真的不是。但马库斯——”

我还没来得及讲完，她就转身消失在卫生间里。我不确定她是真的要盥洗一番，还是仅仅想要逃离。现在她走开了，我没了听众，怒火渐渐熄灭，变成了愤愤而消沉的感觉。

门厅里那只丑陋的布谷鸟钟半点报时——这是房东太太那个同样可怕的姐妹送我们的礼物，成天发疯似的叫个不停——我不情愿地慢慢踱下楼梯，冲萨尔喊着说我会在中场休息时回来看她。房东太太以为我俩结婚了。她在家务事上邋里邋遢，但在道德方面绝不含糊，要是没结婚，她是说什么也不会允许我们同住在那间散发着恶臭的小房间里的。我们从未明说我们没有结婚，于是就犯下了隐瞒罪，而隐瞒的正是比隐瞒本身还要严重的罪行。我想我应该和萨尔结婚，让这一切都更加干净。要是她怀孕了，那我肯定得结婚。一想到这些，我怎么都高兴不起来，只是一味地感到消沉，就好像我的人生轨迹被安排了像瑞士火车那样精确细致的时间表。

周五夜晚，就在我快步穿过人行道，低头躲避迎面吹来的斜风细雨，忙着找伞时，我与几个头戴黑帽身着黑袍的哈西德派[①]男子擦肩而过，他们带着几个男孩慢悠悠地朝犹太教堂走去，彼此之间都没撑伞，显然具有雨水不侵之身。在遇见埃迪之前，我对于所有犹太人的想象就是眼前这群人的样子。

我努力不去想她。一想起我们之间的最后一次对话我就很尴尬。我真想忘了那一段，但每当我在夜里醒来时那些话就会在脑海里不断回放，当时自己的愚蠢总让我忍不住皱眉。将那种单相思、一厢情愿称作“爱”实在是荒谬可笑。现在我已经快二十二岁了，终于有勇气承认这点。我成了作曲家，有一部已经发行的专业演奏的交响曲，还会往家里汇数额不菲的支票。我志得意满，沾沾自喜。有朝一日我定会重回哈德格罗夫府。我会为当年那样一走了之而向杰克和乔治道歉，我们会大笑着向彼

① 犹太教的一个教派，信教者往往全身上下着黑色服饰。

此祝酒，把那件事归结为年轻小伙的放荡不羁，一切都会被淡然忘却。那些支票足以使我获得原谅。

那么埃迪呢？好吧，我们会互相握手，我会惊讶于她压根不如萨尔漂亮，她其实从未如萨尔漂亮。老天啊，她现在肯定都不止三十岁了。想到自己竟然可以爱慕着这么大年纪的一个人，我不禁浮起一丝微笑。

我绕过街角，来到冬日花园。尽管有着如此迷人的名字，它其实只是位于郊外一条长街上的一幢褐砖建筑。这座其貌不扬的房子看上去更像保龄球馆而非音乐厅，尽管如此，它却是一个非凡超群（拜马库斯的严厉领导所赐）的管弦乐团的音乐之家。过去两年里，马库斯再三发誓会给他们找一个更令人神清气爽的地方。印有把马库斯拍得过于好看的照片的巨幅海报张贴在音乐厅里面的每面墙上。我想不通乐团的人如何能够忍受这个人的自大自负，但他们真的忍得了。他们对他忠诚得无药可救。我对这整件事都感到深深的气愤。

快六点了，我迟到了。售票处的人朝我点了点头，我强迫自己不要急，穿过散发着霉味的走廊，径直走向马库斯的更衣室。我没有敲门。

“你好，福克斯。”他像以往一样兴高采烈地冲我打招呼。

我的最新作品四散在他周围，纸页上密密麻麻的全是红墨水笔迹。他的更衣室里乱得不堪，到处丢着空咖啡杯、烟灰缸、纸，以及数不尽的乐谱，还有几件燕尾服和一成排的衬衫垂在一根需要修理的挂杆上，然而他一点也没注意这些。他的全部注意力都集中在我的乐谱上。

“这里太可怕了。”他语调欢快地说着我的曲子。

我攥紧拳头。我怎么就没有坚持让萨尔打包我们的行李，一走了之呢？

“但我很喜欢这个部分。整个乐团都激动得手舞足蹈，精彩极了。”

如往常一样，这番赞美让我顿觉轻飘飘的，一下子就原谅了他。

"我说，你能快速回我住处一趟吗？我要的衬衫不在这里。"

"这些有什么不对吗？"我指着那排熨烫好、上过浆的衬衫说道。

马库斯伸长双臂，对着想象中的乐团做出挥舞指挥棒的手势。"它们在肩部那里都太紧了。演奏贝多芬时我需要更大空间。"

我叹了口气，想要在临走前拿回我那面目全非的乐谱，但马库斯用他的指挥棒打了下我的手腕，这真是极为讨厌的校长式的招数。"把它留下。我还没批改完呢。"

我狠狠摔门而去，大步穿过走廊，只听见马库斯在身后喊道，"别气馁！我们会让你摆脱平庸的！哦，记得给我带个芝士三明治过来，拜托了，我的好朋友。"

我心里咒骂着他，匆匆离开冬日花园，回到街上。我快步爬上一座山的斜坡，朝着马库斯的住处走去，那是一座漂亮的维多利亚时代的别墅，位于城里的高级片区。伯恩茅斯音乐协会如今显然经费紧张，但多少仍然强撑着门面，他们给这位指挥大师安排的住所也带着一丝由昔日恢弘走向没落的味道。

我望了眼天空。骤雨初歇，下一场阵雨尚未到来，我登上山顶，只见下面铺展开一望无际的海景。乌云从海平面上快速移动过来，黄色的薄光从乌云间隙投射下来，闪耀的光芒照在水面上，后者因此波光粼粼。空气中泛起盐雾、炸鱼和薯条的味道。肚子发出一声咕咕巨响，我这才意识到自己饿坏了。去他的马库斯和他的衬衫还有芝士三明治。几分钟后，我悠闲地在海滨人行道上散起了步，颈上系着白领带，身穿燕尾服，正吃着包在报纸里的薯条。我在一张长椅上坐下，望着海面上舞动的光影，舔吮手指上沾着的醋和盐，嗅着空气中浓烈的金属气味，它预示着更多雨水的到来。

"福克斯？真的是你吗？"

我转过身，她就在那里。

埃迪·罗斯。

不，埃迪·福克斯-塔尔伯特。

“真的是你。”

她走上前来像是要拥抱我，然后想了一想，最终没有这么做。

“我是过来听音乐会的，想着可能遇到你。结果你真的就在这里。”

“我就在这里。”我应和道，一时间震惊得说不出话来。

我伸出手，欲像脑海中反复练习的那样与她握手，却发现手指上沾满了炸薯条的油。我抑制住想往礼服裤子上抹手的冲动，相反还给她递了一块薯条。

“不用，谢谢。”她摇着手说道。

我注意到她的头发比以前短了。她看上去游移不定，但随即展颜微笑，于是我再次意识到她有多么漂亮。她在长椅上坐下，与我并肩，身上还是那个香水味道。有太多话想说，于是我们什么都没说。早有预兆的雨终于落下，酣畅淋漓地冲刷大地。顷刻间人行道上就成了水潭。我们啪嗒啪嗒踩着水一路跑过去，寻找避雨的地方，但这个季节所有店面都早早关门了。我抓起她的手，推着她来到桥墩上，两人躲到那里一家棉花糖店的条纹雨篷下。只要把背靠在锁了的滑门上面就不会被淋湿。我哀伤地看了一眼自己的鞋子，它们湿得透透的，埃迪的鞋子也是。她的袜子也浸湿了，沾满了雨水。雨点敲击在锡板屋顶上，后者将这声音扩大到近乎咆哮。

我发现自己还紧抓着她的手。我把手放开了。我正想问她为什么过来听音乐会，正想问杰克、乔治和我们的房子怎么样了，甚至还想问问将军的近况，我想知道乔治有没有买到他的奶牛，想告诉她自己一直如饥似渴地想得到消息，哪怕只是零散的一丁点音信也好，还有我听说她又开始唱歌了，我很想过去听，但又知道自己不能偷偷溜进去又悄悄离开，所以决定最好还是不过去听，以及我现在和萨尔在一起了，很可能会和她结婚，我很抱歉没给他们写信，尽管应该要写，但我希望那些支票能让他们稍微原谅我一点，很快我就能有点空闲时间了，还有我很想念杰克、乔治以及我们那幽暗的树林，还有她不用担心，我一点也不想念她，尽管我不知道这话是真是假。

“天气糟透了。”我说。

“可不是吗。”

我们在一家酒吧里，坐在炉火边上喝着威士忌和热水，慢慢感觉热起来。七点了，我没有在音乐会上，马库斯也没拿到他想要的衬衫。抑或是他的三明治。我本该在中场休息时过去找萨尔的，但我又知道不该如此。我挥走心中的一丝内疚，好似赶走一只讨人厌的绿头苍蝇。埃迪凝视着自己的酒杯。她的眼睛有一种属于冬天的独特灰调。她抬头望着我，露出一个浅浅的微笑。

“我听了你的交响曲。《哈德格罗夫府之歌》。”

我的心顿时怦怦直跳。我不知道她是否听得见。我这才发现，自己一直渴求的正是埃迪的意见。我知道萨尔喜欢这首曲子，这应该已经足矣，但事实是并非如此。我在创作时一直听到的正是埃迪的声音。

“你去听了音乐会?”我最后终于说出话来。

“是的。然后又像胆小鬼似的悄悄溜走了。”

“杰克有没有——?”

她摇了摇头。“他从来不听音乐会的。”

从她说这话的口气听来，我知道他还在生我的气。我心里不安极了，甚至都不敢开口问她喜不喜欢那首曲子。

“我在我们共同演奏的版本上做了不少改动。”我说完随即后悔自己提起了那个最后的夜晚。我急忙继续说下去，“钢琴演奏的第二乐章很不错，但我对歌唱者不是特别满意。她跟你不在一个水平线上。”

“我以为或许是萨尔唱了我那部分。”

“是她唱的，”我干巴巴地说道，“我当时不太受待见，说真的。但我能怎么做呢？她的声音就是不对啊。”

“勇敢的男人，”埃迪说，“把音乐看得比女朋友还重。”

“或者说是愚蠢的男人吧。”

“也对。”她在笑我，但我发现自己很喜欢这样。“我真希望是你指挥。”

“我也想啊。但马库斯坚持要由他先来，我真讨厌这样。马库斯什么事都要插一手。他必须是众人追捧的焦点，即使焦点本来应该是音乐本身。我已经拒绝再让他指挥我的任何作品了。”我叹了口气，揉了揉开始抽痛的脑袋。“但除非我让他指挥我的作品，否则他根本不会让我指挥任何东西。我们现在陷入了这样一种僵局。闹得相当不愉快。”

我知道自己听上去有多可怜。我真的是多么可怜啊。

“你就不能一走了之吗？”

“他给的提示非常好。讨人烦，自以为是，但很可惜，这些建议都非常有用，我现在开始逐渐进步了。”

我们小心翼翼地聊着，围着谁都没说出的话打着转，那是横亘在我们之间的鸿沟。埃迪舔了舔嘴唇，我意识到她很紧张。

“我之前希望选择音乐能给你带来快乐。”她说。

这话让我一惊，我想问她是不是以为那就是我毅然离开的真正原因，但这样说下去就会逼近危险之地。

“音乐的确给我带来了快乐，”我说，“只是随音乐而来的烦心事让我无法忍受。”

我们静静地喝着酒，似乎这样比开口说话要容易。

“谢谢你给我寄来哈德格罗夫墓冢的那幅画。”我最后说道。

埃迪笑道，“你怎么知道是我寄的?”

“难道不是吗?”

“是的。”

“那真好。”

“其实倒也不是。”她低头盯着放在自己膝上的酒杯。“我是希望它能让你想家。挺傻的其实。但我不想让你觉得我这么做是出于善意。其实是自私。我想让你回来。”

她顿住了，咬着嘴唇，我望着她，突然不知道她希望我回去是否仅仅出于作为嫂子的关心。

“回家吧，福克斯，”她毫无预兆地说道，脸微微有点红了，“就回来看看也好。看看杰克和乔治。他们都很想你。我知道的。我们都很想你。甚至包括将军。”

我笑了出来。我无法想象将军想念任何东西或任何人的样子。

“真的。杰克本想把你的房间分给乔治带来住的某个怪人，但将军坚决不准。他责问，你万一那个礼拜回家的话该住在哪里。”

我有种奇异的感动。我很惭愧，只要一想到家，一次又一次浮现在我眼前的都是她的山、树林、斜坡，还有我的两位哥哥，我几乎从未想到过将军。此时此刻，我突然是那么想要见到他，那么想要见到他们所有人。

“是吗，至少我们的房子还没倒下，这就很好了。”我说。

埃迪叹了口气。“至少现在还没倒。哦，回家吧。你在的时候我就离开，如果这样让你轻松点的话——当然，我能肯定你压根都不会对我有一丝在意了。”她现在彻底脸红了，两片火烧般的红晕一直延伸至耳际。要不是我也同样尴尬不已，我都想笑出来了。

她握住我的手。在酒吧的其他客人看来我们肯定像对情侣。

“杰克不让我再投钱进去，但事实是我也没多少钱了。我又开始唱歌了，但即使如此还是不够。他们连一两个季度也撑不下去了。乔治空有想法却不切实际，杰克也没法跟他谈，将军整日坐在书房里读报纸，一切都要完蛋了也放任不管。”

她放开我的手，往后靠到椅子上。

“哦，看在上帝的分上，福克斯，拜托了，拜托你回家吧。”

她与我四目对视。那一刻我知道自己再次输了。我爱她，并会一直爱着，即使她已年过三十。

我告诉她，我不能回哈德格罗夫，现在还不能，但我们约定还在伦敦见面，在克拉里奇饭店共进晚餐。乐团现在正在皇家阿尔伯特大厅演奏，我们就暂住在伦敦桥附近脏乱差片区糟糕透顶的住所里。我终于又能独身一人：萨尔患了重感冒，留在伯恩茅斯，只好交由我们的那位房东太太代为看护，尽管后者很不让人放心。不过至少那个老女人喜欢萨尔胜于我，我这样安慰自己，尽管心里还是因为离开她而感到内疚。但真正让我惭愧的还不是离她而去——不，我惭愧的是自己很高兴她不在这里。我喜欢能够独占埃迪。

时近午夜，我花了一个多钟头才好不容易摆脱了马库斯，他对但凡有点不对劲的事情有着如猎犬一样敏锐的嗅觉。他允许我离开，独自离开，但最后我必须如实招来和谁见面。然后他挑起一边眉毛，突然严肃起来，问我：“我需要为萨尔担心吗?”

“用不着，”我大笑着说道，“别搞笑了。”

然而当我坐着等待埃迪时，我不禁想到他的担心是否真的可笑。我心里有一部分可耻地希望并非如此。接着埃迪就走了进来。她穿了一条灰色丝绸连衣裙，和眼睛的颜色很配，脚上是一双高跟鞋，但即使这样我还是注意到她个子很小很小。如果光脚的话，她甚至都还不到我的肩膀。看到我时她的脸上顿现光芒，快步向我走来，同时为迟到而道歉。我笨拙地亲吻她的脸颊，捏紧她的手。她身上的味道好闻得不可思议。

“见到你真是比什么都好，埃迪，亲爱的。”

“我也是，福克斯。”她说着下意识地环视四周。我不知道她是不是担心被人撞见和我在一起。这让我很是震惊。和自己丈夫的弟弟见个面完全没什么好害臊的吧？

“你吃过了吗？”我问。“我知道现在很晚了，但在有音乐会的晚上，我都得等到晚得荒唐的时候才有机会吃晚饭。”

“我还没吃，”埃迪说，“但我不饿。”

我这才发现我也没有饿。她正用一种奇怪的眼神看着我，既警惕又热切。我不知道自己是否领会她的意思，但情动之下我就伸过去握住了她的手。那是只很小很小的手，差不多只有孩子的那么大。她没有抽走，而只是望着我，脸上带着极度悲伤的表情。我忍受不了，真想让那可怕的神情就此消失，于是我吻了她的手，还抚摸她的膝头，一开始更多是想转移她的注意力而非真的想这样，接着让我惊喜的是，她的手轻轻颤抖，捏住了我的手指。我们互相凝视对方，努力读懂彼此。她这是？这难道是？我们会不会？

“你来城里做什么？”最后我终于开口，仍然握着她的手。

“我每周都会在城里待上一两天，来给一位朋友帮点忙，他正在筹办莫斯科大剧院在英国的首次巡演。你知道我会说一点俄语。”

“当然。”其实我并不知道。

沉默再度蔓延开来，几乎要将我俩吞噬。

“今晚谁独奏?”最后她问。

她那裹在水一般丝绸下面的膝盖轻触我的膝盖，想要得到她的冲动几乎令我眩晕，感觉失去了思考的能力。

“阿尔伯特·希尔兹。钢琴家。”

“哦，是吗?”

“他是马库斯的朋友。”

她悄然挪开以与我保持距离，现在我们不再有触碰，我的头脑瞬间一片清明。

“我很喜欢阿尔伯特，”我说，“他对马库斯平日里那些瞎话丝毫不以为然。他们会为了乐谱吵得不可开交，但阿尔伯特一点也不怕他。昨天我去排练时他俩正扯破嗓子朝对方大喊大叫，今天早上，他们只好小声小气地继续争论，因为两个人都已经吼到声音嘶哑了。”

埃迪大笑起来，或许是酒精的作用，但她看起来的确放松了许多。玫瑰色的红晕充满了她的双颊。老天，她真是美得动人心魄。我又点了一轮马天尼。

“那你为什么还要忍受他呢，要是他这么不近人情的话?”她问。

“唔，我也问过阿尔伯特这个问题。毕竟，他可是当红的钢琴家，只要他愿意，可以跟任何指挥家合作。然后他这么说，‘他的确是个讨厌的家伙，但是个才华横溢的讨厌家伙。每次事后我都会告诉自己这样不值得。但其实是值得的。我可以拒绝在六个月或一年内跟他合作，但这之后我又会开始渴望曾经的那种声音。’事实上，埃迪，他还真是对的。马库斯就是一个能从他人身上诱骗出才华的完美天才。”

“你自己也有这样的本事。”

我很想知道她的话中之意，但又不愿让她觉得我是想探出意思。她在自己的座位上挪动了一下，抬头看着我。

“我喜欢自己在你指挥下唱歌的声音。我想再度拥有那样的声音。”

她咽了下口水，一只手飞快地按住喉头。她摸向手袋，掏出一支烟，动作笨拙地试图点火，最后又把火柴放到一边，没有点着。

“我很想停下来。一直唱歌损害了我的声音。但要是唱你的曲子，我觉得或许就不用在意这些了。”

“别傻了，当然要在意的。”

我凝视着她，汗水从背上一滴滴地流下来。她抿了口马天尼，又把它放回到吧台上，突然语气坚决地向我发问，“你为什么不回家？”

“我很快会的。只是——”

她挥了挥手示意我别说了。“问题是，我甚至不能确定自己是否希望你回来。”

“哦？”我有点受伤。

“不，”她不紧不慢地说下去，“我喜欢每天都能看到你。我喜欢这样。但除此之外——”

我再次握住她的手，手指轻抚她的膝头。

“你真的太年轻了。”她半是自言自语地说道。

我缩了一下，感觉受了冒犯。“我二十一了。”

她笑起来。“上帝啊帮帮忙。真是太好笑了。你知道我几岁吗，哈利？”

我耸了耸肩，假装漫不经心。我想表现得深谙世事，但同时又不希望冒犯到她。“二十九？三十？”

“三十二。”

我吃了一惊。我在女人方面的确还很稚嫩，这点想藏也藏不住。见我一脸狼狈的样子，她又笑了，但我能感觉她受伤了，因为她避开了我的眼睛。

“这压根没什么。”我说。

“怎么可能?”她说。

她没有动，眉头微皱，我俯身过去亲吻她，但她扭过头去。“不要在这里。”

但可以在别处。

我的心狂跳着撞击肋骨。我想拥有她已经太久太久。但随即现实的一切猛然闯入。我努力不去想杰克，但很显然，在我这样做的时候，他就已经存在于我们之间了。再说，我不可能付得起在克拉里奇住上一晚的房费，更不能把埃迪带回我的住处，那里赫然贴着打印出来的告示：“管理部门规定绝不允许留宿客人”。但她已经拉住我的手，于是我在吧台上留下钱，跟随她出来走到街上，让我惊讶不已的是，她一下跑到路边，伸出两只手指放到唇边，大声吹了记口哨拦出租车。有一辆停下来，她溜了上去。

“来啊！我不知道这是要去哪里。”

我也不知道。

我们最终停在了我在骑士桥的住所前面，幸好已是一片漆黑。我们俩咯咯低笑着爬上楼梯，埃迪光着脚，尽量不发出一丝声音，但这有点困难，因为我俩都喝得醉醺醺了。然后我们来到了那间昏暗肮脏的卧室兼起居室，只有我们两人，脏兮兮的油布地面有点黏脚，单薄褪色的窗帘轻轻翻动。墙上唯一的装饰是几张拼好的伦敦地标拼图。我关上门，在把手下面抵上一把椅子——虽然房东太太保证只有我一人有钥匙，但我并不相信。房间里微微有股放久了的汤的味道。

“我可以为您倒杯酒吗，女士?”我说着从床边的桌子上拿起一瓶威士忌。

“真好。”埃迪脸上露出狡黠的一笑。

我望着她，再次感觉到自己对她知之甚少，就好像她是一面破碎的镜子，我只是从散落的碎片中才得以窥见其貌。

她叹了口气，满脸愁容，“我一直告诉自己你还只是个男孩子。告诉自己没有什么感情比这个更蠢的了。假如我们做了一次爱，我们就能一了百了地摆脱它，我们就永远用不着再做这件事了。一切都会变回原来的样子。”

“你信吗?”我问。

“不信。”

我往一只留着点牙膏味的杯子里倒了些威士忌，把它拿给她。她悄悄凑近，但没有理我递过来的杯子，而是仰起头踮起脚尖来亲吻我。我一时犹豫不决，不过仅仅是一瞬间。威士忌洒在了地上。我们的牙齿碰撞着咯咯作响，但谁都没管，也没有停下，我用手臂环住她，把她抱到床上，隐约庆幸黑暗中她不会看到清洁度可疑的床单。她背躺在床上，手肘支起上身，起皱的裙子露出她位于丝袜之上的光滑洁白的大腿。我俯身向她靠近，但她止住了我。

“等一等，福克斯。你确定吗?你确定吗?我们没法回头。这样做是很可怕的。”

“很可怕的。”我说着滑到她身边，已经根本停不下来。

她亲吻我。

“这是无法被原谅的，福克斯。”

“是的。”

她是那样的哀愁，我知道应该停下来，但我没有。

2002 年，8 月

“我就想知道这到底算不算得上点东西。”我说。

我们在露台上，马库斯坐在我对面，他听了大笑起来。“要是你不知道的话……那八成是算不上什么东西。”

“不是这样的。”我厉声打断他。

“你看吧。”他说着伸手去拿一块饼干。他的手干瘦干瘦的，黄褐色的皮肤单薄如纸，都能看到底下的骨头，这是一只像鸟儿的小爪般孱弱的手。

“我不觉得算不上什么，但的确是我很久以来第一次写出东西来，我担心自己的雷达失灵了。”

“没事的。午饭过后我来看一看。有午饭吗?”他装作有点担心的样子环视四下。

“有啊，当然了。”

过去的一周里，我都靠三明治和方便面过活——年轻人的那种膳食把我的身体给搞坏了，但我知道马库斯一向挑剔，于是就让斯特劳德太太过来做几天饭。在写完开场主题曲之前，我实在做不了其他任何事情。就连可怜的罗宾也被拒之门外，每天只能在我午睡时过来弹一小时的钢琴。

我们在露台上享用午饭。我还叫了约翰和阿尔伯特一起过来，午餐时光惬意慵懒。我拿出一瓶相当不错的霞多丽，结果一瓶还不够，又拿出了另外一瓶。九月将至，山林渐染深沉的金色；花园的花坛里到处盛开着绚烂的蒲公英花，或粉色或黄色，晚夏玫瑰散发出糖果店那种黏乎乎的香味，随风轻轻飘到露台上。一群野鸭排着队形，聒噪地从我们头顶飞过，并成功在露台的铺路石上喷射下一串白色的粪便。

“啊，乡间野趣啊。”约翰说着又给自己舀上一勺子黑莓奶油，喝起另一杯酒。“不得不说，你看起来好多了，福克斯。有点回到你原来的样子了。”

“我也感觉好多了。”

我很难表达在沉寂两年之后，脑中再度充满音乐让我感到多么欣慰。以前我没有想过自己会如此思念这种状态，以及失去它会让我如此无法接受。感觉就像原本已长久放弃了获释的任何希望，却出乎意料地被从孤独的幽禁中解放出来一般。

“你那个不可思议的外孙怎么样？”阿尔伯特问道。

“才华横溢。但很难对付。”

阿尔伯特笑了。“对于这些小音乐家们来说，这恐怕是没办法的。像我这样的就容易多了——大器晚成型。我十岁才上第一堂课。直到二十岁都还没崭露头角。”

“而现在你又老朽了，”约翰咧嘴笑道，“黄金期短暂啊。”

“确实。”阿尔伯特并没有介意。“不过，我还是可以听听唱片，赞叹一下自己的昔日才华。”

“说得没错。”马库斯说道，他开始流露出倦容。“我们要不来听听你的最新成果吧？”

我犹豫不决。除了埃迪，马库斯一直都是我的第二双耳朵，但他也总让我紧张不已。他比谁都冷酷无情。

“好吧。”我说，“现在还只是初稿。你们得自行想象双长笛演奏的那部分旋律。”

“你弹给我们听吗?”马库斯问。

我摇了摇头。“我还是算了吧。阿尔伯特?能劳烦你吗?”

他们跟着我来到音乐室，把坐垫左挪右移了好一阵才在椅子上坐定。我走向钢琴，为阿尔伯特准备好乐谱，还没等他来得及开始，我就悄悄溜出了房间，走到外面的走廊上来回踱步，如同一位焦急等待的父亲。如果他们听完后是小心翼翼、斟词酌句而又满怀善意的，我就会知道自己写的只是一纸垃圾，我的作曲生涯就此终结。但我毕竟混得也不赖。在英国音乐史上我算是相当不错的一小笔，这一小笔甚至可能两行才能写完。

琴声停下来。门没有开。我听到里面传来低语声，一时间害怕极了。接着是他们慢慢起身的声音，片刻之后门开了。马库斯朝我粲然一笑。

“太棒了，”最后他说，“你终于找回来了。”

他们都决定在这里住上几天，结果几天变成了一周，一周过后还继续待着。马库斯常年独居，健康问题已经迫使他退休，阿尔伯特和约翰两人均有家室，并都还在工作，但他们果断推掉了一切计划，行动之迅捷让我大吃一惊，同时也颇为感激。运气不错，他俩直到九月底都没有任何工作上的任务，而对于要错过他们妻子很可能已经筹备好的午餐聚会、酒会和花园参观会，他们看上去毫不在意。不过这么多年来，两人的妻子一直都很像海上船员的老婆，早已接受了常年独守空房的生活，丈夫的大海情人随时会把他们召唤回去。音乐的引诱力也不逊于大海。

斯特劳德太太每天早上过来给我们做饭。我继续创作，把乐谱给马库斯看，他给我提意见，就像过去那样，他又会抱怨我的管弦编曲过于厚重。但大多数时间他都在睡觉。我注意到去年一年他的身体虚弱不少。

他装作依然胃口惊人，给自己盛上满满一堆土豆，但他最终都会把它们拨到盘子边缘，最后动也没动直接倒掉。夜里，我能听见他在房里来回踱步，充满不安与痛苦。他的笑声倒是一如往常，粗鲁响亮，一点也不含糊。约翰和阿尔伯特有时在花园里悠闲晃荡，有时弹上几段我们一致同意作为交响曲开场乐章的曲子片段。他们给的建议总是很有意思，但我最终真正听的永远是马库斯的话。

音乐家们的到来可把罗宾兴奋坏了。我不忍心告诉他这跟以前的音乐节相比不过是规模见绌的昨日再现罢了。这样的聚会更像是为老年人组织的夏令营。然而，从我所记得的很久很久以前至今，我第一次有了接近于快乐的感觉。这种感觉中仍然混杂着丧失之痛，夜里我还是经常睡不好，但有的时候一切宁静而平和。我很享受绕着花园散步，一手搀着马库斯，他会用拐杖戳向天竺葵。再往后，当我坐在钢琴前，什么都不写，望着如条似带的蒙蒙雨雾从山坡上逶迤而下时，一阵自得其乐的适意之感淌过心间。在此之前，我一直都靠着对埃迪和往日时光的回忆过活，但如今我发现当下的现实中仍有快乐可寻；尽管可能更微小琐细，转瞬即逝，但毕竟也是一点一滴的快乐。

除了给出取之不尽的作曲建议，给我们用梨做菜、浸泡黑刺李之外，马库斯还带来了数量惊人的大麻。马库斯乐于分享好物——无论是餐厅推荐、新的贝多芬演奏唱片，还是这次让我们大吃一惊的这些大麻，它们是一位思想超前的全科医生开给他用于缓解病痛的。我们很快发现，阿尔伯特在卷大麻上是一把好手。作为钢琴家，他的手指真是灵活无比。

一天早上，我打电话给克拉拉，以我得了夏季感冒为由，请她别把罗宾送到家里来了。她很生气——告诉罗宾他一整天都碰不了钢琴是不敢想象的任务——而且她对我说的不太相信，因为我听起来不够像抱恙在身。

“你确定不是稍微得了点花粉病？我可以晚点带他过来，你甚至都不用看到我们。”

我硬是往手帕上咳出一声，心里不禁为自己这花招感到沾沾自喜。“不，不。最好还是不要。不想让小家伙染上一点毛病。”

还没等她提出进一步的有益建议，我就匆忙挂上了电话。我听得出她并不相信我，但我知道她永远都猜不到真实的原因——我想要和老朋友们喝个烂醉。我自然不想看到克拉拉一脸尴尬地念叨她那套反对我喝酒的话，听她一本正经的啧啧声。

这一天很温暖，寥寥闲云更衬出天空耀眼的无限蔚蓝。一辆拖拉机在山坡上缓缓移动，发出低沉的哼哼声，那是在捆扎干草，于是空气中充满了新割的青草和野花的气味。我真希望农民们能更好地欣赏这如画般的风景，不要再用黑色塑料袋来装捆扎好的干草了——这样看上去少了老勃鲁盖尔[①]的感觉，更像是巨型的黑色垃圾袋笼罩山坡。不过其实没有什么能打扰这个上午的迷人光芒。一群白蝴蝶如一支小舰队，挥动着小小船帆似的翅膀，轻轻浅浅地飞掠过草坪上方，好似在举行它们的微型赛船会。我们很晚才吃午饭，在向斯特劳德太太道谢后，来到了露台上。

约翰坐在一把帆布躺椅边上，眼睛瞟着阿尔伯特，后者在第二次努力下终于成功卷好了一根粗大紧实的大麻，长而苍白的大麻很像我有时会在菜园里发现的那种幼年无足蜥蜴。约翰皱了皱眉头，我知道他是在忍着不发表意见。我敢保证约翰以前从未吸过大麻，更别说亲自卷了，但他和马库斯一样，骨子里就是个指挥家，对于大大小小的事情都忍不

① 指彼得·老勃鲁盖尔（Pieter Brueghel the Elder，约 1525—1569），尼德兰画家，一生以农村生活为主要创作题材，人们称他为“农村的勃鲁盖尔”。

住指点一番。他四处散发高见，就好像它们是腐殖质丰富的肥料，见到个人就慷慨地送他一铲。

“你确定是这么弄的吗?”他最后还是没忍住。

阿尔伯特耸了耸肩。“好吧，反正我是这么弄的。你完全可以自己来试一试。”

“不，不用了。”约翰说道，比起自己冒险尝试，他还是更喜欢指导别人。“我知道它肯定棒极了。”

“你一般是怎么弄的?”阿尔伯特转向马库斯。

“我不弄的。帮我打扫的那个姑娘会帮我卷上好多，作为交换她可以带一两根回家。她还会给我带康沃尔郡的糕点。”他说着戴上老花镜，像个鉴赏行家似的打量起阿尔伯特的成果。“对于初学者来说挺不错的。非常不错。”

从电影上学来的经验是干完这事后很可能会饥肠辘辘，所以我事先让斯特劳德太太给我们留下了足量的芝士司康饼和一个邓肯蛋糕。还有一份吃剩下的冷三文鱼和一些土豆沙拉，尽管我不确定这两样是否适合那时候吃。

阿尔伯特划了一根火柴，长长地吸了一口大麻，好像那是一支雪茄。马库斯笑出了声。“不是那样。你要吸那个烟。来，把它给我。”

我们就像偷偷摸摸的老年学生，都怀着莫大的兴趣看着最有经验的马库斯。只见他吞云吐雾，轻轻吹出形状优雅的烟圈，微笑地望向约翰，眼神中透着一丝得意。这两人做了将近半个世纪的欢喜冤家，凡有任何关于对方的负面评论，都会一篇不落地把剪报寄过去，并声称自己只是无意间看到。

我知道这一说法远非事实，至少在马库斯这里肯定如此。一次约翰在纽约指挥一场音乐会，结束后我和马库斯坐在酒店的房间里，我看着他仔细浏览每张报纸，对于溢美之词统统不屑一顾，直到终于找到一行用词审慎的批评之语时，他竟发出了胜利的欢呼声。我接着无比惊讶地看着他小心翼翼地把那一段从周围的通篇赞语中剪下来，然后满心欢喜地把它放进信封里准备寄给朋友，同时对我说道，“了解一下别人的评价总是好事。”

我向他指出，大多数人说的都是好话，而马库斯却没有把那些寄给约翰。

“只有认识错误方能进步。”他这样说道，愉快地哼哼着贴上了邮票。

阿尔伯特从来都拒绝和他俩合作相同的曲子——他分别有一个与马库斯合作的曲目库以及与约翰合作的曲目库。他抱怨说，如果不这样的话，整个演奏就会变成拔河比赛——两位大师都拼命想把他拉入自己对这首乐曲的不同处理，一个比一个表现夸张。

因为我的主要身份是作曲家，我作为指挥者的名声都是通过演绎自己作品而获得的，所以我得以幸免于搅入他们的斗争。事实上，约翰和马库斯两人唯一达成共识的就是他俩在指挥领域远远高我一等，于是他们对我的才能抱以宽容的不屑。然而，我的报复手段就是礼貌地拒绝他们公开演奏我的作品——任凭他俩在我们共饮白兰地时对我如何又是哄骗又是哀求。

约翰显然看准了现在是再次提出请求的大好时机。“你打算何时把这首最新作品给我呢，老兄?”他问道。

“就在我把其他作品给你的时候。”

他一下打起精神，朝马库斯瞥去，看他的对手听了这一承诺后是什么反应。马库斯低声笑了。“别傻乐了。他的意思是不会给你的。我们都没戏。”

“别这么扫人兴。”约翰嘟囔道。“要是你把它给我，我会让你见识到它真正应该是怎样的声音。”

“问题就在这里，”我说，“我已经知道应该是怎样的声音了。不需要再搭什么花架子了。”

阿尔伯特什么话都没说。我们向他那边望去，只见他正仰靠在帆布躺椅上，朝天上的云朵痴笑着。“非常好，”他嘴里念念有词，“非常好。非常，非常好。”他咯咯笑着，然后放了一个响亮的屁。“降 F 调。”他大声说道，接着又咯咯笑起来。

“跟你们说了是好东西吧？”马库斯骄傲地说道。

他把大麻递给我，我尝试着吸了一口，立马咳起来，止不住地干呕，心里懊悔自己为什么要尝试如此有损体面的东西。

马库斯递给我一杯水。我抿了一口，然后拿起大麻再次尝试。

“就一点点，不要一口气吸一大口。”马库斯建议道。

这一次我总算成功了。昏醉与痛感一齐袭来，很像我想象中吸大麻的感觉，但很快一阵平静的绿色潮水随之涌来。我又试了一支，感到浑身发软，变得酥麻。

“让开。”我对约翰说道，朝他的帆布躺椅做了个模糊不明的手势。他让到一边，我感激地躺了下来。

那个下午在愉悦的混乱状态中度过。时间来回跳动摇摆。有人提议把那个邓肯蛋糕拿过来。接着就断片了，我压根不记得吃过那蛋糕，然而衣服翻领上掉落的碎屑和葡萄干却告诉我真的吃过了。我听到花园里鸟儿的鸣啭在脑内响起，以及蚯蚓在草地下轻轻蠕动的声响。蔓生玫瑰的叶子和紫藤花颤动着，色彩旋转，好似孩子万花筒上的图案。

“你的第二乐章应该有灵感了，福克斯。”约翰伸出一只手指指向我，差点戳到我的脸。“你应该要有灵感了。药物刺激下的灵感爆发。”

“没错，”马库斯说道，“我同意约翰，肯定是这样的。”

“无可置疑。”约翰边附和边吻了吻马库斯的手。

“我想我还是吃点东西吧，”我说，“就来一小口。”

“行吧。先来点小吃，然后再爆发灵感。”

“去看看冰箱里还有别的什么吃的不，福克斯。”

于是我发现自己打开冰箱搜寻灵感，结果却只发现了半条水煮三文鱼。然后我就回到了露台上，和其他人坐在一起，眼睛盯着剩下来的鱼骨，怎么也想不起是如何从厨房回来或是如何吃掉三文鱼的了。阿尔伯特和约翰已经酣然入睡，伴随着柔和的鼾声。马库斯伸过手来握住我的手。

“你可以指挥我的新作。你，而不是约翰。”我说。

“你看，你看，这话听起来都像是同情了。”马库斯说。“将近五十年你都从没让我们碰过你的作品，这样做是对的。现在也不要破例。”他朝我露出一个苦笑。“再说，当你听到我能赋予你的作品怎样的天籁之音后，肯定会后悔这些年都白白浪费了，不然我早就把你捧成亿万富翁了。”

我大笑起来，即使在八十三岁高龄的临终之际，马库斯依然自诩为真正的音乐大师。

大麻并没有给我带来多大的灵感，倒是带来了便秘。像我这把岁数的人如果整个下午疯狂作乐，把什么事都玩个遍的话，肯定不能指望没有消化上的后果。在折腾了一天半，服了一包“我可舒适”① 后，我终于回到了音乐室，脑中恍恍惚惚地闪过各种想法，同时还得努力驱散一阵轻微的头痛。我的灵感之河变成了少得可怜的滴流，我不知道是哪儿

① 一种泡腾式的消食片药品，用于治疗消化不良。

出错了。我慌忙尝试各个音调，却怎么也听不到下一段乐曲。走廊上响起马库斯梆梆敲击指挥棒的声音，下一刻他来到了音乐室，在一把椅子上重重地坐下。

“你以前是怎么做的，当你处于这个阶段的时候？每首曲子在创作中都会有个坎。你的诀窍是什么？”他问道。

我皱起眉头试图回忆。“唔，有的时候，我会试着换一个调。来点变奏。”

马库斯猛锤了下他的指挥棒。“不对。我没教过你吗？不要有废话。不要有没必要的曲段。”

他那盛气凌人的语气让我忍不住笑起来。“我会出去搜集歌曲。总有帮助，不管是散步本身带来的，还是因为发现了意料之外的旋律。”

马库斯击掌应和。“非常好！我们这就出发。”

我叹了口气。“现在已经找不到什么了。从前的歌者和他们的曲子都已逝去，现在全是酒吧的小提琴手和精心制作的旧曲重现。”

马库斯皱起了眉头。“我不相信。你只是不知道上哪儿找罢了。”

“确实不知道。”我同意他的说法。“但不管怎么说，我不觉得这个办法在这一次会管用。这次出错的地方和以前不一样。是丢失了某种东西，某种非常、非常显在的东西。”

马库斯离开了，留下我一人独坐在音乐室里。我对自己感到恼怒，并且灰心丧气。我把目前写好的乐谱读了一遍又一遍——我知道它毫不逊色于之前的任何作品，但要是我能写出来的只有这未完成的乐章、这残缺的交响曲，那怎么办？或许就是这样——最后一次灵感喷涌，如同一位垂死病人的回光返照。

我不禁大笑出声——这样想未免太夸张了。事实是我已有多年没写出真正的好东西了。我最近的几部作品的确不错，获得的评价也很好——

批评家们在我年近七十的时候就开始变得仁慈起来——但我自知它们不过是平庸之作。差不多就是我在三十几岁和四十几岁时那些新鲜的、令人欣喜的想法的回声。而这次的新作不是回声。它在我洗澡时悄然潜入体内，多年来从未有什么让我如此一心沉迷。我发现自己在和朋友们聊天时也变得不耐烦，只想吃过晚饭就悄悄走开，在独自一人的地方倾听自己的思想。我把主旋律从头到尾弹了一遍，沮丧于自己蹩脚的琴艺，努力想象曲子在双长笛上演奏的声音。钢琴踏板有点卡住了，我弯下腰仔细查看，原来是那下面夹了一只罗宾的弹力球。我有些费力地蹲下来，双手和膝盖贴地，摸了半天后终于让那个球滚了出去。

“外公？”门口响起一个声音。

我猛抬起头，不小心撞在了钢琴下面的板上，痛得我咒骂起来。罗宾悄悄溜进房间，爬到钢琴下面，在我边上坐下来。他的膝盖抵着下巴，转过来盯着我。

“我也喜欢坐在这架钢琴下，”他说，“这是我的思考空间。”

我什么也没说，默默地把球递还给他。有那么一会儿，他就默默地蜷伏在我身边，然后他说，“外公？我想试一试你刚才在弹的那首。”

我吃力地从钢琴底下钻出来，坐回到一把扶手椅上。我犹疑不决，并不知道自己究竟愿不愿意让罗宾来弹。来得太快了。曲子还没有完成，其实我真正在意的正是这个孩子的意见，胜过在意我那些有名有望的朋友们。我很想让他理解这首曲子。我不想再度陷入孤独之中。

尚未等我下定决心，罗宾已经坐在钢琴前弹起了乐谱初稿，其流畅与技巧均非我所能企及。我一下明白过来，之前遇到的问题究竟出在哪儿。是我一直在自欺欺人。这首旋律并非为双长笛创作的。这是一首钢琴交响曲。我必定是为罗宾而写。

我拼了命地写起来，甚至都没时间停下来吃饭，饭是斯特劳德太太送到音乐室来的，马库斯非得要我吃完。创作让我欣喜若狂。朋友们的赞许固然鼓舞人，但真正让我兴奋不已的是，我感到自己正在谱写整个生涯中最出色的乐曲。在一个人十五岁、二十五岁，甚至四十岁的时候，得到他人的夸赞与认可固然是好事，但在此之后，就难免顾影自怜，觉得开始走下坡路。

这正是我为罗宾感到忧心忡忡的原因。一个人若在孩童时代就达到了才华巅峰，其实是件很可怕的事。若一个人在十二岁以前就能与拉赫曼尼诺夫比肩，那么还剩下什么高峰可待攀援呢——无论是从评论界还是个人智性的角度来说？这种情况对于高音演唱者最为残酷，那些令人惊奇的少年演唱家，其声音之纯净让人晕眩陶醉，然而世人对他们的着迷并不会长久，很快他们的声音就会开始变得沙哑。我最同情的就是那些孩子。他们不但断送了前程，还失去了自己的乐器。他们就好像失去了双手的钢琴演奏者。

但我也不希望罗宾的天赋像我那样晚熟。我发现自己颇像那种一战前的白兰地——不仅口感出众，连达到最佳风味所需等待的时间也与众不同。我以年轻人的热情和活力投入创作中。有时写得精疲力竭了，我会拉上窗帘，往后躺到音乐室某把巨大的扶手椅上，搁起脚，聆听自己的早期唱片。这是一种很怪异的感觉，就好像看着一生从自己眼前飞驰而过。

我想演员们肯定会有这种感觉。我不禁想到了伊丽莎白·泰勒，想到她在晚年肥胖臃肿的时候重看《埃及艳后》或《玉女神驹》，回想自己当年的倾城美貌时的情状——那该是何等心碎的体验。然而对我来说，不安来自另一个方面，我感慨的并非自己不复年轻，更不是现在有另外某个人演奏着那些曲子。在我心中早已不是以那种方式听到它们了。只是每当看着自己年轻时的照片，我总会想象自己多少记得当年按下快门那瞬间的感受，想象自己在本质上还是原来的模样——只是边缘略有磨损，消化系统变得不太稳定，头发也明显稀少很多，但此外我并未改变。然而听到自己三十岁时指挥马勒的唱片时，我突然发现自己大错特错了。那个早期的福克斯和现在七十多岁的福克斯差别之大，就像和完全不同的另一位指挥家的差别一般。这真是一种令人不适而茫然无措的感觉。

每个礼拜的几个晚上，克拉拉会把罗宾带过来弹奏最新的乐谱。在他弹奏的时候，第二天要写的曲段就会豁然开朗，好像海上灯塔的光束照亮了可以安全行驶的航段。

弹完后，他心满意足地小小吹了口气。“我想要第一个弹你的作品。”

我笑起来。罗宾这话让我想起了他的外婆——她总是第一个跑过雪地，第一个弹奏新写的乐章。

等罗宾回家之后，我们就坐到露台上喝白兰地。九月的早霜冻伤了万寿菊，绣球花开始展现最美的光泽。直到明年来临之前，这将是我们最后一个闲坐室外的傍晚。我还悲伤地想到，对于马库斯来说甚至会是人生的最后一次。我们静坐无语，彼此之间弥漫着一种沉重的气息。随着夏季温暖逝去，带来秋日寒气，我们的快乐也顿然消减。

“来来来，这样可不行。”马库斯最后开口。“你们肯定看了《音乐家》杂志上面的‘二十一世纪大师’列表吧？我比你们都排得靠前。”

“我就在你后面一位。”约翰咕哝道。

“看吧！我就知道你看了。”马库斯得意扬扬地说道。

“等福克斯的钢琴交响曲被演奏出来，他就会排在我们所有人前面，包括你，马库斯。”阿尔伯特说道。

“那是肯定的。”马库斯微笑着说道。“肯定无疑。”

阿尔伯特清了清嗓子。“你这次写的东西真的很了不起，福克斯。我看了乐谱，也听了罗宾弹奏的片段。我想说这真是年轻三十岁的人写出来的音乐——饱含活力与激情，同时又具有人到晚年的深沉与悲伤。”

马库斯低声笑了，耸了耸肩。“要知道，伦勃朗最好的作品正是最后一幅，提香震惊世人的杰作也是最后一幅。”

写到第二乐章的末尾时，我有点犹豫，想要引入另一个主旋律。当我坐在黄昏的暮色中，望着白杨树冠下方的苍白叶子在风中飘摇时，我发现自己想起了埃迪。她特别钟爱那些树，称它们为冬日之树；即使在炎炎夏日，它们那银色的叶子也仿佛处于永恒的霜冻之下。

我闭上眼睛，允许自己陷入对她唱歌时样子的回忆，我已有许多个月没这样做了。我听见她在唱一首意第绪语歌的副歌部分，那是一首欢快活泼、富有节奏的曲调，让人忍不住伴随着滑音扭动起身体。我赶紧抽出一张手稿纸，写起这支旋律的初稿，时不时地在某些地方做点调整，因为这首曲子是为罗宾的钢琴而非埃迪的歌声创作的。我对这两种乐器都了如指掌。他们可以共享这首交响曲，外祖母与外孙儿。我决定叫它《G 大调钢琴交响曲：埃迪与罗宾》。

过上一两年，他就不会再记得她。她去世时他还很小，但通过这首曲子他终会发现她。我为他写下一条探寻外祖母的指引路线，这条歌曲之路会带着他穿过哈德格罗夫的山丘与墓冢，然后一路向东前往寒冷霜冻的昔日俄国。他将在那儿找到她，找到在漫天大雪中歌唱的她。

1952 年，6 月

全国各地对音乐的需求高涨，于是这一年里我们都忙着四处巡演，在座无虚席的音乐厅里演奏。马库斯至少允许我指挥了。有好几次排练，甚至一些不太重要的场馆里的零星演出都是我指挥的。高强度的演出日程让他精疲力竭，对此只好象征性地抗议了一下。无论我们来到哪里，都是一样的场景：排着长队的人们，脸上洋溢着热切的光芒。整个国家历经一次又一次的浩劫，目前仍然笼罩在灰色的愁云之下，然而至少我们还能庆祝点什么。新的伊丽莎白时代已经到来，所有人都渴望聆听埃尔加①，演出邀请令我们应接不暇。

从城市到城镇，我们的节目单几乎没有变动：沃恩·威廉斯、亨德尔、埃尔加，还是埃尔加，以及《耶路撒冷》②。我们的国歌既不叫“伦敦”，也不叫“黑斯廷斯”③ 或是“剑桥”，却偏偏叫“耶路撒冷”，这本身就很有英国味道。

埃迪再度成为全民爱乐情绪的聚焦点。如果说伊丽莎白女王是国家的面孔，那么埃迪·罗斯就是这个国家的歌喉。仿佛是意外之举，埃迪就这样和我们一起巡演了。所有的交响乐团都想请到她，然而令人费解

---

① 爱德华·埃尔加（Eward Elgar，1857—1934），英国著名作曲家。

②《耶路撒冷》被称为英国的第二国歌，在某些场合会作为英格兰的非正式国歌播放。歌曲由英国著名诗人威廉·布莱克作曲，歌词是他的一首诗歌。

③ 英国英格兰东萨塞克斯郡的港口城市。

的是——反正对于外界而言是这样的——她竟然选择了伯恩茅斯交响乐团。与她的距离一下子拉近了这么多，让我既快乐又痛苦。在两年辗转于肮脏住所间或乡间旅馆的地下恋情之后，她终于和我在一起了。然而始终还有杰克，以及萨尔。

负罪感沉重不堪。每次我们都会告诉彼此这是最后一次。我们不能再见面了。然而我们仍然在见面。有时候我不禁担心萨尔是否觉察到了我俩的恋情，但现实中我知道她并没有。我这是在欺骗自己。如果可以告诉自己她明知此事却仍未离开我，那我就能假装得到了她的默许。我知道埃迪与我一样苦苦忍受着悔恨感的折磨。我俩都努力用钱来挣脱这种痛苦。埃迪再度赚得盆满钵满，不用问也知道这些钱全都投入了哈德格罗夫府。我的版税尽管比不上埃迪的出场费，也同样分给了令我内疚的那两个人：杰克和萨尔。我不断寄钱回家，同时倾己所有给萨尔买一切东西。除了一样东西，尽管我知道这才是她真正想要的：结婚戒指。给出这个将是最终的虚伪之举，我真的做不到，即使我会在她以为我已然入睡的深夜里听见她的哭泣声。我的所作所为真是可怕极了。必须停下来。不得不停下来，应该停下来。

但我没有停下来。我看着埃迪疲倦地穿上丝袜。这是在她住的酒店客房里。大概在布里斯托尔[1]吧。我是过了一会儿才想起来的——我们流转经过了太多的酒店，太多的城市。我跟萨尔说的是出来帮马库斯跑腿，撒这些谎让我感到筋疲力尽。

“这必须结束了。”我说。

“不要。”埃迪断然说道。“我们在其他一切事情上都满口谎言。至少别在这件事上向彼此撒谎了。我们永远也不会结束的。我无法想象再也

① 英国英格兰南部埃文郡的港口城市、首府。

不见你，再也不和你上床。你能想象吗?”

我摇了摇头。我以前从不知晓爱情竟是如此可怕的东西。

“那我们就不要再伪装了。不管怎么说，我们必须接受自己究竟是怎样的人。我们就是能对自己宣称深爱的人做出此种行为的人。”

我知道埃迪仍然爱着杰克，尽管不知这是一种怎样的爱，以及与她对我的爱有何种不同。我没有问。她也没有问起萨尔。我想埃迪的处境比我更难，因为她总要见到萨尔。和她一起吃午饭，在歌剧院里见到她，开些无关紧要的玩笑，自始至终她都是知情的。我至少还不用面对杰克。在抽象意义上背叛他毕竟容易多了。时不时地，我会昧着良心做起痴梦，幻想他在一起车祸或一次悲惨的事故中死去，那时我便能极尽恸哭哀挽之能事，情真意切地为他吟诵一曲挽歌，接下来就能安静而体面地迎娶埃迪，所有人都会钦佩我们面对不幸的坚强态度，而他也永远不会发现我俩的背叛。

即便如此，萨尔也并未被考虑在内。我其实很喜欢萨尔。这是一种源于亲切感与习惯性的、更为平和的感情。我喜欢她，对她怀有感激之情，真的不想伤害她。这种畏畏缩缩的心理将我推入更深的道德困境。

我预感自己将与埃迪合为一体，既是在做爱过程中，也是在缱绻缠绵后的时刻。她一般是如此的讳莫如深，然而在那几分钟，或是那几个小时，当我们一起躺在弄湿了的床单上，凝视着这家位于布莱顿或迪兹伯里或是斯特拉特福德的酒店破旧斑驳的墙纸之时，我发现她会向我透露关于自己的点滴信息。或许她只是觉得，说点话要比反省我们所作所为的龌龊不堪来得容易些吧。

我的手指沿着她后背的深凹曲线一路抚摸。她颤抖了一下，伸手去够衬裙。

“我们还是不要这样了吧。你该走了。”

“马上。别忙着穿衣，亲爱的。”

她把脸埋进枕头里，由着我一路向下摸到她脊椎末端那里细细的汗毛。她再一次颤抖，却不是出于情欲。

“你是在担心今晚的音乐会吗？你肯定会惊艳全场的。”我说着在她身边躺下来，试图让她面朝我。

她勉强挤出一丝惨笑，看上去却是那样憔悴。

“我没法不紧张。我想可能是有点恶心想吐。”

她爬下床，对着废纸篓呕吐起来。

“每次都是这样。”

“你确定只是紧张吗？你不会怀孕了吧？”

她摇了摇头，一时显得很难过。“不会。和杰克这么多年都没有怀上。跟你也是。我想我肯定是生不了。没事的。这样或许也最好。”

说完这话，恶心感再度向她袭来。我望着她，强烈的爱意几乎让我头晕目眩，心里想：所以我们的恋情已经进展到这一步了——从做爱到看着她一丝不挂地往废纸篓里呕吐。

“你要点什么吗？水？饼干？”

她摇着头。“不用。演出一结束就会好了。和我说说话，转移一下我的注意力。这是唯一有用的办法。”

“你一直是这样的吗？”

“谈论舞台恐惧症并不算转移注意力，哈利。”

“告诉我吧。我想要知道。”

她叹了口气，无可奈何。“你知道我父母都是穷人吗？”

“我知道。”

“这其中没有一丁点诗情画意。我们住在砖巷附近一间又破又脏的小公寓里。英国人有个观念，就是开口不谈钱。但只有当一个人有钱的时候才会不谈钱。在没钱的时候，开口闭口都是钱。我们是如何缺钱。从哪儿能弄到点钱。弄到钱了要怎么用。我母亲在一家犹太人面包房打工，薪水微薄。我父亲，好吧，他东一头西一头地瞎捣鼓。我记得有年夏天他自己做肥皂，最后整个屋里都是那股动物油脂和紫色染料的恶心味儿，墙壁和地板上总是滑溜溜的，上面全是油。最后终于被我母亲叫停了。别的时候，他就骑着自行车在郊区四处跑，后面挂一辆拖车，沿路花一分钱问人家买来破烂东西，然后把它们修修补补——尽管效果甚微——想再以两分钱的价格卖给别人。总而言之，永远都在缺钱。我们总在为房租烦恼，担心烧煤费，寻思哪些商铺能给我们赊账。"

我不想打断她，生怕她会停下来，于是在她伸手去拿裙子，松垮地把它系在腰间时，我一直沉默着。她往手袋里摸索着掏出一包口香糖，为了戒烟她最近开始嚼这个了。她往后靠到床背上，手随意地抚摸着脚指头上的指甲，上面深红色的甲油有点剥落了。

"父母白天出去，我就和外祖母两人待在家里，"她继续说道，"我很爱她。你也肯定会爱她的，福克斯。她给我唱歌，做饭，还会跟我讲在俄国生活的岁月，都是些很可怕的故事，听得我毛骨悚然。夜里我会梦见甜菜根和哥萨克人[①]。这两个在我的想象中总是同时出现。那时候我会跟她一起唱每一首她所记得的老歌。有天下午父亲回来得早——我当时肯定已经快六岁了——他听到我们在边洗衣服边唱歌。然后他就哭了起来——"

"他一定是深深地被你的声音打动了，亲爱的。"

"不，其实并不是。他接着就过来冲外祖母大吼大叫，怒不可遏地用

① 生活在东欧大草原（俄罗斯、乌克兰南部）的一个游牧社群，历史上以骁勇善战和骑术精湛著称。

意第绪语和俄语咒骂责备她。”

“为什么？”

“他愤怒于外祖母竟然没告诉过他我会唱歌。他的摇钱树一直就在这里，扎着辫子闲坐在家里，本来早就可以出去赚钱的。那天晚上他就带着我出去了。我们走遍了所有酒吧。我就坐在酒吧的椅子上为大家唱歌。演出的结果不太差，但父亲还是很生气，他觉得我们本来可以更卖座的。问题在于，人们是被我这么个稚嫩的小不点给吸引了，他们并不太关心这些歌曲本身。意第绪语对他们而言太过陌生，而我看上去也太像个吉卜赛小孩。然而我只会唱那些歌，于是父亲花钱买了些流行歌曲的乐谱，二话不说把它们塞给我，让我自学这些歌。当然了，我读不懂乐谱，茫然不知所措。他发现我不会后火冒三丈。”

“他伤了你吗，亲爱的？”

她耸了耸肩。“哦，也就那样吧。我敢肯定你做错事时也没少挨过皮带吧？”

“可不是，将军打起孩子来可不会有什么顾忌。”

“肯定的，我都不能想象他会手下留情。我父亲也是这样。”

“那你是怎么学会识谱的呢？他教你的吗？”

“不是，他也不识谱。是一位邻居教我的。他以前是个小提琴手。我学得很快。恐惧是才智的催化剂。不管怎样，这之后我们的确更叫座了。但我讨厌这一切。要是我唱得好，父亲就会很高兴，在回家路上给我买个糖霜小圆面包或是扭结面包[①]。要是唱得不好，他就阴沉着脸，或是大发雷霆。我对于表演感到越来越紧张，每天夜晚的来临都让我胆战心惊。现在已经好多了，但还是没能真正摆脱这种恐惧。”

---

① 一种在烤前撒上粗盐粒、两端被打成小结的细面包卷。

我将她紧紧抱入怀中，但她挣脱开了。“我没事。真的没事。是你问起，我才说的。”

“我很想见见你父亲，说说我对他的看法。”

“是吗，但你见不到了，”她说，“他已经死了。”

“哦，”我吃了一惊，“对不起。”

“你是认真的吗？我还以为你想好好批评他一顿呢。”

“是啊，但——”我一时语塞，她笑起来，亲了亲我的脸颊。

“我逗你玩呢，亲爱的。我并不为此感到悲伤。他不算是十足的坏人，但他的确不是个让人开心的人。”

“那你母亲呢？”

“还在砖巷住着呢。我偶尔会去看她。我们离得不太近。”

她开始穿衣服，又穿着衬裙坐回到床上，一条腿在床沿上悬荡着。她吮着手指，目光瞟向我。当她再次开口时，声音是尖利而近似哀求的。

“你现在知道了吗，福克斯？你知道当杰克爱上我时，那是一种怎样的感觉了吗？像他那样的人？”

她并未道明何谓“那样的人”，但我完全了解。和杰克一起长大的感觉就是，我好像家里大厅墙上某幅名家画作的蹩脚赝品，在原作边上相形见绌。

“你母亲肯定为你感到骄傲极了。”我想转移话题。谈论杰克让我无法忍受，尤其是此时埃迪才从我床上起来。

“她的确很为我骄傲。虽然她更希望我没有改名字。”

我直愣愣地望着她，疑惑不解。

“这是什么意思？”

她大笑起来。“埃迪·罗斯是我的艺名，亲爱的。你不会不知道吧？”

“真的不知道，太蠢了，我竟然从没想过。那你真名叫什么？”

“我姓拉扎诺夫。如果坚持用这个名字，我压根不可能有今天的成就。那个太像犹太人了。一听就是外国人。肯定行不通的。如果你要为军人们唱歌，他们会想知道你整个灵魂都是红白蓝①三色的，血统可以追溯到该死的阿尔弗雷德大帝②那里。”

“拉扎诺夫？”我学着说道，好像那是一道奇怪的新式菜名。

“是的，拉扎诺夫。”

我凝视着她。那一刻我仿佛觉得自己对她一无所知。我竟然从未想过她嫁给杰克之前，本有除“罗斯”以外的名字，罗斯是多么典型的英国姓氏，我一直以为这是一个美丽的巧合。埃迪显然注定成为军人中最受欢迎的歌手，成为他们甜美的英伦玫瑰③。我现在才知道，这根本不是什么巧合，而是精心策划的有意之举。

“那么‘埃迪’呢？”我问这话时只觉得嘴里发干。“你原来也不叫埃迪吧？”

她摇了摇头。

“对的。我本名叫伊斯克拉。”

“伊斯克拉？”

她点了点头，露出微笑。“伊斯克拉·拉扎诺夫。很高兴遇见你。”

她伸出手来与我握手，好像在玩游戏，我配合地握住，但这游戏一点也不好玩。我的挚爱对我而言陌生无比。

音乐会很成功。尽管内心忐忑恐惧，埃迪还是表现惊艳。我忍不住

---

① 英国国旗由红白蓝三色构成。

② 阿尔弗雷德大帝（849—899），英格兰盎格鲁-萨克逊时期韦塞克斯王朝君主，在位年份为871—899年，他是历史上第一位称自己为“盎格鲁-萨克逊之王”的君主。

③ 罗斯（Rose）在英语中是“玫瑰”的意思。

猜想杰克是否知道伊斯克拉·拉扎诺夫的事。我想他应该知道。毕竟那可是她的少女名啊。一想到杰克，负罪感喷涌而出，如同皮疹在燥热中爆发瘙痒。我发现自己很难集中精力做任何事情。

马库斯问我要不要指挥埃迪的战时金曲，尽管他清楚知道我肯定会拒绝。我对埃迪还没有爱屋及乌到喜欢她的那些金曲。最后他给我的是戴留斯的《孟春初闻杜鹃啼》。这是一首关于希望和嫩绿新芽的曲子，但我只觉得杜鹃是一种撒谎的鸟儿，它以伪装的面目蒙骗世人。

结束后，马库斯一把拍在我肩上。“演出棒极了，老兄。没想到你还有这一手。你发现了我之前从未听出的东西。你可真聪明。”

我应该感到骄傲，但是我并没有。

马库斯和弦乐部分的乐手在酒吧里狂欢庆祝。我溜过去加入了他们。跟马库斯和几个吵吵闹闹的小提琴手痛饮一番，似乎是忘却烦恼的好办法。马库斯有《弥赛亚》人声部分的乐谱，又凭借记忆唱出管弦部分的乐曲，发狂似的指挥起不存在的幽灵乐团。他高声哼着调调，拿起一根纸棒充当指挥棒。

“铜管！”他喊道。“中提琴！”

每当他正确引入一个乐器组，弦乐手们就每人喝一杯。

“双簧管独奏！”

“不！”一个中提琴手叫了起来，手里指着乐谱。“你早了一小节。喝酒！喝酒！”

在确认是他出错了之后，马库斯慷慨豪迈地将他那杯酒一饮而尽。

我不知道亨德尔会作何感想——他的杰作被拿来用于喝酒游戏。我突然感到谁的手落在我背上，回头一看，萨尔正站在我边上。

“我可以引诱你离开吗？”

“当然可以，亲爱的。”

我给她点了杯金汤力，然后我们聊起了时常会谈的话题，即何时去美国，见见她的家人。尽管谁都没说，但我们默认在动身去那里之前必须先结婚。

“我不知道直到明年夏天以前要怎么抽出空来。”我说，“我们的巡演承诺简直是荒谬。一月接着一月都是日程排满的。”

“我们可以请个假，只要你想，马库斯后面肯定还会把你招回来的。”

我知道她说得没错。我正想着如何找理由说明这样不可行，这时听到埃迪在呼唤我的名字。她很少会当着萨尔的面跟我说话。我们之间保持着友好的距离。不会太冷淡——那样会显得很奇怪——但是总很矜持。

“福克斯。”她再次唤道。

我转过身去，只见她与杰克挽手而来。

我们坐在酒吧里，四人之间放了一瓶香槟。杰克的手环绕着埃迪，我的手也随意地搭在萨尔身上。我真希望自己醉个不省人事，却只感到一阵恶心。但同时，见到杰克我的高兴之情溢于言表。我可真是想死他了。他的感情则简单得多。起初犹豫片刻后，他立马上来抱住了我。

“老天啊，福克斯。见到你实在是太好了。一定要回家来啊。哪怕就是看看我们。家里没有你真的就和原来不一样了。”

“抱歉。真的太抱歉了。我真希望——”

这句道歉是真心实意的，但却并非为当初一走了之、多年杳无音信而说。我渴求的是将它说出口的解脱感。埃迪望着我，面容苍白而疲倦，但杰克已经原谅了我（或者说他相信如此），还没等我多说几个字就打断了我。

“别再想这个了，老弟。你现在今非昔比了，我看得出来。”他说着朝萨尔热情一笑。“再次见到你真是太好了。你看上去迷人极了，萨尔。

你们两个小年轻什么时候结婚啊？可一定要在哈德格罗夫教堂里举行。埃迪和我当初就没有，只是悄悄溜到一个该死的登记处办了就完事。我绝不会让你俩重蹈覆辙。后面我们还可以在家里办一场热闹的聚会。”

杰克沉浸在快乐的设想中忘乎所以，萨尔则是满面桃花，紧紧握住了我的手。我感觉自己卑劣至极。

第二周我们就回家了。冬日花园音乐大厅的房顶轰然坠落，马库斯赶紧回伯恩茅斯检查损毁情况，我们四人则启程回哈德格罗夫。杰克开车，埃迪坐在他边上的副驾驶座上，他的手放在她的膝上。恐惧让我绷紧了神经。同时我又想拿走他的手，狠狠地揍他一拳，但我不住地提醒自己，他才是有权利这么做的人。他只是被戴了绿帽的丈夫。

离家越近，卑劣感就越是强烈地折磨着我。我几乎无法承受，胃中涌起一阵奇怪的疼痛。我在镜中看到埃迪的脸。只见在那副贝蒂·戴维斯①式的太阳镜下面她面色惨白，眼角的一小块肌肉开始突突跳动。萨尔和杰克两人浑然不觉。他们一路开心地聊着，都没停下来喘口气。这让我又是气恼又松了口气。

我们停下来在萨默塞特②的一家小酒吧吃午饭，在我俩端着干姜啤酒往姑娘们走回去时，杰克把手放在我的臂膀上，说着安慰的话。

“别担心，老弟。我知道你对整件事感觉糟透了。其实没事的。你知道乔治对什么事都不会长久怀恨在心的。将军已经完全原谅了你。他觉得你离家出走全是我们的错。”

---

① 贝蒂·戴维斯（Bette Davis，1908—1989），美国著名电影女演员，曾十次获得奥斯卡最佳女主角提名。

② 英国英格兰西南部的郡。

他的一番好意反而让我感觉更难受了（如果还能更难受的话）。整个午饭过程我都不敢正视埃迪。她几乎没吃什么，只是抽着烟，坐在离我尽可能远的地方，脸背向我。这是完美的六月一天，天空是画家笔下浓郁的蓝色，日光酷热。犬蔷薇零星点缀在路边的树篱上，树篱边上盛开着欧芹花，其中杂生着艳粉的知更草和火红的剪秋罗。鸟儿高高飞过，在天空中留下凌乱的痕迹；一只啄木鸟用喙反复敲打一棵榆树，这是它的午餐时间，它头上那撮深红色的羽毛犹如宴会上的华丽礼帽。到处是田园牧歌般的静谧美景，萨尔愉快地微笑着，我觉得自己真是个卑鄙小人。

然而当杰克转弯开上通往哈德格罗夫的车道时，即使是我，也顿觉心中溢满乡愁。眼前，终于出现了那座山，上面是星星点点的羊群，然后是我们的哈德格罗夫府，那样宁静优雅，栖于山脊之下。我忆起战争快结束时的那一次归途，现在看来，那次是如何单纯而清白。此次归家，这座房子比记忆中任何时候都要迷人。门面上长满了紫藤萝，它们的叶子为石雕墙平添柔和色彩；各扇窗子周围的白玫瑰迎风舒展，花枝未经修剪，沉甸甸的，把一半的窗格玻璃都给遮住了。花园两边的狭长花坛上芍药低垂，好似穿反了塔夫绸连衣裙的醉酒姑娘。有失修整的草坪上密密麻麻地开满雏菊和黄色毛茛花，它们的明黄色花枝四处怒长蔓生，伸入花坛里面。花园边缘，团团簇簇的毛地黄绰约而立，花下一把帆布躺椅上，将军正睡着。

“您好，父亲。”我说着走过去。

他一下惊醒，站了起来，看上去又是高兴又是生气。他讨厌别人发现他在自己位置上睡过去，他将这样视为一种弱点，是年老体衰的表现。我注意到，将军和这房子一样，已经走向衰败。他的眼睛底下垂着深深的眼袋，那双眼睛尽管还是那么蓝，却已是布满血丝。

“是啊。很好。差不多是时候了。”他说道，这是他能说出来的最接近“见到你真是太高兴了”的话了。

我们来到草坪上，奇弗斯为我们端来各种酒。他看上去是那样孱弱，我不禁担心是否端得住那盘子。只见他一小步一小步地朝我们走过来，酒杯乒乒乓乓晃得厉害，我们只能站在那里等着他，礼节不允许我们过去帮他——他会把任何此类表示视作可怕的侮辱。他以令人痛苦的礼貌态度和我打招呼，证明至少还有他没原谅我的出走。杜松子酒是温热的，没有加冰块。我们的聊天尴尬而拘谨。我努力不与埃迪对视。她看上去痛苦极了。

过了不知多久，乔治终于出现了。他穿着连体工装裤，我的第一个念头就是他成了庞然大物。他没有长高，但肩膀和胸膛变得宽阔有力，手臂上隆起了肌肉。我们握手时，感觉他的手指如干草一般粗糙。我发现在他身边我感到紧张，我们就像鸡尾酒会上的陌生人一样彼此礼貌相待。

所有人移步凉廊，凉廊的一半已经坍塌，所以我们都只好挤在尚存的那一端，就像一艘沉没的轮船上唯一一段干燥的甲板，大家站在那里，小心翼翼地回避终将到来的命运。我悄悄溜进房内，想着哪怕逃避一两分钟也好，然而屋内的衰败迹象却更为严重。屋顶上的灰泥成块掉落，露出了底下的马鬃，于是当我抬头仰望时，只见剥落了的屋顶看上去就像得了某种怪异的皮肤病。从外面看起来，房子的真实状况被夏日盛开的繁花所掩盖，它的破败乍看之下是如画般的颓废之美；一走进里面，便发现它已是摇摇欲坠，濒临覆灭。我都不能想象他们是怎么苦挨过冬日，怎么可能有一丝舒适可言。接着，我满怀悲伤地想到，埃迪一心想和我们一起巡演，或许更多并不是因为我的魅力，而是为了热水和暖床。

晚上，杰克和我在果园里散步。树上结出了小小的绿苹果，凑近一看，我注意到有什么东西卡在一棵树干的空洞里。我把它拿起来，发现竟是一片吐司。吐司怎么会出现在这里？我朝四周的其他树望去，发现原来每一棵都在同样的位置放了一片烤过的吐司。

"乔治，"杰克说，"是乔治放的。"

"为什么呢？"

"他从一本旧农学年鉴上看来的。在中世纪他们会把吐司放在树里以驱散精灵。既然我的确从未见过一个精灵，所以我想这招还是管用的吧。"

在那轻松的微笑之下，杰克看起来却满是烦恼。我一直都在想着自己的糟心事，都没注意他的情绪。

"房子的状况不是太好。"我最后开口。

"简直惨不忍睹。要不是有埃迪，我们早就破产了。当然还有你，"他立马礼貌地补充上，"自你走后，一切从很糟糕变成了一败涂地。"

"即使我留在这里，也说不准情况会不会稍微好一点。我帮不上什么忙。"

"这倒是真的。"他咧嘴一笑，那个从前的杰克又回来了。"至少将军已经不再威胁说要炸掉这地方了。我猜他是觉得只要再等一等，这房子自己就会倒塌，他还省了爆破费用呢。不管怎么说，我们不能再像现在这样了，即使有你和埃迪接济，还是不够的。"

我们走到了果园的边缘，这里的草儿长得很茂盛，一片油亮亮的浓绿色往下一路延展至湖畔。湖面光洁如镜，一只天鹅轻盈滑过，它的脖颈是一个洁白的问号。我在湖边坐下，杰克坐到我边上，随手摘下一片叶子。

"乔治打定主意不用任何现代东西。不使用任何化肥，尽管它们可以让一切变得简单太多。如果听他的话，我们连拖拉机都不能用，而是要用该死的马。他会说他想聆听大地，按照大地的旨意行事。但它绝对没有跟我说过任何话。”他几乎是在吼着，看上去快哭了。“你一定得和他说一说，福克斯。乔治这是要毁了我们所有人。我还是在意这事的，哪怕你不在意。”

“我当然在意了。”我生气地说道。

“那你就得让他认清道理。”杰克说着往后躺去，合上眼睛；现在这包袱已经安全转交给了我，他的脸上便呈现出安详的神情。

“这些都是伟大之舞的一部分。”乔治慢悠悠地对我们说，这是他第三次做出这样的解释。“你正在做的是通过英国音乐重造耶路撒冷①，而我则是利用土地本身来做同样的事。”

“还有牛屎。”

“那个对土壤非常有好处。就像音乐一样。”

乔治实在是尽心尽力了。他为苹果树祝酒，用吐司来驱赶害虫；如果气候湿度让这样做不无必要，他甚至还会跳起祈雨舞。我们坐在凉廊上，等待奇弗斯来叫我们去吃晚饭。我已经端端正正地穿好了正餐外套，乔治套在一件明显太小的花呢外套里，不自在地扭动着。他看起来就像穿上正装去参加婚礼的农民。

“可是乔治老兄，你压根什么钱都没赚到啊。”

“你和杰克一样坏。他觉得这一切不过是粪便和神秘主义。”

在我听来，这个概括真是干净利落。

“我完全不是那样想的。我不是杰克。”我试图安抚他。

---

① 这里代指福地，天堂。

我听着乔治声音低沉地絮絮叨叨，说着要通过古老的农作方式在哈德格罗夫的墓冢下建起一个“农村耶路撒冷”，说着我们如何必须让教会年历与不信教者的各个节日的节奏融合起来。

“我不确定牧师是否真能接受周日早上的那些求子仪式。”我最后说道。

“我知道。他现在对这整件事的态度是相当不高兴的。”

原来乔治已经向可怜的洛布教士问过此事了，这让我很是吃惊。我不禁怀疑乔治会不会是有点精神错乱了，但另一方面，他看上去健康得不能更健康了：室外劳作的日晒把他原本褐色的头发照成了金色。要是这房子和庄园的状况能有他一半好就好了。乔治叹了口气，对着刺眼的黄昏霞光闭上了眼睛。

“几年前是你告诉我歌的重要性，”他说，“你是对的，你知道的。只是我们不仅仅有民谣，还有民俗。全都在那里。只是人们再也不理会它们了。”他转向我，只见他面颊发红，既因为夕阳照射，也是心中热火燃烧所致。“你可以帮上忙的。你可以创作音乐，丰收的音乐，播种的音乐。农民们边唱歌边劳动，事半功倍。但意义不止于此。音乐本身就是献给土地的礼物。”

“我知道，乔治。我为它写了一首顶呱呱的交响曲。”

他咧嘴一笑，张开巨大的手臂伸了个懒腰，骨关节咯咯作响。他的目光瞥向上方的天空，那儿已出现一年中最早的蝙蝠，它们自屋檐上飞起，此刻正急速地嗖嗖打着转。

“你现在明白了？你知道我不是怪人，福克斯。我没有失去理智。杰克觉得我已经古怪得无药可救了。”

“其实他对你的形容比这个还糟糕多了。”

乔治低声笑起来。他至少还没失去幽默感，这让我总算松了口气。

“我听到威斯敏斯特那边的各种传言——我们国家已经濒临破产，饥荒随时可能爆发。我们需要更多高热量食物，等等。但我不喜欢他们的方式，福克斯。我不想摈弃人力，提高机械化水平。如果我们用机器取代了农场工人，我们的农民便会就此消失。我相信英国人也就像一种农作物，应当繁衍不息，应当加以保护。”

他说话时声音颤抖，迸发出皈依者一般的狂热激情，尽管我听得有些尴尬，却禁不住对他暗生赞许。

“我本是要来说服你的。”

“我知道。”

夕阳如火，将翩翩流云染成一片绯红色，它们互相追逐着飘过山脊；山上刷白的农舍也在霞光的映照下变成了粉色小屋。我听到远方传来羊群咩咩的叫声，望见一群晚归的小羊羔疾行经过田地，只见它们一齐扭动身子，腾空跃起，夏日迷人的傍晚让它们感到纯粹的快乐。我承认自己当初离开哈德格罗夫不仅仅是为了埃迪，也是因为想追求一种不一样的生活——以音乐为生。但此刻当我站在这里，听着风吹动落叶松的声响，望着云朵在山顶上汇聚，预示夜雨将至，我知道自己再也不愿离开了。

晚餐拘谨压抑，弥漫着不安。将军那搅黄任何聚会气氛的才能还是一如往常——尽管这一次也不能全怪他。埃迪竭力做出快乐的样子，却做得过了头，也过于刻意，我则是心不在焉，垂头丧气。我们身着晚餐正装端坐，姑娘们穿着漂亮的连衣裙，大家都小口抿着酒，无言地看着奇弗斯双手颤抖地为我们舀出爱尔兰炖菜和绿叶菜。就连枝形吊灯都无法掩饰餐厅的惨状。四壁墙纸剥落，霉味重到令人难以忍受。我感觉自己好像身处于一场龌龊而无趣的游戏当中。

晚饭后，我借散步暂寻逃避。暮色四合，我加快脚步爬上山向灵穆尔行去。没过多久身上就出了汗，心里懊悔没换下这身晚餐正装。我在一层石阶上坐下来，大口吸入沁凉新鲜的空气，我知道自己此刻应该过去拯救萨尔。一个想法却在心中浮起。说不准这想法是荒谬至极还是绝妙透顶。我必须和埃迪商量一下。我越来越发现，直到向埃迪开口说出之前，我对于自己的所思所想往往并不了解。我匆匆往家里走回去，一心想找到她，结果却撞上了萨尔。

“他们都去睡了。大家都累了吧，我想。”

她热切欢快地领着我上楼，但我发觉，在明知埃迪离我如此之近的情况下，自己没法同她做爱。这种偷情之事竟也自有其准则，真是不可思议。对于我的热情不足，萨尔表现出极度的善解人意，于是整整几个小时，我就清醒地躺在黑暗中，听着暗处蛀虫窸窸窣窣的声音，以及我自己良心的低沉鸣响。

是埃迪找到了我，在第二天的傍晚时分。她穿着一件风情动人的黄色棉布连衣裙，我惊讶于她看上去竟是那样年轻。当时我正独坐在凉廊上，努力看着账目。

“走，去散散步吧。”她对我说。

我们并肩走起，但两人之间保持着得体的距离，直到走出房子的视线之外，我感觉她纤小的手指轻轻滑入我的手掌。

“这样太可怕了，亲爱的，”她说，“真的太可怕了。”

我点点头，因为她说得没错，但我内心的另一部分却因为重回家园而欣喜若狂。过去几年无异于一场自我放逐，此次归来，与负罪感一同涌来的还有如释重负的感觉——前者已是融入背景的永恒不息的折磨，如同长期性的疼痛，现在我已经习以为常。我贪婪地呼吸着潮湿的青草及金银花的味道。

“我给马库斯打了电话，冬日花园屋顶的问题很严重。交响乐团一时半会儿没了去处。”我告诉她。

“哦亲爱的，真是遗憾。谢天谢地你们还在巡演。”

“是啊。但那个待会再说。你觉得把乐团请到这里来怎么样？走到哪儿我都听到人们在谈论格林德布恩音乐节。他们可是赚翻了。我觉得我们应该在哈德格罗夫府也搞一个音乐节。”

“那成本岂不是非常高？”

“看不出为什么会高。我们需要把大厅稍事修整，但你知道原声乐器在那里演奏的话，效果会有多棒。说实在的，我们乐团的演奏场所一直都太破烂了。”

“亲爱的，我觉得这主意棒极了。”

她开心地凑过来亲吻我，我顿时对未来的前景感到激动不已。我们关于种种可能性聊了一个小时。我惊讶地发现，埃迪对哈德格罗夫财务状况的了解程度胜于其他所有人。

“你还有在莫斯科大剧院的朋友吗？”我问。

“有啊。怎么了？”

“唔，我是想他们会不会考虑也来这里做几场演出。这对乐团来说将有如天赐。马库斯这人是很可怕，但他把乐团带得相当出色。你觉得莫斯科大剧院能做到他那样吗？”

“他们可以的。是的，我能肯定他们可以。我猜你打算让乐团在吟游诗人画廊那里演奏？”

我们已经走了将近两个小时，现在掉头往家里走回去，但就在我们快走到花园时，埃迪把我拉住了。

“再过会儿吧。我还没准备好戴上假面。不用伪装的感觉真是如释重负。”

我们在一棵古老的栗子树荫下坐下，她的头靠在我的肩上，谁都没说话。我们既没有亲吻，也没有做爱。

我们想要陪伴彼此，无论倾心交谈抑或沉默不语，都乐在其中。我们犯下了最严重的背叛：不是性，而是真正的亲密无间。

开往车站的路途犹如噩梦。萨尔的眼睛哭肿得好像被打了一般。

“是她吗？是埃迪吗？”

“不是。”

这一次，我是出于善意而撒谎。让她知道我背叛了她于事无益。

“你就是‘不能娶我’。”

“不能。”

“我不懂。”

我对此并不惊讶。我不顾一切地想要坦白真相，卸下重负，但我意识到其实任何坦白都只会是进一步的自私之举。我或许能感到解脱，但萨尔无疑不可能。

“你怎么可以说不爱就不爱一个人了呢？”她问道，伸手去拿手帕。她再次擦了擦眼睛。

“我很抱歉。”

我的道歉只是激怒了她。我给了她十英镑——趁她没注意的时候偷偷塞进她手袋里的——然后把她送上了火车。我驶回哈德格罗夫府，走下车时双腿都在发抖。

晚饭前，埃迪在客厅里堵住我。

“你做了什么？”她面色惨白地问我。

“我和萨尔分手了。我没法再骗下去了。”

“你不会打算告诉杰克吧?”

她面如白纸，我一瞬间很害怕她会晕过去，于是给她倒了杯杜松子酒，把酒杯塞进她手里。

“我厌倦了撒谎，埃迪。我爱你。我要的只是你。”

“我没法告诉杰克，”她平静地说道，“我真的办不到。”

我在一把安乐椅的边缘上坐下来，双手抱住头。我注意到地板上有一小片扯破的蝴蝶翅膀，好像一块花色图案的小小墙纸。

“我还傻傻地希望你能把我的痛下决心当成榜样。”

“这不一样。你和萨尔还没有结婚。”

天晓得告诉杰克以后会是什么结果，但至少要比现在这样好。负罪感已经化成了耳中的一种虫子，一首我怎么都没法停下哼唱的乏味曲调。我想这是一辈子都没法摆脱的了。

“对不起。”她说，“我懦弱，我做不到，我不想伤害他，哈利。”

“别说了。”

我受不了她这样说话。一时沉默，我思索着。最后，我抬起头来望着她，握住她的手。

“我什么都不该说的。我应该活在谎言中，接受负罪感和那些谎言，把它们当作爱你的代价。”

埃迪凝视着我，她的脸如纸一般苍白。“告诉杰克——跟他说我不舒服。”她转身疾步离开房间，我听见她匆匆跑上楼梯的脚步声。

十分钟后，杰克和乔治从花园里走过来。

“埃迪人呢?”杰克边倒酒边问道。

“她头有点痛，”我说，“我觉得她大概不会下来吃晚饭了。”

2003 年，3 月

周日晚上大约六点半的时候，露西的车子出现在车道上。我从厨房窗户向外望去，看着两个女儿从车里出来，露西环抱着克拉拉，后者显然正在哭泣。我赶紧跑到后门，将她们两人带进厨房。克拉拉在餐桌边上坐下，脸埋在双手中，她抽泣得太厉害了，以至于我都听不懂她想说什么。

“怎么了，亲爱的？是罗宾吗？他没事吧？”我惊恐地问道。

“罗宾没事。”露西说。

克拉拉抬起头来，脸上满是泪痕。“你总觉得一切都是围着他转的。”

我静静地等待她的抽泣平息下来。

“拉尔夫离开了我。”她最终说道。

“哦亲爱的，我真抱歉。”

“真的吗？你一直不喜欢他的。”

“是不喜欢。现在更不喜欢了。他是个讨人嫌的家伙。我真的相当抱歉。”

她看上去是那样绝望，那样难过，我看着只觉得胸腔之中有什么东西轰然崩裂。我从来都不想让她嫁给那个野蛮自大的男人。他对于音乐的兴趣是功利世俗的，这正是人的罪恶缺陷。我翻遍橱柜，倒了三杯烈性金汤力。

“孩子们呢？”我问。

“待在一个朋友那里，”克拉拉说，“我们还什么都没告诉他们。我甚至都不知道自己要告诉他们什么。我需要一点时间来想一想。”

她眼睛哭得胀鼓鼓的，拿出一小块手帕来擦拭。

“他和别人睡了。说是爱上她了，想要离婚。他也不想弄成这样。他抱歉得要命——”

说到这里，她再度泣不成声。露西抚摸着她的背，把那杯金汤力塞给她。

“哦，克拉拉。”我在她旁边的椅子上坐下来，紧紧握住她的手。“会没事的。真的会没事的。我们都会帮你的。什么忙都会帮你的。不管是钱，还是律师。”

“还不如谋杀。”露西冷冷地吐出几个字。至少现在，她显然是和我一样讨厌拉尔夫了。

克拉拉好像什么都没听见。“外遇。跟一个做会计的女人。真是侮辱人。该死的太狗血了。”

我真希望埃迪在这里。这种渴望过于强烈，近乎成为一种生理性的疼痛。埃迪一定知道该怎么办。她会把克拉拉唤到自己身边，让这个哭泣的女儿跟她一块去床上睡觉，女儿们小时候发烧生病时，她就是这么做的。埃迪会用歌声驱散她们的全部悲伤，哄她们安然入睡。不过接着我就做了个鬼脸，不得不承认的是，即便埃迪在这里，眼下的悲伤也是她都没法用歌声驱散的。

克拉拉揉了揉眼睛，把眼睛揉得更红了。她哭得太厉害了，眼皮看上去都青肿了，皮肤呈现一种白蜡般的半透明质态。

“我们之间不对头大概已经有——哦，我也不知道。”她说。“我们都很少见到彼此。他总是在工作，我又把全部生活的一半时间用在开车送罗宾去伦敦上钢琴课上。某一次我正堵在 A303 道上，拉尔夫在说着什么销售账单，年末收益，然后说到和一个名叫安吉拉的女人坠入了爱河。”

“这不能怪罗宾。”我说。

“是啊，当然不能怪他。”克拉拉断然说道。“拉尔夫和我早已渐行渐远，疏远到能够让那个该死的安吉拉乘虚而入，挤进我们之间的裂隙。”她叹了口气，揉揉额头，那儿随即出现了一道细小的褶皱，完全就是她母亲的翻版。“我知道事情不太对劲，但我永远都是太累了或是太忙了，对此实在是无能为力。”

“别说了。”露西语气坚定地说道，“你说得好像是你的错似的，不是这样的。”

克拉拉点了点头，强咽下口水，忍住不让眼泪掉下来。她把空了的酒杯推过桌面。“我想要妈妈。”她说着就哭了起来。

看着她如此难过，我感同身受，这种痛苦实在是不堪忍受。人们会认为随着扎马尾辫的小女儿长大成为自立自强的女性，有了自己的家庭和漂亮的事业，做父母的就会容易很多，但其实并非如此。完全不是。我伸过手去轻拍她的手，接着就又收回来，因为我给不了任何慰藉。

“我给你去放洗澡水。”我最后说道。“以前你们母亲紧张不安时，我都会给她放洗澡水。杜松子酒和热水澡能让一切都好受点，她总这么说。”

我把她俩留在厨房里交心倾谈，自己走到楼上去放洗澡水。我坐在浴缸边缘——这浴缸当然也是埃迪挑选的，铸铁材质，弓形足设计，那个位置正好可以将哈德格罗夫山和小树林的景色尽收眼底。天色已黑，一弯黄月低垂于山脊之上。

我想起了萨尔，这是多年来头一回想起她。我有比拉尔夫好多少吗?以前我一直努力让自己不去想萨尔。我当时太不像话了，那一段人生暴露了我最差劲的一面，如同平庸不过的懦夫那样，我尽量不去想这些事。我将萨尔埋入不为人知的良心深处，用尽一切办法忘却她。我从未跟克拉拉或露西说起过她。也一直没机会提起。几十年来，今天我头一回蓦然想起那件事情——假如当初我对她们坦白相告，她们有可能原谅我吗？这不重要，我对自己说。没有任何理由告诉她们。然而，当我听着猫头鹰的叫声在山后响起，热水如浪涛般拍打着浴缸侧面时，我知道这是重要的。我不仅仅想要她们的爱，还想得到她们的宽恕。

克拉拉走下楼来，身上穿着埃迪的旧晨袍，浴后的她面色红润，在客厅的炉火旁边蜷坐起来。火光映照下，她的肌肤是玫瑰色的，让她看上去更像是十五岁而非四十岁。她弯起膝盖抵在下巴下面，心不在焉地盯着燃烧的火焰。这一幕似曾相识，在她的婚礼前夜，我们俩就是这样坐着。我真希望她已不记得那时的情景。

"我婚礼前的那个晚上，我们就是这样坐着的。"她说。

"你那时紧张得要命。"我说。

"最后事实证明，当时紧张是有道理的。"她叹了口气。"我问起你在娶妈妈前夕紧不紧张，你说'不'。你说你平生最不紧张的就是这事了。只有想到不能娶她才让你惊恐不安。"

"我真那么说的？"

"是的。"她转向我，眼里再度泪光闪动。"你不知道这种感觉，爸爸。我想像你和妈妈那样。你们之间是那么自然而然。不对，不是自然而然，而是非那样不可。就是这样。我还以为我的婚姻也是非幸福不可。但事实并非如此。"

"对不起，亲爱的。我们并不是故意——"

"你们当然没有那个意思。幸福美满又不是你们的错。这是再好不过的事。只是对我们来说，标准就太高了。这就是为什么露西一直都不想结婚，你知道的。"

“这到底是什么意思？”

“她不像我这么傻。她就想像你们那样，不肯委曲将就。她一直都知道，这种幸福既不是自然而然，也不是必然如此。”

我感到一阵巨大的沉重感笼罩心头。我从未想到，自己的幸福竟会成为两个女儿幸福的阻碍。

“别这样。”克拉拉说。

“别怎样？”

“别这样垂头丧气的。我跟你说了，这不怪你。你和妈妈是无比幸运的一对。其他人的不幸又不是你们的错。这压根跟你们没半点关系。”

坦白的机会就在眼前，我应该如实相告，是的，这些年来我们所经受的某些不幸恰恰都是因我和埃迪而起。克拉拉望着我，眼神里是那样坦诚的爱，那样的悲伤与疲倦，我又如何开得了口。她没有必要知道，她的父亲并非如她所想。他不值得她这般敬重。

罗宾在哈德格罗夫府待的时间比以前还多了。当两个姐姐围着她们的母亲打转，又是谴责父亲又是安慰母亲之时，罗宾却躲到了一边。他既不需要安慰也不想要谈话。他渴望音乐。我允许他比平常弹更长时间的钢琴，也暂时解除了不能弹贝多芬的禁令——我承认罗宾需要通过弹琴来宣泄悲伤与愤怒。他的童年就此从大调滑入小调。

我努力不去听那冲刷着自己思绪的音乐。作曲让我身心俱疲，需要休息一阵，我曾一度拥有的那股子劲头不复存在。尽管如此，那些旋律还是时时萦绕心间，呼唤着我弹奏它们，就像女儿们幼时在我想工作时缠着我不放一样。那个时候，我会恼怒于她们的纠缠不休，转身离开她们，一把关上音乐室的房门，躲进音乐的世界里。现在，我想做的是相反的事。我无视如头痛般在额头突突跳动的曲调，努力把全部心思转移到克拉拉和她的孩子上面。我邀请她们在罗宾练完钢琴后过来吃晚饭，还特地选了安娜贝尔和凯蒂之间的位置坐下来，这让罗宾很是吃惊。我尝试跟她们聊天，但对于能讲什么毫无头绪。我不记得以前和自己的女儿交流时曾经找不到话讲，但两个外孙女于我而言仍然是小小的陌生人——礼貌，漂亮，却有距离，如同洋娃娃一般。

我切开一只烤鸡，给众人分盘子。

安娜贝尔甩了甩她的一头卷发。“我吃素，外公。”

“是吗？什么时候开始的？”

“怎么说，一直都是吧。”

两个小女孩一齐盯着我看，脸上是既受伤又困惑的表情。

“哦，冰箱里没准还有一点芝士或是烟熏三文鱼。你们愿意的话可以吃那个。”

“我不吃鱼。芝士是素的吗？”

“我还真是不知道，亲爱的。我很难想象它吃了很多牛排呢。”

我的目光越过餐桌望向罗宾，后者不无同情地向我投来一个微笑。或许共进晚饭就是一个错误的决定。和罗宾谈论勃拉姆斯可要比面对两个审问我冰箱里东西的小客人好受多了，后者还身穿着粉白条纹的牛仔裤和颜色花哨的运动鞋。我不屈不挠，试着询问外孙女学校、俱乐部和无挡板篮球练习的情况，但令人不快的事实是，我对于她们的回答并不太感兴趣。

饭后克拉拉和我一起洗碗。

“你努力亲近外孙女是件好事。她们会感谢你的尝试的。”

“会吗？我感觉就好像无用功。恐怕我们没有很多共同点。我不知道该跟她们说什么。我成了自己小时候很惧怕的那种无趣透顶的老年人。”

我没有补充说自己觉得两个外孙女也有点无趣。

克拉拉目光古怪地看着我，然后出神地凝视着厨房的窗外，只见晚霞如煤火般燃烧，深红色的光芒笼罩天空，美得恍如幻境。

“我有一半时间都不知道该跟罗宾说什么。他是我的亲儿子，但当我在没完没了地接送他往返伦敦途中，和他一起坐在车里，却不知道该说什么。”

“你可以聊聊音乐。”

“我聊不起来。不知道该怎么聊。没法像他或你那样聊。我听起来肯定会像个白痴。再说了，我从音乐中也没法和你们听出一样的东西。”

她笨手笨脚地拿起一个茶杯，没拿稳，杯子掉到瓷砖地板上，砸下去时发出木琴般的破碎声。

“该死的。”

她哭起来。那段日子里，克拉拉的眼泪总是随时都会喷涌而出。

“看在老天的分上，克拉拉。只是一个杯子而已，来。”说着我也往地上砸了一个，伴随着令人满足的清脆叮当声，杯子在瓷砖上摔得四分五裂。

她笑了起来。“不是这蠢杯子的问题，爸爸。是罗宾。你不知道这种感觉，不知道该跟自己孩子说什么的感觉。我不知道他是怎样应对眼下这一切的。他肯定很想他父亲。上个礼拜他见了拉尔夫，但之后就不愿意谈起那次见面。”

“我觉得他做得没错。他心里很愤怒。一开始不停地弹贝多芬，但现在又重新弹回莫扎特，我觉得这是个好迹象。只要他还没碰勋伯格[①]，我觉得我们就还是安全的。”

---

① 阿诺尔德·勋伯格（Arnold Schoenberg，1874—1951），美籍奥地利作曲家、音乐教育家和音乐理论家，西方现代主义音乐的代表人物。

她挤出一丝苦笑。“你看到了吧？你懂他。我压根琢磨不透他，他觉得我像个白痴。”

“他当然不是这么想的。”

“上个礼拜我跟他说到很喜欢他弹的德彪西。他责备似的看了我一眼，对我说，‘那是戴留斯。你是不是什么都不知道啊，妈咪？你的耳朵笨极了。’”

“他真是太没礼貌了。”

但这也是实话。克拉拉的耳朵的确很笨。这不怪她，但事实就是如此。

她弯下腰捡起瓷器碎片。

“他应该是最爱我的。他应该很想和我分享的。我可是他母亲啊。你们俩走得这么近是好事。但有时候我很难没有一点嫉妒。”

她站起来，目光穿过草坪望向天空，那儿红霞渐褪，黑暗降临。她的脸上写满难以承载的悲伤。

马库斯死于那年春天。他悄悄溜进一家医院坐等死亡，置身素不相识者中间。他拒绝见我。我们会定期打电话，但他就是不肯让步：绝不允许我去看望他。

“不，亲爱的伙计，我想让你铭记我曾经的模样。英俊潇洒，温文尔雅。”

我无限地景仰他：八十三岁高龄，弥留之际，却还是那么自负。我们在电话里讨论音乐。马库斯很喜欢玩游戏，他会让我在两首曲子里选一首：“我死的时候要放哪首曲子？假如在普罗科菲耶夫[①]的《战争与和

---

① 苏联作曲家、钢琴家，《战争与和平》是他的代表作之一。

平》或肖斯塔科维奇[1]的《第四交响曲》中做出选择？快点，快点。说你第一想到的答案。”

每一次，我选的总是错的那个。

“真的吗？那个啊。好吧。老天。我还以为你是个有品位的人呢。谢天谢地我俩的友谊总算快到头了。”

他不允许我问他是否遭受着病痛。“等死可不是什么好玩的事，福克斯。听我的，千万别想着自己也来试一试。”

我们花了大把时间来筹划他的葬礼。马库斯对于出席人数和葬礼流程相当关心。

“约翰·戈德博尔特最好还是要过来，而且最好表现得悲痛欲绝，哪怕纽约爱乐乐团刚把我的老位置让给了他。我想我要在第一次祷告之前放巴赫的赋格曲。至少也要来首贝多芬的奏鸣曲吧。得是关于死亡主题的，但不要太沉郁，这点对于葬礼来说至关重要。我还没想好让谁来指挥——得找个有才的人，否则没法打动听众，也就没法激起他们对我本应怀有的深爱之情。但也不能找个太过出色的人，因为我想让听众想起我的才华是如何高人一等。嘿，我有了个主意。你愿意做吗，福克斯？”

“你既如此相邀，我又怎好拒绝？不过，确切地说，他们不是听众啦，马库斯。他们是哀悼者。”

“哦，是的，的确如此。棒极了。”

之后我们讨论了很久，斟酌葬礼曲目。

“我想要不要来点拉赫曼尼诺夫，还是那个过于感伤了？”他犹豫不决。

“葬礼上感伤一点是能被允许的，马库斯。我们都会非常悲伤的。”

---

① 苏联作曲家，被誉为二十世纪最重要的作曲家之一，创作了十五部交响曲。

“你当然会了。我都没法想这事。对了，到时阿尔伯特会弹钢琴吗，还是他会悲伤过度弹不出来?”

“他肯定会心烦意乱，但还是能应付的——不过当然会边流泪边弹——毕竟你就是想要这效果嘛。”接下来是一阵沉默，我能感觉到这话让他心满意足。

“然后我还想来点莫扎特。《唐璜》吧，我想。要不选唐·佩德罗的雕像从坟墓里跳出来，用手推车把唐璜推到地下去那段吧。那段挺有趣的，还是死亡气息太强啦?”

“那可不像你。你应该像唐璜那样有一串长长的情人名单。”

“那当然了！或许我们可以调整一下剧本……加进去一两段我自己的风流韵事。”

“那可不行！有些秘密必须守口如瓶。”

两人沉默的这会儿，我听到马库斯在那头兀自笑了。

我什么都没说，片刻之后，马库斯又往曲目单里添加了六首曲子，最后我终于忍不住叫出来。“这太可笑了。你的葬礼得请来一整个交响乐团，一个合唱团，两个男高音，一个钢琴师，还得有个中场休息。这不是葬礼，这是音乐会呐。”

“绝妙的想法！办一场纪念音乐会。”

我暗自希望，筹划音乐会能让他在愁云惨淡的最后日子里有所念想。我们不无愉快地在曲目问题上斗嘴，此外他还非要就如何演奏这些曲目给我提没完没了的意见，最后我终于忍无可忍。我正要狠下心告诉他，如果他要我来指挥，那我真的只能按照自己的方式来——不管结果如何，就在我打电话过去时，值班护士告诉我，他在那个下午去世了。

“就在两点五十分的时候悄悄溜了出去，去听他的CD机了。”她说。

“听的哪一首?”我问道，声音是平静的。

“我不太清楚。但我可以帮你去看一看。”

“好的，拜托你了。”

几分钟后她给我回了电话。

“是马勒的《第五交响曲》。”

“指挥者是?”

“马库斯·阿尔伯特爵士。”

想都能想到。还可能是谁的呢？我很想找个人分享感受，诉说马库斯·阿尔伯特这种恰如其分的个性是如何让我觉得又悲伤又好笑，这位一等一的大师和自我主义者，临终时刻还在听着自己的指挥作品，然而世上会为这事而会心一笑的人——埃迪和马库斯本人——现在都已不在人世。

我挂上电话，坐到床边，悲恸哀哭。

1954年，7月

大厅桌子上摆放了足足有一百个花瓶。整个房子闻起来好似一家花店。去年举办音乐节时我们发现，只要每个房间都鲜花萦绕，人们对房子的破败和时断时续的热水供应就会表现出不可思议的宽容。类似的，埃迪坚持提供一流的食物——大多数食材都是庄园自产的，上过浆、烘干后还带着薰衣草香水味的床单，以及在凉意渗人的日子里往每个壁炉里生起火。乔治在初春时照料花苗，培育了特别的混合花种，五月把它们种到了切花花园里，于是现在埃迪就有足够的粉白相间的豌豆花，足有正餐餐盘那么大的条纹边的大丽花，以及芳香四溢的紫罗兰和玫瑰花。

我听见外面的砾石路上响起轮胎的摩擦声。

"第一批到了。"我说。

几分钟后，伯恩茅斯交响乐团的乐手们已经围聚在门前草坪上喝起了柠檬水和杜松子酒，他们哈欠连天，伸着懒腰，将餐盘上足有他们人数两倍的三明治一扫而光——交响乐团成员们的食量之大向来让人吃惊。在我看来，《圣经》里说的人祸并非源于饕餮之徒，来支交响乐团就够了。

这是今年音乐节的首场演出，也是《哈德格罗夫府之歌》在乐谱重编后的首演。我兴奋得坐立难安。我重写了第二乐章，把它变成了一段钢琴独奏，让我很高兴的是（埃迪也同样高兴，她负责管理票房收入），阿尔伯特·希尔兹接受了演奏邀请。迪卡唱片公司的人也过来了，他们捣鼓着电缆和麦克风，准备为演出录音，之后灌制成黑胶唱片对外发行。我的第一份录音合同。预付金和所有版费无疑都会流回庄园。一部想象哈德格罗夫府灰飞烟灭、不复存在的音乐作品，最后反倒为拯救庄园出了份力。我想现在，它已不再是离别之曲，而成了对哈德格罗夫的速写。我想象着一个个音符悄然潜入土壤之中，带去如粪肥般的丰沛养分。

将军和奇弗斯躲进书房，关上门把音乐家们的欢声笑语挡在外面，喧哗和混乱让他们很生气。这两人都是彻头彻尾的坏脾气老头，陌生人的入侵让他们深感恼怒，另外他们还顺其自然地无视了这些陌生人恰恰在帮助我们保住房子这一事实。

两百位来听音乐会的观众在草坪上野餐，吃着冷三文鱼、草莓，喝着香槟。我注意到将军和奇弗斯正从书房里偷偷朝外张望，他们躲在墙后的堡垒里，将傍晚的夕阳和他人欢声笑语的攻势阻挡在外。我在野餐者中左右穿行，向他们点头示意，但避免停下来谈话。我看到埃迪在花园里，还在剪着更多的豌豆花，花篮贴在她身体侧边，篮里装满了如糖果般五颜六色的花朵。看到我后她嫣然一笑。

“嗨，亲爱的。”

音乐节期间我们鲜有机会单独在一起，于是难得共处的时间里便幸福得如在云端。我不再问她打算何时，或是究竟能不能向杰克坦白。我觉得这就将是我们的生活——一个见不得光的三人之家。

“我很期待今晚。排演的时候听起来棒极了。”她说。

“是不错。阿尔伯特真是一流的钢琴家，但只是——”我在找着合适的词语，试图向她解释，“听起来就是不对。尽管听起来很好。非常好，但不知怎么就是和我想象的不太一样。”

埃迪转头越过肩膀朝后望去，接着将我拉入花房的阴影处，凑近缓缓地亲吻我。她闻起来有花园百花和暖暖阳光的味道。

“我要走了”。我最后恋恋不舍地说道。

“向马库斯带去我的爱。告诉他我会在音乐会结束之后去找他。”

“我会的。对了，你见到那个新来的家伙了吗，叫约翰还是什么来着？他明年也想来参加音乐节，想做指挥。相当爱出风头。没完没了地缠着我讨论巴赫。”

埃迪笑了起来，将一片树叶轻扫过我肩头。“我会注意一下他的。他有两手不?”

“马库斯受不了他，这一般就是个好兆头。”

我们慢步朝草坪走去，看见杰克正从容自在地游走于宾客之间，英俊潇洒有如电影明星。就连小姑娘们也直盯着他看，眼睛瞪得大大的。他是完美的主人——友好亲切，同时为这个黄昏点缀了星尘般的光芒。

“好。我要走了。得跟阿尔伯特说点话。”我说。

“好运。”埃迪说。

音乐会开始了——勃拉姆斯专场——由马库斯指挥。我们仍然需要利用他的名气来吸引人群。直到中场休息之后才轮到我上场。我看到乔治穿过果园，走过去料理蜂巢。他只戴着最轻薄的面罩和长手套，坚持说蜜蜂跟他很熟，不会蜇他。他一边在蜂巢间穿行，一边浅吟轻唱，哼着一首愉快的男中音曲子。耳熟的民谣调子，我在乡村各地都曾听人唱过。我坐在门槛上，望着他。只见他把手伸进一个蜂房，我一时担心他会被蜇到，但我没有出声，只是静静望着。他唱起一首我从未在旅途中听过的歌，但它却是如此熟悉，令我记忆犹新，甚至感觉他的歌声让我找回了自己的某一部分。蜜蜂悠悠地围着他打转，仿佛也被音乐吸引，这使他顺利取出一块蜂巢，放进一个碗里。这时他发现了我，歌声戛然而止。

“继续唱呀，乔治，”我说，“唱副歌部分。”

“我记不得了。”他这样说，不知怎么我觉得他是在扯谎。

我很担心乔治。他还是与周遭格格不入，置身众人中间感觉颇不舒服。去年，他出于义务参与了音乐节，但看到他是如此不自在，这次我们不动声色地建议说，农场和养蜂的事已经够他忙了，不该再为这种琐事操心，于是他便退出了，如释重负。

“坐在这儿，不要出声不要动，不然会惊扰到蜜蜂的。”他说。

我照他说的做，听着他再度唱起来。这一次他选了勃拉姆斯的一首德国抒情曲，蜜蜂们再度变得昏昏沉沉，仿佛他的歌声是缭绕的迷烟。我如痴如迷。他把手伸进蜂巢，又拉出一块尚滴着蜜的蜂巢，一刻也没停下歌唱。

“我知道这首。”我说。

“我不是跟你说了不要说话吗？”他说。

“我以为你已经完工了。”

“是啊，这倒是。应该是完成了。”

他还在蜂房周围忙活。“今年花开得多，蜂蜜的品质也特别好。蜜蜂们幸福得如在天堂。”

“你怎么知道的？”

“它们产了好多蜂蜜，而且从它们嗡鸣的声音里也可以听出来。有种满足的呜呜声，就像猫一样。”

我是片刻之后才反应过来的，原来他是在开玩笑——他极少这样——接着他往后仰头，狂笑起来。

“天啊，我们说什么你都会相信，小福克斯。”

我笑了。很久没有人这么叫过我了，不过站在乔治边上——他现在已如大山一般魁梧，我大概真的还是小福克斯。

“我知道是在哪里听到过刚才那首歌。”我说，身子从门槛上滑下来。“那是马库斯指挥的勃拉姆斯组曲里的一首抒情曲。我不知道你来听我们排练了。”

乔治的脸红了。他脖子泛起一圈难看的红色，像晒伤了似的。

“我没有。我没去过。”

我让他感到尴尬了，但我毕竟是他的弟弟，便想一探究竟。“那么你是在哪里听到的呢？”

“马库斯教我的。”他厉声回答。

我瞪大眼睛盯着他看。“哦，我不知道你俩是朋友。”

“是吗？我们是朋友。”他说。

乔治平静地望着我，脖子上的那片红色逐渐褪去。我感觉到蜜蜂开始围着我们嗡鸣起来。

它们的声音渐次增强达到高潮，然后又换了个调子。

“我想你该走了，”他说，“蜜蜂有点不安了。”

我在中场休息时找到了马库斯。我本来应该温习乐谱的，但心思有点烦乱。

他正在草坪上招待客人，手里拿着一杯香槟，朗声笑着。

“我认为上半场很不错。”我微笑着说道。

“是啊，亲爱的孩子，恐怕你压力很大哦。”他边说边朝崇拜者们点头示意。“请原谅，女士们，先生们。我必须跟我的门徒说两句忠告。”

他悄悄挽住我的手臂，带我往别处走去。“你看，我打算将人们对你那部分演出的赞誉也占为己有。不过倘若你出了什么岔子，那就完全是你自己的事。”

他瞥见我脸上的表情。“哦，别傻了，福克斯。这首曲子棒极啦。你作为指挥者虽然平庸得出奇，但作为作曲者还是相当出色的。而且还是个好看的家伙，这也可以帮上不少忙。”

我出了点汗，想在演出开始前换身衬衫。要是动作快点的话，我刚好还有时间。我当时的样子一定比自己想象的更焦虑。

“你没事吧，福克斯?”

我细细凝视着他。我从未开口问过马库斯是否是同性恋。我只是默认如此。有些事情大家一般闭口不提。至今为止，这件事都未曾与我相关。

我们走到围着围墙的花园那里，其中盛开着各色玫瑰，橘色的，黄色的，红色的，空气中溢满了花香。

“或许这不关我的事。但乔治——?”我希望这样说足够表意了。

马库斯的脸色阴沉下来，但转瞬即霁。然后他倾身向前，抓住我的肩膀，用力亲了一下我的嘴唇，还没等我有机会推开他，就迅速放开了我。我内心满是冰冷的愤怒，一时说不出话来。

“你以前想的是对的，福克斯。这不关你的事。”

他朝我安详地一笑，然后转过身去，走出了花园，我一个人站在玫瑰中间，怒气冲冲却仍然一头雾水。我一直以为乔治以前喜欢的是埃迪，或许是我搞错了。不过，我能肯定他的确爱过她，以他自己的方式。我望着马库斯笔挺的背影消失在转角处。或许一个人永远看不透另一个人的内心吧。

花瓶里的花儿渐次凋谢，在目之所及的各处撒下花粉和花瓣。它们被混入堆肥里，砌得高高的，散发着夏日将尽的味道。一大群村里的女人们过来帮忙，参与大扫除，这次大扫除名义上归奇弗斯管，实际的组织者却是埃迪。这些女人们不是年纪太小就是太大，而且她们中大多数都只是想来探听点哈德格罗夫府的八卦，但即便如此，我们还是需要每个能找到的帮手。每张床单都要掀下来，送到洗衣店里；地板要擦洗干净；壁炉里的余烬要倾倒一空，浴室地面要用力擦拭。最后则是令人伤感的任务，那就是给一间间客房和主卧盖上罩布，直到下一年的音乐节来临。

我厌恶这一环节。气氛压抑得难受，整个房子弥漫着那种暑假最后一天的可怖感觉，少年时代我便很惧怕这种感觉，知道次天就要背起行囊重回学校。这是少数几个我会庆幸自己没有母亲的时候之一。每学期重回预科学校的头两天，看着身边同学思念母亲的样子，真是可怕极了，于是我为自己不用经历这种事而深感宽慰。每年夏末要离开杰克和乔治已经是要命的折磨了。

埃迪和我是全家仅有的两个参与大扫除的帮手。杰克在当了几个礼拜的主人之后，现在穿着他的晚餐正装大步流星地穿过屋子和花园，西装翻领里还别着一朵“黑巴克”玫瑰，他宣称农场上少不了他，说着换上工装服，一下就消失不见了。我很想玩同样的把戏——耳边能听见拖拉机在山上制造草贮饲料的隆隆声——但我想到要把埃迪一人留在这里独自面对这些无聊的事情就很不好受。这并不是说我真能帮上多大的忙。在慌忙躲开一把扫帚时，我差一点就滑倒在一片湿透的地板上。我怀疑是有谁打翻了水桶，而不是擦洗了地板。

但我哪里都找不着埃迪。我把房子上上下下找了个遍，甚至还问了那些看上去不那么邋遢的帮忙女孩是否见过她，然而她们都只是耸一耸肩作为回答。她不在花园里——豌豆花纷纷掉下来，变成豆荚落在柳藤小屋上；百合花也黯然凋零，没人去剪。我在草坪上也找不到她，正欲放弃时，耳边传来了哭泣声。令人难堪的声音。毫无克制的，动物似的悲伤。

我在盆栽棚那里找到了她，只见她正蹲在一堆破碎花盆和去年剩下的已坍塌的混合肥料中间。

“亲爱的，这到底是怎么了?”我说着弯下身想要将她拥入怀中，可她推开了我，继续自顾自地啜泣。我感觉无能为力，只能掏出口袋里的手帕，她接过去却没用，只是把它绕在手指上缠成一圈。

“试着呼吸一下，”我说，“告诉我发生什么事了。你生病了吗?”

她抬起眼睛望着我，露出哭得肿胀的脸，两颊上挂满泪痕，一边还流着鼻涕。我不知道她在这里躲了多久。

“我怀孕了。”

她再度哭起来。

“哦，埃迪。”

这一次她没有拒绝我的拥抱，我把她紧紧地拥在胸口，希望能止住她的泪水。但我还是没忍住问她。

“是我的吗?”

“我不知道。我怎么可能知道呢?”

“我以为女人对这些事情有感觉的。”

“哦，福克斯。别逗了。”

我抱紧她，不想让她看见我受伤的表情。得知她还在跟杰克同床真是糟糕极了。我再一次没有资格反感此事，毕竟我不是她的丈夫。之前我猜她可能还在和他同床，但如今我发现，怀有这种猜测和确切知道事实是截然不同的。

“你想让我做什么?我可以试着去找找医生，你知道的，就是让他中止这件事，如果你想这样的话。”我问道，语气尽可能地温柔。

她往后坐到一个翻倒的花盆上面，揉着眼睛，弄得脸颊上全是泥土；她鄙夷地看了我一眼。

“那不是个东西。是个孩子。我要做母亲了。”

她听起来毅然决然，从我在盆栽棚里找到她到现在，她第一次停下了哭泣。

“这孩子会有个家。一个真正的家。哪怕只有他和我两人。”

她再次看着我，神情凝重却无所忌惮。

我在她身边跪坐下来，心里不快，但也知道自己对于她的决定并没有发言权。我凝视着她，想着她知道这事到底有多久了。

“你想要怎么做呢，埃迪？我觉得我们不能像现在这样继续下去了。”

她摇了摇头。“当然不能了。这事从头到尾都混乱不堪，但我们必须赶在孩子出世前把它理清楚。”她说这话时愤怒而冷傲。“我必须做该做的事。现在有点晚了，我知道，但事实就是如此。我当懦夫已经够久了。”

恐惧在我的五脏六腑里凝结起来。她不知道究竟谁是父亲，也就是说她可以不为人知地将我抛弃。没有任何人会知道。这种可能性让我慌乱无措。这样做的确是最不自私的选择，可我管不了这么多了。

“不要离开我。”我说。我努力克制声音里的哀求意味。“我爱你。”

“要是孩子是杰克的呢?”

“这不要紧。”

除了让埃迪不要离开我之外，我不确定还有什么事是要紧的。我隐约知道自己应该为孩子考虑这一切，但它毕竟还只是小小的一个抽象物，还不是一个人。我努力让自己不去怨恨它的存在给全然真实的成人生活所带来的深远影响。

“我们会结婚。我会照顾你们俩。”我说。

埃迪凝视着我，什么都没说，只是轻咬着指甲。

“我必须告诉杰克。”她静静地说道。

“告诉他什么?”我努力让自己的声音保持平静。“说你要离开他？说你爱的是我?”

“哦，福克斯。”她说。

她的眼中噙满泪水，我恍然醒悟，原来她自己都不知道会做出什么决定。我想她肯定也爱着他，无论以何种方式。

“好吧。”我说着站起来，从她身边退开。

我俯视着仍然坐在一个陶瓦花盆上的她，她手里紧紧捏着我那张已经浸透了的脏手帕。她哭过的双眼亮晶晶的，让她看上去年轻得出奇。

“好吧，”我又说，“我不是要抬高自己，或是故作大度。我爱你。恐怕一直都爱着你。未来也将永远爱你。没有你的话，我不太肯定自己还能过得下去。”

她咽了咽口水，点了下头，但并未说话。

我们在晨息室找到了杰克，他正在看报纸，对着倾泻入窗的阳光眯起眼睛。看到我们，他展颜微笑，露出单纯的快乐。

“杰克——”埃迪开口。

在她告诉他时，我目不忍视。我们真的做出了这事，她和我。我就像个懦夫似的移开目光，细细观察天上缓缓游移的卷云。

当她结束后，杰克显然是在意志力的支撑下，强迫自己镇定下来，好像一个重伤者捧着自己的内脏再塞回体内，他踱至窗边的位置坐下，望向外面的花园。那是一片无瑕的美景：草坪修剪成完美的条带，边缘围绕着一圈紫色的薰衣草和晚夏的蜜蜂。我看见我们三人的面孔如鬼魂般映照在窗玻璃上。现在，这房间对我而言将永远是阴魂不散的。此后我每次走进这里，都不可能不回想起自己曾经的所作所为。

埃迪在高背椅上坐下，啜泣着。

“请停下吧。”杰克静静地说道。

她停下来。

“我真希望我们可以撤回这一切。”

“不，这不可能。已经持续了好几年，你们是这么说的。那你爱她吗？”

“我爱她。非常爱。”

“那就不要说你想撤回。这只会让事情更糟。说得好像只是一段小小的婚外情。难道真的仅此而已吗？”他的声音很温柔，脸上却因为愤怒而一片惨白，额头上的一块肌肉突突跳动着。

“不是的。”

他转向埃迪，面上没有表情。“那你爱他吗？”

“爱。”她的脸上此刻已是泪水涟涟。“但我也爱你。我还是爱着你。我从来都没想要伤害你。”

“但恐怕你已经伤害了。”

我真希望他不要如此平静。我希望他大发雷霆，猛揍我一顿。他眼睛睁得大大的，里面写满了不可置信。羞耻感排山倒海而来。

“你伤害了我，侮辱了我。这就是彻头彻尾的该死的背叛。我没你和福克斯那么聪明。我真的想不出什么字眼来形容你们对我的所作所为。”

埃迪再度哭起来，这一次止都止不住。我想过去安慰她，但我知道决不能这样。杰克给我们每人倒了杯酒。埃迪的手抖得太厉害了，几乎拿不住杯子。杰克坐到她对面，目不转睛地凝视着她。

“请看着我，埃迪。我希望你在我跟你说话的时候看着我。”

她抬起目光。她看上去是如此的羞愧难当，如此的心慌意乱，我几乎看不下去了。就连杰克也软了下来。

“好吧，就是这样了。”他柔声说道。

他伸手过去握住她的手。这一明显的原谅姿态让她顿生感激，于是便也用双手紧紧回握。我管不了种种对错，只觉得一股有违良心的嫉妒感喷涌心头。杰克叹了口气。

“你怀孕了。没办法搞清究竟是谁的孩子。大概率是福克斯的，因为你我早已不是当初的新婚燕尔了。”

埃迪低下头盯着自己的膝盖，本能地想要抽回手，但杰克握住不放。

“对不起，埃迪，亲爱的。我不是想要让你难堪，只是说出事实。这正是我们现在要做的，不是吗?”

她点了点头，说不出话。

“现在，我会努力让自己原谅你，然后把这个孩子当成自己的骨肉抚养长大，如果这是你想要的话。或者你也可以跟我离婚。我们可以按照一般的方式来。我会在海滨维斯顿市被捉到和某个廉价妓女厮混，然后你就自由了，可以和福克斯在这里结婚。但是——”杰克的语气里第一次有了愤怒；强压下去的怒气让他的声音颤抖不已——“但要是你们希望我会一走了之，你们就用不着做决定，那恐怕就大错特错了。”

埃迪震惊地看着他，两边脸颊各浮起一圈红晕。

“我们都是好人，福克斯和我。我们不会简单了事，弃你而去，所以你必须做出选择。”

“太对不起了——”

“别对不起。选一个。”

他语气中带着几分强硬。埃迪的目光离开杰克移向我，睁得大大的双眼中满是惊恐。我害怕极了，万分惶恐我会失去她。我感到一阵晕眩，血流直冲耳朵。选我吧。哦上帝，选我吧。一只苍蝇撞上了窗玻璃。

“福克斯，”她说，“我选福克斯。”

我心跳加速。

埃迪转向杰克，大眼睛里写满内疚。“太对不起了。”

“好吧。就是这样了。”杰克说着站起来，往裤子上掸了掸并不存在的污泥，然后挺直身子。他看看埃迪，又看看我，好像在看我们有谁胆敢同情他。我们不敢。

“对不起。”我说，“这是我一辈子做过最糟糕的事。我再也不可能做这么糟糕的事了。”我向他伸出手，但他摇摇头退后去。

“不。我不会和你握手的，福克斯。这坎过不去，我不能原谅你。因为我没你那么能说会道，头脑聪明，你就觉得我不可能像你那样爱她。你错了。我以前和现在都深爱着她。”

他身上喷发的痛苦和怒气令我震颤。“太对不起了。埃迪和我今天下午就走。你再也不用见到我们了。”

杰克哀伤地笑了笑。“是走是留。随你们的便。恐怕我真的一丁点都不在意你们的选择。但我不会待在这里。一分钟都不会多待。在你们做了这些事之后。哈德格罗夫的一切都会让我想起你们。我们一起散过步的每一条小径。每一棵该死的树。我无法面对你们的所作所为。我也无法原谅你们。”

我站在那里，呆若木鸡。

他摇了摇头。“你夺走了我的一切。我的妻子。我的家。甚至还有我的孩子。”

他走到窗边，向外望去。一对天鹅俯身降落到湖面上，它们在飞行时伸长的脖颈犹如两道迅疾的闪电。阳光洒在它们的羽翼上，让羽翼金光闪烁。我倒希望今天是个下雨天，这样他就会在湿漉漉的糟糕景象中离开哈德格罗夫，而不是在如此庄严的绝美画面中黯然离去。他移开了目光，如果他有叹息的话，我并没听到。

走到门边时，他停了一下。“再见埃迪。再见，福克斯。”

说完他扬长而去。

2003年，10月

孤独如针扎般刺穿心扉。我本已开始寻找埃迪走后的新节奏；境况当然有所改变，但我本已开始相信还是可能遇到这样或那样的快乐。在马库斯走后，我再一次迷途失足。睡眠总躲闪着我。我害怕寂静会再度袭来，于是强迫自己每天下午写点什么，但写出的所有东西似乎都是苍白无力的。

一个周六早上，我在《电报》上读到一篇对我新作的可怕评论。那首曲子是在切尔滕纳姆音乐节上演奏的，但当时我患了重感冒没法指挥，约翰在最后关头替我上场。我一直不欣赏他的风格，但当时真是万不得已。我不顾情面地思忖着批评者的这番厥词有多大部分可归咎于约翰的演绎。然而，总体来说，这位评论家似乎很生气，某位老朽之人竟敢尝试点新的东西。约翰打电话过来向我道歉。我让他千万别这么说。

“别傻了。当然不是你的错。他就是不喜欢这个曲子。仅此而已。”

随之而来的是一阵沉默，然后听到约翰叹了口气。“这是我第一次还得自己去找恶评。一般都是还没等我起床，马库斯就已经把那些该死的文章用传真寄过来了。你会以为我该感到庆幸，但并没有。我想念那个老家伙。”

“这就是到了我们这个年纪的悲惨之处。我们开始要给自己的挚友送终了。这真是个寂寞的行当。”

他挂电话后，我重新读了那篇评论，心里沮丧透顶，不禁怀疑自己是否不但要给挚友，还要给属于自己的时代送终。

十分钟后罗宾蹦进音乐室来，那时候我还沉浸在自怨自艾之中。

“嗨，外公!”他说着过来坐到我边上，我正在钢琴前查看最近在写的一首协奏曲。这几个月来他个子蹿了一大截，现在他喜出望外地发现自己已经能够着踏板了。

“我能试一试吗?”他扫视一眼乐谱说道。

“或许再等一等吧。我这会儿心情不好，没法思考。”

“啊。你也在长身体吗？我长身体的时候心情就会不好，妈妈说的。”

“我绝对不是在长身体。没准还在萎缩呢。”

“萎缩？你好可怜啊。怪不得你心情不好。好吧，要是你现在够不着踏板了的话，我可以帮你踩，就像小时候你帮我那样。”

我情不自禁地大笑起来。他才自己踩了不过几个礼拜的踏板呢。

“我会记住的，罗宾。”

我把琴凳让出来给他，然后听他练了近两个小时的钢琴，中间一刻都没停，连去上个厕所或喝杯水都没有。

“你可真是大有长进，亲爱的。”

“我每周一都在学校集会上弹奏呢。”

“我听说了。还顺利吗？他们肯定体会不到其中精妙的。”

之前我终于同意了克拉拉的观点，即罗宾在全校面前演奏算是件好事。每个学乐器的孩子都会这样做，于是克拉拉觉得显而易见的是，罗宾不这样做的话就很奇怪。她还坚持认为，如果孩子们听到了罗宾的琴声，他们就能理解为什么他有时候会有点与众不同了——为什么他总是选择练钢琴，而不是踢足球或是打板球。或许她是对的，但我私心怀疑小学的全校集会对他来说是否算得上很好的演奏场所——那些兴奋的小观众们都不会觉得录音机里放出来的声音沙沙的《一闪一闪小星星》和出色演绎的柴可夫斯基 D 大调钢琴协奏曲之间有什么差别。

“那么，他们反应如何呢?”

“我棒极了。”他以年少者特有的直率说道。“摩根太太本来只让我弹十分钟，再久的话学前班和一年级的小朋友就会坐不住，但在第一乐章结束时他们都拼命鼓掌，于是我接着弹第二乐章。然后我又弹起了第三乐章，但摩根太太挥手示意我停下来。我合上眼睛，假装看不见她。”

“他们也喜欢后面两个乐章吗?”

“哦，是的。我弹了半个钟头。每个人第一节课都迟到了好久。”

“就连小朋友都好好坐着?”

“是的。但他们出去的时候遇上了一个小水潭，因为一年级的马克·斯坦顿在地上尿尿了。”

“哦，亲爱的。真是丢人啊。”

“倒也不是。课间休息的时候他告诉我是因为他一刻都不想错过，所以即使已经憋不住了，他也没去厕所。我觉得这其实是一种很好的夸赞。”

“是啊，你说得很对。我可不记得我的音乐什么时候让谁尿在地上过。”

罗宾咧嘴笑了。显然是我低估了小孩子们的鉴赏力，他们完全能够欣赏卓尔不凡的天赋。

在厨房里喝完橙汁、吃完巧克力蛋糕后，罗宾转向我。“我现在可以试一试你的新曲子了吗? 我都好久没赶在别人前面弹过什么了。”

回想起来，我当时就该断然拒绝。我自己知道那首曲子尚未成型，而且我的整个精神状态也不对头。我们回到音乐室，我给了他开头几页乐谱。我惊讶于他竟能弹得如此好，也诧异这个小男孩竟能如此敏锐地感知我想要表达的东西，并从中理出我的意图，以优雅抒情的方式演绎出来。他偷听了我的思想，虽然是在我的默许之下。

“其实也没那么糟糕！比我想的好多了。你真是个彻头彻尾的天才。”我说道，罗宾继续弹奏，开心得耳朵都泛红了。

接下来，问题不可避免地出现了。我们的想法有了分歧，他所弹的不再是我想象中的曲子，而变成了别的什么东西。

“不是的。停下来。你没听对。再试一次。”

他迟疑了一下，又试了一次。反而更糟了。这压根不是我设想的那样。

“停下来。不是的。再来过。”

他再次尝试，但这次还没弹几小节我就叫停了。

“完全不对。你为什么就是听不到呢？是哪里出问题了吗？”

“你这是在吼，外公。”

“对不起，罗宾。”

我努力克制愈来愈强的恐惧感。要是罗宾都听不到的话，就没人能听到了，那我就真的是孤身一人了。

“再试试。从开头弹起。开头那部分棒极了。”

但这一次并非如此。他弹的感觉不一样了，错得离谱。完全不是我刚才听到的那样。

“不！看在上帝的分上，马库斯，别弹了。”我说着砰地一下合上了琴盖。

幸好罗宾及时抽走了手指，他转过来看着我，小脸一片斑驳，泪水涟涟。“我不是马库斯。我是罗宾。”

我顿时追悔莫及。“哦，亲爱的，对不起。不是你的错。是我的错。我失态了。”

我想过去拥抱他，但罗宾将我推开了。“我现在想要回家了。”他带着受伤的自尊颤声说道。“很抱歉我没能弹出你脑海中听到的感觉。我弹的是我脑海中听到的。”

“当然是这样的了。我真的太抱歉了。”

我打电话给克拉拉后，她立马就赶了过来。我满脸羞愧地跟她讲述了今天的事情，期间罗宾紧紧依偎在克拉拉身边，既受伤又困惑地看着我。

她叹了口气。“他要应对的事难道还不够多吗，爸爸？我知道你最近很难过，但你得努力一下。你可是大人啊。”

“你说得很对。”我回答说，感觉难受极了。“对不起，罗宾，”我不知道是第几遍说这话了。“刚才是我失态了。”

我向他伸出手，他犹豫了一下，最后还是和我握了手。

他们走后，我回屋里躺下来，却睡不着。我听着风沙沙地吹过山毛榉林，呼吸着空气中传来最后一批金银花令人作呕的味道。然后我听见门铃响起，尖锐高亢，持续不停。我选择忽略，但那铃声第二次响起，接着是第三次。我彻底被惹恼了，快步走下楼，开门只见一个年轻女子站在前阶上。

“不好意思，福克斯-塔尔伯特先生，您说的是三点钟，对吧？”

“三点钟干吗？”

是我又忘了要和足科医生见面了吗？

“我是《泰晤士报》的艾玛·利文斯通。我们约了谈一谈马库斯·阿尔伯特的纪念音乐会的？”

“哦，是的。我们约过的。”

她看着我，目光往下瞟到我只穿着袜子的双脚上，带着半是由于采访受阻半是出于社会公益的担忧。“您如果愿意的话我们可以重新安排时间，但那样一来音乐会前的访谈可能会耽误。”

“不。不。绝不能冒这个险。进来吧。”

一小会儿后，我们就安定地置身音乐室中了，两人之间放着一台录音机和两杯茶。她看上去和克拉拉差不多年纪，戴着黑边圆眼镜，深色头发里掺杂着丝丝缕缕的银发，眼神疲惫而浑浊，这种眼神常见于带着小孩的四十几岁女人。我注意到她的T恤上有一小块果酱渍，亚麻裤子也没有熨烫过。我想如今大概多数女性都懒得管这类事了吧。

“那么，你们俩结识于上世纪五十年代?”

“实在不好意思。我和谁结识?”

我的心情尚未从刚才和罗宾的那件烦心事中平复过来，这时不无惊慌地发现自己竟很难把心思集中到这个年轻女人的提问上。

“您是在上世纪五十年代结识马库斯·阿尔伯特的吗?”

“不是，要比那个早。1948年或是1949年。”

“您经常称他为您的合作者，这让我颇为好奇，因为众所周知，您是从来不让他指挥您的作品的。”

“我有一次破例过。可怕的错误。难听得一塌糊涂。但他是我的第一聆听者。当然，仅次于埃迪。埃迪，我的妻子。她就像我自己的耳朵。我常常都不知道自己对于事物的想法，直到她告诉我。现在他们两人都走了，我感觉就好像聋了。一半时间里我都说不准自己的听力到底还能不能用。”

我低头瞟了一眼录音机。“把刚才那段去掉，好吗? 听起来有点像神志不清。”

“我觉得并没有。您听起来就是一位痛失挚爱的男人。”

“现在我听起来肯定可怜极了。像个催泪的手风琴。我一直都很讨厌手风琴。”

她直盯着我看。“我把它去掉吧。”她往笔记本上草草写了点什么。

我坐立不宁。和罗宾的事情就好像一件穿着难受的羊毛背心，让我浑身不自在。尽管我很想打电话给克拉拉问问他怎么样了，但我又想着还是让他们先清静一会儿吧。

“您和马库斯走得很近。”

“是的，是这样的。有五十多年了。”

我羞赧而惊恐地发现，我竟然有种可怕的想哭的感觉。那一刻，我都想不出还有比在接受一个衣服上沾着果酱污渍的《泰晤士报》女记者采访时潸然泪下更伤人自尊的事了。或许正因为此，我发现自己竟脱口而出，“马库斯实际上是我的家人。很多年来他跟我哥哥乔治都是不固定的恋人关系。”

看到她惊掉下巴的样子，我一瞬间感到很是得意，但接着就涌起一阵不安：坦白这点真是太不合适了。好的方面是，这下我一点儿也不想嚎啕大哭了。

“恐怕你不可以把那个印在报上，”我说，“抱歉。”

她摘下眼镜，发出一声像学校女教师那样的轻叹。“很好。但你有意识到这就像拿着糖果在我鼻子底下晃，却告诉我不能吃一样吗？”

“哦，亲爱的。但这绝对不行。马库斯是完全不会在意的——事实上我还一直求他对自己的感情生活小心低调点，但乔治是个很讲隐私的人。我想念乔治。他是个讨人喜欢的家伙。”

“他是你的二哥吗？”

“是的。他相当迷人，根据马库斯的说法。他总抱怨说乔治受了太多不公之苦。说人们都是关注我，当然还有杰克。所有人都关注杰克。但乔治总是被遗忘冷落。”

乔治从未因为我和埃迪的事而指责我们，我们告诉他时，他只是静静坐着倾听。最后杰克都没跟他道别就一走了之时，他也没有怪我们。

我当时觉得这样真是绝情，但我随即想到自己远没资格抱怨哥哥消失不见，音讯全无。他出走的理由比我当年充分多了。后来我开始将他的不告而别视作善意之举。或许乔治会想跟他一起走，天知道去哪儿，而杰克知道绝对不能那样。乔治需要哈德格罗夫。他离开了哈德格罗夫府是不可能快乐的。

乔治非常思念杰克。乔治的失去之痛是纯粹的，而我的则是掺杂着释然。不用再面对杰克，意味着我就不用再日复一日承受内疚。我可以将罪过打包搁置，努力让自己不在夜深人静的时候想起。杰克的消失很快就被克拉拉的出世所填满，她扭动着身子进入了他所制造的空虚，她吵闹着，浑身是劲，然后很快我们就感觉不到任何空洞了。

将军一开始以为杰克的消失是个玩笑，某个闹剧式的换妻游戏。

"好吧，你们俩就没必要结婚了吧？她都已经跟了你的姓了。"

他开始叫埃迪"拔士巴"①，直至乔治不动声色、巧妙得体地阻止了这一叫法。后来将军也是年老昏聩，无论怎么说都固执地叫我杰克，我想这或许是在以他自己的方式强调他不会原谅我吧。

记者倾身向前，调了调她的录音机。我不安地想着刚才不知道有多少话说出了声。

"杰克是谁，福克斯-塔尔伯特先生？"

"我的大哥。"

"他还在世吗？"

"我们没联系了。"

那种恶心感重新占据了我。一团黄色的雾蒙住了视线，我再一次几乎落泪。真的不能这样。

---

①《圣经》人物，大卫王曾在屋顶上见其沐浴，遂杀其夫而娶了她，她生下了所罗门。

“您没事吧，福克斯-塔尔伯特先生？我们可以改个时间的。”

“不，不。我很好。能不能请你帮我去厨房拿杯水过来？我想是今天太阳晒久了。”

女人往窗外瞟了一看。刚才的细雨现在已经下大了。但她还是没有反驳我，而是快步走向了厨房，留我在那里生气地想让自己镇定下来。我迅速翻找架子上的CD，想听点带劲的音乐分散下注意力。然而该死的每张CD似乎都是混蛋马库斯指挥的。他在封面上冲我咧嘴笑着，得意而满足地瞅着我的伤心样儿。

下一张CD是埃迪的。那一次是我指挥伯恩茅斯交响乐团，她演唱由我改编的一首多赛特民谣的女高音。那首曲子并未走红。埃迪只要唱点除惯常的战时傻歌之外的东西，大家总是很少买账。我一直很喜欢这张唱片——自她去世后便不忍重听。说来奇怪：我能够正视她的遗照，沉浸在自虐式的感伤追忆中不可自拔，却听不得她的唱片。纵然已过去几年，听到她的声音还是令我无法承受。

“您的水，福克斯-塔尔伯特先生。”

“谢谢你，你真是太好了。”

我接过水时，发现自己手里还拿着埃迪的CD。照片上的她无声地对我唱着歌，嘴巴如同鸟儿般微启。

女记者走后，我重回花园。一般我都会回避采访，这一次尽管是想宣传马库斯的音乐会，但有种不愉快的感觉告诉我，我透露了自己的太多私事，反而没说多少关于马库斯或音乐方面的有用信息。我看着花圃里的花朵。米迦勒雏菊在霜打之后变黑了，叶子也纷纷枯萎，留下大片空荡荡的棕色土壤。我们的花园以前一向是属于夏日的园地。

我担心着罗宾。我知道自己让他徒增烦恼，这让我感觉糟糕极了，羞愧不已。我在这个孩子身上寄托了太多。是他给了我一捆绳子，助我走出了悲伤的迷宫。马库斯走后，现在我再一次倚靠到他身上。但他还不到八岁。我感到头晕目眩，瘫坐到一把被雨冲刷的长椅上，裤子一下子就湿透了。我真希望他能原谅我。孩子总比大人更能包容也更有慈悲心，不是吗？我要给他买一盒巧克力和一架钢琴。这样应该就没事了。

我听到他的声音回荡在空旷的花园里："很抱歉我没弹出你脑海中听到的感觉。我弹的是我脑海中听到的。"他已然不再是跟着直觉弹奏的精通音乐者。现在他想要自己来诠释。他不是个能随便打发的小卒，而是一位独立自主的艺术家了。我感到如腹上猛击般的一阵伤感，想念起曾经的那个幼童音乐家——仅仅聆听着我的音乐所教给他的东西就开心不已。我想这就是母亲们在看着她们曾经还在蹒跚学步、膝盖那里有块小凹陷的孩子，一眨眼变成了瘦瘦的小男学生时的心情吧。我惊恐地觉察到自己对他已经是可有可无的了。那架老施坦威钢琴，以及和外公一起吃蛋糕，这些事的吸引力终将消退，某一天他就会连来都不想来了。我之于他会变成一种义务，而不是一种必不可少的乐趣来源。我有些不安地发现：于我而言，罗宾已在不经意间变得至关重要，这无疑是很危险的。

在疲惫与不适之下，我无力抵抗这些感时伤怀的冥思，尽管我一般都严格避免这些思绪。这些年来我失去了很多人。这么说似乎是漫不经心的。但这的确是上了年纪的人常有之事。我一个人要思念他们那么多人。圣诞节的寄卡片名单越来越短。每年我都得划掉几个名字。倒是省下了一笔邮票钱。

下起了小雨，我往家里走回去。本来是要去音乐室的，但我却转向了埃迪的书房。我至今仍然没有完全清空这里。斯特劳德太太终于把埃迪的东西都整进了书桌里，但房间本身还是未曾动过。淡粉色的锦缎墙纸。漂亮的写字桌，还有那把让人无可奈何的厨房椅子——而不是正儿八经的书桌椅。吸墨台边上摊着一圈孩子们的照片。婚礼当天的克拉拉——一身白纱，满脸笑容；毕业式上的露西，看上去很是紧张，顶着个不太中看的发型。外孙女的照片是在埃迪去世前拍的：安娜贝尔和凯蒂穿着姐妹装波点小连衣裙；罗宾还是个一脸严肃的小婴儿，以挥大棒的气势舞动着一只拨浪鼓。

这间房里已经不再有埃迪只是暂时走开、很快就会回来的感觉。它变成了一座博物馆。记忆被封存于此。我打开她的抽屉细细翻弄，找出一袋碎裂成片的硬币，和一小包年代久远的香烟，里面还剩下一半。埃迪总是宣称已经戒掉了——但时不时地，我知道她还是会像个高年级女学生似的悄悄溜到盆栽棚那里，躲在玫瑰后头迅速抽完一根。我总能猜到，但她更希望我装作不知。我惊愕地发觉，自己竟已很久很久没想起这事了。我还忘了多少关于她的其他事情呢？她正在逐渐消失，一点一滴地，我甚至都未察觉。

往抽屉更深处翻寻，我找到了一本《托拉》[①]，赶紧把它塞到一旁。她的宗教生活留下来的任何旧物只会让我想到这是我们未曾共享的东西。她的信仰不仅是对逻辑的蔑视，也是对我俩关系的反叛——她和她的密友耶和华存心把我排除在外，这让我很是生气。

我把抽屉猛地拉开，用力过重导致里面的东西一股脑儿飞了出来，全撒在了地毯上。我一边咒骂一边痛苦地蹲下来跪到地上，开始把一样样东西扔回抽屉里：圆珠笔、曲别针、纸巾，还有信件和旧圣诞卡片。突然有一张上面优雅而熟悉的字迹映入眼帘——我仔细看了看卡片上的图。一只沙滩上的知更鸟。卡片有点俗气，与上面书写优美的笔迹不太

---

① Torah，犹太律法，犹太教经典中最重要的部分。

搭调，这笔迹虽已多年未见，但我依然认得出来。它和我的字很像，只是比我的更高、更显男子气，也更为优雅。眩晕感再度袭来。我瘫坐回地上，想着到底怎么才能站起来。

心跳在耳朵里渐次加强，节奏从原先平缓的柔板急转为狂暴的快板。我突然间惊恐不已，害怕自己会当场心脏病发作，死在这张不算太干净的地毯上，几天都没人会注意到。当斯特劳德太太用吸尘器戳到我的尸体时，她才会猛然惊觉。一阵疼痛感在胸腔和肠子里汹涌翻腾。我强迫自己深呼吸，假装自己的心跳是管弦乐团的节拍，我则是乐团指挥——没有哪个乐手胆敢违抗大师的指挥。我在脑袋上敲打放慢了的节奏，果然，心脏就像温顺听话、唯命是从的第二提琴手一般，乖乖遵从了我的渐缓指令，跳动速度慢慢平缓下来。疼痛也随之减弱。

我平静了点，读起卡片上的题词：

“致埃迪，圣诞快乐，爱你的，杰克。莲花俱乐部，长舟礁①，1998年12月。”

我把卡片翻过来。别无一字。

我睡不着觉，独坐在黑暗中，手里一杯威士忌，听着房子里时不时响起的嘎吱声和颤动声。杰克当年说得很清楚：他不会原谅我们的。然而竟然有这张圣诞卡片——这表明他的决心软下来了吗？或许他已经原谅了埃迪，但没能原谅我。看在上帝的分上，她为什么不告诉我他寄来过这张卡片呢？而他又为什么偏偏送她一张该死的圣诞卡片——世上有那么多东西可送？还是说其实还有别的卡片，甚或还有信？

我把她的书桌翻了个遍，一个抽屉一个抽屉地拆下来，一大堆信纸

① 美国佛罗里达州的一处旅游胜地。

洒满了地毯，但我找不到其他蛛丝马迹。是她把它们都扔掉了吗？藏起来了？还是只有这一张卡片？我永远都无从得知。怒气随着威士忌燃起的火焰而喷发。我已经很久没有对埃迪生过气了。这是一种怪异的感觉。以前要是我生气，我会告诉她，然后我俩就会大吵一场。然而这次的怒气无处宣泄，它如同融化的水一般流淌过我体内。

我从未试图寻找杰克。他知道上哪儿找我们。他当时让我们不要再打扰他，考虑之下，这似乎也是我唯一能做的事了。然而这张卡片说明还有其他可能性。或许我应该去找他。或许他多年来都在等着我这样做。该死的埃迪。我随时都可以把那张卡片塞回抽屉，然后忘记它的存在，但那样纯属犯糊涂。我知道它就在那里，所以必须作出决定。

一只猫头鹰的叫声穿透寂静，远方有另一只遥相呼应。我又朝杯子里灌了一指宽的威士忌，满足地发现自己喝得有点飘飘然了，酒精在波浪般起伏的十五年麦卡伦上极为亲善地跳动着。

埃迪是否曾经见过杰克呢，我不禁想到。她毫无疑问有机会这么做，在她的各种音乐会巡演期间。一团强烈的嫉妒之火在内心深处熊熊燃烧起来，这团火沉寂已久，突然之间被无所助益地再度点燃。尽管是徒然无用的感情，但其中有种提振精神的力量，如同对于已逝之人的情欲。

我轻抚着那张卡片，再次检查有没有隐藏的信息。当然什么也没有。一点上下文都找不到。只是一个漂浮着的符号，如同一部遗失的歌剧中某一句单独的歌词，对于如何解读它我心里完全没谱。但卡片本身给了我乐观的理由。我选择将它视作原谅的象征。如果杰克对埃迪都能谅解到给她寄一张来自佛罗里达沙滩的、贴有闪闪发光装饰物的俗气卡片，那么当然也有可能——只是有可能——会原谅我。

“度假？”克拉拉说道。“你想带我们一家子去佛罗里达度假？”

“是的。圣诞过后，无忧无虑地去玩个一礼拜左右。经历了和拉尔夫的那些破事之后，你真的需要休息休息。我也能打一下高尔夫。”

“你有打过高尔夫吗？”

“没有。但佛罗里达听起来像是适合初学者的地方。”

她愣愣地看着我，好像我终于是疯了。

“之后，我想我们可以带孩子们去迪士尼乐园玩。”

“姑娘们去那里会不会年纪有点大了？”

“迪士尼乐园老少咸宜。这不是他们的口号吗？再说了，罗宾肯定会喜欢的。”

“你真是大方，爸爸，但你不应该更想去维也纳或布拉格吗？某个音乐和文化之都，而不是——”她顿了顿，好像要脱口说出某个特别不雅的字眼——“玩高尔夫。”

“可能我也想换换口味吧。”

克拉拉看上去将信将疑。我没有告诉她杰克的圣诞卡片的事。我尚未准备好向她坦白这整件难以启齿的事。再说，我也还没写信告诉杰克我们要过去。他可能已经搬走了。他可能拒绝见我们。他也可能已经死了。

尽管这个旅行主意让克拉拉不得其解，但孩子们可高兴坏了。我有好阵子没出远门了，至于国外，更是自埃迪去世前一年左右就再也没去过——她身体太虚弱，没法旅行，而我又不想抛下她。现在，想到即将到来的旅行，想到要远离家乡，我发现自己焦虑不已。我会在凌晨三四点钟醒来，为各种细节问题惴惴不安：万一我丢了护照，或是忘了打包我的优质抗皱裤子，抑或是弄丢了行李怎么办？这种以前从未有过的胆小畏缩让我感到又烦恼又羞耻。我曾在世界各地指挥音乐会，还曾为自己在临行关头迅速打包、轻装上阵的本领而自豪——然而这次旅行，我却是提前几周就开始准备行李，没完没了地纠结该带什么。我只好安慰自己，至少还有克拉拉在身边，不管最后关头如何手忙脚乱都有个照应。

然后，就在离假期还有两周的时候，拉尔夫生了疱疹，结果两个外孙女就在出发日前两天出了水痘。拉尔夫在我眼里是个蹩脚的父亲，但现在看来他在传播病毒上倒是一把好手。克拉拉打电话过来取消了行程。

“实在对不起，爸爸。你可以问保险公司要回钱的。我们下次去吧。”

我真是失望透顶，很想狠狠朝什么东西踢上一脚以泄气。当然了，要踢肯定是踢拉尔夫，是他把事情搞砸的。每次在最不能出错的时候，他偏偏会生病。他就好像成心要给克拉拉坏事似的。我彻底被激怒了。但接着我有了个想法。

“等等，要不我带上罗宾如何？我是说，他当年在姑娘们去参加网球夏令营那会儿出过水痘了，是的吧？”

“是的，他已经出过了。但我不能确定，爸爸。这样你会不会有点吃不消？”

“我没事的。我以前总满世界跑，你知道的。”

“你以前当然是这样的，但你已经有阵子没去过任何地方了。而罗宾又不是那么好带的。”

我现在一心认定自己的计划棒极了。

“这没错，但是就因为他父亲和两个姐姐不管不顾地生了病，他要跟着丢掉这么好的机会，被迫闷在家里，这样好像太不公平了。”

她笑起来，我听出她似乎也舒了口气。“好吧，如果你确定你对付得过来。或许这样我照看两个姑娘也会容易点，没有罗宾跟在我身后，一个劲抱怨他有多无聊。”

几乎就在她挂上电话那一瞬间，我突然怀疑自己是否有点高估了自己，但为时已晚。再说，一旦承认这样的顾虑，就会印证了他们所有人的担心，即我开始打退堂鼓了，没过多久就可能连独自生活都应对不了。我一直害怕并尽可能久地回避与两个女儿之间的对峙，为此我坚决无视克拉拉的声声叹息，以及露西的催问："这房子对你来说会不会有点太大了，爸爸?"说得仿佛这房子开始像不安分的耳毛似的自发生长起来了。不，我就带上罗宾，这次旅行将会是圆满完美的成功之举，然后克拉拉和露西就能再让我自个儿待上个一两年。

出发前夜，下起了雪。我焦虑无眠，清醒地躺在黑暗中，望着第一批雪花纷然飘落，悄无声息，轻若无形。就这样过了一会儿，然后我抓起晨袍下床，步履蹒跚地走下楼梯，来到外面的露台上。雪尚未积深，至多半英尺厚，刚刚够为哈德格罗夫山和草坪披上银装。我凝望着远处茫茫白雪覆盖下的花园。埃迪这时候肯定已经出来游荡了，她会砍倒灌木，往高处树木聚集的密林行去。我多少有点期望寻见她的足迹。

云开见月，反射着月光的雪地明亮得不可思议，仿佛有个隐藏的地下之灯从内部照亮了这片风景。密林却仍是黑漆漆的。无论我们如何改造周围的土地，这片小树林始终恒常不变——中心的那一簇树木森然屹立，光线也好现代性也罢，似乎都无法穿透其间。它挺过了两次世界大战的伐毁之伤，火烧之痛。我们告诉彼此，砍倒这些树再给这里种上草是不值得的，因为这片地太贫瘠了，连牛都养不了，但事实是因为我们都爱着那些树木。硕大的橡树与桤木，春天，蓝铃草如涨潮般遍地盛开，接下来是气味刺鼻的野蒜花，以及最难忘的——那种暗处里有一双双眼睛在看着我们的灵异感觉。我们互相挑战，看谁敢一个人在天黑后待在那里，印象特别深刻的是有一次哥哥们用绳索把我套在了一棵树上，让我在那里尖声大叫。然后我拼命左右扭动总算挣脱了，便一路狂奔跑到山坡上，害怕得几乎发狂。那天鼓起勇气下楼吃晚饭前，我不得不先洗去身上那股恐惧的酸臭味。

此刻，树林在纯白雪光的映照下更为幽黑了。古老的歌谣从世间逐渐退却，它们随着最后歌者的逝去而濒临死亡，然而这些树木却经久长存，它们无言地倾听了无数的歌曲，就好像把这些歌都吸收进了它们的根系和叶子里。我想象着当风吹起时，这些音乐会如花粉般飘洒到空气里。夏天里，我和埃迪带着彼时还是孩子的克拉拉和露西散步时，她曾在那里歌唱。两个女儿很不情愿来这里，我们是给了好处才让她们一起跟来的。杰克有一次告诉我们，母亲以前经常来这里散步，我喜欢想象她在这些时候也会且行且歌。

在寒冷中，我一个个数着身边失去的人，如同数着一根绳子上的串珠。母亲。我对她的记忆只是一个温暖的影子，一首久已遗忘的歌曲片段，有时我会在迷迷糊糊入睡的时候隐约听到。乔治。马库斯。埃迪。杰克。想到这里，我迟疑了。他的失去和其他人不一样。杰克或许是我可以找回来的。

我朝着雪地放声高喊。“杰克，我用一辈子来爱她算不算弥补了一点？我做了很过分的事，五十年来都活在内疚中。我们的幸福牺牲了你的幸福。对此我万分抱歉，但我不能为我们俩的共同生活感到后悔。那样只会加深罪行。你为我们的彼此相爱付出了代价。我真希望你后来再婚了，有了你自己的孩子和孙辈。我真希望你曾写信给我，告诉我你后来过得有多好。但或许这正是我得到的惩罚。永远无从得知你过得怎样。假如你是幸福的，那么或许我也不配知道并得到宽慰。”

沉沉的黑暗中没有声音回答我。雪继续下着。

早上醒来时，每一片雪花都散去了，就好像昨夜压根没下过雪。

我庆幸不用独自出行。我总不能当着孩子的面打退堂鼓。旅行出奇得一帆风顺。机场工作人员看到一位老人带着小外孙共同旅行，似乎觉得是件格外可爱的事情，犹如见到了一整箱的垂耳兔。于是我们便轻而易举地被护送至每列队伍的最前头，并受到了善意又殷勤的照顾。飞机上，罗宾十个小时里都在看卡通片，吃着甜食——我觉得没必要在这时候干涉他——而我则在他边上坐立难安，数着身上有哪几个部位又犯了痉挛性疼痛。

我发现佛罗里达挺让人不安的。每一天都是一样的万里晴空，编织成无边无尽的婴儿蓝。唯一一次降落的雨也是喷水软管洒下来的，为的是让花儿们保持鲜活生机。海滩沿岸是连排公寓，如婚礼蛋糕般层层堆叠而建，每座房子建造的角度都能保证让后面的房子看到比例精准的日落之景。这里的自然仿佛是被人梳理过、洗净了头发、精心打扮后的结果。到处长满了像薄荷那般翠绿的青草，那些铺满整饬的公共花园和条带状起伏的高尔夫球场，好像都是从同一匹令人惊叹的布料上以优惠价购买来的一般。月光白的沙地上不见一点垃圾。每个人说话都很大声，带着恼人的礼貌。我厌恶这儿，同时又觉得这儿舒适得令人不甘心。这里是老年人的天堂。享之不尽的阳光、扶手和超大停车位。我担心要是待得过久，我就会再也不想走了。

没有哪个餐馆有早鸟优惠，因为才五点三刻餐馆就已坐满了互相隔着塑料餐桌喊着说话的银发食客们，并且所有餐馆在八点之前就清空了。我不安地以每小时二十五英里的速度开着车，不费吹灰之力就超过了比我还年迈体衰的司机，他们以二十英里都不到的时速吭哧吭哧地往前移着。每次红灯跳成绿灯时，总要停顿一下后，排在最前头的司机才能成功地告诉自己的脚要踩下油门，但从不会有人按喇叭催促。

我在长舟湾上租了套公寓，那里的盥洗室里装有扶手，淋浴间的地上铺有防滑垫，这些实用细节真是让我暗恨不已。空调使用说明书上的字都是加大体的。这房子里唯一缺少的便利之物便是钢琴，但克拉拉已经预先提醒过罗宾，所以他做好了恰当的心理准备，以惊人的毅力适应了这点。我们两天都待在泳池边，罗宾游泳，我则大多数时间都在打瞌睡，或者至少是装作在打瞌睡。

我带他去听了场音乐会，在演奏《月光奏鸣曲》的时候我们数了数，全场有五十三位听众睡着了。我明白了为什么指挥要让铜管部分稍微重一点。

我想在敲响杰克家门之前恢复内心的平静。我担心自己和罗宾贸然出现会惊吓到他，但另一方面，如果我事先告诉杰克我们要来，他可能就会拒绝见我们。其实罗宾完全有可能就是杰克的外孙。我不知道杰克会不会对此说什么，但我想到可能会再度伤害他、揭开旧伤疤就很难过。然而，随着我们离他的住处越来越近，我越发意识到他应该见一见罗宾——希望有一天他还能见见克拉拉。我把那张圣诞卡片也带来了，每当决心动摇时就把它放到我的口袋里。

一天早上，天空一如往常般湛蓝无瑕，叫人生厌，我在吃早饭的时候告诉罗宾我们要出发去看他的伯外祖父杰克。

“我不知道我还有个伯伯。”

“是伯外祖父。但恐怕这么叫只是因为他年纪很大，而不是因为他超级厉害①，”我解释道，还是澄清一下为好，免得他失望。

“那我不知道我还有个老伯伯。”

“是的，你是不知道的。我们闹僵了。”

“为什么？”

“唔，我夺走了他的一样东西，再也没归还给他。”

“是什么？”

---

① 伯外祖父的原文是“great-uncle”，“great”在英语中一般意为“伟大的”，在此指“年纪、辈分大的”。

“外婆。”

“哦。”

他细细凝视着我，显然满怀兴趣。我知道克拉拉一定不会同意我告诉他这事——她认为孩子应该被保护起来远离“真相”。只是她不在这里，而在我看来对一个八岁的孩子隐瞒一段五十年前的仇怨是毫无意义的。

“你打算跟他说对不起吗？当你拿了不属于你的东西时应该说对不起。”

“我试过那样了。尽管那已经是很久以前的事了。但问题在于，罗宾，我并不是百分百地感到抱歉。我为给他带来烦恼感到抱歉，但我很高兴能与你外婆相守。”我顿了顿。“我见到他时或许不该说这话。我想让他原谅我。我真的非常希望这样。”

罗宾盯着我看，那双蓝色的大眼睛像极了他的伯外祖父，他什么都没说。

我一边小口抿着那杯好喝得让人欲罢不能的浑浊咖啡，一边对着外孙微笑。他沐浴在阳光里，手上脸上沾满了巧克力酱，看起来丝毫没有因为我的坦白而受到烦扰。

“你想你母亲和姐姐了吗？想给她们打个电话吗？”我问道，想起了冰箱边上那部操作复杂的电话机。那说明书可能是大字号的，但仍然是难以解读的。

罗宾耸了耸肩。“并不太想。”

“那你父亲呢？你母亲让我试着跟你谈谈。我知道这阵子家里日子有点难熬。”

罗宾耸了耸肩，有点局促不安。“我很好。我不喜欢她的女朋友安吉拉。她发半音时都是平平的，听起来好像不靠谱的单簧管。我绝对不会喜欢那样的女人。”他以一反常态的激烈语气说了一堆。

“我相当赞同。你母亲声音很好听。优美动人。你确定不想给她打电话吗？”

罗宾摇了摇头。

“好。”

我之前答应了克拉拉每隔一天给她打个电话，但在最初打了一次报平安后，无论是罗宾还是我都懒得操这份心了。我想我们回去后肯定立马会打电话，但在这里，置身于水彩画般的红色日落与成片纠缠的热带花朵之间，家似乎变得那么遥远，让我甚至可以置克拉拉的怒气于不顾。

我对于这次征途的紧张展露无遗：光是把车子从停车场里倒出来就用了四次才完成。罗宾很知趣地什么都没说，只是把地图摊放在膝盖上。我用粉色荧光笔把从那张圣诞卡片上获得的地址圈了起来。不安中，我开得比平常慢，一溜的自行车嗖嗖地超过了我们，过去时伴随着车上铃铛丁零零的声响。我们驶上一条宽阔的阳关大道，两旁林立着棕榈树和医生诊所，上面写着各种老年病：“糖尿病！”“癌症！”“秃顶！”与其他城市宣传“可乐”和“百事”的广告板形成了令人毛骨悚然的对应。

我开着车从两扇巨型的镀金门中间穿过，门上各有一朵巨大的莲花，绘上去的花瓣绽开在炽热的烈日下。只见标志上写着：“莲花俱乐部公寓酒店与高尔夫球场”。车道两边草坪上绿得刺眼的草好像根根绷直了似的。深红色三角梅的藤蔓垂挂在一排白色的尖桩篱栅上，我注意到每当有花朵掉落时，身着统一服装的园丁就会弯腰把它们铲起来扔进手推车里。显然，他们绝不会允许任何枯花给那些绿得不自然的草坪染上黄褐色，那样会玷污了后者。

银发苍苍的女士和绅士们坐在高尔夫球车里悠然经过，差一点就和我的车子擦碰到。他们让我想到刚从游乐园的碰碰车里下来的孩子们，经过刚才的玩乐之旅竟然不可思议地变成了老年人。我把车停在一幢带有立柱的、半像希腊庙宇半像郊区购物中心的高大建筑前。我没有立即推开门，想到自己跟罗宾说了我们会见到杰克，但其实我有的一切线索仅仅是他的地址，以及五年后他还住在这里的假设。他可能出去了，可能去度假了，甚至可能已经死了。

“我们也许找不到杰克伯外祖父，”我说。“我应该之前就说明的。”

“好的。”罗宾说。

“他可能并不太想见到我们。”

“好的。”

我们又静坐了几分钟，谁也没动一下，空调徒然而绝望地哀鸣着。这太荒唐了。我们可是大老远过来的。我慢吞吞地走出车子，进入炎热中。我习惯了英国夏天那柔和的暖意；而在佛罗里达，走到外面总好像一下打开了烤箱门，然后理智全无地爬进里面去似的。然而有罗宾在边上，我只好把这些顾虑压在心里。我们拾级而上，走进俱乐部的大理石大堂，谢天谢地这里很凉快。一位长得讨人喜欢的非裔美国女人朝我们露出灿烂笑容，她看上去是那么高兴，就好像仅仅是我们走进大门这个动作就是她一整个上午遇到的最棒的事。

“你们好，今天我能为你们做点什么？你们是来吃午饭的，还是打高尔夫的？”

“我不知道你能否告诉我杰克·福克斯-塔尔伯特先生的公寓牌号？”

她的微笑垂在了两边的嘴角。“你们有约吗，先生？我们必须注意保护住客的隐私。”

“这是个惊喜。给老伯外祖父的惊喜，”罗宾叽叽喳喳地说道，“我们大老远从英国赶过来的。”

她看了看罗宾，脸上的微笑再度灵动起来。“当然了。”

“今天是他生日，你知道的。”我厚脸皮地顺着罗宾的说法继续发挥。

“现在就见？老天。福-塔[①]先生真是匹黑马[②]。怪可怜的。”

“这么说你认识他咯?”

“当然了！没人不爱福-塔先生。一位真正的英国绅士。”她把“真正的”（genuine）的后半部分发成了和“酒”（wine）一样的音。她说这话时略带一丝屈尊的意味，年轻人在说到年老者如何有魅力时往往会带着这种语气——但我知道要是她早在四十年前认识他，肯定会和其他年轻姑娘一起拜倒在他的魅力之下。

“我可以帮您给他公寓里打个电话。您叫什么名字，先生?”

“哦，不过那样就没有惊喜了。”

我大老远过来，可不是为了和杰克第一次尝试在该死的对讲机上通话，还得被这个女人在边上一五一十地偷听到整个对话。

“您说话的声音和他真像，”她咯咯笑着说道。“我爱死英式发音了。特别可爱。”

我面部抽搐了一下。

“我是他弟弟。我想肯定比较像吧。”

“是吗？原来如此。如果您是他弟弟的话，那么告诉您福-塔先生午餐前一般都会在高尔夫轻击区，应该也不算太违反规定。我总会为他在露台餐厅预订一个十二点半的桌位。”她的脸上焕发神采。“我要帮您把预定改为三人吗?”

“为什么不呢?”我说道，想着要是杰克赶我们走人的话，一张过于大的午餐桌不太可能是最让他在意的事。

---

① 原文“F-T”是“福克斯-塔尔伯特”的首字母缩写。

② 指意料之外、爆冷门的人选，这里暗指平日很少有人来看望杰克。

罗宾和我离开了冷气十足的接待大厅，走下台阶进入正午的热浪中。空气中充满了蜜蜂的嗡嗡声和高尔夫球车开来开去的声音。我奇怪杰克究竟为什么选择了这样一个地方。这里无处不在的保健氛围让我身心俱疲。我实在觉得它不像个适合寻求谅解的地方。

我的轻薄免熨旅行衬衣下渗出汗水，摸着自己的下巴时，我发现有一小块胡须忘记剃了。我低头看了罗宾一眼，再次庆幸有他陪我。我的双腿颤抖着，我怀疑要不是有他在，自己可能就已经偷偷开溜了，时隔这么多年我还是羞愧难当。但我没有逃走，而是点了点头，深吸一口气，对罗宾说，“好咧，你能看到轻击区在哪儿吗，老弟？啊，对了，就在那儿。”

我们慢悠悠地踱过去。两个穿着颜色不可思议的短袜的男人正在击球，边上一位胸部丰满、下巴上长着髭须的女人正在给他们加油助威。这组人散发着一种平和沉静的满足感。

“你们好。”我说。“我们正在找福克斯-塔尔伯特先生。”

“哦，福-塔先生？”女人顿时来了劲——他对老姑娘们的吸引力显然还没有消减。“他刚才急匆匆走进那间小男孩屋①里去了。”

这个描述让我打了个哆嗦，但我还是向她道了谢。

“你是来这儿看福-塔的吗？”女人摘下太阳眼镜，问道。

“差不多吧。”

“因为现在来看老福-塔的人不太多。自从，你知道的，帕姆过世后。”

“当然了。”我附和道，尽管对此一无所知。

“这位小男人是谁呢？”她端详着罗宾问道，牙齿上露出珊瑚色口红

---

① 这里是诙谐的说法，指男厕所。

的印迹。

“我叫罗宾·贝纳特。”

穿着糖果色短袜的那两个男人兴高采烈地击着球，看都没看我们。杰克随时可能出现。他大概不会打我吧——他都八十好几了——但除此之外我真不知道会发生什么。我的心脏又开始它那狂跳不止、碰撞欲裂的活动了，我努力让自己慢慢地深呼吸。我可决不能暴毙倒在这绿得刺眼的草坪上，把罗宾一个人丢在这个奇怪的、处处消过毒的地方。我的眼皮开始冒汗。我眨了眨眼，接着，透过炎热和焦虑的雾霭，我看见了他。杰克·福克斯-塔尔伯特从男厕所里出来，正在扣裤子纽扣。

我们坐在开着空调的咖啡厅里，喝着柠檬水，谁都没说话，罗宾端坐在我俩中间，好似一位个子尤为矮小的教区牧师，在场就是为了保证表面上的客气礼貌。我感觉每隔三十秒左右，就会有人停下来和杰克握手，跟他说上午好。他曾经的一头金发如今变成了完美的雪般银白，而且让我嫉妒的是，他看上去一点儿也没脱发，还是一如既往地仪表堂堂，八十几岁了却和当年二十五岁时一样容貌英俊，肤色晒成了让人喜欢的浅褐色，而不是那种油光发亮的胡桃木家具色，后者据我观察在我们同龄人中颇为常见。他身穿一件花里胡哨的粉色衬衫，但这件可疑的衣服穿在他身上，看上去也是潇洒利落。这里的炎热并没有给他带来烦恼。

他没有看我，我能感觉到他故意拖长了和每位向他问好者的闲聊时间。一对同性情侣步履蹒跚地走出去，两人以令人难以置信的声音咯咯笑着。这里的所有人似乎都浸泡在无边的幸福之中。这是最令我感到不安的。

“你是刚好路过长滩，对不?”他说。

“也不算吧。”

“你可以提前给我打个电话说你要来的。”

“我没有你的号码。”

“你可以写信的。”

“我是可以，但我没写。”

信没准直接就被无视了。

“你是怎么找到我的?”

“你寄给埃迪的一张圣诞卡片。我在几个月前找到的。”

他扫了我一眼，然后又看向别处，第一次露出了窘态。“很遗憾听说——”

“你可以写信的。”

“我是可以，但我没写。”

我盯着他看——这个时髦潇洒的陌生人——不禁怀疑自己来到这里究竟是否是为了寻求他的宽恕。我想得到的是来自被我所伤害之人的原谅，而不是来自眼前这个英俊得像汽车销售员，有着一口闪闪亮牙齿的人。我在他身上搜寻着往日那个他的残留痕迹；动不动就大笑起来，那种风趣横生的魅力。他也回盯过来，脸上没有笑容。

“再来杯柠檬水吗?”我们异口同声地问罗宾，后者摇了摇头。

“我喝了四杯了。”

“哦。是啊，最好别再喝了。”显然我没怎么关注他。

我们再次陷入沉默之中。

“你结婚了?”过了一会儿我问道。

“娶了帕姆。她和埃迪一个时间去世了。”

“很遗憾。”

他打开钱包，不无骄傲地给我看一张快照。“她是个真正的洋娃娃。女孩中的女孩。”

照片上是一个身材结实的金发女孩，头戴遮阳帽，站在高尔夫球场上。她在镜头前咧嘴笑着，露出讨人喜欢的温暖笑容和一口好牙。这些美国人可真懂怎么收拾牙齿。她看上去土里土气，心地善良。不是那种会让他心碎、和另一个男人私奔的类型。

“她是这里女士队的队长。出色的高尔夫球手。其实，她在凡是尝试做的大多数事情上都很出色。真是超棒的女孩子。”

那双优雅的肩膀塌了下来，仅仅在那一秒钟，我瞥见了那平静无澜的外表下转瞬即逝的柔情流露。

“她给我留下一串她好友的名字，让我要是太孤单了就随便娶她们其中哪个。”他不安地扭头往后扫了一眼。“这是这地方唯一不好的一点。一大堆到处寻找猎物的寡妇。你要当心。最好自己悠着点。要是她们中哪个把她的棒球帽对准了你，下一秒你就会发现自己站在泳池边上，一手拿着杯冰镇果汁朗姆酒，而她已经开始往你的痣上搽防晒霜了。你就永远都走不了啦。”

我第一次笑了，很高兴他还没有完全丢掉他那份幽默感。

然而罗宾看上去一脸担忧。“我不想住在这里，外公。”

“没事的，亲爱的。杰克外公只是在说傻话呢。”

杰克抓着罗宾的耳朵摇了摇，罗宾这才放下心来。杰克看了一眼表。

“快十二点半了。我要去吃个午饭。谢谢你过来。”

他站在那里，并没有邀请我们共进午餐，我想，那么就这样吧。我已经见到了他，能指望的也就这么多了。既没有原谅，也没有和解。但怎么可能和一个陌生人和解呢？我宁愿他怒气冲冲，也好过这般平静的冷漠。

“我饿了。”罗宾突然宣布。

杰克犹豫了。一心想要摆脱我们的愿望和他与生俱来的彬彬有礼斗争着。

“你们愿意和我一道吗?”

我们优哉游哉地走回俱乐部，那位满脸笑容的前台接待真诚热情地招呼我们。

“您找到您弟弟啦！生日快乐，福-塔先生。”

他盯着她看了片刻，疑惑不已。我瞥见了他的眼神——一瞬间害怕自己失智了的眼神——让我不禁心生同情。

“抱歉，老兄。”我悄悄对他说，“我们只能这么跟她说。这样她才肯告诉我们你在哪里。”

他对着那女人莞尔一笑。“啊，没错。谢谢你，塔比瑟。你真好。还是二十一岁。”他说着举起他的亚麻遮阳帽。

她夸张地大笑起来，就好像是头一回听到这笑话似的。“玩得开心，福-塔先生。”

我们走进餐厅，一个长满蕨类的大理石华殿，墙壁是白色的漂流木，到处贴着日落景色和跃出水面的鲸鱼尾巴的照片。装裱了画框的陈词标语随处可见，像什么“别担心，开心点!”“明天又是新的一天”之类，这些傻话统统从墙上冲你叫喊着。好几道门朝外打开着，灿烂的阳光照进餐厅里面，但又在人为控制下恰到好处地不会让屋内高于宜人的温度。每张桌子上都放了一朵太阳花，好像孩子稚嫩画笔下的太阳。我只觉这地方洋溢着无边的欢乐。

又来了一拨兴高采烈的领养老金者，坐着高尔夫球车经过我们的餐桌，每个都停下来和杰克聊上一会，最后我实在受不了了。

“看在上帝的分上。每个人都是怎么了？他们是精神有问题还是心思过于简单，到底为什么都这么开心？这实在是太可怕了。”

杰克惊讶地看着我。“他们心满意足啊。谁会不是这样呢，在这里?

我们都退休了，有足够的钱，没有负担。生活充满阳光，闲适安逸。高尔夫，鸡肉晚餐，还有黑醋栗马天尼。还要追求什么呢？”

还有很多能追求的呢，我想说，但随即想到了自己在多赛特那座空荡荡的大房子，无论我在取暖上花多少钱，房子里总感觉不够温暖。除非罗宾过来看我，否则我可能接连几天都没人说话。冬天一年比一年漫长。而此刻在蔚蓝的佛罗里达午后，屋外的微风吹动着棕榈叶，如包装纸般沙沙作响。真的很诱人，我不得不承认。

我们用吸管喝着五颜六色的饮料，吃着鱼、炸薯条和冰淇淋。这里供应的食物犹如儿童菜单，只是有个高级点的酒单。

我们颇不自在地交谈着。不，杰克一直没孩子。他们在那方面不太走运。帕姆养过一系列小狗；最后一只去年死了。莲花俱乐部在破例允许他们养宠物方面一向非常宽容，但自从将军去世后，杰克决定再也不养了。

“你管你的狗叫‘将军’？”我问。

“是的，”杰克说，“它脾气糟透了。对谁都一个劲地咆哮。”

他与我目光相遇时，我看到他扯出了一个微笑。或许那个旧日的杰克毕竟还是有一小点尚存的，在那光泽柔滑的满头银发下隐藏的一丝狡黠。

罗宾朝屋角那架一半都给蕨类植物挡住了的钢琴指了指。

“看，外公！我可以去弹吗？”

“那不是一架普通钢琴，罗宾。它是自动钢琴。就是会自己弹奏的。”杰克说，“我们可以让服务员去把它打开，要是你想的话。”

罗宾呆呆地看着杰克叫来服务员。

“佩妮，亲爱的，你会不会非常介意为我们的年轻朋友开一下那座自动钢琴？他从来没见过。”他朝罗宾微微一笑。“你最想听谁的曲子？”

“拉赫曼尼诺夫。”

杰克轻笑出声，摇了摇头。“他们大概不会有他的曲子。放斯科特·乔普林[①]吧，好吗，佩妮?”

一秒钟后，自动钢琴不假思索地一首接一首弹起了拉格泰姆[②]的曲子，琴键在幽灵的手下波动起伏。

罗宾盯着它看的眼神里既是惊叹又是恐惧。

“著名钢琴家们把他们的演奏录到碟片上，自动钢琴就会播放它们。”我说，“这就好像一台唱片机，只是用钢琴代替了扬声器。”

“怪吓人的。”罗宾说。

“是有点。”我赞同道。

“我就很喜欢。”杰克语气中带着挑战意味。“我可以在周五的午餐时间坐在这里，喝着一杯什么冷饮，聆听一位伟大音乐家的演奏。”

“这不是音乐家，”罗宾说，“是幽灵。”

“或者说回声。”我附议道。“伟大的音乐家每次演奏同一首曲子时都是不一样的。他绝不可能以一模一样的方式再弹一遍，即便他希望如此。而在这里，音乐被捕进了网里，被迫以完全一致的形式播放出来。别无二致的音调与表达。”

“老天啊，你还是老样子啊，对音乐那么挑剔。”他没好气地厉声说道。

“你也还是老样子，俗人一个。”我微笑着说道。

他轻轻笑起来，好脾气地回应我的这一侮辱，我庆幸再次瞥见了昔日杰克的影子，尽管一如淡薄的幻影。

---

① 斯科特·乔普林（Scott Joplin，1868—1917），非裔美国作曲家、钢琴家。

② 一种爵士乐形式，切分音符是它的显著特征。

“你看，你为什么不录点什么呢，罗宾?”他问道。“这样你回家了以后我还能听到你的演奏。”

“他弹钢琴非常出色。”我说。

罗宾皱起了眉头。“我不想做幽灵。”

“每张唱片多多少少都算是一种幽灵，罗宾。”我说，“你在家里的时候，也喜欢我们给你录音，这样你就能听到自己的练习。这两者其实没有太大差别。”

“我想是吧。好吧。”

十分钟之后他们找到了自动钢琴的使用手册，罗宾在它前面坐定，周围临时聚起一群兴致勃勃的退休老人。

“他需要乐谱吗?”一位穿着短裤的老太太问道，她的短裤下露出如地铁线路图一般复杂的凸出来的静脉。“我肯定我的外孙女在公寓里落下了一些乐谱。我可以跑去拿过来。”

“你真好，但他不用乐谱的。他把它们都记在脑子里了。”我说。

通常我对于罗宾的过人天赋都是持谨慎态度的，但是当面对其他外祖父外祖母时，我懊恼地发现自己几乎没法不炫耀两下。

他坐在琴键前，试弹了几个音阶，然后没有片刻停顿，就直接弹起了莫扎特的一首 D 大调奏鸣曲。在场的退休股票经纪人、房产中介商、家庭主妇们和律师们都聚拢倾听，一个个面面相觑，目瞪口呆。这是一个一切都按部就班的地方，从不会发生惯常之外的事，菜单上永远都有鸡肉，天空永远是完美深浅的蔚蓝色；尽管每隔一阵就会有一位住客被抬走，再也没回来，然而即使这样的结局也是意料之中的。货真价实的、让人直呼“我的天哪”的意外之事在这里是一种宝贵的稀缺物，而现在，这个四英尺二点五英寸高的小不点身上却是十足的惊喜与才华，他就穿着凉鞋走在俱乐部的餐厅里，下巴上还沾着一点番茄酱。

我感到有只手落在我的臂膀上，那是杰克的手。

“老天啊，福克斯。老天啊。他真是个天才。”

一秒钟后我才反应过来，这是他今天第一次叫我的名字。

之后我们来到外面散步，经花园而过，美丽无瑕的花园一路向下铺展至高尔夫球场。杰克向罗宾拷问他的练琴情况，罗宾热情地回着他的话——如果不是在弹琴的话，聊这些就是他最喜欢做的事了。

“每天五小时！我很惊讶你居然还有时间睡觉吃饭。”

“有时候我不洗澡的。”

“洗漱的重要性被极度高估了。”

罗宾望着杰克，摆明了赞同这一观点。

一只鹈鹕高飞过棕榈树上方，它那巨大的翼展是某种远古时代的回声。就连长长的草儿都是完全一样的长度，就好像有人拿着尺子一一丈量过似的。一只巨大的蝴蝶停在一丛色彩鲜艳的矮花树上，在那里摆着姿态，得意于自己的美貌。

“看!”罗宾激动地大叫起来，指着修剪过的草地附近的一片蓝色水池。“鳄鱼!”

长长的庞然大物在水池边上歇息，人间天堂里潜伏着的怪物，如死亡般静默，也如死亡般不祥。那只蝴蝶在它眼睛旁扑动着翅膀，但它还是一动不动，都没眨一下眼睛。

“啊，是短尾鳄。”杰克说道，“这只挺大个的。或许我们该绕远路走。”

“这里有很多吗?”我问。

“哦，是的。俱乐部允许它们待在这里，直到它们长到五英尺左右。然后它们就会被装上旅游大巴拉走，送到大沼泽地国家公园去。其实有点不太公平。我们这片小小的伊甸园正是建在它们的沼泽地上。”

我回头望了一眼那只蹲在水池边上的短尾鳄，此时景观整饬的花园仿佛闪烁着微光，宛如海市蜃楼。在这片浇透了水、到处都是洒水喷头的草坪下面，我感觉到了沼泽的涌动与渗透。这个人工制造的天堂不过是地表薄薄的一层；在根根绷直的青草草坪以及塑料水池下面，荒野与古老之境在颤抖着，呻吟着。这儿若有昔日的音乐，它们想必也早已被驱赶至边缘地带。远逝之歌会在黑暗里悄悄渗出沼泽。

我们往停车场走回去，罗宾跑在最前头，我和杰克都没说什么话。在一片穹顶状的天蓝色小牵牛花下，我停下了脚步。

“杰克，你为什么就不回家来看看呢？回来再看一眼老地方？”

他皱起眉头，望向别处。那一瞬间他露出了苍老之态。

“不。我再也不会回去了。我离开了，就没有回头路了。”

“但那会对你有好处的。这个地方……”

我耸了耸肩，不知道该怎么解释这地方的过于完美给我带来的不安感。我很庆幸有罗宾在身边，提醒我还有家和其他牵挂，否则我能想见，滑入这里的日常之中会是多么诱人的选择——吃着鸡肉早晚餐，沐浴着阳光一轮一轮地打桥牌，放下所有的思想与欲念。魔法王国并不是在迪士尼乐园，它正存在于此，在佛罗里达南部的退休者村和完美无瑕的高尔夫草坪间。

“我非常希望你能来看看。无论待多久都随你便。我想让你见见我女儿。你真的该看一下克拉拉。”

我明白强调这一重点有欠妥当，考虑到他自己没有孩子和孙辈，但我觉得他能回一趟家对我来说实在太重要了。或许他已经不再想克拉拉究竟会不会是他的女儿了。

“你的心意我领了，但不用了，谢谢。看看这儿的一切，我为什么还要去别的地方呢?”

艳丽夺目的花朵的叶子在微风中轻轻颤抖。洒水喷头伴随着呼啦声自动打开。

“你不想再看一眼我们的家吗?”我问道，明知自己这是不管不顾地踏入了危险地带。

“家?”他反问，“家?”

他的声音是如此苦涩难听，于是我知道他从未原谅我从他手里夺走了家。

“我现在就住在这儿。”最后他说，脸上带着轻描淡写的微笑。“我永远都不会离开。我为什么要离开呢？这儿就是人间天堂。”

他陪我走到停车的地方，和罗宾握了握手。走之前，他也没邀请我们下次再过来看他。两天之后，罗宾和我飞往迪士尼乐园。

2007年，6月

我决定出售房子。圣诞节前我结结实实地摔了一跤。是我自己不好；有次下楼时我手里拿了太多东西，不小心绊倒在一层本该修理的台阶上。跌倒时那个可怕的咔嚓声告诉我，身上肯定有哪处折断了。结果是骨盆折了。这是人到老年的另一桩不幸之事——永远、总是处于康复治疗之中。翌年春天的大部分时间直至初夏时节，我都拄着两根手杖，走起来嘎吱嘎吱响，想到在湿冷天气里走到室外就紧张不安，总担心不慎滑倒，再跌一跤，但花园边缘草本带上疯长的杂草让我很是头疼。它们显然是嗅到了我的虚弱无力，于是抓住机会，在矮牵牛花和一丛丛盛开的夏雪草中间悄然建起了它们的帝国。

当克拉拉和露西挑起那场谈话时，其实我感觉算是舒了口气。我们坐在露台上，边上环绕着因为缺水而喘着气的盆栽雏菊。露西给我倒了杯特别猛的杜松子酒。

“爸爸，你有没有觉得这房子对你来说有点太大了？”

我竟然啜泣了起来，真是羞耻。她说得没错。我没法忍受谁和我住在一起，但即使是我也不得不承认，一座拥有九间卧室、五间会客室、一套阁楼和六个摇摇欲坠的谷仓的房子，对于一位年近八十的老人来说，的确有点太大了。

“你出生、成长在这里。你的孩子们也是如此。”我好容易镇定下来，对克拉拉说道。

“哦，爸爸。”她说着从坐垫上滑下来，过来坐到我的脚边，把头靠在我的膝盖上，就像她还是个小姑娘时那样。

“也许你可以接过去?”我问她，明知这是世间最为累赘的白色大象①。

为了让这地方温暖一点，我每年要在烧锅炉的燃油上花费将近七千英镑，尽管再怎么努力也是徒劳。我还和电力公司谈成了一个特别折扣。总有做不完的事情：屋顶坏了，阁楼潮湿，谷仓即将坍塌。即使大部分土地现在都已租给其他农户，但我还是要负责维护篱笆和小径，以及给牛食槽里供水。光是后者就得花上几千英镑。牧场各处的水管都要换了，摆在眼前的是另一笔两万英镑的账单。

“对不起，爸爸。”克拉拉努力忍住不哭，说道。“这样一座房子需要太多钱、太多时间来维护。这两者我都不富足。再说了，我很喜欢自己的公寓。它很舒适、温馨。就算我有钱，这样一座房子我也对付不过来啊，还得管罗宾。”

我点点头，咽了下口水，不敢说什么，怕一开口就会哽咽。她说的全是实话。罗宾现在已经快到青春期了，还是一头扎在音乐里，对行为举止、淋浴洗澡都没有一点兴趣。我们为了让他能交点朋友，就准许他加入了国家青年管弦乐团，没想到他竟然仿造克拉拉的签名，自己填了报名表参加英国年度青年音乐家大赛。我们对他大为光火，指出他这是在诈骗，结果他回答，“要不报警让他们把我抓起来，要不让我去比赛上弹那该死的钢琴。”

我们决定让他弹那该死的钢琴。然后从他每周的零花钱里扣除两点五英镑。我都不知道他有没有注意到钱减少了，但这样假装教训一下让

① White elephant，常指昂贵而无用之物，需要高额成本维护而实际上无利可图。

我们其他人至少都感觉好受一点。

我转向露西。“那你呢，亲爱的？你一直很爱这里。”

她抱起双膝抵在下巴下面。“我当然爱了，爸爸。我们都爱这里。但我不能一个人住在这里呀。再说我的工作在伦敦。”

“也许可以作为周末别墅？我们也可以给你搭把手的。”

“爸爸，这都可以当十七口之家的周末别墅了。”

我再次点了点头，猛喝一大口杜松子酒。她们真是太有头脑了。我望着两个女儿。尽管年近五十，她俩还是漂亮得惊人。克拉拉肤白如雪，露西还是黝黑动人——两人犹如黑白琴键。我记得在以前，五十已经是令人恐慌的、临近衰老的年龄节点——现在想来真是荒谬。在我眼里她们还是这般年轻，然而两个姑娘——女人，或许我必须得这么称呼了——都已上了年纪的人才会有的那种坚毅决心和沉着冷静。

“你想过来和我们住一起吗？”克拉拉问。

尽管她语气温柔，我还是感觉出她并不那么情愿。

“不用了，谢谢。”我连忙说。“我想一个人过。我喜欢独处。我不想在别人家的厨房里笨手笨脚，摸不着北。再说我弹起琴来声音大得要命。”

“这倒是的。”她附和道，显然因为我的拒绝而松了口气，又很高兴自己尽到了责任。

“那样的话，”露西说，“要不住到庄园边上那个小平房里怎么样？就一层楼。得修一个新的浴室，厨房也有点老式了，但那里有个很漂亮的花园，视野也很棒，能望到美丽的哈德格罗夫山。”

“是啊，我要看得见那山才行。”我赞同道。

只要一离开哈德格罗夫山阴影所及的范围，我就睡不踏实。有的人或许会简单归结为我不习惯远行了，但我能肯定真正的原因就在于这座山本身。

“你怎么想的呢，爸爸?”克拉拉问。

她俩都坐定了，静静地等待着。显然她们就这事已经讨论一段时间了。

“战时我父亲有时会住在那里。后来你们乔治伯伯也在那里住过。”

“我们当然记得乔治伯伯在那里住过。”克拉拉说，“他种的草莓是世上最棒的。就像口红一样的鲜红色。”

“我想我们可以把草莓地再种起来。”我说。

“当然可以。”克拉拉说。

“有放钢琴的空间吗？我走到哪儿都离不了那架施坦威。”我突然惊慌起来。

要是没了那架钢琴的吸引，罗宾可能就不会过来看我了。

“我量过起居室了，”露西说，“再合适不过了。”

“那就好，”我说，“我同意了。”

伦敦的一对夫妻有意买下哈德格罗夫府。男方以前是搞流行音乐的，女方则是什么缪斯或模特或类似的人物。虽然他们本来考虑的是别处更大、更豪华的房子，但他们很中意哈德格罗夫府的音乐“血统”——他们坚持这么表达，说得好像它是从一支特别高贵的金毛猎犬家族那里继承下来的。克拉拉提醒我不要对他们无礼，毕竟迄今还没遇上别的有意者。房产中介商一开始知道我要卖房时是欣喜若狂的，接着就变得忧虑重重，表示来看房的人都被过于浩大的修缮工程给吓退了。

然而，这位牙齿过白先生和秀发闪耀太太过来喝茶时，看上去却被这地方给迷住了。他们都说不用吃果酱司康，我看了他们一眼，然后拿出一大瓶杜松子酒。

“我小时候，爸爸曾经带我来过这儿的音乐节。”牙齿过白先生解释道。“这个地方有一种真正的陈腐发霉的魅力，处处都散发着一股潮味，但我就是喜欢。”

“很好，”我说，声音略有点僵硬，“古板守旧的魅力正是我们的目标。”

“菲利克斯没有冒犯的意思。”秀发闪耀太太说道。

“当然没有。”牙齿过白先生说道，“这里真太棒了。就好像穿上了晚餐正装的格拉斯顿伯里音乐节①，还不用感受泥泞地了。”

“不着泥地的音乐，我们的另一个目标。”我没好气地说道，克拉拉忙在桌底下重重捶了我一记。

“我们打算把这里改造成一家超级棒的精品酒店，又舒服又时髦的那种，每年夏天在花园里举行节日。不过或许不是古典音乐节，呵？”牙齿过白先生说道。“这年头可很难让乐迷正襟危坐地听那玩意咯。”

“年轻乐迷是不行，”我赞同道，“但这个国家的老年乐迷一般还是很喜欢听拉威尔②或沃恩·威廉斯的。只要来点酒，就连肖斯塔科维奇也行。”

这对身穿昂贵破洞牛仔裤和铆钉 T 恤的三十几岁的夫妻直盯着我看，然后温和地咧嘴一笑。我知道他们对于吸引老年人来听音乐会的主意压根不感兴趣。他们想要的是让年轻听众大老远地从伦敦赶来，穿着她们的超短裤和时髦的惠灵顿靴。他们走后，克拉拉责备我耍脾气，但房产经纪人却兴高采烈地打电话过来，说牙齿过白先生觉得我相当有魅

---

① Glastonbury Musical Festival，英国著名音乐节，也是世界上规模最大的音乐节之一。因为是露天音乐节，下过雨后很容易形成泥泞地，故有后半句的说法。

② 莫里斯·拉威尔（Maurice Ravel，1875—1937），著名法国作曲家，印象派作曲家中最杰出的代表之一。

力，还提高了报价。

“看到了吧，”我得意扬扬地对克拉拉说，“我真是太有吸引力了。即使在我试图表现粗鲁时，人们还是会被我迷住。”

克拉拉走后，我打电话给牙齿过白先生，请他第二天过来，我们落实一下细节。他在午餐时间后准时到达，上来就热情地同我握手，说，“如果是要从我这儿再挤出一点钱，我可真办不到了，老兄。老婆已经在骂我了。”

“不，不，不是那码事，”我说，“你们已经最慷慨了。这地方完全不行啦。你们搬进来以后得诅咒我好几个月呢。”

他大笑起来。“是啊，老婆估计我们得做一番调查。”

“别麻烦了。没有一样东西是不用修理的。我告诉你吧。”

“好吧，没人能说你违规销售了。”

“我想也是。”我回答道。

他困惑地望着我。“那么你是想和我谈什么呢?”

“跟我一起来散个步。”我说着犹疑地看了看他那双过于干净的运动鞋。

牙齿过白先生换上一双跟我借来的惠灵顿雨靴，随我一起向山上走去。我力不从心，走得很慢，他好几次巧妙地假借欣赏风景之由停下来，为了等我喘口气。

“康斯特布尔有一次画过这片风景。”我说，“战前家里为了付某个什么账单，把那幅画给卖了。是幅很美的画。”

“我知道，”他说，“我买了。”

“真的吗?”

“是的。几年前辗转到了苏富比拍卖行。我想把它挂在大厅里。”

“这主意真是太棒了。”

我们来到树林里。春天在树木间弥漫，到处飘荡着长了羽毛似的白色山楂花，犹如散落各处的新娘们。柳絮在榛树上晃动，在隐于树枝之间的地方，我看见了去年鸟巢留下的污迹，那些鸟巢现今凄凉得如同被人遗弃的小屋。太阳在我们脸上洒下斑驳摇曳的光影，照亮了林地上匆匆疾行的昆虫们，这是蠼螋和甲壳虫们的忙碌时间。我带菲利克斯进入树林的更深处，他不再说话，静静地听着我们俩窸窸窣窣的脚步声，以及白嘴鸦唯利是图的斗嘴声。我们在乔治坟头的那堆石头前停住脚步。

"这是我的哥哥乔治，"我说，"他葬在这里。恐怕是非法的埋葬。"

"是你杀了他吗?"

"当然不是。"

"那么我看不出有什么问题。"

"关键是，以后我想被埋葬在这里。挨着乔治。这片树林也是房产的一部分，但你可千万不能把它们砍倒了。你一定要让它们保持原貌。"

"不会对它们做任何事的。都是很高大的树木。看着令人心慌，但我的意思是褒义。"

"很好。"我松了口气。"但我还是想让你保证，在我百年之后，你会允许我女儿把我埋在这里。"

"没问题。我不会介意有一对怪老头埋葬在我的树林里。没准还能有更糟糕的邻居呢。"

他和我握了握手。

哈德格罗夫即将迎来的新主人还答应让我在这儿住完最后一个夏天。动身日期定在了八月底。七月的时候，牙齿过白先生——看起来他在现在的音乐界也有点地位——劝服某位年轻有才的音乐人将我某张 CD 里的一段样本乐章收录进她的最新唱片里，这在多年来还是头一回，我因此从经纪人那里拿到了一张数额可观的支票。我决定把整笔钱花在香槟和聚会上。

我邀请了全家人、阿尔伯特和约翰，以及绝大部分还在世的伯恩茅斯交响乐团成员。连着几天我都在担心天气，但那天早上一阵小雨过后，天空就好像甩掉一件旧外套似的摆脱了乌云，露出下面新熨烫好的澄净碧空。我从村庄大厅那里借来了大帐篷，把它立在其中一片草坪上，在柠檬树的树荫下摆上一张张用支架撑起的桌子。这一次，草坪终于修剪齐整，碾成了条带状。我无力给边缘花坛除草，野罂粟花已经自生自长起来，但它们也知道今天是个重要的日子，于是决定一齐绽放，花园里一下子开满了几十支粉色花朵，在炎热的空气里肆意摇曳，犹如唱诗班少女的荷叶边灯笼裤。

我把聚会的餐饮事宜全权托付给两个女儿，给她们写了张支票，让她们看着办。克拉拉、露西和两个外孙女花了几个钟头来分割烤鸡，做黄瓜三明治，给小香肠插上竹签，把巨大的猪肉派切成薄片，给司康抹上黄油，以及把水果蛋糕切成厚片。阿尔伯特、约翰和我三个人负责把金汤力倒入放了切片柠檬的冰桶里。唯一的麻烦是有人在这一过程中把空瓶子又给重新装满了，所以我们也不知道究竟倒了多少杜松子酒。想到交响乐团的人数之众——算上退休的和还没退休的——我们为保险起见又加了一升左右。

乐手们主动提出轮流演奏音乐。我明确坚持这次是欢庆聚会而不是葬礼现场，我的唯一要求是他们谁都不准弹 D 小调的东西——所有音调中最悲伤的。

客人们在草坪上聊天的时候，六位管弦乐手和两位长笛手演奏了一组我早期的民谣乐曲串烧。在哈德格罗夫府里的英伦乡村花园演奏这类音乐，真是最具田园牧歌气息的环境，然后我想到了在未来的岁月里，那些可怕的流行音乐定会把这儿的窗户都震得格格直响，这让我心里涌起一阵剧痛。我坚决地告诉自己别这样想，因为这听起来太像有意反悔了。安娜贝尔和凯蒂在跳着舞，伴着飞扬的音乐，她们丢掉了少女的矜持，一圈又一圈地绕着一对年轻的乐手打着转，大声地欢呼着。家不是某个地方。家是音乐。只要我拥有音乐，山脚下的那座小平房也会是乐居之所。

我听着欢乐的喊叫声和狂热的舞蹈节奏——小提琴手拉得越来越快，按音阶逐个演奏往日的曲调，就好像他们可以通过旋律载我们回到过去——我看见了从首次音乐节开始就一直参加的一些听众。年复一年，他们总会穿上晚餐正装来到这里，女士们身着酒会礼裙，戴着她们祖母的珍珠饰品，前来聆听我们的音乐。音乐节的压轴曲目永远是《哈德格罗夫之歌》。第二年那次我们恰巧把这首曲子排在了最后，没想到反响非凡，于是多年来我们一直延续了这一传统。上一次他们演奏它时我没有听到。那个夏天埃迪身体已经不好了。她一直都隐瞒着自己的病情，说起头痛时一带而过，但那天晚上她晕倒了。当克拉拉和我央求她让我们去请医生来时，她才向我们坦白。自那以后，再也没办过音乐会。

“你看上去很糟糕，快要悲从中来了。”阿尔伯特出现在我身边，说道。“我跟你说了杜松子酒是个错误。总让人伤感兮兮的。”

我笑了。“我感觉自己老了，阿尔伯特。变老是一回事，感觉自己老了又是另一回事。”

他耸了耸肩。“会过去的。就像风一样，来得快去得也快。”

我们缓步而行，来到盆栽棚那里。有好几块玻璃碎掉了。我想我是再也不用忧心修理的事了。我们在花园中央两个翻倒过来的花盆上坐下来，埃迪去世后就再没人在这个花园里种过一粒种子。过去的岁月里，每年到了这个时候，调色盘般色彩缤纷的豌豆花早已是争相怒放，花枝盘结着爬上柳藤小屋，边上是硕大的耷拉着脑袋的大丽花，紫罗兰的小花枝，羽扇豆和美洲石竹。然而当我凑近看时，发现在丛生的野草之间，依然有匍匐在地上生长的金莲花，轻泡沫一般的白雏菊和绛红色的蜀葵花也都还在开着花。我多少得到了一点安慰。

“来，”我对阿尔伯特说，“感时伤怀够啦。我们来吃点猪肉派吧。”

我们给自己拿来几盘食物，退到一棵可敬的老橡树的树荫底下。约翰过来加入我们，三个人静静地吃着，听着音乐。

“我希望一会儿罗宾会弹琴。”演奏者停下来休息时约翰说道。

“哦，他会的。”我说，“他要演奏他选作参加英国年度青年音乐家决赛的曲子。他现在面对观众还是拘谨得不行。但在临时聚集的人群前就没有问题。他更喜欢别人恰巧撞上他在弹琴，然后在他结束后把他夸得捧上天。”

阿尔伯特笑了起来。“是啊，我懂那种体验的吸引力，但这毕竟不算是职业规划，对吧？在各个地方弹钢琴，期望听众们会自己突然出现。”

“的确不是，”我赞同道。“但他还相当小呢。我真的很担心这场在电视上播出的比赛。”

我们都陷入了沉默，我想起了罗宾唯一一次在摄像机前弹奏、几乎可以说是灾难性的经历。

露西疾步穿过花园，在我们身边停下，眉头紧锁。“爸爸，你过来吗？罗宾整个人恐怕是一团糟了。他混乱极了。”

我心下一沉。“哦，亲爱的。是因为紧张吗？把紧张发泄出来对他有好处。”

露西颇不自在地晃了晃身体，双手摸着牛仔裤。“不。不是因为紧张，是杜松子酒。”

我们发现他时，他正在楼下的厕所里一会儿道歉认错，一会儿又使劲狂吐。克拉拉蹲在他边上，轻拍着他的背。

“换了我肯定会大发雷霆，但我想这样的惩罚也是够了。”她说。

“你到底为什么这么做，罗宾?”

“真的对不起，外公——”他含混不清地说道，还没说完就又差点吐起来。“我好害怕。这里有这么多了不起的音乐家。我不想把事情搞砸了。”

我笨拙地弯下腰坐到浴缸边缘上。

“别傻了。他们是你所能遇到的最通情达理的观众了。”

“我知道。我知道的。”

“他说他喝了一杯金汤力来消除紧张，”克拉拉说道，目放怒光，“那该死的可猛了。”

“你说了该死的。”罗宾头还埋在马桶里，说道。“你从来不说脏话的。”

“哦，该死的给我闭上嘴。”克拉拉说。

“那的确是杯好酒，但你不应该喝的，年轻人。”我说。

“对不起。”他整个人瘫在防滑垫上，皮肤变成了牛油果一样的惨绿色，和浴室家具一个颜色。

“好吧，我觉得你今天下午就不要演奏了。”我说，“如果想到公开演奏就会让你紧张成这样的话，那也许你最好还是别去青年音乐家比赛了。你可以明年或后年再参加。不用急的。”

“我今年就想参加。”他说这话时，皮肤的颜色因为生气而稍微显得健康了点。

“那么，你怎么想的呢?”我转向克拉拉。

她低头盯着他看，双手叉腰，表情里既是困惑又是爱意。

“我要你在比赛前一直规规矩矩的。再顶一次嘴，或是再把某只不成对的袜子丢在洗衣篓外面，我就让你取消报名。”

他点了点头。“好。一言为定。”

“还有再也不要靠杜松子酒或别的什么烈酒来找勇气了。”我说。“这样做是业余者和三流乐手的标志。你是业余者吗？”

“不是。”

“太棒了。那么就上楼去睡个觉吧。”

露西扶他上楼，他靠在小姨身上摇摇晃晃地走上楼梯。

“他外祖母深受一模一样的舞台恐惧症之苦。这就是为什么她最终放弃了公开演唱。她都用不着喝杜松子酒，只要是公众到场的预演就肯定会呕吐。”

“我希望他能克服这种恐惧，”克拉拉说，“要是不克服的话，他不会走太远的。”

“哦，他兴许会的，但是这个过程不会很快乐的。”

我伸出手臂环住她的肩膀，在她脸颊上落下轻轻一吻。她离婚后瘦了很多，但让我欣慰的是过去一年她又开始有了点肉，看起来也开心了些。我猜想她是不是有了恋人。但愿如此。

我们重回花园，惊讶地发现草坪上赫然出现了一支完整的交响乐团。将近七十位乐手在椅子上坐定，铜管组在绣球花枝后面若隐若现，团簇的花球看上去好似他们头顶上华丽的聚会礼帽。打击乐器组则在凉廊上挑了个位置，置身于一盆盆万寿菊和雏菊之中。

克拉拉捏了捏我的胳膊。“他们要演奏《哈德格罗夫府之歌》了。肯定是压轴曲了。”

我点了点头，咽了下口水。

约翰和阿尔伯特走到我们身边。“你想要指挥吗？”约翰问道。“要是你更想要坐着欣赏的话，我就准备代你上场了。”

我感到一阵晕眩，环顾四周想找个座位坐下。没有空位。我的心脏又开始了那可怕的、机关枪似的突突乱跳。我想起了上一次约翰指挥我作品时收到的骇人评价。我其实从来都不喜欢他对我作品的演绎。假如这将是这首交响曲最后一次在哈德格罗夫演奏，我当然最好还是亲自上场。

“不用了，谢谢你。”我说。

“跟你说了。”阿尔伯特朝约翰投去得意的一笑，后者一脸不快，让我不禁窃喜。

“我无所谓，”约翰耸了耸肩说道，“反正等你死后我总能指挥的。我可比你小呢，记着。”

我温柔地拍了拍他的手臂，然后自作主张地从他胸前口袋里拿出了指挥棒。

创作这首曲子时我还是个年轻人，彼时写下它是为了与哈德格罗夫府告别。但实际上，依靠版税和音乐节的收入，这首交响曲本身反而帮助家族在接下来的五十年保住了房子。直到现在也并不算真正的告别。

我登上了指挥台。

结束之后，我精疲力尽，在花园里四处游荡，但刚才挥洒过猛，兴奋劲未消，一时也没法静下来休息。草坪里四处散落的纸巾迎风飘动，如同热带花朵。我听见一辆车子驶上车道的声音，把手放在眼睛上遮住车子挡风板上反射来的刺眼阳光，一辆出租车映入眼帘。它在前门外缓缓停下，我走上前去。司机从车上跳下来，小跑着绕到对面去帮助乘客下来。后者慢悠悠地走出来，目光徐徐地打量着树上飘扬的彩带和四散的玻璃制品。

“你好啊，福克斯，”杰克说道，“我好像错过了一场聚会。”

我们坐在杰克以前的卧室里，五斗柜上放着一台电视机，电视上什么也放不出，只有静止不动的画面。

“再拍拍它，福克斯。”他说。

“我正在试呢。”我咕哝道，第无数次地调节天线位置。

画面慢慢变化，终于又清晰起来。我重新坐回椅子里。杰克躺在他的床上，边上立着一个氧气瓶。他时不时地就要吸上一口。

“你听起来好像在吸高卢香烟似的。”我说。

“老天，我倒是想抽烟呢。你不会给我抽的吧，会吗?估计对我也不会有什么坏处了吧。”

“会爆炸的。你可是坐在一个氧气瓶边上呢。”

“你总是懂这么多。”

“不是。这是最基本的常识。”

我们停了下来没说话，杰克忙着喘气，我则回味着这种与他斗嘴的快乐。

“我还有多久?”他问。

“医生肯定告诉你了——?”

他微微一笑。“不是。是问我还有多久该撒手人寰了，要赶在搬家公司来这里之前?”

我惊诧地望着他。我并未向他吐露已经出售了房子。

“还有好几个礼拜呢。不急的。”

“太好了。我从来不喜欢急急忙忙。在吃饭上是这样，在死这件事上也是这样。”

“别说了。”

“别这么讨厌，福克斯。”

我瞟了一眼手表，然后调高了电视的音量。是年度英国青年音乐家比赛的决赛。摄像机扫过参赛选手的家人。

“克拉拉真可爱。”他说道。“她是个漂亮的姑娘。我想不通那个白痴丈夫为什么要离开她。”

“是的。不过我觉得没有了他，她反而更开心了。”

我们看着克拉拉坐立不安，伸手握住露西的手。安娜贝尔和凯蒂坐在她们旁边。两个小姑娘是特意过来看罗宾比赛的——我不禁想到，不知她们是否觉得值得为了这样的事让自己的童年受到打扰。摄像机对准她俩，把边上的拉尔夫拍进去了一半。我知道克拉拉肯定更希望他不要过来。凯蒂靠过来小声跟她姐姐说了什么话，然后摄像机就切回到了主持人身上。

“把声音关了吧，等到了罗宾再开。”杰克说道。“我受不了他们那些喷射而出的滔滔废话。”

“我们得听听别的选手的演奏。”

“用得着吗？我没看出有这个必要。我只对罗宾有兴趣。”杰克说。

我开始抱怨起来，但随即想到和一位将死之人争论是很无礼的。于是我放弃这一话题，就在床单上摆起了野餐。福特纳姆出品的肥鹅肝酱饼。烟熏三文鱼和鱼子酱。一瓶 1999 年的特级夏布丽。我给杰克倒上一杯，我们静静地看着一个十七八岁的女孩大步走入镜头里，她手里拿着小提琴，流露着自信。她开始演奏了，以令人目眩的自如与流畅之姿挥动着琴弓。我试着根据她的动作推测她所拉奏的曲目，但猜不出来。

“我能打开声音吗？她看上去拉得很不错。”

“不行。”

“为什么不呢？这样很傻。”

“不傻。我跟你说了，我不关心其他人。再说了，惹你生气真是莫大乐事。就像肥鹅肝酱一样，都是我好久没享受了的乐趣。”

我叹了口气，举起自己的酒杯一饮而尽。

“我每天都在听他，你知道的。”杰克说道。

“听谁?”

“罗宾啊。在自动钢琴上。每天午餐时间我都让他们放他的曲子。其他人都真心腻烦了。我却没有。我吃着切拌沙拉，听着他弹琴，真是无比美妙。然后自动钢琴就坏掉了。反正他们是这么说的。肯定是某个聒噪的家伙跟管理部门投诉了。不管怎样他们算是摆脱了。”

他短暂地闭了会儿眼睛，喘着吸了几口气，然后又睁开眼睛，露出了微笑。

“我想再听听他。他比你任何时候的水平都要出色。”

“出色不知多少倍。我压根没有多好。”

我们在温和的斗嘴中看着比赛。罗宾是最后一个上场的。

“看。他来了。调高音量。”杰克命令道，一边费力地背靠着枕头坐起来。

我到电视机前调高音量，然后坐回到自己的椅子上，感觉紧张得要命。我几乎在自己的任何一场演出前，都从来没有如此紧张过。罗宾比其他表演者矮小一大截；他看上去稚嫩极了，皮肤呈现一种不健康的惨绿色。他的演奏曲目是肖邦的《第二钢琴协奏曲》。一开始他想弹拉赫曼尼诺夫或是贝多芬，但我执意让他弹肖邦。这是一首属于青年人的曲子，作曲家本人创作它时还未满二十岁。罗宾有一辈子可以弹贝多芬的分量，而且我知道肖邦的诗意与灵动会很适合他。这首曲子虽缺少庄重的深邃感，却有丰沛的情感与魅力足以弥补。罗宾最后默认同意。我就像萨维尔街①的裁缝，一眼就看出什么样的裁剪和材质最能衬出某位男士的魅

① 英国著名的私人订制西装一条街，深受英国皇室喜爱。

力，我则是有一双善于聆听的耳朵。我知道哪首曲子最适合某位演奏者——尤其是为我所熟知如罗宾的演奏者。

“你可以去伦敦看现场的，”杰克轻声说道，“不必在这儿陪我。”

“要是他没赢的话，明年我就去。”

杰克挥了挥手示意我安静。指挥者朝管弦乐团做了个手势，然后一分钟后，罗宾开始弹奏。昏暗的卧室里瞬间布满了电视机释放出的彩色光波，音乐在墙壁上绘出红褐色和金黄色的光圈。

这不是肖邦。

是我。

但同时也是罗宾。他弹了我的钢琴交响曲《罗宾与埃迪》，并倾注了他自己的声音。我听到他通过音乐与我隔空交谈，与我一同因为其中小小的音乐玩笑而笑起来。我创造了一个音乐世界，他进入其中尽情狂欢，为微妙之处而欢喜，四下里奔跑，呼唤我跟上他，说着，“听啊，听听我们能弹出什么。”他的所有拘束都被抛到了九霄云外。他不再关心下面的观众。我通过他的耳朵听到了自己的世界，真是精彩绝伦。

到了第二乐章，他弹起了神秘的意第绪旋律，指尖轻敲出摇摆荡漾的曲调，然后我听见了东欧犹太人区里女人们的哼唱声，她们端着盛有安息日炖菜①的锅子，后者在寒冷中嘶嘶地冒着蒸汽。罗宾在呼唤我，同时也在呼唤他的外祖母。我不仅在民谣曲调里听见埃迪，也在他独一无二的抑扬顿挫中听见了她。他没有继承她眼睛的颜色，她的笑声，或是她那深色的头发，但他的声音是与她相通的。在音乐中，我们三人得以相连。上帝啊，我心想，他通过这首曲子了解了她。

钢琴声载着我们越过哈德格罗夫山，然后一路向东飘往远方，来到

① 犹太人的一种传统菜肴，一般在安息日前一天开始炖煮，需要煮十二个小时以上。

一个蓝铃草地上覆盖着皑皑白雪，树木上落满白霜的地方。在幽暗的灌木丛中，一条白狼用它黄色的眼睛盯着我们看。罗宾弹奏的时候，一片既属于多赛特又属于俄罗斯的森林悄然长成，空气中回荡着英语与意第绪语的古老歌谣。

结束后，他向观众鞠躬，身子小小的，因为刚才的努力而大汗淋漓，镜头依次扫过克拉拉、露西、安娜贝尔、凯蒂和拉尔夫，每个人都拍着手大声欢呼。杰克和我也欢呼了起来，对着电视机高声喝彩。

“接下来呢?”杰克拍着手问道。

“评委讨论，然后宣布获胜者。”

“当然是罗宾赢了。他是我整晚听下来最棒的一个。”

我没点明他整晚也就只听了罗宾这一位选手。接着主持人说了些无聊的闲话，评委们则退到后场讨论他们的决定。我们快速喝完了剩下的夏布丽。

“他们回来了，”杰克说，“调高音量。”

金发女主持人靓丽登场。我注意到她重新涂了口红。有人给她递过来一张纸。她对着镜头嫣然一笑。

“今年，2007 年度的‘英国青年音乐家’称号授予大卫·朱利安，巴松管。”

“胡扯，”杰克说，“我不相信。”

我感到一阵头晕目眩。我搞不懂。镜头在获胜者身上短暂地停留了一会儿，接着又摇向各位失败的选手。我看到克拉拉和安娜贝尔正试着安慰罗宾，后者注意到镜头拍到他这边时，竖起中指说了一个非常粗鲁的字眼。

“我觉得我们可能需要教教他如何摆出虽败犹荣的表情。”我揉着额头说道。

“你敢，”杰克说，“我倒觉得他的反应很让人眼前一亮。”他微微一笑。“很遗憾他没有赢。不过这样至少你明年就能亲自去伦敦看他比赛了。”

我关掉电视，闭上眼睛，感谢终于安静了下来，同时庆幸我不在现场，不用面对悲愤交加的罗宾。

“他还没十二岁呢。获胜者都快十八岁了。不过他不会看到这点的。”

我想给克拉拉打个电话。我想告诉她，这个比赛压根不算什么。一切都会好起来的。所有付出都是值得的。那些不快之事，清晨四点开车载罗宾去伦敦，她两个女儿为此错过的篮网球比赛和时不时爆发的脾气，破碎的婚姻，不能相聚的家庭节日。这个男孩是一个意料之外的天才，但更重要的是，他已经发现了如何打开他的音乐，虽然只是开了一个口子，但已足够让我们潜入其中。迄今为止，这是我最接近相信他不仅能将音乐作为生命，也能成功将它作为生计的一回。

我往后瞥向杰克。他闭着双眼，如果不是睫毛还在微动的话，我就会以为他已经睡着了。我把那个氧气罩套到他嘴上，这一次他没有抗议。他肯定是精疲力竭了。我起身想走，但他伸出手抓住了我的手臂，摇着头。

“没事的。我留下来。”我说。

窗外，一只猫头鹰在月色中鸣叫。

“拉开窗帘，”杰克说，“我想看看树林。”

我照他说的做，关了灯好让他看得更清楚些。天空是一片柔和的灰色，柳树在黑暗中簌簌作响，树叶扇动着如同成千只小小的翅膀。黑幽幽的树林蜷缩在山脚下，融入山坡的曲线中成为一个圈。在树林之上，凹凸不平的哈德格罗夫山脊线将天与地分隔开来。

“妈咪以前会在那些树林里散步，”他说，“她是位很让人喜欢的歌者。不是埃迪那样的专业歌手，但也很有魅力。我很爱她给我们唱歌时的样子。你不记得了，是吧？”

“是的。她给我们唱的什么呢，杰克？”

“哦，这个那个的。很多民谣。这方面她很像你。喜欢老歌。但她什么都唱一点。有一首歌她特别喜欢。我教埃迪学会了那首歌，她以前有时候会唱给我听。”

我在昏暗之中望着他，他的皮肤在枕套的映衬下显得如蜡一般，很是苍白，头盖骨在薄薄的头皮下清晰可见，但当我闭上双眼，他的声音还和原来一样。

“我真想听埃迪唱那首歌。”我说。

“她从没唱过吗？是一首很蠢的歌。关于一只画眉鸟的。或者是夜莺？你知道吗，我现在连这些字眼都记不准确了。”

“没有。她从没唱过。”

杰克没有回答，但我看到他在黑暗中兀自露出了微笑，于是明白过来：他很高兴她从未唱给我听。

“我或许跟她说过不要唱给你听。你总在进行着你的集歌之旅，你会把找到的一切改编成新的东西，把它硬塞进什么交响曲或别的什么里。我不喜欢让你对这首歌也做同样的事情。它是属于我私人的。”

我咽了下口水，感觉很受伤。“我不觉得自己的音乐是那个样子的。很遗憾你这样觉得。况且，如果你让我别用的话，我也不会用这首的。”

他一时语塞，知道冒犯到了我。“我可以现在唱给你听，如果你想听的话。”他温柔地说道。“我唱歌不怎么样，但可以试一试。”

我笑了笑，摇摇头。“不用了。留着吧。它是属于你的。”我说。

我非常想听到那首歌。一种不安的感觉告诉我，我整个音乐生涯的大部分时间正是在寻觅这首歌，无论是从灌木树篱旁的牧羊人，或是酒吧里的人口中唱出，无论是抄写在我的集歌簿里，或是隐藏在我的想象碎片中。然而即便如此，我还是选择不听，但仍会继续想象它。我已经从杰克那儿夺走了太多，我为他能留下这个而感到宽慰。

他好像睡着了几分钟，然后又醒了过来，咳嗽起来。我喂他喝了点水。

“你把罗宾的部分录下来了吗？”一分钟后他问我。

“当然了。”

“再放一遍。”

我把磁带倒过去，于是我们坐在那里，再次聆听罗宾凭空之中创造出的世界。在寂静之中，经历了电视机的画面静止后，随之而来的是他犹如天籁的钢琴演奏，一下子赋予了周围秩序与庄严。我望见了外面的树林，它们既是真实的，又是我的音乐所带来的想象，两者相互叠加，我感觉时间如橡皮带一般延伸拉长。我听见音乐中的层次一一展开，在罗宾的演奏中，我听见了其他的旋律，以及旋律中所包含的记忆。我在这音乐中听到了我们另外的、更年轻的自我的幽灵。

“你会把我葬在树林里，挨着乔治的吧？”他问道。

“是的。”

他闭上眼睛。“我不懂埃迪为什么不想也葬在那里。那是她应当归属的地方。我们都爱着她，以我们自己的方式。就连乔治也是。”

“我知道。很长一段时间我都在为这个生气。但问题是，埃迪并不真的是属于我们的一分子。她感受到了故乡的召唤，但她的故乡并不在这里。或者说不完全在这里。我喜欢想象她仍然存在于这儿的树林间，在鸟儿的歌声里。”

我帮杰克调了一下枕头，想把他的头支起来，呼吸更容易些。

“据说灵魂死后会飞往北方。”我说，“埃迪的灵魂无疑会去往那个方向，朝越来越冷的地界飞去，飞向冰层咔嚓、雪落无声的地方。”

杰克咳嗽起来。“该死的。我才不会去那里。我要去往南方。回佛罗里达。”

音乐终止了，我望着对面的杰克，他纹丝不动，面色惨白。

“你还要再来点吗啡吗？”

“我撑得住。不过我好冷。刚才说的那些关于冰天雪地的话。”

我把被子拉过来，滑进被窝睡到他边上，握住他的手，那双手如今已瘦削不堪。我们彼此挨着躺在黑暗中，耳边回荡着音乐的余响。明天我又将孤身一人，但那是明天，不是今晚。

1959年，7月

一排舞者在山毛榉树下睡着了。我不太确定导致他们精疲力竭的是日晒、昨晚的表演，还是表演之后的聚会，聚会上的乐音直到凌晨四点还时不时飘进我们的卧室里。今天早上，将军在游廊上的万寿菊花盆里发现了好几个伏特加空瓶，惊骇不已，埃迪使出了全部的温柔与策略才让他平息下来，把他哄回书房看昨天的报纸去了。

将军已经不能再受得了意外之事了。他每天看的都是昨日的《泰晤士报》，因为这样他能放心上面没有登载可怕到会让文明在第二天颠覆不存的消息。他很想念奇弗斯，自从这位老友死后，他整个人就好像萎缩了，对于属于他的那个世界的逝去感到困惑不解。现代的世界让他既迷茫又惊恐——到处都是狂欢痛饮的乐手舞者，在他的花盆里丢满空瓶子，而且不懂他们对他这样身份的人应当怀有敬畏。我们尽可能地让他避开来参加音乐会的人和表演者们。他倒是很喜欢孙女来看他，但想不通埃迪是怎样做到不请保姆还对付得过来的，同时他也不能容忍我们允许克拉拉住在楼下，明明阁楼那里有个再好不过的儿童室——的确是有的，尽管此刻那间房里聚集了俄罗斯大剧院芭蕾舞团的大部分舞者。

时近下午五点，阳光照干了地面的水分，草坪边缘的土壤龟裂变硬，如同脱了线的破破烂烂的褐色旧地毯。紫色的醉鱼草让整个下午都浸透在蜂蜜的甜香里，花园闻起来好像一块巴黎的甜点。一条光滑的草蛇蜷曲着躺在草坪的小径上，它透明的表皮如同融化的金属一般闪闪发光。

我从它身边绕过去，不忍把它从小憩中惊醒。

我喜欢这样的时刻，夜晚的匆忙准备尚未开始时的平静时光。过不了多久就会有谁找不到她第三幕戏的服装，然后埃迪会帮着找上半个钟头，最后我们会发现衣服是送去国王衣橱酒店①修补了，接着又会有某位第三排的小提琴手躲在盆栽棚里独自哭泣，因为刚和一位大提琴手分手了。

“你在这儿啊，”埃迪说道，“我到处找你呢。”

“哦，亲爱的。有什么事呢?”

“哦，其实也没什么。乔治说草莓的季节快要完了。他从山下小屋的那块地里给我们摘了一些过来，但我们还是得大量采购一批，为下周做准备。”

“我们喝一杯吧？我想离混乱预计开始的时间还有一会儿。”

埃迪笑了，眼角露出细纹，然后重重地坐到一把椅子里。她已经快有七个月的身孕了，双脚浮肿得厉害。我吻了吻她微湿的额头。

“在这儿等着，亲爱的，你看上去累极了。”

一分钟后我拿着两个酒杯重新出现。她感激地喝了一小口，不放心地瞥了我一眼。

“只倒了一丁点杜松子酒啦。药用功效。”

她大笑起来，闭上了眼睛。“我该去给克拉拉洗澡了，再给她弄点晚饭吃。”

“我来吧。你休息一下。过去和那些舞者一起在树下躺躺。”

她皱起眉头。“我好像什么寄宿学校的女舍监似的。他们总是在调换卧室。我完全搞不清那边的情况。”

---

① 伦敦一家老牌的公寓式酒店，靠近萨默塞特宫。

一声尖叫传来，克拉拉出现在露台上，双手叉腰。她快四岁了，是个结实的姑娘，爱发号施令，总是叽叽喳喳地发表观点。

“我正找你呢，你不在那里。”她对埃迪说道，语气里满是责备。

“我在这儿呢，亲爱的。你有什么事吗？”

“有啊。你得好好看着我。我是个空气精灵呢。”

为了不笑出来，埃迪和我没有看对方。很难想象有什么比我们那腿粗粗、脖子圆圆的女儿更不像空气精灵的生物了。芭蕾舞团一位和蔼可亲的舞者把她的黄头发清清爽爽地编成了两股肥肥的马尾辫。房子那里传来交响乐团排练《吉赛尔》序曲片段的声音。我们坐回到露台上，看着克拉拉在草坪上到处蹦跳，全然不合拍地跟着音乐扭动摇晃着身子。

“真是不可思议。她对节奏没有一点概念。”埃迪轻轻地说道，微笑着。

“一丁点都没有。看着简直是个奇迹。”

克拉拉重重落地停下舞步，蹲下身子向我们行了个屈膝礼。

“真棒，亲爱的。”埃迪说。

克拉拉冲我们开心地笑着，她的眼睛是和她杰克外公一样的夏日湛蓝。我望着她，有一瞬陷入了疑问中。但我甩掉了那个想法。

“看，蜻蜓！”

她用短短的小手指指着那只在空中打转、扑棱棱拍着翅膀的昆虫。在阳光下，它闪动着蓝绿混杂的色彩，好像倾泻出来的带状石油。她绕着玫瑰花坛追逐着蜻蜓，地上的落花被她踩成了烂泥。

“来吧，亲爱的，晚饭时间了！”我喊道。

交响乐团再次演奏起来，克拉拉一圈又一圈地在草坪上旋转着，白色雏菊丛中的一小团金发身影。

“再听一首，爸爸，”她边旋转边喊道，“还有时间再听一首呢。”

关于集歌

英国历史不止记载于书本中，雕刻于凹陷的道路和长墓冢的独特景色上，同时也包含于歌曲中。父辈与祖辈将他们的歌曲世代传递下去，歌词、旋律和节奏都随着每一次演唱而有所不同。人们在刮着风的山坡、满是泥的地里，围着篝火、聚在酒吧，顺着移动的冰块、前行的牧群，唱着这些歌；演唱者有马车车夫和挤奶女工，牧羊人和店老板，祖母们和吉卜赛人。有些歌以歌谱的形式发行，由小商小贩带到集市上售卖，另一些则仅仅存活在人们的记忆里。有些歌可远溯到几百年以前，有着奇怪的调式旋律，无人知晓它们的起源，充满了神秘色彩；另一些则是更为近代的创作，讲述的是拿破仑战争之类的大事件，时过境迁，后者逐渐被吸收进英国歌曲的丰富宝库里，起源大多亦不可考。

民谣的题材如生活本身一般包罗万象：关于爱情、死亡和谋杀，四季流转和青春年少，关于命丧战场和大海的男人们。它们当中有些纯粹是傻乎乎的，另一些则饱含悲伤。同一首曲调经常会被填上不同的歌词传唱，相反的情况也时有发生。这些差异有时候是地域性的——《雾笼露水》在苏格兰西部和在英格兰南部萨默赛特传唱的版本就大相径庭。歌曲的生命是每一位歌者赋予的，随着歌者穿行于英国各地，这些歌曲也随之经历了成熟和变迁的过程。

到十九世纪，民谣逐渐淡出了平常人的生活。托马斯·哈代抱怨说，在多赛特通了火车后仅一周之间，这儿的山间和草地上就不再回荡着英国西南的民歌，而变成了音乐厅里的时兴曲子。很快，《在朗博斯区散步》就在朗登马崔维斯[①]和巴特科姆[②]哼唱开来，久远一点的歌曲开始被人遗忘。人们把唱民谣作为日常消遣的时代逐渐远去，随之一起消逝的还有这些歌曲本身。

塞西尔·夏普是二十世纪初第一次民谣复兴运动的先驱。传说中有一阵他待在剑桥东边一英里左右的海丁顿，节礼日[③]那天有一群莫里斯[④]舞者来到了他住的小屋。这支舞蹈队伍装束奇特，所有人都身着白衣，上面落满了雪花，他们手里拄着彩色拐杖，其中一人还扮成了小丑的样子。舞者们跳啊跳，伴着一首夏普从未听过的奇怪曲子欢快跃动着。他完全被迷住了，赶紧记下了旋律，由此宣布他一定要踏上冒险之旅，走遍英国寻找更多的遗落民谣。有一次他和几个朋友待在萨默赛特，无意间听到园丁在给草坪割草时唱着《爱的种子》。

夏普的寻歌事业让他的足迹遍布英国，之后他又去了美国，身边作伴的是他忠实的助理莫德·卡佩勒斯。夏普和他的一些同时代人，以及自此之后几乎每一位集歌者，他们收集民谣无不是为了让后者免于失传消亡的命运。然而事实证明民谣的生命力异常顽强。即使到了信息时代，我们或许会合乎常理地以为世上所有歌曲都已被收集记录，要不就是早已湮没于世，但是，仍然有更多歌曲等待着被人知晓。

当代集歌者

音乐家、民谣歌手萨姆·李是当代英国集歌事业先锋。我曾在一个

---

① 英格兰多赛特郡的一个村庄。

② 英格兰萨默赛特郡的一个村庄。

③ 英国及英联邦国家的节日，在圣诞节后一天（如遇星期天则顺延一天）。

④ 一种英国传统民间舞蹈。

冬日夜晚于费兹洛维亚①的一家酒吧里遇见他。他就那么冷不丁地出现了，我俩围坐在电暖炉边上，他跟我聊起集歌的故事——说着自己是如何步履轻盈地穿过树林，努力不留下蛛丝马迹，即使他寻找的本是隐于深处的失落之物。尽管如此，他毕竟和我一样，都是出生在伦敦的犹太人，性格自然不乏顽皮之处；他肚子里藏满了旋律，周身散发着魅力。那时我仍能肯定自己闻到了树林的气息。

在遇见萨姆之前，我一直以为集歌者是一个早已消失的群体，但我大错特错了。他搜集到的歌大多来自各地的旅人，后者是现代社会最后的老歌守护者。至于萨姆，他总在寻找下一首歌的路上。

本杰明的集歌书

我在搬家的时候，无意中知道我们的小屋在十八世纪曾经属于一位名叫本杰明·罗斯的歌者，他同时还是一位集歌者、酒馆老板和捣乱鬼。1820年，本杰明着手把自己的所有音乐写进一本手稿簿里。这本了不起的手稿收录了那个时代的大量歌曲——有些是传统的西部乡村民谣和舞曲；另一些则是讲述诸如滑铁卢战役之类大事件的叙事曲——每一首都是罗斯用他那优美的、行云般的连笔字抄录的。多年之后，这本手稿辗转落入了民谣音乐家蒂姆·莱科克和科林·汤普森手里，他们二人明白这一发现的重要意义。

我后来听说蒂姆有在演唱罗斯的音乐，于是开始一路追寻他，希望能邀请他到我们的小屋来，再唱一遍那些歌曲。我最终逮到了他，正巧是在马克斯门——托马斯·哈代在多尔切斯特的故居——遇见的，那是一个湿漉漉的秋日。在向他发出邀请之后，我冒昧闯入了哈代那被雨浸

① 伦敦中心的一个区，靠近伦敦西区。

湿的果园，偷了几只苹果，我想，它们一定会是我在动笔写新小说《音乐收藏者》前绝佳的想象力催化剂。

几周后，蒂姆登门造访，随身带来了本杰明·罗斯的集歌书。我们一起吃了晚饭，然后围聚在火炉边上听蒂姆唱歌。罗斯家族几代人曾在我们的小屋生活了上百年时间。本杰明的两个曾孙在1914年皇家铁甲舰“好望角”号沉没时一同溺亡，村庄教堂里还有一个为他们俩设立的小小纪念堂。蒂姆选择了一位水手写的挽歌《乌鸫》，用以缅怀两位早逝的男孩；我们坐在火炉旁，听着他唱着本的歌，大约两百年前，本正是在这里抄下了这些歌曲。两个男孩的生命消逝了，但音乐失而复得，并重回故园。

如果你也想试试用手或是用耳朵收集几首歌，萨姆·李经营着“音乐收藏者精选”网站，里面也有民间传说和民谣歌手唱片库，网址：http://songcollectorscollective.co.uk/

大不列颠音乐地图

我与集歌的故事未完待续，现在我想要绘制一幅歌曲上的当代英国图景。我与一些民谣界的朋友创立了一个公共项目，致力于网罗尽可能多的歌曲，把它们放到网上供人免费欣赏，人们既可以聆听来自他们故乡城镇的音乐，也尽可以了解属于他们的当地歌曲。

如果你想上传或聆听一首歌，请至：

www. songmap.co.uk